国家一流专业建设项目成果

世情小说的人物形象与性别话语嬗变研究

陈国学 著

中国社会科学出版社

图书在版编目（CIP）数据

世情小说的人物形象与性别话语嬗变研究／陈国学著．—北京：中国社会科学出版社，2021.10

ISBN 978-7-5203-9171-9

Ⅰ.①世… Ⅱ.①陈… Ⅲ.①古典小说—人物形象—小说研究—中国—明清时代 Ⅳ.①I207.419

中国版本图书馆 CIP 数据核字(2021)第 187596 号

出 版 人 赵剑英
责任编辑 杨 康
责任校对 朱妍洁
责任印制 戴 宽

出 版 中国社会科学出版社
社 址 北京鼓楼西大街甲 158 号
邮 编 100720
网 址 http://www.csspw.cn
发 行 部 010-84083685
门 市 部 010-84029450
经 销 新华书店及其他书店

印 刷 北京明恒达印务有限公司
装 订 廊坊市广阳区广增装订厂
版 次 2021 年 10 月第 1 版
印 次 2021 年 10 月第 1 次印刷

开 本 710×1000 1/16
印 张 19.5
插 页 2
字 数 265 千字
定 价 108.00 元

目　　录

绪　论 …………………………………………………………………… (1)

第一编　《醒世姻缘传》的人物形象与性别话语

第一章　《醒世姻缘传》的复古思想与明末清初回归礼制的思潮 …………………………………………………… (11)
第一节　《金瓶梅》性别话语简论 ……………………… (11)
第二节　《醒世姻缘传》——回归礼制的最初呼声 ……… (17)

第二章　《醒世姻缘传》中的女性形象及其独特价值 ……… (23)
第一节　晁夫人："女中义士""菩萨后身" ………………… (24)
第二节　童奶奶：世情小说中的"女军师" ……………… (29)
第三节　珍哥——一个戏子嫁人后的曲折命运 …………… (33)
第四节　薛素姐、龙氏和童寄姐：泼悍的女性 …………… (41)
第五节　计氏与高四嫂：刚烈的妇女 ……………………… (48)

第三章　《醒世姻缘传》中的男性人物形象 ……………… (53)
第一节　《醒世姻缘传》对士林与官场人物形象的刻画及文学史价值 ………………………………………… (53)
第二节　刻画士林丑态 ……………………………………… (55)

第三节 复古理想与正面人物形象的刻画 …………………… (58)
第四节 《醒世姻缘传》的士林人物形象刻画对《儒林外史》的先声作用 …………………… (65)
附 《醒世姻缘传》中其他有独特意义的男性形象：宦官与族霸 …………………… (66)
余论 从《金瓶梅》到《醒世姻缘传》：晚明性别话语的变迁 …………………… (73)

第二编 《儒林外史》的人物形象与性别话语

第一章 《儒林外史》的男性评价话语分析 …………………… (93)
第一节 对仁义德行的推崇与对隐逸的赞美 …………………… (94)
第二节 《儒林外史》与孝道思想 …………………… (99)
第三节 《儒林外史》的为政观及其与孔子思想的关系 …………………… (107)

第二章 女性形象及两性关系描写的性别话语意义 …………………… (116)
第一节 女性群像及其性别话语内涵 …………………… (116)
第二节 关于杜家兄弟与女性关系描写的性别话语意义 …………………… (127)
第三节 从《醒世姻缘传》到《儒林外史》：对回归传统倾向的深化与反思 …………………… (137)

第三编 《红楼梦》中的人物形象与性别话语

第一章 贾宝玉的“混沌形象”与其性别话语内涵和意义 …………………… (143)
小序 贾宝玉的“混沌形象” …………………… (143)

第一节　贾宝玉之“正”——从与薛蟠的比较谈起 ……（145）
第二节　贾宝玉之“正”与对传统文化精神的继承 ……（151）
第三节　贾宝玉之“邪”及其与孔孟思想的异同 ………（156）

第二章　从性别话语的角度看《红楼梦》的主要女性形象……………………………………………（166）
第一节　对林黛玉的情感描写的性别话语意义…………（166）
第二节　王熙凤与贾琏的婚姻关系及其性别话语内涵……（169）
第三节　史湘云：假小子的性别文化内涵………………（171）
第四节　贾探春“巾帼不让须眉”的风范及其“不孝”辨 …………………………………（180）
第五节　全才全局型且有城府的薛宝钗…………………（185）

第三章　《红楼梦》中其他值得注意的性别话语内涵 ………（200）
第一节　《红楼梦》非常重视女性的才华与灵秀之气 ……（200）
第二节　《红楼梦》的女性观对传统道德观念的超越 ……（204）
第三节　《红楼梦》重情的人物观在思想史和文学史上的意义………………………………………（209）
第四节　未成年男女之间爱情的曲折进展及其性别话语意义………………………………………（213）
结　语…………………………………………………（220）

第四编　《歧路灯》的人物形象与性别话语

第一章　《歧路灯》中的男性形象及性别话语 ……………（227）
第一节　理想的士人………………………………………（227）
第二节　迷途知返的败家子的家教警示…………………（246）
第三节　《歧路灯》主张的家风家教 ……………………（258）

结　语…………………………………………………………（266）

第二章　《歧路灯》中的女性形象及性别话语 ………………（268）
第一节　王氏："没道理"的母亲及其转变 ………………（268）
第二节　有贤德的妻妾……………………………………（276）
第三节　"小家妮子"巫翠姐 ……………………………（280）
结语与余论…………………………………………………（287）

大结语　五大世情小说人物形象与性别话语的嬗变…………（289）

参考文献……………………………………………………（296）

后　记………………………………………………………（304）

绪　论

众所周知，《金瓶梅》标志着历史演义、英雄传奇与神魔小说之后的第四个章回小说流派：世情小说的诞生。在《金瓶梅》之后，世情小说之作不断涌现，其中《红楼梦》青出于蓝而胜于蓝，成为古代长篇小说的巅峰之作，在二者之间或与《红楼梦》同时，比较好的世情小说还有《醒世姻缘传》《歧路灯》，加上《儒林外史》也可算作广义的世情小说，我们可以称之为五大世情小说。不管后代世情小说作者有没有阅读前代的某部世情小说，但从内容上看，这些小说都关注了某些共同的问题，如夫妻关系、妻妾关系、女性对情与欲的追求和满足、子女的教育等家庭内部的诸种问题、整个社会的风气与文化心理等。虽然他们可能对同一问题有不同的见解，但这些被小说家们共同关注的问题大多可纳入性别话语的范畴。

发源于现当代性别社会学研究进而渗入外国文学、中国现当代文学乃至中国古代文学研究中的性别话语研究，大体来说是指对文学作品中性别观念的研究。例如，男女两性分别依据什么样的准则去生活，包括从穿衣、吃饭到恋爱、婚姻、家庭中的人际关系等生活的方方面面，尤其是追求自由自主这一方面体现得尤为突出。不过由于“话语”一词的内涵比较丰富，为了配合世情小说这一研究对象，笔者将性别话语定义为“一切与性别有关的书写（书写即构成话语）”。这样似乎过于宽泛，但我们发现世情小说的作者往往具有甚至当代人都不那么敏感的性别意识，因而他们的一切人物描写几乎都可以看作性别话语书写。例如，《醒世姻缘传》着力描写了薛素姐不顾公公与丈夫劝阻而去泰山烧香，作者在字里行间充满了对薛素姐的批判。其中，对薛素姐的描写即渗透了作者的性别意识，那就是妇女不得随意外出，但这种性别意识是与对薛素姐泰山烧香的描写紧密结合的，所以这些情节就是一种性别话语书写。再如，《歧路灯》在第35回描写了孔慧娘准备酒宴款待丈夫谭绍闻后，借机温言软语劝谭绍闻召回忠心耿耿的仆人王中，之后在第36回议论道："看官，我想人生当年幼时节，父子兄弟直是一团天伦之乐，一经娶妻在室，朝夕卿哝，遂致父子亦分彼此，兄弟竟成仇雠。所以说处家第一，以不听妇言为先。看来内眷若果能如孔慧娘之贤，就是事事相商而行，亦是不妨的。"这段议论既然表达了对女性在家庭中的地位的一种见解（处理家事不能听妇人之言，但贤惠的妇人的话不妨听听），那么之前关于孔慧娘劝谭绍闻的情节也就不能不看作依托于孔慧娘这一形象的性别话语书写了。《红楼梦》借冷子兴之口描述贾宝玉小时候："说起孩子话来也奇怪，他说：'女儿是水作的骨肉，男人是泥作的骨肉。我见了女儿，我便清爽；见了男子，便觉浊臭逼人。'你道好笑不好笑？将来色鬼无疑了！"这无疑也是一种性别话语书写。那么研究者的任务就是，既要从对人物感性的、生动的描写中提炼这一形象本身的性别话语内涵，也要探究作者对人物行为的价值判断中所体现的性别观念。

既然这些世情小说属于晚明到清代中叶的作品，那么在展开研究前，我们有必要对这一时期的性别话语语境作一个总览。目前，学界对此的共识是，晚明社会沿袭了对女性来说比较严格和不利的性别思想：根据"三礼"（《周礼》《仪礼》《礼记》）所确立的主流性别规范，其特点是强调男女有别、男尊女卑，女性必须服从于男性（"三从"——在家从父、出嫁从夫、夫死从子），由此导致"女性作为他者在千年的沉默中失语和她作为'此在'意义的全面丧失”。此外，以“制欲”为核心的宋明理学性别观念还要求妇女从一而终，在“存天理、灭人欲”的大旗之下，女性基于内心的本真性情感体验被阉割，不过男性则可以不受此规则制约，他们可以以种种理由再娶或纳妾，从而满足自己的欲望，因此男性比女性自由很多。不过，在晚明这个天翻地覆的时代，性别思想也有很多变化，产生了对“欲”的肯定和对“情”的推崇的非主流性别意识。就二者的话语权而言，作为主流性别规范对晚明文人的影响大于非主流性别意识①。而清代以后，统治者对程朱理学大加推崇，学术界则对晚明的“放纵”纷纷加以讨伐，结果性别语境就整体而言比明代更严苛了。

但是，在《金瓶梅》《醒世姻缘传》《儒林外史》《红楼梦》《歧路灯》这些作品中，性别话语的书写毕竟是千姿百态的，而且由于晚明的社会风气或启蒙思想的影响所及，这些作品中多多少少都出现了一些反传统甚至具有亮色的人物形象，意味着新的性别话语的萌芽滋长；当然，持传统性别观念的人物还保持着强大的存在态势，甚至在小说中表现得更加稳固。怎样看待这种两方面同时存在并胶着的性别话语局面？另外，由于前后时间跨度比较大，有200年左右，世情小说塑造的人物形象及其反映的性别话语有没有一些规律性的东西供今人借鉴，有哪些性别社会学方面的意义与教训值得当今社会学家汲取？这是本书的首要关注点和要解决的问题。

在解决这些问题之前，我们有必要对世情小说的研究做一个整体的观照，主要从以下几个方面展开。

第一，世情小说人物形象研究。从中国知网的相关论文来看，对世情小说女性形象的研究主要集中在潘金莲、王熙凤、林黛玉、薛宝钗这几个人物，对其他人物，包括《醒世姻缘传》的女主人公

---

① 相关论述参见刘果《“三言”性别话语研究——以话本小说的文献比勘为基础》第一章，中华书局2008年版。

薛素姐的研究都不太多，有关女性形象嬗变的研究也很少。男性人物的研究则集中于西门庆、贾宝玉，有关《醒世姻缘传》的主人公狄希陈的只有一篇，关于《歧路灯》的主人公谭绍闻、《儒林外史》中的重要人物杜少卿的研究也不多。将这些人物进行比较研究的有一些，如西门庆和贾宝玉对女性的态度比较、杜少卿与贾宝玉在人生道路上的选择的比较，或者将贾宝玉、杜少卿与谭绍闻放在一起看其败家子形象的共同特点等，这些都已经涉及两性关系、男性的人生方向等性别话语领域的研究了。此外，各种世情小说研究专著，尤其是人物论专著中对这些人物都不乏专门的篇章进行论述，如曾庆雨的《云霞满纸情与性：读〈金瓶〉说女人》[①] 对《金瓶梅》中几乎所有的女性都作了精到的批评；石钟扬的《致命的狂欢》[②] 中以专章讨论潘金莲的形象；在《红楼梦》研究中，前有王昆仑的《红楼梦人物论》[③]，后有周五纯的《〈红楼梦〉人物新论》[④] 等。这种专著颇多，在此不能一一列举。值得指出的是，《醒世姻缘传》作为一部重要的世情小说，笔者认为学界对其中的人物研究及在世情小说史上的地位缺乏恰如其分的观照。此外，从性别话语的角度对世情小说的男性人物作整体的观照，以了解其传承与嬗变的研究也还大体阙如。

第二，世情小说的整体嬗变研究或单本世情小说的性别话语研究。研究者从不同角度研究世情小说的整体嬗变，如美国学者艾梅兰的《竞争的话语——明清小说中的正统性、本真性及所生成之意义》[⑤] 从明清思想文化嬗变的角度来探讨这些小说中各具特色的性别话语出现的时代原因，有比较独到的地方，不过缺少对《金瓶

① 曾庆雨：《云霞满纸情与性：读〈金瓶〉说女人》，东方出版中心 2019 年版。

② 石钟扬：《致命的狂欢》，陕西人民出版社 2006 年版。

③ 王昆仑：《红楼梦人物论》，生活·读书·新知三联书店 1983 年版。

④ 周五纯：《〈红楼梦〉人物新论》，三秦出版社 1997 年版。

⑤ ［美］艾梅兰：《竞争的话语——明清小说中的正统性、本真性及所生成之意义》，罗琳译，江苏人民出版社 2005 年版。

梅》《歧路灯》两部重要作品的研究；段江丽的《礼法与人情——明清家庭小说的家庭主题研究》[①] 涉及的研究对象与本书重合，也部分涉及了性别话语的问题，不过由于其以家庭主题为研究目标，对性别话语的研究不够集中；齐溇的《持守与嬗变：明清社会思潮与人情小说研究》[②] 是涉及本课题研究对象最全面的专著，主要探讨了明清人情小说中的性爱观，但性爱观与性别话语还不完全是一回事，可以说，性别话语是一个内涵更丰富的话题；楚爱华的《明清至现代家族小说流变研究》[③] 和美国学者马克梦的《吝啬鬼、泼妇、一夫多妻者——十八世纪中国小说中的性与男女关系》[④] 也部分涉及了本书的研究目标。研究世情小说人物形象反映的性别话语的单篇论文也非常多，有一些论文从标题上没有明示，但实质上还是涉及了其中反映的性别话语；也有一些专门论述世情小说性别话语的论文或专著，如雷勇的《性别视野中的明末清初世情小说》[⑤]、楚爱华的《男性弱质与父权秩序的倾覆——〈醒世姻缘传〉的女权主义批评》[⑥]、陶芸辉和桑大鹏的《性别话语视野下的〈红楼梦〉》[⑦]、刘果的《"三言"性别话语研究——以话本小说的文献比勘为基础》[⑧] 等，都在相关领域进行了深入而卓有成效的探讨，给人颇多启示。

---

① 段江丽：《礼法与人情——明清家庭小说的家庭主题研究》，中华书局2006年版。

② 齐溇：《持守与嬗变：明清社会思潮与人情小说研究》，齐鲁书社2008年版。

③ 楚爱华：《明清至现代家族小说流变研究》，齐鲁书社2008年版。

④ ［美］马克梦：《吝啬鬼、泼妇、一夫多妻者——十八世纪中国小说中的性与男女关系》，王维东、杨彩霞译，人民文学出版社2001年版。

⑤ 雷勇：《性别视野中的明末清初世情小说》，见陈洪、乔以钢等《中国古代文学与文化的性别审视》，南开大学出版社2009年版。

⑥ 楚爱华：《男性弱质与父权秩序的倾覆——〈醒世姻缘传〉的女权主义批评》，《齐鲁学刊》2001年第6期。

⑦ 陶芸辉、桑大鹏：《性别话语视野下的〈红楼梦〉》，《文学教育》（上）2009年第12期。

⑧ 刘果：《"三言"性别话语研究——以话本小说的文献比勘为基础》，中华书局2008年版。

第三，其他相关的有社会文化、学术思潮与世情小说之间的关系研究。如朱恒夫的《宋明理学与古代小说》[①]、赵兴勤的《理学思潮与世情小说》[②] 等；世情小说中的礼俗描写研究也有颇多成就，如朱云飞的《〈醒世姻缘传〉中的礼俗研究》[③]、王国凤的《〈红楼梦〉与"礼"：从社会语言学的角度》[④]、商伟的《礼与十八世纪的文化转折——〈儒林外史〉研究》[⑤]、韩爱娜的《〈儒林外史〉礼俗描写研究——以婚礼、丧礼、祭礼为中心》[⑥] 等。

以上的研究展现了学界对世情小说的多角度关注，尤其是为我们了解世情小说的性别话语研究提供了丰富的参考，不过在笔者看来，世情小说之研究还有可以拓展的空间，因为在以往的研究中，对单本世情小说的研究不能让我们窥见世情小说人物嬗变的全貌，只将这些小说按历史先后顺序发展作一线性的分析，缺乏整体的梳理，没有分析世情小说背后的性别文化及思想文化脉络的演变，等等。结合这些不足和笔者在前面提出的问题，本书将对世情小说做一个全面的探讨，深化这方面的研究，主要包括以下几个方面。

第一，世情小说的人物形象系列研究，这可以说是性别话语研究必须要有的基础。本书打算大体对世情小说的人物形象按男女两性的两个系列做研究，其中对女性形象的描写由于比较有系统性，自然是本书重点观照和研究的对象；而对男性的描写则比较没有系统，如《金瓶梅》的男主人公西门庆是一个集商人、官吏与流氓于一身的人物，在女人面前比较强势；《醒世姻缘传》的男主人公狄希陈是地主家的儿子，却是在女人面前比较懦弱的人；贾宝玉则是

① 朱恒夫：《宋明理学与古代小说》，上海古籍出版社2005年版。

② 赵兴勤：《理学思潮与世情小说》，文物出版社2010年版。

③ 朱云飞：《〈醒世姻缘传〉中的礼俗研究》，硕士学位论文，东北师范大学，2010年。

④ 王国凤：《〈红楼梦〉与"礼"：从社会语言学的角度》，浙江大学出版社2011年版。

⑤ 商伟：《礼与十八世纪的文化转折——〈儒林外史〉研究》，严蓓雯译，生活·读书·新知三联书店2012年版。

⑥ 韩爱娜：《〈儒林外史〉礼俗描写研究——以婚礼、丧礼、祭礼为中心》，硕士学位论文，山东师范大学，2010年。

贵族公子，尊重女性。他们身上更多应该从反映的性别话语方面去研究，这一点在第二部分详细展开讨论。只是在《醒世姻缘传》《儒林外史》《歧路灯》中对儒生有比较集中的描写与传承关系，值得对比分析。

需要说明的是，《金瓶梅》《红楼梦》等小说中的主要人物被研究得比较充分，除非笔者有一些独到的发现，否则将只对他们进行简要论述。我们将花更多笔墨在其他不那么受关注的小说人物身上。此外，还有一些需要特别关注的群体将单独拿出来探究，如宦官、族霸等。

第二，世情小说性别话语研究。如前所述，五大世情小说不约而同地关注了包括女性的行为与女性规范、男女关系、妻妾关系、以男性为主的教育问题等在内的诸种问题，这些都可以纳入“性别话语”研究的范畴。

在男女两性描写的比例方面，笔者有一个有意思的但不一定为学界所接受的认识，那就是《金瓶梅》《醒世姻缘传》《红楼梦》中女性描写的比例比男性高，而《歧路灯》《儒林外史》中的男性描写比例比女性描写比例要高，在此我们不妨称后者为“男性小说”，从性别话语的意义上来说，后者对男性的生存状态与方式有较多探讨，构成本书研究世情小说男性话语研究的重要对象。当然，这不是说前三部小说没有描写男性，相反，不仅有描写，而且也是我们进行性别话语嬗变研究的重要内容，如贾宝玉的生存方式，就在相当程度上代表了曹雪芹的男性理想，那么我们就有必要将其与前代世情小说中的男性进行比较研究，以探究其特别的男性话语内涵。这些就是我们在本书中要展开的主要内容。

第一编

《醒世姻缘传》的人物形象与性别话语

进行关于世情小说的人物形象与性别话语的研究，首先应该对《金瓶梅》进行专章论述，这似乎是题中应有之义。不过笔者却从《醒世姻缘传》开始我们的思考之旅，为此需要在正文开始前做一个交代。

《金瓶梅》的人物与性别话语当然值得深入研究，不过我们之所以不为之开辟专章讨论，是因为相关的论述已经相当充分丰富，为了避免重复，加之本书的重点在于“嬗变”，所以我们在下文只简单谈谈对《金瓶梅》的看法，然后转入《醒世姻缘传》的相关研究。

第一章

《醒世姻缘传》的复古思想与明末清初回归礼制的思潮

第一节　《金瓶梅》性别话语简论

《醒世姻缘传》的面目宛如一颗蒙上了不少灰尘的珍珠，相比《金瓶梅》《红楼梦》而言，其艺术水准自然是差了一截，但是在世情小说嬗变史上，其人物与性别话语却是值得一提的。在展开对《醒世姻缘传》的研究前，有必要对《金瓶梅》的相关问题进行回顾，以作为进行嬗变研究的基础。

一　《金瓶梅》中惊世骇俗的人物

《金瓶梅》作为长篇世情小说的开山之作，以惊世骇俗之笔描写了晚明这个传统社会面临崩溃之际的男女关系，可以说在中国小说史上首次着力展现出在两性关系中居于中心地位的男性——以西门庆为代表——的欲望的无限膨胀：西门庆有妻妾几房还不知满足，又不断在妓院包占妓女、霸占仆人的妻子乃至和社会上的孀妇来往。他仗着财力交通官府，从商人摇身一变为官吏，这为他开辟了更广阔的渔色的途径。《金瓶梅》可以说彻底展现了传统社会中男人有钱有势后变得更坏的趋势，当然，西门庆身上也表现了没有受到严格的传统儒家教育的男性的卑劣人性。

更令人惊诧的是，作品还展现了以潘金莲、庞春梅为代表的女性在性爱上的出格行为。相比吴月娘和孟玉楼的本分、李瓶儿在嫁给西门庆后的收敛，潘金莲则表现出一个女性在身体需要上一旦得不到满足就寻找机会红杏出墙的特点。此外，潘金莲对西门庆态度的变化也是值得注意的。当她得不到西门庆的时候，她是可怜的：

> 玳安就如此这般，把家中娶孟玉楼之事，从头至尾告诉了一遍。这妇人不听便罢，听了由不得那眼中珠泪儿顺着香腮流将下来。玳安慌了，便道："六姨，你原来这等量窄，我故便不对你说。对你说，便就如此。"妇人倚定门儿，长叹了一口气，说道："玳安，你不知道，我与他从前以往那样恩情，今日如何一旦抛闪了。"止不住纷纷落下泪来。①（第8回）

当偷情被告到西门庆那里，西门庆审问她乃至以此要挟剪她的头发时，她是卑污的：

> 西门庆道："簪子有没罢了。"因向袖中取出琴童那香囊来，说道："这个是你的物件儿，如何打小厮身底下捏出来？你还口漒甚么？"说着纷纷的恼了，向他白馥馥香肌上飕的一马鞭子来，打的妇人疼痛难忍，眼噙粉泪，没口子叫道："好爹爹，你饶了奴罢！你容奴说，奴便说；不容奴说，你就打死了奴，也只臭烟了这块地……"（第12回）
>
> 西门庆道："你只嗔我恼，我说的你就不依我。"妇人道："我不依你，再依谁！"……当下妇人分开头发，西门庆拿剪

---

① （明）兰陵笑笑生：《金瓶梅词话》，人民文学出版社2000年版。下文中同书的引文只标明回目。

刀，按妇人当顶上齐臻臻剪下一大柳[1]来，用纸包放在顺袋内。妇人便倒在西门庆怀中，娇声哭道："奴凡事依你，只愿你休忘了心肠。随你前边和人好，只休抛闪了奴家！"（第12回）

等到她拿住了西门庆的把柄，占了上风，就对其嬉笑怒骂起来了：

西门庆笑骂（潘金莲）道："你这小淫妇儿，单管爱小便宜儿，随处也掐个尖儿。"金莲道："我儿，娘说的话，你好歹记着。你不替我打将来，我和你答话！"（第20回）

西门庆递了三枝花，教送与月娘、李娇儿、孟玉楼戴："就请你三娘来，教他弹回月琴我听。"金莲道："你把孟三儿的拿来，等我送与他。教春梅送他大娘和李娇儿的去，回来你再把一朵花儿与我，我只替你叫唱的，也该与我一朵儿。"西门庆道："你去，回来与你。"金莲道："我的儿，谁养的你恁乖！你哄我替你叫了孟三儿，你是全不与我。我不去。你与了我，我才叫去。"（第27回）

潘金莲对西门庆的态度也是很出格的。她掌握了西门庆与李瓶儿来往的情况之后，开始以此来要挟西门庆，把他控制在自己手里，以往的柔顺渐渐消失，表现出强硬恣肆的一面。西门庆和宋惠莲偷情后，宋惠莲越来越张扬，孟玉楼对此表示不满却无可奈何，潘金莲则说："真个由他，我就不信了。今日与你说的话，我若教贼奴才淫妇与西门庆做了第七个老婆，我不是喇嘴说，就把潘字吊过来哩！……他若不依我，拼着这命，摈兑在他手里，也不差甚么。"（第26回）李瓶儿死后，潘金莲有一次借和西门庆行房之际

① 说明：本书所引用世情小说中的内容，依照尊重原文的原则，对于其中的别字一律不改，特此说明，以下不再一一加注说明。

讨要李瓶儿的一件皮袄：

> 妇人道："怪奴才，你是与了张三、李四的老婆穿了？左右是你的老婆，替你装门面的，没的有这些声儿气儿的。好不好，我就不依了。"西门庆道："你又求人，又做硬儿。"妇人道："怪磣货，我是你房里丫头，在你跟前服软？"（第74回）

这种和夫主斗嘴表现了潘金莲的强硬，就是说她懂得利用西门庆好面子的心理，强硬地要挟他满足自己的要求。而当她气恨西门庆时，她就直接骂他："不是咱不说他，他说出来的话灰人的心。只说人愤不过他。……还是请黄内官那日，没对着应二和温蛮子说：从他死了，好菜也没拿出一碟子来。怪不的你老婆多死绝了，就是当初有他在，也不什么的。到明日再扶一个起来和他做对儿么……"说得西门庆急了，跳起来，赶着拿靴脚踢她，她夺门一溜烟跑了（第73回）。诚如论者所云："西门府上几乎无人敢顶撞西门庆，唯有潘金莲眼光敏锐，词锋犀利，而且举证确凿，推理严密，往往让西门庆爱恨交加，左右为难。"①

这些情节中，潘金莲明确地背离了女性柔顺的要求。为保护小仆人铖安，显示自己对于宋惠莲之事的干预，她甚至从西门庆手中直接夺下鞭子，不许他打小仆人。这些描写表现出一种女人对男性绝对中心的反抗，在某种程度上具有追求平等的色彩，尽管是用相当粗糙的形式展现出来的。

对于庞春梅，小说则先写其名言：

> （庞春梅）因见阶下两只犬儿交恋在一处，说道："畜生尚有如此之乐，何况人而反不如此乎？"（第85回）

---

① 石钟扬：《致命的狂欢》，陕西人民出版社2006年版，第49页。

后写其在嫁给周守备后还与陈经济来往，俨然又一潘金莲出世，可谓“有其主必有其仆”矣！在《红楼梦》中，花袭人是薛宝钗的影子，晴雯是林黛玉的影子，而在《金瓶梅》中庞春梅则是潘金莲的影子，而这第一组身与影的组合人物的最重要的共同点居然是她们的泼辣与放浪！作者对她们的放浪虽然不无批判，但更多时候倾向于客观地展示。这给后人留下了从新的角度看待她们的空间。

《金瓶梅》所描写的世道是财与势为主宰的世道，西门庆与王六儿来往，王六儿告诉丈夫韩道国后，韩道国居然说：“等我明日往铺子里去了，他若来时，你只推我不知道，休要怠慢了他，凡事奉承他些儿。如今好容易撰钱，怎么赶的这个道路!”（第38回）所以这是个廉耻丧尽、只看钱财和势力的世界。而韩道国则拿了王六儿从西门庆那里得来的银子去包占别的妓女，这是一个完全乱了套的世界。西门庆和仆人的妻子偷情，仆人则和西门庆的妾偷情，乃至女婿和小丈母娘偷情。有论者称这种现象为“乾坤天地间欲望男女之永恒博弈”[①]，可谓恰当。这种前所未有的描写颠覆了中国人的世界观，构建了一种“新型”的男女关系的图景，预示着一个旧的世界的崩溃，可谓中国式的《十日谈》。

二 《金瓶梅》中比较传统的女性

有别于潘金莲与庞春梅的恣肆而死于非命的人生，作者还塑造了吴月娘与孟玉楼这样的传统女性，其中孟玉楼代表了一种比较理想的女性，从中可以看出作者对女性的一种务实的要求：过一种不必墨守成规，但也不要过于张扬的人生。

孟玉楼经历了三段婚姻，小说中她出场时第一任丈夫已经死

---

① 谭楚子：《乾坤天地间欲望男女之永恒博弈——论〈金瓶梅〉身体政治男权建构与市井女性对其解构颠覆》，见《金瓶梅研究》第十辑，北京艺术与科学电子出版社2011年版，第260—286页。

去，经媒婆介绍认识了西门庆，彼此有意，但孩子的娘舅张四反对她嫁入西门府，孟玉楼伶牙俐齿地加以驳斥，最后成功再嫁、进入西门府。虽然事实证明她的选择是错误的，这第二次婚姻是一次失败的婚姻（原因在于西门庆欲壑难填，孟玉楼根本没有过几天完整的夫妻生活），但作者似乎对孟玉楼这种坚持嫁给西门庆的行为没有进行批评，也似乎说明，作者赞同女性再嫁的权利。

在西门府，孟玉楼与潘金莲一样面对众多的竞争对手，也与潘金莲一样心怀不满，但她没有像后者那样采用张牙舞爪的姿态来争宠，而是默默忍受着。有时候她故意挑起潘金莲去争斗，自己却冷眼旁观：

> 这妇人得了西门庆此话，到后边对众丫鬟媳妇，词色之间，未免轻露。孟玉楼早已知道，转来告潘金莲说：他爹怎的早晚要放来旺儿出来，另替他娶一个；怎的要买对门乔家房子，把媳妇子吊到那里去，与他三间房住；又买个丫头伏侍他，与他编银丝鬏髻，打头面，一五一十说了一遍，“就和你我等辈一般，甚么张致？大姐姐也就不管管儿？”潘金莲不听便罢，听了忿气满怀无处着，双腮红上更添红，说道：“真个由他，我就不信了。今日与你说的话，我若教贼奴才淫妇与西门庆做了第七个老婆，我不是喇嘴说，就把潘字吊过来哩！”玉楼道：“汉子没正条，大的又不管，咱每能走不能飞，到的那些儿？”金莲道：“你也忒不长俊，要这命做甚么？活一百岁杀肉吃？他若不依我，拼着这命，摈兑在他手里，也不差甚么。”玉楼笑道：“我是小胆儿，不敢惹他，看你有本事和他缠。”（第 26 回）

以孟玉楼这种机智老成的态度，难怪张竹坡要认为她是作者的代言人了。总之，在西门府她不能没有怨言，但是却不采取行动，也许她觉得自己没有足够的胜算。等到西门庆死去，面对李衙内求婚，她就毅然再迈一步，走向了第三次婚姻：

> （孟玉楼）心中暗度："况男子汉已死，奴身边又无所出。虽故大娘有孩儿，到明日长大了，各肉儿各疼，归他娘去了。闪的我树倒无阴，竹篮儿打水。"又见月娘自有了孝哥儿，心肠儿都改变，不似往时，"我不如往前进一步，寻上个叶落归根之处，还只顾傻傻的守些甚么？到没的耽搁了奴的青春，辜负了奴的年少。"（第 91 回）

纵观孟玉楼的三次婚姻选择，可以说这里完全没有从一而终的观念，这就是她不墨守成规的地方。不过她也没有像潘金莲、庞春梅那样放浪，而是和吴月娘一样不逾越规矩：吴月娘泰山烧香，断然拒绝了殷天锡的无理请求（第 84 回）；孟玉楼的簪子被陈经济捡到，陈经济勾引不成又要挟，孟玉楼都以巧计将其击退，终于成就了自己和李衙内的美满婚姻。孟玉楼的态度不仅和潘金莲，而且和庞春梅形成了对比：庞春梅和潘金莲一样，在婚后还和陈经济鼠窃狗偷。作者安排孟玉楼和吴月娘一样善终的结局，而与潘、庞不同，显示了他比较通达但不放任的女性观。

明了了《金瓶梅》的女性话语，我们就可以展开对《醒世姻缘传》的研究了。总的来说，《醒世姻缘传》对《金瓶梅》中潘金莲、庞春梅一类的女性更明显地表示不满，期望完全回归古老的礼制，显示出保守主义的思想。下文将对此进行分析。

第二节 《醒世姻缘传》——回归礼制的最初呼声

《醒世姻缘传》代表了明末清初思想界的一种转型。当时，中国社会陷入深刻的危机之中，政治黑暗而腐败、社会风气堕落，加上边境满洲人以及日本倭寇的骚扰，社会局势的危机激发了士人的社会责任感与使命意识，思想界开始反思前一阶段的个性解放思潮，自明中叶以来狂放不羁地追求个性解放的浪潮被当作社会风气颓败的罪魁祸首遭到批判与清算。东林党代表人物顾宪成将朱熹之学与王守仁心学做了对比：“以考亭（指朱熹）为宗，其弊也拘；以姚江（指王守仁）为宗，其弊也荡。拘者有所不为，荡者无所不为……昔孔子论礼之弊曰‘与其奢也宁俭’，然则论学之弊亦应曰：与其荡也宁拘。此其所以逊朱子也。”① 明代的灭亡更引发文人的文化反思，其结论是将明朝的灭亡归因于思想之混乱和道德之堕落。其中最突出的有顾炎武，他反观明代社会的变迁，痛恨于当时思想界的放纵与态肆，遂以无情的笔触痛斥明末士子的正气不举、颓败堕落。顾炎武说：“《五代史·冯道传论》曰：‘礼义廉耻，国之四维；四维不张，国乃灭亡，善乎！……人之不廉而至于悖礼犯义，其原皆生于无耻也。故士大夫之无耻，是谓国耻。’”②。他痛斥激进的思想家李贽为“小人之无忌惮而敢于叛圣人者”③。

产生于明末清初且在取材上深受《金瓶梅》影响的《醒世姻缘传》，在思想上则受到了这种时代思潮的影响，在创作题旨上明显表现出对于《金瓶梅》的反拨与修正，即对于传统礼制的回归的渴望，带有鲜明的时代印痕。

《醒世姻缘传》的作者怀着复古的思想，对过去充满留恋，在第23回卷首用一首韵文表达了这种思想：

> 去国初淳庞未远，沐先皇陶淑綦深。人以孝弟忠信是敦，家惟礼义廉耻为尚。贵而不骄，入里门必式；富而好礼，以法

---

① （明）顾宪成：《小心斋札记》，《顾端文公遗书》（卷三），光绪丁丑泾里宗祠重刊本，第6页。

② （清）顾炎武著，（清）黄汝成集释：《日知录集释》，岳麓书社1994年版，第481—482页。

③ （清）顾炎武著，（清）黄汝成集释：《日知录集释》，岳麓书社1994年版，第668页。

度是遵。食非先荐主而不尝，财未输公而不用。妇女惕三从之制，丈夫操百行之源。家有三世不分之产，交多一心相炤之朋。情洽而成婚姻，道遵而为师弟。党庠家塾，书韵作于朝昏；火耨水耕，农力彻于寒燠。民怀常业，士守恒心。宾朋过从而饮食不流，鬼神祷祀而牲牷必洁。不御鲜华之服，疏布为裳；不入僭制之居，剪茆为屋。大有不止于小康，雍变几臻于至道①。

这段话的基本思想就是，原来的人们遵守礼制，一切都是好的。现代人也许对此不以为然，作者西周生却在一定程度上展现了心目中礼制思想的精粹，那就是不重视地位的炫耀，而更看重一种淳朴守礼的社会风气，这种风气下的社会还带有一定程度的平等色彩。

众所周知，《金瓶梅》是明中叶以来社会思潮变革在文学上的体现者，其生活描写呈现出一种近乎自然主义的态度，在这里，“百姓日用即道”（王艮语），从好的方面说，人的追求得到了尊重，但是其社会影响自然有坏的一面。对此，《醒世姻缘传》从两个方面作出了自己的反拨与修正。

首先，对于作恶者表达出明显的鞭挞与惩戒。

晁源之死再好不过地说明了这一点。这可以联系《水浒传》《金瓶梅》说起。在《水浒传》里，勾引别人妻子的西门庆被武松杀死，英雄以武力捍卫了传统伦理。在《金瓶梅》里，西门庆却在被武松追杀时逃走，一个捕快成了替死鬼；西门庆买通官府，反而让武松受了流放之刑；西门庆之死，是死于自己的家里、潘金莲的贪欲之下。到了《醒世姻缘传》里面，西门庆式的男子晁源同样勾

① 西周生：《醒世姻缘传》，黄肃秋校注，上海古籍出版社1981年版，第26回。以下所引此著，只注明《醒世姻缘传》回目。有关西周生所处的年代，学界争议较大，且所引用的该小说版本中也未标明，故本书一律不标其朝代信息。

引占有别人的妻子唐氏，作者西周生让性情中有“直气”的平民小鸦儿在狐仙的带领下报了仇，将晁源与唐氏的头双双割下后到县令那里自首。这几乎象征性地表现了《醒世姻缘传》对《水浒传》的伦理观的刻意回归。

其次，也是十分重要的方面，就是对于理想环境、正面人物、善良人性的向往与追忆、描写。在《金瓶梅》里，这样的人几乎绝了踪，因此有人说它里面没有一点亮色。《醒世姻缘传》的作者显然在竭力对此加以修补，他花了整整两回（第23、24回）来单独描写昔日明水的太平光景，其特征是民风淳朴，世界和乐。就人物来说，这里清官就是清官，计氏受诬自杀一案，虽先经晁源买通县令，将原告、被告各打五十大板，后来却终于在李观察、褚推官手中昭雪，而不是像《金瓶梅》中陈文昭那样先是要为武松申冤，后经蔡太师一封书信就改变了主意；这里，有狄员外与薛教授的友情，有杨尚书绝不摆官架子、离职还乡后的平民风范、“唯吾德馨”，有晁夫人几次出谷赈灾，感动原本吝啬的富户也来帮忙……

《醒世姻缘传》通过刻画这些正面的人物形象，表达了作者对于传统礼教尚存时代的留恋。无赖的秀才汪为露死后，深受其苦的他的学生宗昭却万里迢迢回来为他主祭；狄员外也曾多次被他刁难，他仍送了祭银八两，人们怪之太奢，他回答说：“谁去和死人计较?”（第42回）他们的行为表现出对于古礼的执着，其人性的亮色正好是对《金瓶梅》黯淡色彩的衬托。

《醒世姻缘传》当然也对人欲的泛滥是不满的，可是作者更关心的是礼法制度的被破坏。作者取名“西周生”，在第26回开始又明确地说：“这明水镇的地方，若依了数十年先，或者不敢比得唐虞，断亦不亚西周的风景。”而西周是中国礼法制度正式形成并对后代产生深远影响的时代。前引第23回韵文中，作者还对离明朝开国不远的“富而好礼”加以赞美。

与《金瓶梅》描写的两性关系的放纵不同，《醒世姻缘传》在这方面是比较谨慎、保守的。《金瓶梅》的作者从生命角度出发认为过度的性欲会对生命有损，而《醒世姻缘传》的作者则纯粹从维护风化的角度出发，认为只应有为了生育的性事，不应有单纯的性欲。因此，《醒世姻缘传》的作者在描写人物对性的欲望时体现了一种讥讽的态度，即便是对于正面人物晁梁，作者在写他十七岁成婚时也用了“背后不知怎么成精作怪”这样的字句，无非调侃这小小后生虽然恋母，却已懂得夫妻之事了。如果对性的态度还可理解，那么对情简直视有若无。《金瓶梅》里有宋惠莲的真情、李瓶儿对西门庆的挚情以及李瓶儿死后西门庆的痛哭，而《醒世姻缘传》这一百回的大书中，居然没有一处认真写人之真性情。例如，像狄希陈与孙兰姬、童寄姐之间，本是有一些感情的，他却草草提过；被着力描写的，不是人情往来的酬答（表现对遵守礼制的关注），就是不守礼制者的乱来（表现出对他们的否定）。恪守传统礼教者不具备自由生命的特质，而违反封建伦理和追求自由生命的方面自然也被否定，于是整个《醒世姻缘传》的话语世界呈现出一派暮气。这里没有对人的个性的强调、关怀，没有一点“三言二拍”的晚明新思潮痕迹，只有对伦理的关怀，属于纯粹的古典小说，而与《金瓶梅》《红楼梦》《儒林外史》的近代气息相对。这正是传统意识以群体为本位而贬抑个人独立存在价值的结果。于是文学不成其为文学，而成了伦理学的传声筒。

《醒世姻缘传》与晚明以来泛滥的拟话本小说一样，表现出将论世情与说因果相结合的教化至上的倾向，这使它一方面如研究者们看到的，无比深刻地揭露了世情时弊，另一方面在整体上又显示出了文学观的倒退，文学性因过于重视伦理教化的地位而降低。这也是要将它放到文学史、文学思想史上才能看出来的。

郭英德曾指出，明末清初的文学观念经历了一番向后倒退的革新，这一时期的文学观被概括为求实的文学观。具体地说，面对明朝的衰朽乃至灭亡，文人反思起空谈性理、轻视实务的士林风气，在文学观上提出了“文须有益于天下”的命题。于是当时的文学观念纠正了主情文学观淡化甚至放弃文学社会责任的偏向，要求文学家有政治使命感和历史使命感，因而具有革新的倾向；但它否定文学的独立性、自足性、超越性，从而又恢复了功利主义的文学观，因而是倒退的革新。这一文学观倡导文学的批判精神，要求文学肩负起挽救民族命运、寻求社会出路、指导历史发展的责任；同时要求文学具有“明道”“乐道人之善”的意义，提倡作家的个人情感和传统的文化意识的高度统一，主动趋向于传统的文学价值观、文学本体观、文学创作观。这一切是以传统意识为文化根底的，而这种传统意识偏向于绝对地要求以国家、民族、社会、群体为本体而贬抑个人的独立存在，偏向于单纯地在社会关系中判定事物的价值而贬低人的个性价值，因此要求文学表现并适合道德化的历史观和政治观[①]，简单地说就是教化至上的倾向。

《醒世姻缘传》的艺术水准就是因为作者在叙事中掺入了太多教化性的议论而降低了不少。这种教化的一个核心就是对回归西周礼制的渴望、对背离礼制之辈的批判，而这种渴望和批判也就贯穿了其人物形象的塑造。

---

① 郭英德：《向后倒退的革新——论明末清初的求实文学观念》，《湖北大学学报》（哲学社会科学版）1996 年第 6 期。

第二章

《醒世姻缘传》中的女性形象及其独特价值

前文说过，《醒世姻缘传》是一颗蒙上了许多灰尘的珍珠。蒙尘的表现之一就是它教化倾向太过浓厚，而说它还是一颗珍珠则是因为它在女性形象塑造上做出了自己的贡献。抖落这些灰尘，我们可以看见这些人物各具的光彩，但作者的女性观念还是需要从这些教化语言中去寻绎。

《醒世姻缘传》承接《金瓶梅》开辟的传统，描写了一大批女性形象，她们又往往具有《金瓶梅》中的典型女性所没有的特征，开拓了世情小说女性描写的类型。小说不仅刻画了薛素姐这一以暴虐为主要特征的女性形象，而且以写实厚重的笔法刻画了晁夫人、童奶奶等为家庭乃至社会作出很大贡献的中下层社会女性形象，从而显示了女性的巨大能量，这样就丰富了世情小说中的女性的形象类型，并在《红楼梦》之前在长篇世情小说中为女性唱赞歌，有其开创性的和独特的价值。而作者的着力点并不一定在于写这些女性怎样遵守礼制，在他正面刻画的这些女性形象身上，主要是突出了她们的才干、德行，这是我们要先指出的。

《醒世姻缘传》的人物形象塑造有很粗糙的一面，但耐心的审视会使我们发现这部小说为中国古典小说人物画廊贡献了许多独特的人物形象，我们将选择几位最重要的女性，将她们与其他世情小说中的女性进行比照，以便明了其独特价值，并发现其背后作者的女性观念。

第一节　晁夫人："女中义士""菩萨后身"

晁夫人是书中最具亮色的人物，以慈善闻名，泽被乡里，以至死后被封为"峄山圣姆"，这固然不足信，但是剥去神话的外衣，我们发现这一人物形象有很高的艺术真实性，有一定的厚度与深度。

《醒世姻缘传》对晁夫人这一形象的刻画，重在表现她宅心仁厚。这不仅表现在对两个媳妇的态度上，还表现在对族人乃至外人上。但作者也没有把她塑造成一个糊涂的老好人，而是写出她能识别善恶、与恶人斗争的明智与坚强，作者誉之为"哲母"。这两方面在文学史的女性形象塑造上都具有独特的意义，下面我们将就这两点先进行阐述，然后分析其在文学史上的独特性。

一　宅心仁厚

1. 善待媳妇

晁夫人的宅心仁厚首先表现在她善待自己的儿媳妇，包括儿子的正妻计氏和妾施珍哥。

在丈夫和儿子活着的时候，她虽然不大能主家，但是对受到儿子嫌弃的儿媳妇计氏还是很好的。儿子晁源不带计氏来父母所在之地，晁夫人埋怨说："家门口守着河路，上了船直到衙门口，如何不带他同来，丢他在家？谁是他着己的人，肯用心服事？亏你也下得狠心！……"（第6回）又要差人回去央求计亲家送女儿来。知道儿子虐待计氏后，她后来又专门派仆人晁住和其媳妇给计氏送东西，并传话宽慰和告诫她："你两个到家时，见了大婶，传说是我嘱付：大叔既房里娶了人，这也是人家常事，当初你大婶原该自己拿出主意，立定不肯，大叔也只得罢了，原不该流和心性，轻易依他。总然就是寻妾，也只寻清门静户人家女儿才是，怎么寻个登台的戏子老婆？斩眉多梭眼的，甚是不成模样！但既‘生米做成了熟饭’，‘豆腐吊在灰窝里’，你可吹的，你可弹的，只得自宽自解，大量着些，休要没要紧生气。凡百忍耐，等我到家，自然有处。”（第8回）还顺便让仆人带了银子和很多生活物资给计氏。可见这是一个难得的疼爱媳妇的婆婆形象。在计氏含冤死后，晁夫人先是央香岩寺长老选了高僧替她诵了一千卷救苦难的《观世音经》来超度她（第16回），后来计氏托梦说还是没有投胎转世，在等待替死鬼，于是按计氏要求，晁夫人又请真空寺智虚长老选了二十四个有德行的真僧，建三昼夜道场，念诵《金刚法华经》二千卷、《观音经》五百卷，加上上次通州诵的共一千卷，三部真经共是三千五百卷。做这样的法事时，晁夫人还施舍食物给众人，终于使计氏投胎转世为人，就是后世姻缘中的童寄姐（第30回）。晁夫人因为善待计氏，连带对计氏娘家的哥哥和父亲也很好。计氏的父亲病重即将去世，晁夫人替他预备下了送终的棺材，相比丈夫和儿子对这个亲家的苛刻寡恩，晁夫人的举动当然赢得了计家人的感激：“计老头得了这板，不惟济了大用，在那枕头上与晁夫人不知念够了几千几万的阿弥陀佛。”（第30回）

对于儿子所娶的妾珍哥，虽然晁夫人不是很喜欢她，但仍能够善待她，这也是非常难得的。珍哥出身是娼妓兼戏子，晁夫人对她开始并没有偏见，还说她“风流伶俐”“好个活动人儿”，后来知道了她的为人，才对她有所忌惮，但仍然以礼相待。珍哥诬告计氏与和尚有奸情、挑拨晁源休弃计氏，致使其上吊自尽后，被计家人告到官府，经过明察，官府判决珍哥秋后绞刑抵罪，先期关进监牢。在牢中由于晁源疏通关节，珍哥不仅没有受苦，而且享受到非常的待遇，不仅如此，还与早已相好的家人晁住继续有奸情往来。晁源死后，晁夫人对于珍哥虽然嫌弃（因为其恶行），但仍然照顾她的生活："叫珍哥监内雇一个囚妇伏事，每月支与五十斤麦面，一斗大米，三斗小米，十驴柴火，四百五十文买菜钱；家中凡遇有甚么事情，那点心嗄饭，送的不在数内；也冬夏与他添补衣裳。"（第43回）珍哥在牢房里又与书办张瑞风有染（第43回），后被发觉，经过非常曲折复杂的经历后死去，晁夫人仍然派人埋葬了她（第51回）。晁夫人对儿媳妇仁至义尽，这在世情小说史上是少有的。

2. 恩济族人

晁夫人也能照顾家族利益，将田产分给本族八户人家，并各给五十两银子做耕作本钱，族里的孩子小琏哥的父亲（族霸晁无宴）死后，其后母卷着所有财产嫁人，晁夫人把小琏哥从另一族霸晁思才手下救出来养活；这样，她成了晁家族人的真正权威，作威作福的族霸则受到人们的厌弃。

3. 福及社会

晁夫人把自己的积蓄拿出来赔给被儿子骗去所有银两的胡、梁二生，善待做幕宾的邢皋门，使他们感念恩德，梁生后来投胎到晁家做了晁夫人家妾的儿子、长大后侍奉她到老，邢皋门后来做官上任经过还特意来拜访她。儿子晁源小时候的老师陈先生去世，晁夫人又派人照顾陈师娘，在其受到自己儿女的虐待后派人把她接到自己家里来，养老送终。

她又曾多次出谷赈灾，又替灾年交不出粮的人家交粮食，"替武城县留下许多孑遗"，使那本为不良之辈的县令也有所感化。

从文学史角度来说，晁夫人是古典小说里较少见的被充分描写的老年人形象，在某种程度上足可以与《红楼梦》里的贾母相比。而由于其出现在《红楼梦》之前，所以不妨说是具有开创意义的。如果说贾母代表了上层贵族社会的慈祥、仁爱、有丰富处世经验而又有权威的老年女性，那么晁夫人则是具有浓厚的乡土色彩的中下层社会富裕之家的老年女性形象。曹雪芹写贾母，写活了一个有条件雅俗共赏、过着优裕的物质生活的祖母，她有说有笑，懂得尽情地享受生活；她身上有着深厚的母爱，不仅施及孙儿、孙女、外孙女、侄孙女，还广施于亲戚家的孩子（宝琴、四儿、喜鸾），以及丫头、小戏子、小道士身上，但在家族利益受到威胁时，也会采取措施防范（如惩罚喝酒赌博的守夜仆妇）。西周生笔下的晁夫人是一个更为仁至义尽的形象，甚至成为社会危机的拯救者，这些都是她那刻薄的丈夫与儿子死后的事。与贾母相比，晁夫人的形象当然显得更为光辉一些，相形之下，贾母对刘姥姥的好只显得是小恩小惠了。

在《三国演义》《水浒传》里，仁厚者的形象是由男性承担的（如刘备、宋江），在《醒世姻缘传》里则由女性来承担，所以她是作家的一大独特贡献，通过晁夫人彰显了女性慈爱宽厚的天性在社会上的作用。作者写晁夫人去世后成了“峄山圣姆”，由于曲阜尼山偶缺了主管，甚至派她暂摄尼山之事（第93回），通过这一细节，作者似乎表达了对于“女政”的向往。无疑，在封建社会这是很有独特性与进步意义的。

二 与恶人斗争的明智与坚强

作者也没有把晁夫人塑造成一个糊涂的老好人，而是写出她能识别善恶、具有与恶人斗争的明智与坚强品质。她的慈善事业是在与族霸恶人的斗争中展开的，这使其形象有敢于斗争、不畏恶势力的一面。当晁源死后，族霸晁思才、晁无晏以为晁家没了后人，准备瓜分晁家的财产，他们假作吊孝，以晁源丧事不宴请他们这些族人为名上门责问，被晁夫人严正驳回：“……既是不为吊孝，是为责备来的，我乡里也没预备下管责备人的饭食，这厚礼我也不敢当！”（第20回）。二族霸率人抢财产，被县令捉住惩罚以后，晁夫人作出让步，分田给他们，二族霸又以自己是头人为名，要把别人的匀一份给自己，晁夫人说："你既说是个族长，凡百的公平，才好叫众人服你。你承头的不公道，开口就讲什么偏……您打伙子义义合合的，他为您势众，还惧怕些儿；您再要窝子里反起来，还够不着外人掏把的哩。"（第22回）后来出谷赈灾，二晁又要用自己的秕谷换了好谷救灾，晁夫人得知真情后，严词拒绝。这样在斗争中描写出来的晁夫人形象，显得真实可信，风骨凛然。作为大家族祖母，贾母的权威更多来自中国尊重老人的传统和自己个性的威慑力，与人冲突的可能性是较少的；而晁夫人并没有那样优越的地位，她靠自己的一片善心与对于社会危难的救助来获得人们的感戴，她的一百〇四岁寿辰之日，乡里人家都来看望，"只因来的客人太多，不能周备，只得把肴菜合成一处，每人一器，两个馒首，一大杯茶，聊且走散，另卜了日子治酒请谢。"（第90回）这样的寿宴场面虽然朴素无华，但充满了乡土气息与真实感，晁夫人的形象因之更显光辉。

在儿子晁源因与人通奸被杀死后，晁夫人哭诉："儿啊！你一些好事不做，专一于那促狭短命的营生，我久知你不得好死！我还承望你死在我后头，仗赖你发送我，谁知你白当的死在我头里去了！……闪的我临老了没了结果！我的狠心的儿啊！"（第20回）这段话很符合中国人养儿送终的心理，而与刘备摔阿斗显示的男性权谋中的无情相比，则更显出母性的慈爱特征：儿子虽然坏，做母亲的却不会不认儿子。这是这一形象比较厚实的一面。

在前代文学作品中，类似晁夫人这样明哲的女性形象似乎只有《三国演义》中的徐庶之母。众所周知，徐庶之母在徐庶被曹操骗离刘备、到了曹营后，就骂儿子弃明投暗，而后上吊自尽。晁夫人则是在儿子晁源把有恩于晁家但失势的胡、梁二生压榨一空又赶走他们后上吊自杀，她说："我不为甚么，趁着有儿子的时候，使我早些死了，好叫他披麻带孝，送我到正穴里去。免教死得迟了，被人说我是绝户，埋在祖坟外边！""我虽是妇人家，不曾读那古本正传；但耳朵内不曾听见有这等刻薄负义没良心的人，干这等促狭短命的事，会长命享福的理！怎如早些闭了口眼，趁着好风好水的时节挺了脚快活？谁叫你们把我救将转来！”（第 15 回）相较而言，徐母显得有几分夸张，成为理学思想的传声筒，晁夫人形象则更可信。

第二节 童奶奶：世情小说中的“女军师”

《醒世姻缘传》中狄希陈的第二个妻子童寄姐是有一点泼悍性格的，但是她母亲童奶奶的光彩超过了她，作者是以完全赞美的笔触来描写这一京师女性的，以至借小说人物之口称其为“女军师”。如果说晁夫人是一个慈悲济世的乡土女性，那么童奶奶则更像一个精明能干的都市中年妇人。

一 童奶奶形象的特点

1. 临危不乱能应对

童奶奶表现出很强的危机处理能力，主要体现在两件事上。

其一，在丈夫童七与宦官陈公公合伙做生意亏了本、不肯赔陈公公的本钱，从而惹怒陈公公将童七发往理刑司拷问时，是她出面去求情，使陈公公放了童七并将罚金由银子六百两降到三百两，后来又说服陈公公重新资助他们开起银铺来，使濒临绝境的童家又现一线生机。童七死后，依旧是她使败落的家庭支撑下来。

作品描写童奶奶的这些段落是书中的精彩部分，其人物形象玲珑剔透，表现出深谙世情的特点。试看当她去求见陈公公前，脱去白绫裙子，穿上毛青布衫和借来的漂蓝布裙子，后来去见陈公公的母亲时则穿着“油绿绌对衿袄儿，月白秋罗裙子，沙蓝潞绌羊皮金云头鞋儿，金线五梁冠子，青遍地锦箍儿”，显得朴素而整洁，既避免了过于富态，又不会因邋遢而使人生厌；她随机应变，语言得体大方，一方面承认自家的过错不可饶恕，另一方面抬高陈公公对自家的恩赐、给足其面子，令其欢喜愉悦地说："（童七）人皮包着一付狗骨头，还不如个老婆省事哩！"（第 70 回）童七贪心不足，还想让陈公公免去他这三百两罚银，童奶奶晓以利害，直截了当地打消其念头。她去见陈太太还银子时，这位陈公公的母亲也评价她说："（童银的媳妇）好个人儿，识道理，知好歹，通是个不戴帽儿的汉子……"（第 71 回）在这场危机处理中，陈家门人承恩起了很大中介作用，童奶奶每次去陈家，都晓得先给这个承恩一定礼物以通关节，此后承恩就帮其在主人面前说好话，表明童奶奶深知看门人的重要作用。最终童家度过了这场危机，童七不由得说妻子"贼过界了"，此后"尊敬那童奶奶就似刘先生奉承诸葛孔明的一般"（第 71 回）。

其二，童寄姐与狄希陈婚后，软禁小珍珠致死，发送时受到无赖邻居刘振白的敲诈，后者挑唆小珍珠父母，致使童寄姐与狄希陈在赔了小珍珠父母银子后还是被告到官府。公差上门提审童寄姐，狄希陈手足无措，又是童奶奶出面才使童寄姐免于出官受罚。狄希陈直接称她"女军师"，并不夸张。

在这又一场危机中，童奶奶一样先安抚对方（来提人的公差）："……既告准了状，差下人来了，'官差吏差，来人不差'。……叫人安桌儿，留二位爷坐，再问声二位爷，这老韩合他同坐否？要不同坐，我另待他。——小女要不就该出来相见，实是叫老韩的婆子打伤了，动不的，睡着哩。二位爷上过饭，还有个薄敬，虽是穷人家，必定也要措处。奉承得二位爷喜欢，可也好叫小女仗赖。二位爷请坐，我到后边撺掇饭去。"两位公差不由得齐口称她："真是有智的妇人，胜似蠢劣的男子十倍！"童奶奶深知公差在处理这件事情中的重要性，通过好好款待他们并送给他们各二十两银子，使他们成为"自己人"，把挑唆闹事的无赖邻居刘振白抓进监牢，摆平了此事（第 80—82 回）。

童奶奶的这种危机处理能力超越了一般闺阁女性，展现出一种前所未有的社交技巧，也算是世情小说的一种空前绝后的女性描写。小说中的差人也说她“女人虽是个光棍老婆，也见过食面，有见识，有正经的人”（第81回）。在这件事里，她虽然开始由着女儿，但仍不失善良本性，时时劝阻童寄姐虐待小珍珠的行为，并暗地里给这个小丫头送饭，甚至使童寄姐和自己吵闹：

> 寄姐道：“罢么！不劳你扯淡！普天地下，我没见丈母替女婿争风的！”童奶奶骂道：“没的家小妇臭声！看拉不上！我倒好意的说说，惹出你这们臭屁来了！我就洗着眼儿看你，你只别要到明日裂着大口的叫妈妈！你还不知道京城的利害哩！”（第79回）

童奶奶一方面及时弹压女儿过分的行为，另一方面仍不失母亲的关心，的确是一个“正经”妇人，也就是说，她的智慧中有着不违背道德良心的地方。她也是一个热情知礼的女性。书中她第一次出场时还不到三十岁，狄希陈上京纳监，和父亲狄员外租她家的房子住，她热情地接待他们。与狄员外的来往，她表现出不拘于封建道德规范并光明正大的京城女性的气质，也正是这种气质，成就了她屡次的公关处理能力。

2. 遇事铺排有见识

狄希陈到成都做官前，不知一切事情如何安排才合乎礼体，全是童奶奶代为策划而成。她帮狄希陈找到所需银子的途径，策划上任给上司及其亲属所买的各种礼物到哪里买、家人如何安置等，事见第84回：

> 童奶奶说狄希陈道：“你一个男子人，如今又戴上纱帽做官哩，一点事儿铺排不开，我可怎么放心，叫你两口儿这们远

去？你愁没盘缠，我替你算计，家里也还刷括出四五百银子来；问相太爷要五百两，这不有一千两的数儿？你一切衣裳，是都有的，不消别做，买上二十四尺头拿着。别样的小礼，买上两枝牙笏，四束牙箸……这总里开出个单子来，都到南京买。如今兴的是你山东的山茧绌，拣真的买十来匹留着送堂官合刑厅；犀杯也得买上四只；叫香匠做他两料安息香，两料黄香饼子：这就够了，多了也不好拿。领绢也往南首里买去。北京买着纱罗凉靴，天坛里的鞋，这不当头的大礼小礼都也差不多了？你到南京，再买上好玉簪，玉结，玉扣，软翠花，羊皮金，添搭在小礼里头，叫那奶奶们喜欢。

"你把当铺里的本钱，拨五百两给相太爷，抵还他借的那五百银子。当铺有了相太爷的五百本钱，这不就合相太爷是伙计了？有了相太爷在内照管，咱这铺子就可以照当的，叫狄管家合小大哥开着。他刘姐也不消拖拉着个孩子过江过海的跟了你去。当铺赚的利钱儿，俺娘儿们家里做伴儿过着，你一个做官的人，不时少不了人上京，有甚么使用，捎甚么东西，有个铺儿，赚着活变钱，也甚方便。

"既是狄管家两口儿不跟了你去，有家小的家人，还得寻两房，使几两银子买个全灶，配给吕祥做了媳妇，到衙里好做饭吃，就是摆个酒儿也方便，你知道八九千以外的食性是怎么样的？再买个十一二的丫头子房屋里指使。没的你两口子在屋里，清早后晌好叫媳妇子们进去的？"

这种对人和对事的安排，无疑显示出童奶奶精于主事的特点，与《红楼梦》中的王熙凤相比也不遑多让。

3. 足智多谋施妙计

童奶奶还可谓足智多谋，巧妙设计将悍妇薛素姐留在了山东，不让她跟随狄希陈上任，破坏女婿女儿的生活。她的办法是，让狄希陈带上足够的礼物送给薛素姐，包括“打条带儿，做身通袖袍儿；买两把珠子，穿两枝挑牌；替他打几件甚么花儿；再买上几匹他心爱的尺头；玉簪、玉结这们小物件也买上几件……”（第 84 回），买她的欢心。但是童奶奶不说不要她去任上，相反，极力邀请她；童奶奶不提路程遥远、艰险难走，让小仆人有意无意透露此意，却又责备他们多嘴，如此才能万无一失、坚定她不敢去的心念。果不其然，薛素姐对狄希陈起了疑心，打骂他、说他没安好心，最终打消了跟随狄希陈前去的念头。由此可见，童奶奶的奇谋妙计又一次发挥了作用。

二 童奶奶形象的独特意义

总之，童奶奶是一个精明能干而不失善良本性的妇女，这一形象在世情小说中是前所未有的，她是一个谙熟世道、精明能干又不失热情善良的中年女性。可以说，《醒世姻缘传》对童奶奶的描写开拓了世情小说描写中老年女性的空间。童奶奶是一个在世情小说史上空前绝后的智慧女性的形象，不仅《金瓶梅》中没有，在《红楼梦》中也可说阙如。分析这一形象借鉴了前代文学作品中的哪些人物，答案应该不是《三国演义》《水浒传》中的女性，而可能是元代作家关汉卿笔下的赵盼儿、谭记儿等人物。在《金瓶梅》里，还没有一个这样既精明又不失热情善良的女性，通过塑造童奶奶的形象，作者表达了对女性才能的赞美，可以说这是《醒世姻缘传》对世情小说的又一贡献。《红楼梦》中的凤姐也精明能干，可是有阴险歹毒的一面，所以童奶奶的形象是不可替代的，有着独特的价值。

第三节 珍哥——一个戏子嫁人后的曲折命运

《醒世姻缘传》中的珍哥是世情小说史上一个很少受到关注，

但也是一个不乏其独特意义的形象。其独特意义表现在，作为一个戏子，在嫁给晁源为妾后，由于自身的泼悍、嫉妒和某种程度的浪荡，她经历了曲折的命运，作者最后给予了她严惩。但她的人性之恶并不能完全归罪于其自身，社会也要负很多责任。她典型地反映了妓女兼戏子出身的女性嫁人后依旧不能受人尊重的命运。古代小说很少完整描写戏子的一生，《红楼梦》也只以芳官为重点写了戏子生活的一个片段，最后以她们遁入空门完结其故事，所以《醒世姻缘传》中的施珍哥自有其独特的价值与意义；另外，可以说珍哥的浪荡与《金瓶梅》中的潘金莲有得一比，是世情小说中的又一个荡妇，不过珍哥却又具备了潘金莲所没有的典型性，那就是她代表了娼家兼戏子从良而本性难改、被环境所逼而放浪的类型，与《李娃传》中的李娃、《霍小玉传》中的霍小玉、“三言”中《杜十娘怒沉百宝箱》里的杜十娘相比，可能更具有普遍意义。我们将在结合其一生曲折经历的基础上分析其形象与作者对她的态度。由于小说中一般没有将其名字与姓连称，我们也就称呼其为珍哥。

一 珍哥命运的三个阶段

珍哥的命运可分为三个阶段。第一个阶段：从官府在珍哥诬告计氏与人通奸，致使计氏自尽后的判案词中（第13回）可以看到，珍哥从小被父母卖与乐户施良为娼，长大后梳栊接客，兼学扮戏为旦。这时她已经与多人有染。晁源用八百两银子将她买来为妾，于是她的生命进入了第二个阶段。

第二个阶段中她的最大罪状是挑唆晁源冷落、虐待正妻计氏，乃至诬陷计氏与和尚道士来往，致使其上吊而死。当珍哥初嫁晁源时，她并没有什么大的恶行，最多是挑拨晁源冷落计氏，这在一夫多妻的家庭也是常事。公婆知道她的底细和为人，已经担心不已：

> 晁夫人道："阿，原来就是他！倒也好个人儿！"
>
> 老晁听说，道："苦也！苦也！原来是这个人！"晁夫人道："要是他，倒也罢了。好个活动人儿！你一定也见他来？"老晁道："我倒没见他，闻他的名来。你说是谁？这就是那一年接了个新举人死在他身上的！樊库吏包着他，那库吏娘子吊杀了，没告状么？这岂是安静的人？寻他做甚么？"晁夫人道："只怕进了咱家门自然的好了。"老晁道："惯就了的性儿，半日家怎么改得过来？"晁夫人道："那人风流伶俐，怕怎么的？"晁老道："还要他扮戏哩，用着风流伶俐！嗔道媳妇这们个主子都照不住他，被他降伏了！"（第7回）

等到见了面，果不其然，公婆都不大待见她："老晁夫妇见了这们一个肘头霍撒脑浑身都动弹的个小媳妇，喜的蹙着眉，沈着脸，长吁短叹，怪喜欢的。珍哥拜完，老晁夫妇伙着与了二两拜钱，同珍哥送回东院里去了。珍哥觉得公婆不甚喜欢，也甚是没趣。"（第7回）

初见公婆，公婆不甚喜欢她，她虽没趣，但是也没起什么不良的主意。直到仆人晁住的媳妇添油加醋地将公婆的不满用恶毒的语言告诉她时，她才撒起泼来（第8回）。由于无法承受"没根基，没台盘"的污辱，她将矛头对准了正妻计氏来发泄心中的愤怒，最终寻找到机会，遂有诬陷计氏与和尚来往之举。晁源本已嫌弃计氏，趁此机会要将其休弃，而计氏并不知道这一切的起因，在大闹一场后自缢身亡，这充分说明"歧视娼女"的观念以及仆人的流言做了暗中的凶手。制度允许戏子妓女存在，可是民间观念并不接受她们，珍哥与计氏都是这一矛盾的受害者。计氏死后，珍哥甚至打扮得"神仙一般"、兴高采烈地去参加别人家的丧事，没想到受到了不冷不热的招待，这充分说明她天真地以为：嫁给晁源她的地位就变了，其实她依旧受到歧视。对自己所受到的歧视的不满使珍哥借机挑动晁源以通奸为名休弃计氏，其结果是计氏娘家人将他们告上县衙门，经过判决，珍哥入狱服刑。但这一案件的审理结果也有问题，那就是其实该负最大责任、不问青红皂白要休弃计氏的晁源仍逍遥法外。

珍哥入狱后，其命运转入第三个阶段。由于晁源以财力斡旋，珍哥在牢房内并没有受多少苦，相反，她身为囚犯却过着优渥的生活；不仅如此，她还与进监照顾她的仆人晁住通奸。后来晁源因勾搭唐氏被其丈夫小鸦儿杀死，早就觊觎她美貌的牢房书办张瑞风乘机要占有她。在黑暗的牢狱制度下，牢房书办几乎主宰着犯人的命运，此时作为囚妇，她又回到了任人玩弄的地位（书中显示其他囚妇也已被牢房书办占有），并没有反抗的余地。晁住因为吃醋，将一切告诉晁夫人。晁夫人虽然是一个菩萨心肠的人，却也不愿养活一个不为儿子守节的女人。后来张瑞风火烧牢房，将同房囚妇烧死来冒充珍哥，将珍哥偷运出监外，事发后珍哥受杖而死。

二　珍哥形象的个性特点

作者所着力渲染的，首先是珍哥浪荡的个性。

前文说过，由于很早就被卖到娼家，她和许多人有染。第 2 回晁源生病，请杨太医杨古月来看病，作者就乘机交代了珍哥与这个太医也有染。为了突出珍哥的浪荡，小说在第 4 回“施珍哥纵欲崩胎”中写道：“珍哥从去打围一月之前，便就不来洗换了，却有了五个月身孕。童山人送了许多线（这里童山人“送了许多线”实为送给晁源的春药——笔者注），虽是叫你缝联，你也还该慢慢做些针凿才是。谁知他不惜劳碌，把五个月胎气动了；听说庄上失了火，未免也唬了一跳；到了初六日午后，觉得腰肚有些酸疼；渐渐疼得紧了，疼到初七日黎明，疼个不住，小产下一个女儿”；第 6 回“小珍哥在寓私奴”，作者明确交代她与仆人晁住通奸，并讽刺晁源不察：“那个晁住受了晁大官人这等厚恩，怎样报得起，所以狠命苦挣了些钱，买了一顶翠绿鹦哥色的万字头巾，还恐不十分齐整；又到金箔胡同买了甘帖升底金，送到东江米巷销金铺内，销得转枝莲，煞也好看，把与晁大官人戴。”计氏上吊自尽后，计家人打上门来，珍哥躲在对门禹明吾家，又与禹明吾有染（第9回）；在牢房里牢房书办要占有她，她也曾哭过，可是不久就问别人这书办“本事如何”（第43回），还说“谁家娶娼的有不养汉的来，这倒无伤”。凡此种种，无不说明其浪荡，非良家妇女之所为。

其次，作者还突出描写了珍哥泼辣恶毒、撒谎机变的性格。

这种泼辣恶毒首先表现在争风吃醋、排挤正妻计氏上。晁源娶珍哥后的春节，计氏因为久受晁源的冷落以致过年所需的财物一点也没有，不由得放声大哭，诅咒晁源，晁源要派人去追究，珍哥说道：“不消去查；是你‘秋胡戏’，从头里就‘号啕痛’了。怕你心焦，我没做声。数黄道黑，脱不了只多着我；你不如把我打发了，你老婆还是老婆，汉子还是汉子。却是为我一个，大新正月里叫人恶口凉舌的咒你！”作者明言“这话分明是要激恼晁大舍要与计氏更加心冷的意思”（第3回）。晁源为调和妻妾的关系，派人以珍哥的名义给计氏送去东西，被计氏骂了回来，珍哥知道后又与晁源大闹一阵。这场家庭纷争以珍哥诬告计氏与人偷情、诱使晁源将其休弃，计氏为证明自己清白、上吊而死结束。

泼辣恶毒的人，往往伴随着撒谎机变的另一特性，《金瓶梅》中的潘金莲如此，《醒世姻缘传》中的珍哥也是如此。在与牢房书办私通之事被告之晁夫人后，晁夫人派人来监牢告诫珍哥不许再这样下去，否则不再供给她的生活，她一番狡辩，令别人信以为真（第43回）。

最后，在一定程度上，作者还写出了珍哥见多识广的特点。

比起《金瓶梅》中生活范围基本在家庭之内的潘金莲，珍哥算见多识广的。第1回中晁源要出去打猎，珍哥也要跟了去，这就是一般女性所不敢的：

> 珍哥问了详细，遂说道："打一日，我也要去走一遭，散散我的闷气。"晁大舍说："你一个女人家，怎好搭在男人队里？且大家骑马，你坐了轿，如何跟得上？"珍哥说："这伙人，我那一个写不出他的'行乐图'来！十个人，倒有十一个是我相处过的。我倒也连这伙人都怕来不成！若说骑马，只怕连你们都还骑不过我哩！每次人家出殡，我不去妆扮了马上驰骋？不是'昭君出塞'，就是'孟日红破贼'。如今当真打围，脱不了也是这个光景，有甚异样不成！"

珍哥说"这伙人，我那一个写不出他的'行乐图'来"，表明了她生活范围不囿于家庭，交游广泛，这是其生活的真实写照。珍哥这么一说，晁源觉得有趣就答应了，又建议她穿"厂衣"去，珍哥不同意，要穿戎装。因穿戎装打猎更为轻便，也就更相宜，晁源更觉有趣，欣然同意。这样就使珍哥的见识主张比男主人公晁源还要广阔。

后文第6回，晁源在京城被骗，买回了一只据说会念经驱邪的大红长毛狮子猫和会主动要求人买它的鹦鹉，回家即被珍哥指出他被骗了：

> 晁大舍上了马，家人们都雇了驴子，一溜烟往下处行走，拿到珍哥面前，就如那外国进了宝来一般，珍哥佯佯不采的不理；又拿出买的衣服、锦缎合那珠子、玉花，珍哥倒把玩个不了。
>
> 晁大舍道："村孩子！放着两件活宝贝不看，拿着那两个珠子摆划！"珍哥道："一个混帐狮猫合个鹦哥子，活宝！倒是狗宝哩！"晁大舍道："村孩子！你家里有这们几个混帐狮猫合这们会说话的鹦哥？"珍哥说："咄，你见什么来！"晁大舍道："你只强！休说别的，天下有这们大狮猫？这没有十五六

斤沉么?”珍哥道:“你见甚么来!北京城里大似狗的猫,小似猫的狗,不知多少哩!”……珍哥瞅了晁大舍一眼,说道:“傻孙!买这夯杭子做什么?留着这几钱银子,年下买瓜子喋也是好的。瞎头子丢了钱!”晁大舍道:“几钱银!这是十五两银子哩!”珍哥嗤了一声道:“十五两银子,极少也买四十个!”问晁住道:“是实使了几钱银子?”晁住道:“实是十五两银子,少他一分哩!”珍哥道:“呸!傻忘……”就缩住了口没骂出来。

可见她对晁源见识浅陋的轻蔑。珍哥的这种见识来自她娼家兼戏子的经历,后来她告诉晁源“那前年,到了蒋皇亲家,就是看见了俺那个白狮猫跑了来,映着日头,就是血点般红,希诧的极了”(第7回),结果蒋皇亲的太太告诉她这颜色是染出来的,过几个月就会褪掉。所以晁源花十五两银子买回来的大红狮子猫也是染成的。作者对珍哥虽然是轻视否定的,但基于写实主义的手法,却无意中写出了这个女子不同于一般闺阁妇女的见闻比较广博的特性。这种特性是《金瓶梅》中的西门庆府第的女性不可能有的。

三 珍哥形象的典型意义

珍哥的浪荡与《金瓶梅》中的潘金莲有得一比,不过珍哥却又具备潘金莲所没有的典型性,那就是她代表了娼家兼戏子从良而本性难改,但很多时候又被环境所逼而放浪的类型,与其他比较正面的妓女形象,如《李娃传》中的李娃、“三言”中《杜十娘怒沉百宝箱》里的杜十娘相比,可能更具有普遍意义。

《金瓶梅》中的潘金莲从小被卖到大户人家做使女,张大户占有她不成,后又将她嫁给武大郎为妻,好乘机揩油,张大户死后,与武大郎的畸形婚姻使她渴望有一个更理想的丈夫。好不容易进入西门府做了第五房妾,不料西门庆是个欲壑难填之人,在外面包占妓女。在此情形下，潘金莲屡屡出轨，先后与琴童和陈经济私通；被赶出西门府后，在等待陈经济来迎娶的时候，她还与王婆的儿子王潮儿有染。潘金莲形象的典型性在于她是第一个与男性进行“性爱博弈”的女性，作者由此展示了其生理欲望的滔滔滚滚，但客观地说，她应该不属于欲壑难填的人，而应该是基本的生理需要得不到满足而有某些出格的行为。

与《金瓶梅》中的潘金莲相比，珍哥的浪荡更多与她的出身与处境有关。她身上固然也表现了晚明市井女性不检点的特性，但其曲折命运在一定程度上也是由黑暗的社会造成的，甚至可说她也是不幸的：在人生的第一个阶段，她是一个娼家女兼戏子，地位的低下及所从事的行业使她成为男人们的玩物，她不可能保守什么贞洁；在第二个阶段，她虽已为人妾，但已形成的个性是不可能一下子改变的；在第三个阶段，她沦为囚徒，更失去了人生的自由，只能任人摆布了。在后两个阶段中，她与仆人晁住私通，也有某种程度的不得已，第43回中对此就有补充交代：

> 晁凤说：“这晁住从珍姨来到咱家，这欺心不欺心，倒知不真。只是珍姨没到咱家时，可一象那班里几个老婆，他没有一个不挂拉上的。”晁夫人问说：“那老婆们都偏要要他，是待怎么？”晁凤道：“那咱叫戏，送戏钱，拿东西与他们吃，都是他手里讨缺，敢不依他么？”

珍哥以泼辣恶毒的方式争取被尊重的权利，就好像陷入机关的野兽，越挣扎越惨。社会造成了她的不幸，她也造成了别人的不幸，这才是真实的情况，所以说，作家的道德审判有失公正。他自己就明言：不宜娶娼门女为妻。而这种观念正是导致珍哥与计氏冲突的问题根源之一。当然，珍哥自己在婚后不知收敛，依然放浪形骸，也是导致其命运悲剧的重要因素。

《金瓶梅》也写到了妓女，而且写了好几个，通过她们前所未有地写出了妓女的人性之恶，但没有写她们嫁人后的遭遇。如果将此话题往文言小说和话本小说中延伸，我们至少可以拿《李娃传》、《霍小玉传》、“三言”中《杜十娘怒沉百宝箱》做一对比。但《李娃传》中的李娃是比较少见的妓女良心发现而有较好结局的类型，《霍小玉传》中的霍小玉是被抛弃的妓女的类型，《杜十娘怒沉百宝箱》中的杜十娘也是妓女诚心从良不成、中途遭遇男子变心被抛弃的类型，如此，则《醒世姻缘传》通过对珍哥的描写，在文学史上比较罕见地展示了一个妓女兼戏子婚后的生活，并展现了这一类人的人性之恶，具有一定的意义。当然，其结局与潘金莲一样悲惨。

珍哥可以说是晚明时代风潮的熏染者，作者因为她不检点、性格嫉妒给了她全盘的否定，显示出他严格的道德审判观点，其中可能表达了西周生认为一个人要为自己的选择负责，不能将一切责任推给时代的想法。这在一定程度上是可取的。不过我们还是从作家的写实主义描写中见出可以商榷的地方。

因此从文学史来看，珍哥各方面的性格都与潘金莲相似，但是其命运的曲折还反映了娼女兼戏子嫁人后的曲折命运，具有典型意义。

第四节　薛素姐、龙氏和童寄姐：泼悍的女性

一　薛素姐：最敢于追求自由却最为暴戾的女性形象

1. 薛素姐对自由的追求与暴虐的个性

在《醒世姻缘传》里有一个为追求自由性命也可抛弃的女性，那就是小说第一女主人公薛素姐。当薛素姐在北京亲戚家里被关着不许出去游玩时，她急得上吊自杀。她说：“……人好容易到京，出来看看儿，只是把拦着，不放出来，我不吊杀罢？活八十，待杀

肉吃哩么?”（第 85 回）这一举动受到了作者的嘲笑，但在今天看来，却是值得同情的。

当然，这个人物是可怕的，小说中人们称她是“野物”“失心疯”“作孽万剐的禽兽”。她在小说所写的前世中本是一个仙狐，因被晁源用箭射杀而转世投胎来报仇，从而对晁源的后身即丈夫狄希陈用尽种种酷刑：先后棒打、手拶、监禁、针刺、火烧，最后一箭几乎令其致命；因为她，婆婆、父亲、公公先后被气死；因为邻里街坊不肯为她诬陷丈夫谋反作伪证，她将他们一家一家辱骂；她甚至要阉割公公，将公公的妾所生的小孩扔到水里淹死……

的确，这是一个暴戾得几乎到了疯狂地步的人、一个近乎变态的女人，她不仅是本书里最为剽悍的女性，在整个中国古典小说中也可以有自己的“地位”：中国古代章回小说从《金瓶梅》诞生以来，题材转向家庭领域，一批批女性形象被塑造出来，其中有两个为人们所熟悉的少妇身上有着突出的恶的特征，那就是《金瓶梅》中的潘金莲和《红楼梦》里的王熙凤，前者为了固宠，先后害死了官哥儿、李瓶儿、宋惠莲，她甚至连母亲也敢咒骂；后者先是弄权铁槛寺，后是借剑巧杀人，使一条条人命丧于其手。薛素姐显然可以与她们鼎足而三，甚至可称其为恶妇的冠军。她给家庭带来了巨大的伤害。公正地说，即便是当代人也不能接受这样的形象。但这仍不妨碍读者看到她身上的积极意义：在那样一个礼教森严的社会，她敢于不顾众人的劝阻，远到泰山烧香；对于劝善的牌坊，她看也不看一眼；在登山途中，由于累得呕吐，愚昧的众人围在身边，都说是菩萨降罪于她，她却敢将他们一顿骂；她与最下层的妇女为伍，吃着粗茶淡饭毫不在意，与不守“妇道”的妇女一起游庙，毫不鄙视她们：“素姐因与那些会友认了同门，又同走了许多路，渐渐熟识。也没有甚么杨尚书宅里的奶奶，都是杨尚书家的佃户客家；也没有甚么孟奶奶耿奶奶，或原是孟家满出的奶子与或是耿家嫁出去的丫头。倒只有素姐是人家的个正气娘子。素姐甘心为伍，倒也绝无鄙薄之心。”（第69回）当流氓无赖剥光了她们的衣服并殴打她们时，这些男人纷纷责骂妇女不守妇道，她敢为她们辩护：“怎么来就该吊杀！养了汉么？……”（第73回）结婚多年，她还坚持要荡秋千（第97回）。当她做这些并不伤害人的事时，她的形象就显得非常光彩夺目。我们回顾世情小说史就会发现：那些早为人们熟悉的女性，无论是潘金莲，还是王熙凤，抑或是林黛玉，都没有她这样强烈的追求自由的意识。潘金莲无论对西门庆怎样，或是咒骂，或是纵容、帮助他偷鸡摸狗，都是为了固宠；而王熙凤虽然牢牢地控制着贾琏，却仍旧保持夫妇之礼，要做这西门庆式男人的妻子；而薛素姐在狄希陈的父亲要儿子休了她时，她说：“……待休就休，快着写休书，难一难不是人养的……写了休书，快叫人送与我，我家里洗了手等着！”（第73回）她表现无比决绝。她要去游庙，婆婆派人劝阻时她说：“你叫他休要扯淡，情管替他儿生不下私孩子……”（第56回）

对于不顺眼顺心的事，薛素姐表现出极为激烈的反抗，她最为暴戾的为人方式中却包含着最为自由的追求。事情就是这么奇怪。为什么会这样呢？这应该是因为在当时，没有对禁锢的激烈冲击就没自由。否则，只好像汤显祖那样，让自己的主人公生而复死，死而复生，在虚构的世界中去实现自己的追求了。杜丽娘是美丽的，薛素姐是丑恶的，但她们都是有艺术真实性的。

回到与潘金莲、王熙凤的比较上来，我们会发现，薛素姐之“恶行”是无遮掩的，她不会像她们那样训练狮子来吓小孩或借剑巧杀人，她是直接去扔孩子。人们对潘、王可能防不胜防，对于她这样的人却是惹不起、躲得起。她骂起丈夫来，说：“……我自来不曾见哪个禽兽敢戴头巾！”（第59回），说明她在内心俨然是以正义的占有者、道德审判的执行者自居，大约正因为这样，她才敢于做出种种令人骇异的事吧。她的行为的正义性与非人性相混合，有着自己的典型性、独特性。薛素姐是一个中下层人家的女子，大约只有这样阶层的女子，才可能有如此暴戾的性格，这从另一个方面证明了这一形象的艺术真实性。

2. 薛素姐对妇道的无视与践踏

薛素姐对自由的追求与暴戾的特性，意味着她对古代社会强调的妇道的空前无视与践踏，这在文学作品中是千古罕见的。

薛素姐出嫁前，她的父亲就长篇大论地叮咛她："女婿叫是夫主，就合凡人仰仗天的一般，是做女人的终身倚靠；做丈夫的十分宠爱，那做女人的拿出十分的敬重，两好相合，这等夫妻便是终身到老，再没有那参商的事体。我与母亲便是样子。若是恃了丈夫的恩爱，依了自己的心性，逞了自己的骄嗔，那男子的性格有甚么正经，变了脸就没有体面，一连几次，把心渐渐的就冷了。就是丈夫外边有些胡做，这是做男子的常事。只怕夫妻的情义不深；若夫妻的情义既深，凭他有甚么外遇，被他摇夺不去的……"（第 44 回）后面写她的种种泼悍暴戾的行为，正与这些女性规范形成鲜明的对比。作者还通过写薛素姐的公公、几个兄弟对她出头露面的行为的反对，来衬托她与传统规范的极度违逆。最终，闹到狄希陈的上司要帮助狄希陈休弃她，说明她的行为到了引起公愤的地步。

对于薛素姐空前绝后的暴戾性格，作者无法理解与解释，于是假托她是被射杀的千年狐狸转世来报仇的。不过，这一千年狐狸精的被射杀，似乎包含了一定的大可深究的性别话语内涵，下面尝试分析。

中国封建社会虽然不乏掌握了权柄的女性，乃至有登上帝位的如武则天，或者也有凌虐丈夫的如宋代陈季常的妻子，但大多数时候她们一直处在比较受压抑的位置，而其中还有很多被戴上了"尤物""祸水"的帽子而被污名化，"狐狸精"就是她们的通称。众所周知，在中国古代文学作品中，伪装成美女来害人的妖魔不计其数，如唐传奇里的《王煌》和《西游记》里的好几位女妖，她们的面貌不一，但都以美色惑人之后再加害于人。

在明末清初这样一个伦常颠倒的封建末世，西周生虚构了千年狐狸被男人射杀后转世报仇的情节，这极有可能显示了被压抑的女性的一种集体无意识，那就是她们对长久压抑的报复。当然，这还需要有文学人类学、文学心理学等方面的论证，因笔者学识所限，在此暂不展开。

我们还可以从作品中寻出薛素姐暴力行为现实的原因：父亲的隐忍与母亲龙氏的纵容、泼悍性格的影响；她不恋丈夫，是因为觉得夫妻之事是“丑事”，这可能是理学压抑人性欲望导致的恶果。此外，还可找出时代的原因。学者认为，明代统治阶级内部斗争比以前任何一朝都激烈，各种残酷的斗争仿佛都集中于这一朝了，如朱元璋之嗜杀功臣、靖难之变、南宫复辟、宸濠之变、大礼仪之争、东西厂特务的肆虐，统治者自己成了礼崩乐坏的祸首与残暴不仁的榜样，他们是明代后期社会暴力与兽性特征的发源地[①]。对薛素姐暴戾性格的批判就是对时代暴力特征的批判，必须联系这一大背景才能更深入地理解。

虽然薛素姐整体上表现出偏执狂的特征，但这一人物还有一定的厚度：比如，她虽与丈夫、公婆相处不好，与其他女人却还合得来；她有时非常迷信，有时又胆大包天，表现出性格的不稳定性，这也是真实的；她虽然剽悍，却也敌不过更厉害的人，也曾在婆婆、相大衿子、顾大嫂的威力下败北，也曾在有仆妇帮忙的童寄姐前“苦淋淋”地求饶；她也会知恩图报、带礼物回来探望救命恩人韦美，这些描写都使她的形象更加丰满。

二 龙氏

龙氏是薛素姐的生母，对其性格有重要影响，也是书中着重描写的泼悍女性，在此附带论及。

---

① 参见郭伟川《礼坏与不仁的朝代——略论朱明王朝败亡的几个远因》，《中国文化》1997 年第 Z1 期。

在《醒世姻缘传》里，具有泼悍性格的大多是年轻的妇女，唯有龙氏已是三个儿子、一个女儿的母亲。在家庭中同处于妾的身份，她比《红楼梦》里的赵姨娘更为大胆与放肆。

第48回，薛素姐婚后三天牛刀初试，殴打丈夫并放火烧屋，嫡母薛夫人派人把她接回来进行教导，龙氏却护短为女儿辩护，被丈夫薛教授打了一顿，她关上门一顿哭骂："贼老强人割的！……我生儿长女的你打我！……怎么得天爷有眼，死那老砍头的——我要吊眼泪，滴了双眼！从今以后，再休指望我替你做活！我抛你家的米，撒你家的面，我要不豁邓的你七零八落的，我也不是龙家的丫头!"

这样的人物特写是经得起分析的。龙氏与赵姨娘相比，有几个不同的地方。首先，作为正妻的薛夫人没有生育，在母以子贵的当时，龙氏当然自觉腰板挺直，她的话中明显地表现了这一点："我生儿长女的你打我!"其次，薛家不同于处于贵族社会的礼教严格的贾府，薛教授不过是一个退职寄居他乡的下层学官，而龙氏在家庭中又是管上灶职务的（与《金瓶梅》里的孙雪娥一样），所以她撒泼骂人、无视家主，而赵姨娘虽阴险，也只能暗地捣鬼，用魇魔法镇人了。

作品后来对龙氏撒泼的描写也紧扣住她以生儿育女为盾牌进行攻击的特征，并符合特定的时间进程。第60回薛素姐气死婆婆和父亲，被狄希陈的大妗子一阵痛打，她派人到娘家去搬兵报仇，薛夫人不肯答应，几个儿子也都不肯去，龙氏再次大哭："不睁眼的皇天！为甚么把孩子都投在我那肚子里头？叫人冷眼溜宾的！我又是个女流之辈……我要是个人家的正头妻，可放出个屁来也是香的……"此时薛教授已死，所以龙氏已敢于明确地讥讽薛夫人了。

第68回连薛夫人也去世了，龙氏以为自己成了一家之主，因而更加肆无忌惮，终于吐露心声："我的皇天啊！我怎么就这们不气长！有汉子，汉子管着；等这汉子死了，那大老婆又象蚂蚍叮腿似的；巴着南墙望的大老婆死了，落在儿们的手里，还一点由不得我呀！”原来她要儿子们为薛素姐泰山烧香饯行，儿子们以为这有碍妇道，有损自己的名声，都不答应。

可以说，这些描写很典型地展示了一个中下层社会之家作为母亲的有泼悍性格的妾的形象，其人物语言生动贴切，成功性足可与赵姨娘形象相比。因为赵姨娘的教唆，所以其子贾环卑鄙猥琐；因为龙氏蛮不讲理地纵容素姐，所以薛素姐才敢于凌虐丈夫。她不讲道理却硬要当家做主的性格，也影响了女儿。对她的描写，很好地解释了薛素姐性格形成的一部分原因。这是本书写世情的又一成功之处。

三 童寄姐

童奶奶的女儿童寄姐嫁给了狄希陈做第二个妻子，在《醒世姻缘传》着力描写的四个有泼辣性格的少妇里，童寄姐是最为幸福、个性较能令人接受的，这其中自然有童奶奶的良好影响。

童寄姐身上表现出鲜明的主宰自己命运的色彩。她第一次认识狄希陈时才十岁，狄希陈也不过十七八岁，两个人可谓两小无猜。当狄希陈第二次进京时，她已十六岁，长得很好，两个人在一次一起投骰赌钱玩耍时，彼此有意。于是狄希陈向童奶奶求亲。童奶奶要和她哥哥商议，又说要往关帝庙求签看看，童寄姐说：“合兄弟商议倒是该的，放着活人呢，可去求那泥塑的神！”可见她主意已定，表现出不信迷信并要求自己掌握命运的特点。童奶奶先征求寄姐的意见，寄姐说：“这事怎么在的我，只在妈的主意。要说从小儿在一搭里相处，倒也你知我见的，省的两下里打听……”委婉地表达了自己对狄希陈的中意。

两个人的生活开始是美满的，寄姐曾回忆道：“……俺从小儿在一堆，偏他说句话，我只是中听；见他个影儿，我喜欢他标致。人嫌他汗气，我闻的是香……要不是心意相投的，我嫁他么？……”

（第 80 回）这已接近爱情心理描写，只不过作者不肯过分渲染。后来因狄希陈对丫头小珍珠有意，寄姐试探出来，虐待小珍珠至死，再买丫头时，寄姐只要丑的，不要俊的，她说：“丑的才是家中宝哩……我妈，你管我怎么！丑不丑在我！你没听说俊的惹烦恼么?”（第 84 回）可见她已经能吸取教训了。后来狄希陈为了哄骗薛素姐留在家里，给薛素姐买了许多衣服、首饰，又一次引起寄姐的不满，她以尖锐的反抗表达出来。作者对她性格的泼辣是批评的，但是从根本上来说，她捍卫的是自己的权利，这里表现的还是一夫多妻制的弊端。当薛素姐寻到狄希陈成都任上时，是寄姐帮助狄希陈防范这凶恶的前妻，将他从其棍棒交加下救出来。等薛素姐死去，寄姐和狄希陈的生活恢复了和平与宁静。可见她不是本性就泼悍不堪的人物。

值得指出的是，《醒世姻缘传》在描写薛素姐与童寄姐这两个泼悍的女性时，写出了她们对丈夫专一情感的要求。如薛素姐搜到狄希陈珍藏的妓女孙兰姬赠送的物事后说：“这样有老子生没老子管的东西，我待不见哩！一个孩子，任着他养女吊妇的，弄的那鬼，说那踢天弄井待怎么！又没瞎了眼，又没聋着耳朵，凭着他，不管一管儿！别人看拉不上，管管儿，还说不是!”（第 52 回）童寄姐说：“似这们杂情的汉子，有不如无!”（第 79 回）在男人大都三妻四妾的时代，女性要求丈夫的专一，这无疑是她们超越时代却又合理的要求。《醒世姻缘传》中泼悍的妇女提出的这种要求是《金瓶梅》中的女性如潘金莲等人都没有说出口的。

第五节　计氏与高四嫂：刚烈的妇女

计氏与高四嫂是小说中描写的两个绝不屈服于羞辱威逼的女性，这是不同于《金瓶梅》里那些唯家主西门庆好恶是瞻、只知追随讨好有权势者的女性形象的，其“情烈”可谓《红楼梦》中金钏儿、尤三姐之先声。

计氏在晁家发达前，也曾恃宠作娇，对此作者是贬抑的；但当晁源喜新厌旧时，作者的同情明显地站在了计氏这边。晁源故意羞辱她，派人去对因无钱度日、受丫头仆妇抱怨而哭诉的她说："等俺爷死了再哭不迟！"她尖锐地反抗："……趁着他没死，我哭几声，人知道我是诉冤，等他死了才哭，人不知道只说是哭他哩！"（第3回）她把公公送与她的轿子打得粉碎，不让晁源拿去，晁源花五十两银子买一辆新轿子，并派人让她去看，意在羞辱，她说："精扯淡！那怕你五千两买轿，累着我腿疼，却叫我去看……"这些语言鲜明地反映了她勇敢地捍卫自己尊严、绝不屈服的特征。而她被诬陷与人有染后，以一死来证明自己的清白，使陷害者得到惩罚，更是其刚烈的极端证明。

高四嫂是晁源的邻居，她仅仅在审理计氏自杀案中出现，但给人留下了深刻的印象。她是个毫不惧怕官府的妇女，一上堂县官就以拶刑相要挟，高氏说："这个老爹可是没要紧；俺是有根基人家的婆娘，你凭什么拶我？"大尹恼羞成怒，说"一个官要拶就拶，管你什么根基不根基！"高氏针锋相对："这也难说，八个金刚抬不动一个'礼'字哩！"她将一切事实和盘托出，并不因为晁家有钱而偏袒晁源（"因他是乡宦人家，谁和他低三下四的，也从来没到他家"），就这样，一个富贵不能淫的农村耿直大嫂的形象活灵活现地出现在读者面前。她敢在作证时要求站起来，敢讥讽县大尹是糊涂爷。当贪赃枉法的大尹说计氏父亲"穷花子一片刁词"时，她自动上堂去为计家辩护，县大尹命人拿板子砍她出去，她骂："你拿红条黑押的请将我来，往外砍人！贼杀的！贼砍头的！"（第10回）最后她骂着走出衙门。一个威武不能屈的北方妇女形象活灵活现地展示在读者面前。因此，县大尹、晁源都不由得怕她，无可奈何。

以上我们分析了《醒世姻缘传》里主要的女性形象。作为总结，我们可以将她们进行归类。这些形象属于同一类型的妇女，但作家将她们写得迥然不同。同是泼妇，薛素姐以剽悍著称，珍哥以淫荡闻名，计氏刚烈，寄姐则不乏温柔体贴；同是中老年人，龙氏与童奶奶、晁夫人又显示出不同的身份与社会阶层的特点。而她们与其他世情小说中的同类人物相比，展现出不同的特征和意义。我们完全有理由认为，《醒世姻缘传》在女性描写方面是做出了杰出贡献的，它为我们展示了古老中国中下层社会女性生动的形象，其中还是以赞美为主的（包括没有论及的调羹、孙兰姬、狄婆子、薛夫人），可以说它是世情小说在《红楼梦》之前就为女性唱起的赞歌，对于《红楼梦》有着一定的开启意义，有论者在论文中提到《醒世姻缘传》和其他小说在《金瓶梅》与《红楼梦》之间承前启后的作用[①]，可惜他们没有谈到这一点，是很遗憾的。

总之，《醒世姻缘传》在世情小说史上的意义是在比较中发现的：《金瓶梅》虽然第一次在章回小说中大篇幅地描写女性，但更多展示了伦理道德解体的年代的负面的女性形象；《红楼梦》则完整地描写了女性在治理家庭中的重要性，更有对女性才华与美好的深入描写；而《醒世姻缘传》则介于这二者之间，正好处于过渡的位置，它既描写了许多性格泼辣的妇女，也刻画了好几个值得人们尊敬的女性形象。

《醒世姻缘传》沿着《金瓶梅》开创的以家庭生活为写作重点的方向，塑造了许多贴近生活真实的形象，其中女性形象特别引人注目。关于《金瓶梅》在小说题材和写实主义手法上的开创意义，人们已经谈论得很充分了，至于《醒世姻缘传》，则正是对《金瓶梅》的开创性地发扬，评论家认识到，二者具有许多相似性[②]，但

---

① 沈治钧：《〈金瓶梅〉和〈红楼梦〉之间的三段“链环”》，《红楼梦学刊》1999年第1辑。

② 金学斯：《简论〈醒世姻缘传〉同〈金瓶梅〉的渊源关系》，《上海大学学报》（社会科学版）1989年第6期。

似乎没有认识到《醒世姻缘传》的女性形象的独特性，那就是她们的身份以中下层社会的妇女为主，这一点是它与以写中上层社会的女性为主的《金瓶梅》以及以写上层贵族社会的女性为主的《红楼梦》的不同之处。这是《醒世姻缘传》对世情小说女性形象刻画的贡献的一个主要方面。

《醒世姻缘传》的女性描写的另一个重要价值在于：它在客观上展示了女性的巨大能量及她们在家庭生活中的重要作用，促使人们更重视女性地位。

可以这样说，《醒世姻缘传》比《金瓶梅》更加触目地揭示了男性的衰落与女性的崛起，对《红楼梦》有一种先声作用。读者很容易就能发现，在《醒世姻缘传》里，许多男性再也无法有效地管理家庭了，在这部小说里，似乎每个家庭都有泼妇：珍哥、寄姐、素姐、戴奶奶、权奶奶、南瓜、荷叶以及许许多多不知名者，她们一发怒，男人就束手无策，这其中最重要的原因当然在于她们对于一夫多妻制的反抗，《醒世姻缘传》的作者也明确地提到"要成家，置两犁；要破家，置两妻"（第 13 回回首韵文），这可以说是十分合乎时代潮流的。据研究，明清时代的许多小说都对这一对女性不公平的制度提出了非议①。《醒世姻缘传》里性格泼悍的妇女以暴戾的方式表达了维护自己权益的意愿，是她们在严格的礼教束缚下必然的激烈反抗，从这个角度去理解似乎更好。从正面来说，小说还塑造了很多给家庭带来康乐的女性：狄希陈的父亲管教儿子无方，只是在狄婆子的管教下，狄希陈才学会认识几个字；薛教授只能以打骂对待薛素姐的生母——坏脾气的龙氏，以冷淡的方式对待泼悍的女儿素姐，倒是嫡母薛夫人一次次以理服人，平息家庭的争吵；甚至正面人物形象晁梁也得经过妻子的劝告才不致抛弃家室，最终走上了在家修行的道路；最重要的是，作品塑造了一个女

① ［美］马克梦：《〈金瓶梅〉与明清小说对一夫多妻制之异议》，见王利器主编《国际金瓶梅研究集刊》第一集，成都出版社 1991 年版，第 203—204 页。

义士的形象——晁夫人。晁家父子刻薄成性，忘恩负义，结果家破人亡，只有当他们死后，晁夫人主持家政，广为善事，晁家才兴盛起来。对这些女性的描写，应该是世情小说中第一次对于女性的颂歌，因为这样的形象是《金瓶梅》所缺乏的，更是《水浒传》所不会有的。虽然作者的女性观还很保守，对那些想越过丈夫把持家政的女性进行了批判，但他仍不自觉地写出了女性超越男性的地方，比如他自己议论道："负义男儿真狗彘，知恩女子胜英雄!"（第30回回末诗）又如他通过人物之口说："真是有智的妇人，胜似蠢劣的男子十倍!"（第81回）可以说，在《红楼梦》之前，《醒世姻缘传》是第一部有着朦胧的女胜于男观念的长篇小说。

世情小说的描写重点从男性形象转移到了女性形象上。这种转变以《金瓶梅》肇其端，到《红楼梦》臻于顶峰：《红楼梦》不仅从篇幅而且从价值观上都给予了女性前所未有的肯定。在这其中，《醒世姻缘传》的意义，是丰富了女性形象的类型，显示了女性在中国古代家庭乃至社会中的重要性，并在《红楼梦》之前在世情小说中第一次明确地为女性唱起了赞歌，其意义当然不容小觑。

第三章

《醒世姻缘传》中的男性人物形象

对于《醒世姻缘传》中的男性人物，多数研究者首先谈其中前后世姻缘的两位男主角晁源与狄希陈，但笔者认为他们并没有太多值得一谈的价值，因此除了在后文探讨从《金瓶梅》到《醒世姻缘传》反映的晚明时期性别话语的变迁时会有所涉及，本章不打算将他们二人特别提出来进行讨论。倒是小说中对士林与官场人物形象的刻画给人以特别深刻的印象，尤其是在多个方面对《儒林外史》构成一种先声作用，其中既有贪酷的官吏、儒林的恶霸等士林丑类，也有包含作者复古理想的正面人物。本章打算先对这些士林与官场人物加以较详细的介绍，然后对小说中的其他有独特意义的形象如宦官、族霸进行分析。

第一节　《醒世姻缘传》对士林与官场人物形象的刻画及文学史价值

《金瓶梅》作为世情小说的开山之作，对儒林与官场人物有所关注，但主要是以西门庆为中心描写其官场、商场和情场生涯，没有特别关注过儒生群体。该书描写较多的有蔡状元与温必古，着重于他们的权钱交易或财色化与堕落。《醒世姻缘传》则不同，在第33回中特意表达过对儒生的关注。西周生认为，长期的书斋生活使得很多士人只会读书，农桑稼穑一概不知，肩不能扛，手不能提，如果不能顺利入仕，便丧失了养家糊口的能力，使他们原本贫寒的生活更是雪上加霜。西周生特意为儒生思考谋生的途径，包括开书铺、拾大粪、卖棺材、结交官府等，作者很细致地替秀才们分析了这些事情该怎么做，其中的利弊、途径，最后发现，这些都不是好办法，“千回万转，总然只是一个教书，这便是秀才治生之本”。接下来又条分缕析了教书的几个等级：“若是东家尊师重友，成了好好相知，全始全终，好合好散，这便叫是上等。若再得几个好率教的学生，不枉了父兄请师的好意，不负了先生教训的功劳，名曰师生，情同父子，这又是上上等。若是那父兄村俗熏人，轻慢师友，相待不成相待，礼文不成礼文，只那学生都是英才，这也还可曲就，此是二等。若是东家致敬尽礼，情文交至；学生却是顽皮。‘生铁必难成金，化龙定是鳅鳝。’使了东家的学哵，不见教导的功劳。目下不见超凡，已为惶恐；后日堕为异类，寻源更是羞人；这是教劣等的学了。”（第 33 回）本回后文就描写了私塾先生程乐宇怎样受尽顽劣学生狄希陈的捉弄。这种教书先生的生涯让我们想到《儒林外史》里的周进、范进，他们在中举前也是一直过着艰难的教书日子，时不时还受到别人的挖苦、奚落。

《醒世姻缘传》还描写了其他生活拮据的士子。例如，第 92 回提到：“武城县有个秀才，姓陈，名六吉，取与不苟，行动有常……别无田产，单以教书为事，家计极是萧条”。又如，第 98 回中，浙江一秀才“家中极贫，是个卫里的军余，十八岁进了学，无力娶妻，只有一个寡母。母亲织卖头发网巾。浙江网巾又贱，织得十顶，刚好卖得二钱银子”，母子二人便是凭此度日。作者西周生因此主张为学之前要先把自己的生计规划好，有饭吃才能安心做学问。第 33 回，作者还回顾了孔子在陈绝粮的情况，然后议论道：

孔夫子虽然勉强说道：“君子固穷，小人穷斯滥矣。”我想那时的光景一定也没有甚么乐处。倒还是后来的人说得平易，道是“学必先于治生”。

所谓“学必先于治生”，就是主张先要找到饭碗，才能安心读书。可见，作者对于普通儒生命运的特别关怀，这当然有开启《儒林外史》的意义。

第二节 刻画士林丑态

就全书来说，《醒世姻缘传》全面观照了当时儒生地位的艰难，也用很多篇幅描写了在社会风气恶化的情形下士林人物的丑恶行径。

一 贪酷官吏晁思孝

作者描写了前世故事中晁源的父亲晁思孝为官后的贪酷行为。他本来是一个秀才，出贡后依靠座师的力量谋得南直隶华亭县的肥缺，他上任后：“一身的精神命脉，第一用在几家乡宦身上；其次又用在上司身上。待那秀才百姓，即如有宿世冤仇的一般。当不得根脚牢固，下面也都怨他不动。政以贿成。去年六月里考了满，十月间领了敕命，各院复命，每次保荐不脱。”（第 5 回）他欺压百姓，谄媚上司，却在每次上级查考时都能通过。任满后走当权太监王振的门路，又谋得通州知州的肥缺（后因克扣朝廷用以备战的钱粮而被弹劾罢官）。这不难让我们想起《儒林外史》中的王惠，他上任的第一件事，不是询问当地的治安，也不是询问黎民生计或案件冤情，而是查询地方人情，了解当地有什么特产，各种案件中有什么地方可以通融；接着定做了一把头号的库戥，将衙门中的六房书办统统传齐，问明了各项差事的余利，让大家将钱财归公。从此，衙门内整天是一片戥子声、算盘声、板子声，衙役和百姓一个个被打得魂飞魄散，睡梦中都战战兢兢。而他本人的信条却是“三年清知府，十万雪花银”。朝廷考查他的政绩时，竟一致认为他是“江西的第一能员”。这与《醒世姻缘传》对晁思孝的官运的描写简直是如出一辙。

西周生写晁思孝，用了讽刺的手法：“晁知县起身之日，倒是那几家乡宦举人送赆送行，倒也还成个礼数。那华亭两学秀才，四乡百姓，恨晁大尹如蛇蝎一般，恨不得去了打个醋坛的光景。那两学也并不见举甚么帐词，百姓们也不见说有‘脱靴遗爱’的旧规。那些乡绅们说道：‘这个晁父母不说自己在士民上刻毒，不知的，只说华亭风俗不厚。我们大家做个帐词，教我们各家的子弟为首，写了通学的名字，央教官领了送去；再备个彩亭，寻双靴，也叫我们众家佃户庄客，假妆了百姓，与他脱脱靴。’算记停当，至日，撮弄着打发上船去了。合县士民也有买三牲还愿的，也有合分资做庆贺道场的，也有烧素纸的，也有果然打醋坛的，也有只是念佛的，也有念佛中带咒骂的。”（第6回）其中写尽了乡民们对晁思孝的厌憎之情。

二　儒林恶霸麻从吾、汪为露

《醒世姻缘传》中也刻画了很多儒林恶霸形象，他们以麻从吾、汪为露等为代表。麻从吾是山东绣江县明水镇的秀才，“不要说那六府里边数他第一个没行止，只怕古今以来的歪货也只好是他第一个了！”（第26回）他虽说是个秀才，却没有读书人的礼义廉耻，他先是打着读书的幌子，借居在张仙庙中，占道士的便宜，直到道士不堪忍受而逃走，他还诬告道士师徒二人盗拐了他的古董书籍等。但就是这样一个品行如此恶劣之人，竟在两年之后“钻干了教官，岁考发落，头一个举了德行。诧异得那合学生员，街上的百姓，通国的乡绅，面面相觑，当做件异闻传说！”（第26回）后来他又骗取心地善良的丁利国夫妇的信任，住在他们家当起了教书先生，十年后选了淮安府管粮通判，丁利国夫妇将自己毕生的积蓄都拿了出来填补他做官之前的一切准备花销，后来当两人前来投靠之时，麻从吾恩将仇报、拒绝接待他们，使他们饥寒交迫，双双死在异乡。从他的身上我们看到《儒林外史》中忘恩负义的匡超人的影子。

还有一位既是秀才也是塾师的汪为露，其不但为师没有师品，为人更是奸诈刻薄。他先是强行把邻居侯小槐家界墙据为己有，后来又得寸进尺想侵占界墙后面的基址。邻居不肯，他便领了一群秀才徒弟，告侯小槐侵占他的地基。对于自己的学生，汪为露也不放过任何可以敲诈勒索的机会。他有个学生宗昭中了举人，迎举人当天他跑去强行拿走了人家急需的四十两银子，弄的宗昭家里捉襟见肘，正好提学道允许每个新举人推荐一位寄学秀才，可以让新举人得到被荐秀才家一百多两银子，当作会试之资。宗昭已经推荐了一人，拿到银子用了一些以解燃眉之急，没想到汪为露兜揽了一家人，拿了银子，逼迫着宗昭把他推荐的名字提报给学道。最后没办法，宗昭的父亲只好把家里的地卖了，把银子还给别人，再借着高利贷送他去参加考试。汪为露为了金钱，弃自己学生的前途于不顾，已经完全丧失了一个塾师基本的道义。他作为狄希陈的启蒙老师，带着狄希陈上了五年学，结果狄希陈只认得“天上明星滴溜溜转”一句话（第33回）。狄家后来重新请了程乐宇做老师，狄希陈才算学了点东西。但也是因为如此，被汪为露怀恨在心。他先是雇了两个光棍将程乐宇拦在路上打成重伤，后来听说狄希陈进了学，又恬不知耻地跑到狄家要赖要钱，乡间人人都知道他是土豪学霸，为了不得罪他，狄希陈之父狄宾梁还特意带着荤素八样的礼，领着儿子去他家道谢，他却嫌谢礼太轻，把父子俩骂了出来。后来宗师听说了他的损德之行，是个“学中第一个没行止的”（第39回），黜退了他的秀才。他也终因色欲不休，一病而亡。不妨说他是《儒林外史》中惯于敲诈勒索的霸道的严贡生的楷模。

第三节　复古理想与正面人物形象的刻画

过去研究《儒林外史》的人一般只注意它对科举制度的否定、它的讽刺艺术，现在学界已关注到它对理想士人的描写与对“礼乐兵农”思想的宣扬，不过这方面《醒世姻缘传》也在某种程度上先行了一步。通过与《金瓶梅》的男性人物进行比较，这一点能看得非常清楚。

《金瓶梅》描写的是一个末世社会沉沦的境况，那里没有任何亮色，道德与理想完全崩坏，价值观念彻底颠倒，人们的行为只由现实利益与欲望来决定，彼此之间尔虞我诈，连所谓结拜兄弟之间也是如此。譬如，西门庆对应伯爵不能说没有厚待，但其死后，应伯爵马上帮别人算计谋取西门庆的妻妾与钱财。所以有的论者认为此书独重财色，而对儒释道各家思想的有效性都持怀疑态度①。总之，《金瓶梅》是最早的对传统价值观念持怀疑态度的小说。

《醒世姻缘传》的世界一样混乱，但作者明确表现出对这种现实的否定和回归儒家思想中上古理想世界的渴望。作者署名西周生，很明显就是表示对西周社会的肯定，希望回归西周的礼制：“这明水镇的地方，若依了数十年先，或者不敢比得唐虞，断亦不亚西周的风景。”（第 26 回）。他花了整整两回（第 23—24 回）来描写昔日明水镇的太平光景，其特征是“人以孝弟忠信是敦，家惟礼义廉耻为尚。贵而不骄，入里门必式；富而好礼，以法度是遵”。这里民风淳朴、世界和乐，有杨尚书告老还乡后绝不摆官绅架子，有舒秀才怕自己学识有限、耽误弟子，主动辞去私塾先生的职务、推荐别人代替自己，还有狄员外与薛教授之间的高情厚谊。

---

① 卜健：《世风的浇漓与生命的惩戒——〈金瓶梅〉情节进程的剖析》，见盛源、北婴选编《名家解读〈金瓶梅〉》，山东人民出版社 1998 年版，第 225—244 页。

值得注意的是，《醒世姻缘传》还描写了以邢皋门、周希震等为代表的理想士人，他们拥有真才实学、淡泊名利，坚守着传统儒家对于士人的要求。虽然如前文所说，西周生以淋漓尽致的笔墨深刻暴露了当时一部分士人的丑陋面孔，但是他并没有像兰陵笑笑生那样，将社会上的整个士人群体全部否定，而是对当时社会依然抱有美好的期望，他仍然相信一些始终坚守儒家理想的士人还在拯世救民。所以他塑造了自己理想中的士人——邢皋门，还描绘了周希震等士人，他们既秉承儒家“修身齐家治国平天下”的理念，又胸襟宽阔洒落、淡泊高洁，堪称大有古风。此外，小说还零零星星地描写了其他一些在晚明堕落的时代风气下坚守古道的人物如舒秀才、韦美等。下文对他们进行简单的介绍与评价。

一 第一等人物邢皋门

邢皋门可以说是小说中的第一等人物，有论者认为他就是作者的化身。他出生在一个廉洁奉公的参政之家，他父亲为官清廉，但是因为去世得早，所以家道中落，生活淡薄。邢皋门自幼饱读诗书，欣赏有真才实学之人：“遇着有学问有道理的人，纵是贫儒寒士，他愈加折节谦恭；若是那等目不识丁的，村气射人的，就是王侯贵戚，他也只是外面怕他，心内却没半分崇敬。”（第1回）作者在第16回花了大半回的篇幅对邢皋门进行专门介绍，我们可以总结他具有真儒的气质。

首先，邢皋门对于八股文的态度值得注意：“他这八股时文上倒不用心在上面钻研，只是应付得过去就罢了；倒把那正经工夫多用在典坟子史别样的书上去了，所以倒成了个通才；不像那些守着一部《四书》本经，几篇滥套时文，其外一些不识的盲货。”（第16回）这就与一般的汲汲于仕进的人不一样，是真儒一类的人物。他有着“天空海阔的心性，洒脱不羁的胸襟”，第一次科举不中，别人为他着急，他却不以为意。后来因年伯之子邀请游历京都，结交士人、看遍山水，却绝无干乞的念头，可见是一个襟怀淡泊的人。

其次，他有原则，知进退，绝不同流合污。

邢皋门不拒绝自己的才能得以施展的机会，是一个“达则兼济天下，穷则独善其身”的人物。但他将合乎道义和自身德行放在第一位。陆给谏将他介绍给晁思孝做幕宾，他也不完全拒绝，但希望主人是真心相邀，至于束脩待遇却不计多寡。他为人有原则却不古板，遇到机会来了就尽心尽力去完成自己肩负的责任。在给初升任华亭县知县的晁思孝做西宾时他尽职尽责。由于晁思孝是从老贡生入选华亭知县的，对于官场上的事情一概不知，全靠邢皋门凭着自己的见识，才能帮他打理得井井有条，一丝不乱。晁思孝需要亲自做的事就是每天上两遍堂，接待上司及各院里的考查就可以，其他的都不用他出面也不需要他操心。

但邢皋门一直坚守着一个士人的道德底线，既不和府内外的人勾结起来去做伤天害理的事情，也不去一味地讨好奉承主家，昧己之良心。例如，在王振撺掇着正统皇帝御驾亲征遭到群臣谏阻，边关告急，京城内外乱作一团时，晁思孝正在通州任知州，他怕自己身陷其中，于是想借告老还乡远离这个是非之地，让邢皋门帮他写一份致仕文书，但邢皋门却义正词严地跟他说：“如仮去，君谁与守?”“临难卸肩，不惟行不得，把品都被人看低了。”（第7回）他认为身为朝廷命官，担负着家国重任，危难之时就应该与君同在，这是一个在朝为官的士人最基本的操守，也是一个士人最基本的忠孝之举。又如在王振倒台之后，晁思孝想把当初为自己的升官尽心尽力，而如今避难于他家中的梁生、胡旦交给官府，为自己博取个好名声，邢皋门对他百般劝阻：“当不得外面一个讲王道的西宾邢皋门，冷言讽语，说甚么病鸟依人，又讲甚么鲁朱家与季布的故事，孔褒与张俭的交情。”（第15回）要不是儿子晁源的刻毒行事，晁思孝也就不会将梁、胡二人赶出去。

最后，当邢皋门看清楚了晁思孝的儿子晁源不仅没有伦理与廉耻，而且忍心害理、恩将仇报，就毅然离开了晁家："生他的慈母尚且要寻了自尽，羞眼见他，我却如何只管恋在这里？……这样刻毒，祸患不久就到了。我既与他同了安乐，怎好不与同得患难？若不及早抽头，更待何日？"（第16回）

当然，后来邢皋门入仕后，从湖广巡抚升至朝廷户部右侍郎，上任的路上经过武城县，他还是去拜见了晁家，那是因为他对不与丈夫、儿子同流的晁夫人怀有感激之情。

西周生曾称赞邢皋门说："……就是又清又白的醇酒一般，只除了那吃生葱下烧酒的花子不晓得他的好，略略有些身份的人没有不沾着就醉的。"（第16回）足见邢皋门的高洁、清廉、为人和煦如春风。对于这样一个作者心目中完美士人的代表，作者给予他的当然也是最理想的结局，成功入仕且官至户部右侍郎。这也是儒家对于士人"修己以安百姓"原则的体现。传统儒家的理想人格是"内圣外王"，既要在内在修养上达到圣贤境界，同时也要经世致用，即所谓的"学而优则仕"，而这些儒家的要求和原则，我们都能一一在邢皋门身上找到。所以说，邢皋门是作者在当时社会环境下，对操行败坏的士人们进行反思和抨击后，所创造出的理想人格代表，寄托着作者的美好愿望。

二 大有古风的杨乡宦

在复古主义思想指引下，西周生在小说第23回摹写了大有古风的人物杨乡宦。其古风表现在以下几个方面。

第一，不摆架子，不自高自大，平易近人。杨乡宦官至宫保尚书，赐了全俸，告老还乡。但他回到明水镇后，却绝不自高自大。他住的地方是："略略的将祖居修盖了修盖，规模通不似个宫保尚书的府第，他却住在里边。"他外出的情形是："把县里送来的青夫门皂，尽数都辞了不用。或到那里游玩，或到田间去，路远的所在，坐了个两人的肩舆，叫庄客抬了；近的所在，自己拖了根竹杖，跟了个奚童，慢慢踏了前去。遇着古老街坊，社中田叟，或在庙前树下，或就门口石上，坐住了，成半日的白话。若拿出甚么村酒家常饭来，便放在石上，大家就吃，那里有一点乡宦的气儿。”那些庄上的乡亲也不把他当个尚书相待，仍是伯叔兄弟地称呼。有一次一位族兄到他家来换谷种，他亲自送到门外，还自谦“小弟的官虽比家兄大，家兄的地却比小弟的还多好几十亩哩”。他开的酒店的掌柜不在时，就自己来照管，甚至替客人暖酒，但绝不让客人知道自己的身份，以免他们尴尬。看来这个杨乡宦是具备一定平等思想的人物。

第二，造福乡里。他把村外自己庄前的古堤加宽一丈多，上面盖了五间茅屋，沿堤都种桃柳，供人们欣赏风景；又怕游玩的人没钟酒吃，煞了风景，就又开一个酒店来招待游人，却不以营利为目的，酒价还不够一半的本钱。有时候自己在店里遇到客人，还把酒食赏给客人吃，不要钱。

第三，以德服人。酒店的客人与掌柜之间这样议论杨乡宦：

> 二人说：“我适才见老爷善模善样，不是个利害的人。”掌柜的道：“若是利害，禁了人的身子，禁不住人的心，人倒还有展脱；他全是拿德来感人。人做些欺心的事，他老人家倒也妆聋作哑的罢了。倒是各人自己的心神下老实不依起来，更觉得难为人子。”（第23回）

这两个客人因为被杨老遇见，所以掌柜的不收酒钱，他们坚持要给，掌柜的则坚持说“不敢欺心”，最后还是没收。杨乡宦的为人，与《儒林外史》里的虞育德十分相似，这一点后文还将仔细分析。

三 其他值得称道的士人

与《金瓶梅》中连秀才都财色化不同，《醒世姻缘传》还描写了一些值得称道的、古道热肠的读书人，如舒秀才、韦美、周希震等。

舒秀才是与杨乡宦一同出现在第23回的作者心中的人物楷模，他给杨大郎的两个孩子做先生，杨大郎给他的待遇非常好，舒秀才不仅尽心竭力地教导，而且在觉得自己才学已不够教导两个孩子时，绝不贪图主家待遇，推荐更有才华的杨先生代替自己。

此外，小说还描写了宗光伯、金亮公等人作为汪为露的弟子，受尽这个贪酷的老师的压榨，但在其死后却不与之计较的忠厚行为："先生已是死了，合他计较甚么？只是有厚道罢了。"（第41回）由于汪为露做事刻薄，其妻子与儿子都不替其理丧，还是宗光伯等弟子自己出钱来安排丧事。其中宗光伯受汪为露之害最深，却一人出了六两银子助理丧事，可见其厚道非常。事见第41回，兹不赘述。

第86回又出现了一个有古风的士人韦美。此回中薛素姐被厨子吕祥挑唆，追赶去四川赴任的狄希陈，到了淮安，在河神庙金龙四大王的行宫里祷告神灵，诅咒狄希陈，被柳将军神灵附身倒地不起，吕祥趁机盗取其钱物逃走，幸亏有一个叫韦美的读书人搭救。韦美将她送在一个尼姑庵里住下，每天供应吃住所需的物资与钱财，又帮忙到处寻找吕祥。薛素姐感激韦美，要和他结拜义兄妹，韦美说："何消认义。我自家的姊妹也多得狠在那里。只因你流落他乡，没有投奔，既是遇着了我，落难的人，我怎好不照管你的。"（第86回）可见其古道高义。后来找不到吕祥，韦美又"买了一个被套做了一副细布铺陈，做了棉裤、棉袄、背心、布裙之类，农隙之际，将自己的空闲头口拨了两个，差了一个觅汉宋一成，雇了一个伴婆隋氏，当日家里办了一桌荤素酒菜，请素姐同老尼到家送行起身。”（第 88 回）韦美之为人真可谓好人做到了底。韦美是有妻子的人，其妻子对丈夫此举毫无怨言，说明他素来如此，妻子都习以为常了。后来薛素姐万里亲征去四川寻找狄希陈，还记得带礼物去看望韦美。“起先原是‘萍水相逢’，这次成了‘他乡遇故’，恋恋难舍。再三嘱付素姐，叫他一路百事小心，诸凡谨慎。又嘱侯张两位，叫他凡百炤管。又嘱素姐后日回来，千万仍来看望，不可失信。”（第 94 回）可见薛素姐这个凶悍的人，也被韦美的义举感动了，恢复了感恩戴德的心情。

周希震在小说中是狄希陈的幕宾，他本来是将军郭威的多年幕府，郭威因失误军机被捉拿到京城，周希震不仅不离开他，还陪伴上京替他打点：“许多年来与人共了富贵安乐，到了颠沛流离的时节，中路掉臂而去，这也就不成个须眉男子。况且他是武将，若离了我这文人，孤身到京，要个人与他做辨本揭帖，都是没有人的。”（第 84 回）由于周希震替郭威写辩解的揭帖，写得义正词严，郭威才仅仅问了“遣戍”。他做狄希陈的幕宾主要是为了陪郭威到遣戍之地成都，可谓同甘苦、共患难。他一样不争束脩的厚薄，只要一年五十两银子。狄希陈不懂行情，后来经过亲戚们的指点，才知道此人的确可敬（第 84—85 回）。

《醒世姻缘传》与《金瓶梅》一样，所描写的是世风大变的晚明时代，人们之间“欺心咬肚”、尔虞我诈，但西周生对以上具有古风之人的描写，使作品中透露出些许的亮光，这虽然是作者复古思想的表现，但在这些复古思想指导下的人物描写仍不失其积极意义。尤其是在世情小说中，它具有描写理想世界和理想人性的价值。

第四节 《醒世姻缘传》的士林人物形象刻画对《儒林外史》的先声作用

《醒世姻缘传》的士林人物形象刻画对《儒林外史》具有先声作用，我们在上文已经略有提及，这里作一总结。

《儒林外史》通过泰伯祠大祭表现出对古礼的推崇以及对儒家仁孝思想的肯定，作者还塑造了一个“真儒”形象——虞育德，连杜少卿都对其极为推崇。虽然作者吴敬梓最后写到了理想世界的幻灭，但还是表现出了对理想的探寻，这方面可以说《醒世姻缘传》比《儒林外史》更先一步。前文提到，《醒世姻缘传》中的杨乡宦与虞育德就有几分相似，书中人物议论杨乡宦：“我适才见老爷善模善样，不是个利害的人。”掌柜的道：“若是利害，禁了人的身子，禁不住人的心，人倒还有展脱；他全是拿德来感人。人做些欺心的事，他老人家倒也妆聋作哑的罢了。倒是各人自己的心神下老实不依起来，更觉得难为人子。”（第23回）而《儒林外史》第47回中借余二先生之口说：“看虞博士那般举动，他也不要禁止人怎样，只是被了他的德化，那非礼之事，人自然不能行出来。”这种连语言都差不多的现象令人觉得后者的确受到了前者的影响。当然，也可能是巧合。

总之，关注儒生的总体状况，对其中一些品性恶劣的士绅加以批判，褒扬一些品性良好的士人，这方面《醒世姻缘传》为《儒林外史》开了先河，是世情小说的鼻祖《金瓶梅》有所不及的。《儒林外史》似乎更关注淡泊名利的风雅之士，如杜少卿、庄绍光，《醒世姻缘传》则称赞古道热肠的人物，这是二者不同的地方。不过这其实是一体两面的，往往淡泊名利的人就是古道热肠的人，像邢皋门、晁梁已经显露出一定的淡泊名利的特点了。最后，《醒世姻缘传》写到了狄希陈的表兄们通过科场舞弊帮助他通过科举考试而得官，这也是比较早的关于科场舞弊的描写，对《儒林外史》中有关匡超人参加科场舞弊的描写应该也有启发。

附　《醒世姻缘传》中其他有独特意义的男性形象：宦官与族霸

一　宦官

众所周知，宦官专权是明代政治一大毒瘤，从正统时的王振、天顺时的曹吉祥、成化时的汪直、弘治时的李广、正德时的刘瑾、万历时的冯保，直到明末的魏忠贤，都是其代表。在较早的《金瓶梅》中，也写到薛内相、何太监等，有学者对其进行了梳理[①]。但《金瓶梅》中宦官专权的情形未得到充分描写，主要写的是他们在地方上的一些日常生活和经济活动。《醒世姻缘传》则写到了几位在朝的此类人物，对其进行了较细致深入的描写，着重展现了明代宦官的气焰之嚣张。当然，对有的宦官也写到他们失势时的惨状，如烜赫一时的王振。但书中着墨最多的则是王振手下的苏、刘二锦衣和掌管东厂的陈公公。

1. 王振及苏、刘二锦衣

王振是明英宗朱祁镇时的司礼监秉笔太监，原任文安县儒学训导，三年考满无功，被明成祖阉割了，进后宫教习宫女。到了明英宗时代升职为司礼监太监，“那权势也就如正统爷差不多了，阁老递他门下晚生帖子，六部九卿见了都行跪礼。他出去巡边，那总制巡抚都披执了，道旁迎送。住歇去处，巡抚总督都换了亵衣，混在厨房内监灶”。他过生日时，来拜寿的人山人海，包括了三阁下、六部、五府、大小九卿、内府二十四监等朝廷中所有大小官员（第5回），可谓一人之下，万人之上。

---

① 参见陈诏《〈金瓶梅〉与明代宦官》，《上海师范大学学报》（哲学社会科学版）1990年第3期。

王振手下的苏锦衣、刘锦衣任锦衣卫都督，在外面也是体面人物，这天拜寿后也得脱了官服、穿上便衣在其府中照管执事，忙到晚上就在班房里过夜。苏、刘二人受了晁思孝之托，帮助他从华亭知县升转通州知州一职。他们只带些稀奇礼物拜见王振，王振就让他们将自己的名帖送到吏部，吏部官员不等在任的通州知州任满，就将其升迁，让晁思孝顺利转任通州知州。此事在小说第5回“明府行贿典方州 戏子恃权驱吏部”，说到底就是在强调王振之势焰。

苏、刘二人与王振关系密切：“他（指王振）做教官的时节，有两个戏子，是每日答应相熟的人。因王振得了时势，这两人就致了仕，投充王振门下，做了长随；后又兼了太师，教习梨园子弟。王振甚是喜他。后来也都到了锦衣卫都指挥的官衔，家中那金银宝物也就如粪土一般的多了。这两个都是下路人，一个姓苏的，却是胡旦的外公；一个姓刘的，乃是梁生的娘舅。”（第5回）这里说的胡旦、梁生，就是前世姻缘中在晁源家里做戏子、帮助晁源的父亲晁思孝打通关节、使之从华亭知县升职为通州知州的两人。这个打通关节的过程虽也涉及苏、刘二位的煊赫，但最终展示的也是王振的权势。

晁思孝派到京城里的家人是晁书、晁凤二人，他们眼中看到的胡旦的外公苏锦衣的府第如此气派：

> 三间高高的门楼，当中蛮阔的两扇黑漆大门，右边门扇偏贴着一条花红纸印的锦衣卫南堂封条，两边桃符上面贴着一副朱砂红纸对联道：“君恩深似海，臣节重如山。”门前柱上又贴一条示道：“本堂示谕附近军民人等，不许在此坐卧喧哗，看牌赌博，如违拿究！”（第5回）

当三人来到时，门口的许多人在伺候，他们远远站起，垂了手，走到门台下迎接。进去后晁家两人在一个书房等候，书房里灯火通明而齐整。后来到了刘家也是如此。见到苏锦衣，他俩不由得跪下磕头，对胡旦也渐渐尊敬起来，称其为胡相公，再不敢随意将其当作戏子奚落。苏、刘二人来到王振家时，“喝导到门，巡视人役拿了几根藤条，把拥挤的人尽数辟了开去，让苏刘二人行走到大门，下了马，把门的也不通报，把门闪开，二人穿着大红绉纱麒麟补服，雪白蛮阔的雕花玉带，拖着牌穗印绶，摇摆进去了”。从这种描写中可见其与王振关系之密切，因此也就暗示了二人的势力非同一般。二人为晁思孝谋取通州知州的官职，向王振进献了两盆稀罕的宝石装饰的盆景，博其欢心。本要五千两银子的官职，只向晁家要了两千两银子，这两千两银子也没给王振，归他们自己瓜分了。从这里我们看到明代宦官把持朝政、买官卖官的情形。

补充交代一下，这里苏、刘二锦衣的官职是锦衣卫都督，而锦衣卫是由宦官统领把持的特务机构，直接掌管司法审判：“厂卫对他们侦缉逮捕的官吏和老百姓，有单独审判或和三法司会审的职权。厂卫单独办理的案件，法司不敢不涉，法司的审判，厂卫特务却可以干预，在会审中也是他们说了算。锦衣卫下设南北镇抚司，南镇抚司掌管本卫的法纪，北镇抚司专理‘诏狱’，实际上成为特务操纵的司法机关。”① 小说中写到苏锦衣所掌管的就是南镇抚司：

> 晁凤又悄悄问道：“你外公是甚样人，住这等大房，门上有这许多人伺候?”胡旦道：“我外公是个一点点锦衣卫都督，因管南镇抚司事，所以有几个人伺候。”（第5回）

由于苏、刘二人是王振的亲信，所以王振的权力可直通司法部门。

王振后来因撺掇明英宗亲征边境，被蒙古人杀死，明英宗也被

---

① 吴高庆：《明代宦官特务司法初探》，《浙江省政法管理干部学院学报》1998年第1期。

连带俘虏，苏、刘二人也被杀死。

2. 陈公公

小说所写的后世姻缘中，狄希陈的第二个妻子名叫童寄姐，童寄姐的父亲童七依托了宦官陈公公的本钱做生意。这个陈公公掌管著名的特务机构东厂："九月十六是陈公公母亲的寿日，陈公公新管了东厂，好不声势。来与陈太太做生日的如山似海。这本司两院的娼妇，齐齐的出来，没有一个不来庆贺。"（第70回）因为得罪了陈公公，童七被捉拿起来：

> 你想这东厂的势焰，又是内官的心性，岂有松慢了的？不过传了一声说道："叫厂里人去拿了童伙计来，老公待问他甚么哩。"谁料堂上一呼，阶前百喏。亏了还看伙计两字的体面，只去了十来个人，也还不晓的陈公主意轻重何如，所以单把童七前推后拥，两个人架着来了，也不曾抢劫他的东西，凌虐他的妻子。（第70回）

童七辩解，却进一步惹恼了这陈公公，后来叫人将其带到东厂，直接交给理刑的周百户"追比交还"所欠银两，这里我们看到，掌管东厂的太监陈公公对理刑衙门官员是直接下达命令的。童七口中称其为"一人之下，万人之上"，童七的妻子童奶奶则说"这内官子的性儿，你惹发了他，你还待收的住哩"，可见又是一位权势通天的宦官。后来经过童奶奶的运作，才将童七救出来，前文已有分析，此不赘述。至于说东厂与司礼监之间的关系则是："厂卫的性质任务相同，若定要区分，则锦衣卫职在侦缉官民，而东西厂除官民外，连锦衣卫也在其监视范围之内……就整体来说，锦衣卫是受东厂操纵指挥的，在职能上不过是东厂的扩大延伸。厂卫以上则由司礼监统一指挥。”[①] 所以这位陈公公也是受司礼监管辖的，但其权势也不小：“明代的特务机关厂卫，兼有侦辑逮捕、审判、关押、刑拷的司法大权……厂卫借皇权取得了支配法司的地位，形成了‘天下之刑狱先东厂而后法司’的局面，重大案件首先由东厂受理，镇抚司配合审讯刑拷，基本上定案后再移交刑部量刑。刑部总是按照东厂拟断执行，不过是履行一下手续而已。如果法司依照法律规定断案，违忤太监，太监甚至可以撤换法官。”[②] 所以陈公公可以直接把童七交给理刑官处置。

结合史实来看，以上所分析的小说中对司礼秉笔太监王振和掌管东厂太监陈公公的描写并非虚构，而是历史事实的真实写照。《明史》第304卷分析了明代宦官专权起于明成祖时代及王振专权的经过：“明世宦官出使、专征、监军、分镇、刺臣民隐事诸大权，皆自永乐间始……数传之后，势成积重，始于王振，卒于魏忠贤……英宗立，年少。振狡黠得帝欢，遂越金英等数人掌司礼监，导帝用重典御下，防大臣欺蔽。于是大臣下狱者不绝，而振得因以市权。然是时，太皇太后贤，方委政内阁。阁臣杨士奇、杨荣、杨溥，皆累朝元老，振心惮之未敢逞。至正统七年，太皇太后崩，荣已先卒，士奇以子稷论死不出，溥老病，新阁臣马愉、曹鼐势轻，振遂跋扈不可制。作大第皇城东，建智化寺，穷极土木。”[③] 后文描述了触怒王振的官员都被贬谪或处死，乃至举朝文武对其畏惧屈膝的情形：“帝方倾心向振，尝以先生呼之。赐振敕，极褒美。振权日益积重，公侯勋戚呼曰翁父。畏祸者争附振免死，赇赂辏集。工部郎中王祐以善谄擢本部侍郎，兵部尚书徐晞等多至屈膝。”[④] 这与小说中写到的情形是一致的：“（文武百官千方百计，争强斗胜的去

---

① 吴高庆：《明代宦官特务司法初探》，《浙江省政法管理干部学院学报》1998年第1期。

② 吴高庆：《明代宦官特务司法初探》，《浙江省政法管理干部学院学报》1998年第1期。

③（清）张廷玉：《明史》第304卷，中华书局1974年版，第7766—7772页。

④（清）张廷玉：《明史》第304卷，中华书局1974年版，第7772页。

奉承那王振）那举国就像狂了的一般，也不论甚么尚书阁老，也不论甚么巡抚侍郎，见了他，跪不迭的磕头，认爹爹认祖宗个不了！”（第15回）即使王振死了，明英宗复辟后还对其思念有加，居然完全忘记自己因其过失而被蒙古人俘虏的事情。由此可见，王振专权完全来自明英宗的宠信。宦官专权并不止王振一人，《明史》第304—305卷将相关事情、人物进行了完整的记载，其中有“西厂废，尚铭遂专东厂事。闻京师有富室，辄以事罗织，得重贿乃已。卖官鬻爵，无所不至。帝寻觉之，谪充南京净军，籍其家，辇送内府，数日不尽。而陈准代为东厂”[①]。这个陈准应该就是小说中陈公公的原型。其他不再赘述。

所以说，《醒世姻缘传》中对宦官专权的描写具有实录的价值，比《金瓶梅》更直言不讳。这大约是受到晚明时事小说的影响。

二 族霸

《醒世姻缘传》比较罕见地写到了族霸横行乡里的情形。这一情形应该是古代宗法社会的常态，但在《醒世姻缘传》才第一次得到非常具体形象的描写，也具有对此类现象进行实录的价值。

《醒世姻缘传》中的族霸以晁思才、晁无晏为典型，他们一个是晁夫人的丈夫晁思孝的族弟，另一个是族孙，其名字里的寓意合起来就是“思财无厌”。他们整天想的是瓜分族里孤儿寡母的财产，做的是欺压良善、为害族里与乡里的坏事，自己也没有得到好报。在晁思孝与儿子晁源都死后，剩下晁夫人和晁思孝娶的妾沈春莺一起生活，晁思才、晁无晏欺负她们无儿无女，马上率领人先到其乡下田庄上抢粮食，随后又公然闯进了她们住宅里，“把房产东西任我们两个为头的凡百拣剩了，方搭配开来许你们分去”，于是“占了房子，抢桌椅，抢箱厨，抢粮食，赶打得那些丫头养娘、家人小

---

① （清）张廷玉：《明史》第304卷，中华书局1974年版，第7774页。

厮哭声震地”，幸亏遇到地方官徐大尹经过，把所有人都惩罚了一番，尤其是将“晁思才与晁无晏夹打了那一顿，发下监里，果然将息了一个月好了，取出来枷号通衢，两个月满放”（第20—21回）。霸占寡妇家产的事情在《儒林外史》里有如出一辙的描写，那就是严贡生在弟弟严监生死了之后，因原为严监生的妾、后被扶正的赵氏的儿子也死了，严贡生就马上将自己的二儿子强迫过继给赵氏，并吩咐让他们搬进赵氏的正房，让赵氏住偏房里，还让家人以后依旧叫赵氏为“新娘”，使赵氏狂怒到几乎发疯，最后将其告上公堂。应该说，《醒世姻缘传》的这种描写对《儒林外史》也具有先声作用。

晁思才、晁无晏受到惩罚后，并不改变泼皮无赖的性格。晁夫人把自己田产分给众族人一些，他们倚着自己是族里为首的人，要把分给大家的田产银钱每家拿一些出来给他们（第22回）；饥荒之年，晁夫人拿出谷子来粜谷煮粥，赈济灾民，晁无晏却出来搅乱，骂晁夫人派来负责赈灾的人克扣粮食，意图自己替代了他们好乘机牟利；晁无晏则拿来三布袋掺杂了杂物的谷子来换好谷子（第32回）。这些事都被晁夫人拒绝了，他们心怀不满，就私下里算计，打算宣说沈春莺生的孩子是抱的别人家孩子养活的，以便搅乱晁家，分她们的财产。这番话被一个叫魏三的人听到了，就按照其方法捏造了证据，跑到晁家大闹说孩子是他的，后来还告到官府，又把晁家搅乱了一阵子（第47回）。这一次幸亏又遇到学道官员徐宗师秉公审理了案子，惩罚了魏三，并将晁无晏也打了一顿。后来晁家有一房族人晁近仁得了暴病身亡，他们又跳出来不许将晁近仁的嫡亲弟弟晁为仁的儿子过继给晁近仁的老婆，而要分其家的绝产。晁夫人再次站出来劝阻，做族长的晁思才才不再干预此事，晁无晏却硬是霸占了晁近仁的二十五亩田产，占住了两座房，抢了许多家具。

这种描写表现了古代宗族聚居社会内部的一种常见的病态现

象，而在《醒世姻缘传》中第一次得到翔实的描写。尤其是晁无晏后来因妻子吃了死牛肉而死去后，续娶了郭氏不久也将近死亡时对郭氏说的话："老七（指晁思才）虽是有些扎手，这七十六七岁的老头子，也'老和尚丢了拐，能说不能行'了。我倒还有句话嘱付你：若老七还待得几年，这小琏哥（其儿子）不又大些了？我的儿也不赖的，他自然会去抢东西，分绝产，这是不消说了；要是老七死的早，小琏哥还小，你可将着他到那里，抢就合他们抢，分就合他们分，打就合他们打。这族里头一个数我，第二个才数老七……"（第53回）真可以说写尽了宗族社会在温情脉脉的面纱下掩盖的另一种真面貌，即有一些恶人心里其实只有自己的小家，并没有任何宗族的情分，相反，他们以同宗为幌子拦住外族人的干预，自己却干尽了分族人财产的勾当。这反映了因为明代社会后期最高统治者的荒淫堕落与赤裸裸的暴戾倾向（如因大礼议事件而廷杖大臣致死），上梁不正下梁歪，民间社会也因此呈现出凶悍的豺狼化的返祖特性。

文中晁无晏死后，郭氏卷了所有的财产，嫁了别人走了。他的儿子小琏哥被晁思才连骗带抢在家里做了奴仆，被虐待得快要死去时，还是幸亏晁夫人一家照顾才活下来，而晁思才也得了暴病死去，他的家产也被族人抢走了（第57回），这就是所谓的恶有恶报。

余论 从《金瓶梅》到《醒世姻缘传》：晚明性别话语的变迁

在简单论述了《金瓶梅》的主要人物形象并深入研究《醒世姻缘传》有特殊性别意义的男女人物的基础上，我们就可以深入本书的第二大目标，即探索从《金瓶梅》到《醒世姻缘传》所反映的晚明时期的性别话语的变迁了。

《醒世姻缘传》与《金瓶梅》一起编织了晚明性别话语的变迁图景。首先，二者都描绘了一批与传统女性规范剧烈冲突的女性，但她们之间也有区别：前者以“荡妇”为主，她们追求性的满足，后者以“悍妇”“泼妇”为主，更多追求家庭事务的自由，并明确对丈夫的“杂情”表示反感；在男女情欲的问题上，《醒世姻缘传》对《金瓶梅》里的人欲横流深表不满，主张回到谨守礼制的西周时代，相比之下，《金瓶梅》以孟玉楼两次改嫁为典范，表现得比较开明、中庸。其次，《金瓶梅》里的男性中心色彩还相当稳固，《醒世姻缘传》里男性则呈现弱化趋势，并且塑造了好几位对家庭社会有超越于一般男性贡献的女性，客观上展示了女性的巨大能量及她们在家庭生活中的重要作用，促使人们更重视女性的地位。最后，作者还通过塑造几位《金瓶梅》中所缺乏的正派男性形象，在与对于晁源、狄希陈以及其他堕落无耻的书生的对比中，表达了对于男性的要求。但在整体上，作者对于“阴长阳消”的现象相当不满，希望回归男性中心的秩序中去。

《金瓶梅》与《醒世姻缘传》的描写几乎在同一个时代，那就是晚明那个社会发生巨大变迁的时代，只不过《醒世姻缘传》的作者时代稍晚，思想观念呈现出明末清初的时代特点。这一点只要看《醒世姻缘传》里的一段话就可以明白：

> 那些后生们戴出那跷蹊古怪的巾帽，不知是甚么式样，甚么名色。十八九岁一个孩子，戴了一顶翠蓝绉纱嵌金线的云长巾，穿了一领鹅黄纱道袍，大红段猪嘴鞋，有时穿一领高丽纸面红杭绸里子的道袍，那道袍的身倒只打到膝盖上，那两只大袖倒拖在脚面；口里说得都不知是那里的俚言市语，也不管甚么父兄叔伯，也不管甚么舅舅外公，动不动把一个大指合那中指在人前掝一掝，口说：“哟，我儿的哥呵！”这句话相习成风……绝不晓得甚么是亲是眷，甚么是朋友，一味只晓得叫是

钱而已矣！你只有了钱，不论平日根基不根基，认得不认得，相厚得不知怎样。……这样的衣服，这样的房子，也不管该穿不该穿，该住不该住，若有几个村钱，那庶民百姓穿了厂衣，戴了五六十两的帽套，把尚书侍郎的府第都买了住起，宠得那四条街上的娼妇都戴了金线梁冠，骑了大马，街中心撞了人竟走！（第26回）

这里写出了晚明市井社会风气“一切向钱看”的恶性变化以及由此导致的从服饰到礼节上的种种僭越之举。《醒世姻缘传》甚至比《金瓶梅》更多更细致地涉及了一般市民风气的描写，尤其是结尾处描写的服饰所体现的对等级制度的冲击，与山东《博平县志》中关于明嘉靖中期以来风俗奢靡化的记载如出一辙。

《金瓶梅》与《醒世姻缘传》呈现出多方面的比较价值，研究这些可比性是探讨世情小说前期发展的一个重要环节，为与清代世情小说的进一步比较打下基础。本节将关注于其中体现的晚明性别话语的变迁，这种变迁既包括其中体现的晚明性别话语的整体变迁，也涉及两者之间的差异。

整体来看，《金瓶梅》与《醒世姻缘传》一起描绘出晚明性别话语向传统性别话语告别的趋势，而且各有特点与重点。《金瓶梅》重点描写了在性行为上寻求满足的女性，这可谓惊世骇俗；而《醒世姻缘传》则重点刻画用暴戾方式争取家庭事务自主的女性形象，她们的行为同样激烈地冲击着传统的妇道。而《醒世姻缘传》还更多地体现了对女性的赞美，与其对男性的批评一起，使其性别话语出现转型，不过它还没有彻底否定以男性为中心的思想，而呈现出矛盾的态势。

总之，《醒世姻缘传》与《金瓶梅》共同描绘出传统濒临崩溃的晚明社会的女性世界图景，只不过《醒世姻缘传》力图挽救，刻画了好几位回归传统的女性形象。在此先谈前一个问题，即两书中大胆叛逆的女性形象，然后再探究其他与之相关的问题。

一　叛逆女性形象及其客观体现的性别话语

《金瓶梅》中的典型女性以潘金莲和庞春梅为代表，表现出身体欲望至上、美而不善、践踏传统美德（包括孝道）的特点，所谓“淫荡”的表现比《水浒传》有过之而无不及。潘金莲为固宠而容忍西门庆偷情，自己则红杏出墙，堪称性爱的博弈；尤其令人惊叹的是，她的主要偷情对象居然是女婿辈的陈经济，这在古代文学作品中堪为抢眼。不过作者也写出了她在一夫多妻的家庭中性爱得不到合理满足的处境。相比之下，庞春梅嫁给周守备后备受宠爱、地位尊贵，但她仍和陈经济来往，这就显得放荡了。如果说贵妇林太太的出轨还有守寡寂寞的情由，那么庞春梅在丈夫还在世时的红杏出墙就是赤裸裸地破坏伦理道德了。作者为其安排过一个细节，第85回庞春梅见阶下两只犬儿交恋在一起，说道：“畜生尚有如此之乐，何况人而反不如此乎?”这可谓最早的“做一个合格的动物”的宣言了。春梅此言，熟悉《牡丹亭》的读者都会想起杜丽娘所说：“关了的雎鸠，尚然有洲渚之兴，何以人不如鸟乎!”诚如论者所言，二者的区别在于杜丽娘“雅”，庞春梅“俗”；杜丽娘是对有节制的、合理的性自由即爱情自由的追求，庞春梅是为无节制的、不正当的性自由而辩护①。同回庞春梅见潘金莲闷闷不乐，劝说道：“人生在世，且风流了一日是一日。”这句话可以说是她的人生格言，比其主子潘金莲更加直白地宣告了女性不顾一切地追求性爱满足的人生哲学。

潘金莲与庞春梅对性满足的追求不是个别现象，在《金瓶梅》里还有嫁入西门府之前的李瓶儿、已为西门庆妾的孙雪娥诸人，其他的丫鬟仆妇有如此机会时也不会放过，“发乎情止乎礼”的教训

---

①　王志武：《中国人的欲望魔咒：〈金瓶梅〉人物悲剧论》，东方出版社2010年版，第9页。

完全成了天方夜谭，这体现在玉箫与书童、王六儿和贲四娘子与西门庆等人身上，最著名的当属来旺妇宋蕙莲与西门庆的私通，还巴望因此成为西门庆的第七房小妾。

就古代社会对妇女的要求而言，贞与顺是两个关键词，明代流传很广的、据说很受欢迎的吕新吾所著《闺范》中有言："妇人者，伏于人者也。温柔卑顺，乃事人之性情。纯一坚贞，则持身之节操。"[①] 以上我们谈了《金瓶梅》中叛逆女性对"贞"的抛弃，下面探讨其在柔顺方面的问题。

前文提到，潘金莲对西门庆并不死守女子应柔顺的教条，也没有剧烈地冲撞这一教条，而是采用灵活多变的方法，其目的是固宠。在此不打算谈那些为论者多所涉及的情节，只要看看她对西门庆的称呼的改变就足以显示其灵活多变的策略。

当还没有嫁入西门家、等待被娶的时候，潘金莲对西门庆的称呼是"大官人""哥哥儿"，自称"奴家"，在保持距离的同时又表示亲近：

> 西门庆摇着扇儿进来，带酒半酣进入房来，与妇人唱喏。妇人还了万福，说道："大官人，贵人稀见面。怎的把奴丢了，一向不来傍个影儿？家中新娘子陪伴，如胶似漆，那里想起奴家来！"……说道："你还不变心哩！奴与你的簪儿，那里去了？"西门庆道："你那根簪子，前日因吃酒醉了，跌下马来，把帽子落了，头发散开，寻时就不见了。"妇人道："你哄三岁孩儿也不信。哥哥儿，你醉的眼花恁样了……"（第8回）

当潘金莲与琴童偷情被人告给西门庆，西门庆审问她以及借此事为李桂姐要挟她、要剪她头发时，她称西门庆为"好爹爹""爹

① （明）吕新吾：《闺范》，见宫南庄等著《蒙养书集成》第2册，三秦出版社1990年版，第97页。

爹”“好心肝”，自称“奴”，抬高对方、矮化自己以博取怜悯：

> （西门庆）说着纷纷的恼了，向他白馥馥香肌上飕的一马鞭子来，打的妇人疼痛难忍，眼噙粉泪，没口子叫道：“好爹爹，你饶了奴罢！你容奴说，奴便说，不容奴说，你就打死奴，也只臭烂了这块地……”（第 12 回）

而在西门庆有把柄握在她手上以后，她就和西门庆调笑甚至称呼他为“我儿”，在亲切中带着戏谑的成分：

> 西门庆道：“……怪小奴才儿，休作耍。”因赶着夺那手绢。金莲道：“你若夺一夺儿，赌个手段，我就把他扯得稀烂，大家看不成。”西门庆笑道：“我也没法了，随你看毕了与他。罢么，你还了他这个去，他还有个稀奇物件儿哩，到明日我要了来与你。”金莲道：“我儿，谁养得你恁乖？你拿了来，我方与你这手绢去。”（第 13 回）

而当她气恨西门庆时，她就直接骂他：

> 金莲和孟玉楼站在一处，骂道：“恁不逢好死三等九做贼强盗！这两日作死也怎的，自从养了这种子，恰似生了太子一般……贼强人，到明日永世千年，就跌折脚，也别要进我那屋里！”（第 31 回）

在《金瓶梅》里，潘金莲是骂西门庆最多最毒的人，有时候还直接和后者发生口角，几次弄到后者对她反感，说她是“单管咬群儿”（第 21 回）乃至要打她，这些方面都体现出对“柔顺”教条的不从，或者是根本没有这方面的意识，于是，出现了男权话语的部分失落：

潘金莲在旁接过来说道："不该拿与孩子耍？只恨拿不到他屋哩！头里叫着，想回头也怎的！恰似红眼军抢将来的，不教一个人儿知道。这回不见了金子，亏你怎么有脸儿来对大姐姐说，叫大姐姐替你查考各房里丫头。叫各房里丫头口里不笑……"

几句说的西门庆急了，走向前把金莲按在月娘炕上，提起拳来骂道："狠杀我罢了！不看世界面上，把你这小歪剌骨儿。就一顿拳头打死了！单管嘴尖舌快的，不管你事，也来插一脚。"（第43回）

金莲道："不是咱不说他，他说出来的话灰人的心，只说人愤不过他。"那西门庆只是笑骂道："怪小淫妇儿，胡说了你，我在那里说道这个话来？"金莲道："还是请黄内官那日，你没对着应二和温蛮子说……怪不的你老婆都死绝了，就是当初有他在，也不什么的，到明日再扶一个起来，和他做对儿就是了……"说的西门庆急了，跳起来赶着拿靴脚踢他，那妇人夺门一溜烟跑了。（第73回）

在此，诚如前文提到的论者所云："西门府上几乎无人敢顶撞西门庆，唯有潘金莲眼光敏锐，词锋犀利，而且举证确凿，推理严密，往往让西门庆爱恨交加，左右为难。"①

庞春梅在驾驭丈夫上比潘金莲更厉害，由于为周守备生下男孩，她由妾升为夫人，从此挟制丈夫，无所不为，第94回为要挟丈夫拷打孙雪娥，她的表演是：

---

① 石钟扬：《致命的狂欢》，陕西人民出版社2006年版，第49页。

一头撞倒在地，就直挺挺的昏迷不省人事。守备唬的连忙扶起，说道："随你打罢，没的气着你。"当下可怜把这孙雪娥拖番在地，褪去衣服，打了三十大棍，打的皮开肉绽。

值得一提的是，吴月娘作为正妻，对西门庆的行为尽管无可奈何，但在语言上并没表现出所谓的"百般忍让"，她也时不时地对丈夫加以冷嘲热讽，脸酸心硬，当面骂他贪财好色的性子难改："狗吃热矢，原道是个香甜的；生血吊在牙儿内，怎生改得！"（第57回）；第69回西门庆对她说论王三官不成器、不顾家，更被她当面嘲笑："你自道成器的，你也吃这井里水，无所不为，清洁了些甚么儿？还要禁的人！"这种例子还有很多，在此不一一引用。

不过不管是潘金莲还是庞春梅，不管她们多么泼辣，也并没有撕破男性中心的幕布。至于说李瓶儿、孟玉楼乃至吴月娘诸人，更不在话下了。

《醒世姻缘传》虽然也以家庭中妻妾关系为一个描写重点，但其中典型的叛逆女性与《金瓶梅》中的女性并不雷同，她们在性爱上并不一定有多大胆出格的表现（前世姻缘中的珍哥除外），却呈现出顶撞丈夫和公婆甚至凌虐丈夫、无视孝妇牌坊的新特点。薛素姐的悍戾表现与其很奇怪的缺乏对丈夫的身体欲望有关，如果说性爱是夫妻关系的润滑剂，那么薛素姐对狄希陈的凶暴恐怕正与缺乏此种润滑剂不无关系。第59回狄希陈的妹妹巧姐出嫁，薛素姐与相于廷娘子的一段对话表现了这一点：

相于廷娘子道："这床明日过一日，后日就有人睡觉了。"素姐坐着，把床使屁股晃了一晃，说道："我看这床响呀不，我好来听帮声。"相于廷娘子道："你听他待怎么？你与其好听人，你家去干不的么？谁管着你哩？"素姐说："我是你么？只想着干！"相于廷娘子道："我好干，你是不好干的？"素姐

> 道："我实是不好干。我只见了他，那气不知从那里来，有甚么闲心想着这个！"

在两性关系上，她们提出了对爱情专一的明确要求，如童寄姐为防狄希陈对丫头用情，多方试探，终于抓到把柄后说："似这们杂情的汉子，有不如无！我这们花朵似的个人，愁没有汉子要我？还要打发他乡里住去哩！"（第79回）狄希陈的上司吴推官的妾敢骂丈夫是"杂情的忘八"（第91回），这种对丈夫"杂情"的咒骂正体现了对感情专一的要求。这是与《金瓶梅》中的女性很不一样的。

此外，薛素姐的悍戾表象背后的合理成分是对当家做主乃至行动自由的追求，呈现为一种不可抑止的生命冲动。而当受到阻挠时，她就表现出种种出格的行为。小说竭力描写了她作为一个充满活力的女性对于户外活动的热烈向往，这正与礼教构成了剧烈冲突。第68回描写薛素姐受到侯、张两道婆的勾引想外出烧香，狄希陈的父亲狄员以"（我们也算是）诗礼人家了，怎好叫年小的女人随会烧香的"为由加以阻拦，薛素姐的反应是：

> 素姐不听便罢，听了不由怒起，即时紫胀了面皮，说道："我只是如今去！我必欲去！我主意待合老侯老张去！怎么这一点事儿我就主不的呢？你快早依随着我，是你便宜！你只休要后悔！"……
>
> 事完回到房中，脱剥了那首饰衣服，怒狠狠坐在房中。狄希陈不及防备，一脚跨到房门。素姐骂道："我当你跌开了脑袋，跌折了双腿，走不动了，没跟了我去，叫我自己去了！谁知还有你么？你没跟了我去，怎么也烧回信香来了，也没人敢把我掐了块子去呢？"

后来她又随着众人上泰山烧香，并且胁迫狄希陈为她牵驴子。这也可谓千古第一奇女子！值得注意的是，当她寻夫到北京、被狄希陈的亲戚们软禁在家、不得四处走动（理由是官宦家妇女不得随便外出）时，素姐以上吊相抗争，被救活后声称："人家拿着当贼囚似的防备，门也不叫我出出！别的寺院说有和尚哩，道士哩，不叫去罢么！一个皇姑寺，脱不了都是些尼僧，连把门的都是内官子，掐了我块肉去了？连这也不叫我去看看！我再三苦央，只是不依，我要这命待怎么！我把这点子命交付给了他，我那鬼魂，你可也禁不住我，可也凭着我悠悠荡荡的在京城里顽几日才托生呀!"（第77回）。由此我们可以看到，作者在对薛素姐的片面贬斥中无意识地表现了她"生命诚可贵，自由价更高"的精神追求，这在中国古代文学中也堪称仅此一人的。

《醒世姻缘传》设置了怕老婆的吴推官考察属官是否怕老婆的情节，事后发现不怕老婆的只有两个孤寡之人，因此说道："据此看将起来，世上但是男子，没有不惧内的人。阳消阴长的世道，君子怕小人，活人怕死鬼，丈夫怎得不怕老婆?"（第91回）由此可见，在明代末期，一般女性身上体现出由"荡"到"泼"的变化，这在薛素姐、童寄姐等形象上都有所体现。

因此，如果对《金瓶梅》与《醒世姻缘传》中叛逆女性的性别话语作一纵向的考察，可以明显发现，《金瓶梅》中的叛逆女性还是在不撕破男性中心的帷幕下展开她们的种种"非礼"活动的；而《醒世姻缘传》中的叛逆女性则大胆地破坏了这个前提，明目张胆地要凌驾于男性之上，而她们当中最突出的叛逆行为则由争取性的自由发展到争取行动的自由。当然，《醒世姻缘传》的作者对此是严厉批评的。

二　情欲问题

两性情欲是性别话语的重要内容，"程朱理学性别观念的核心逻辑是对男女之欲的压制，无节制、不适当的情欲泛滥，将带来亡身之祸，其凶不可测”[①]。上一节我们对情欲问题已有所涉及，不过不够集中，这里对此专门探讨。

众所周知，《金瓶梅》对此表现出矛盾态势：一方面在中国文学史上开大肆描写情欲场面之先河，另一方面设定了西门庆、潘金莲、庞春梅、陈经济等人因色亡身败家的大框架，使全书呈现为曲终奏雅的态势。但该书最引人注目的还是前者。如果说上文提到的庞春梅羡慕阶下犬儿相恋是女性追求性欲满足的宣言的话，那么西门庆的如下名言就更值得解析：

> 却不道天地尚有阴阳，男女自然配合。今生偷情的、苟合的，多都是前生分定，姻缘簿上注名，今生了还。难道是生刺刺、胡掐乱扯、歪厮缠做的？咱闻那佛祖西天，也止不过要黄金铺地；阴司十殿，也要些楮镪营求咱只消尽这家私广为善事，就使强奸了嫦娥，和奸了织女，拐了许飞琼，盗了西王母的女儿，也不减我泼天的富贵。（第57回）

似乎历来的论者都很少注意到，西门庆的理论里包含着佛教因果报应思想，只不过佛教正统的报应论是用来防非止恶的，西门庆却把它拿来为自己的偷情苟合辩护，说自己如此这般行为是“前生分定”，并声称只要广行布施，连仙女也可偷拐，这实在是商人的诡辩，但也是男人纵欲的宣言。

《金瓶梅》反映了西门庆一类人依仗财势、千方百计渔色放纵的行为，极大地破坏了社会的稳定和伦理道德，结果导致武大郎一类没有财势的男性被夺去妻子的悲剧。不仅如此，西门庆的结拜兄弟应伯爵生了儿子，找西门庆借钱，西门庆给完钱后对他说“过了

① 刘果：《“三言”性别话语研究——以话本小说的文献比勘为基础》，中华书局2008年版，第106页。

满月，把春花儿那奴才叫了来，且答应我些时儿，只当利钱，不算发了眼”（第 67 回），这也显示应伯爵存在被戴“绿帽子”的危险。只是西门庆后来得知春花儿“比旧时黑瘦了好些，只剩下个大驴脸一般的”（第 75 回），才没有叫应伯爵将春花儿送上门来。从中我们看到西门庆这样居于强势地位的人对“朋友妻，不可欺”一类道德伦理的戏弄和践踏。

《醒世姻缘传》在前世姻缘中安排了与《金瓶梅》很类似的故事：晁源在父亲做官后娶妾，纵容小妾珍哥凌虐正妻计氏，导致后者自尽，对此作者安排了晁源与仆妇偷情而被杀、珍哥被关进监牢后与牢子淫乱最后也死于非命的情节；并与此对比，在后世姻缘中煞费苦心地安排了晁源的弟弟晁梁的诞生。他本是被晁源恩将仇报的戏子梁生，因被晁源的母亲晁夫人救下，为报答她的恩情而投胎转世为其子晁梁，他的婚姻是被安排好的、不涉及任何个人情感，结婚的时候他不愿意和新娘子同宿，而要和他娘晁夫人睡一起：

> 晁夫人道：“你往自家屋里去罢。你待怎么?”晁梁说：“娘是待怎么？叫我往那屋里去?”晁夫人道：“你看这傻孩子！你往后头你媳妇儿屋里合你媳妇儿睡去，我从今日不许你在我脚头睡了。”晁梁道：“真个么?”晁夫人道：“你看！不是真个，是哄你哩?”晁梁道：“这我不依！每日说娶媳妇儿，原来是哄我离开娘。这话我不依，这是哄我。”上了炕就往被子里钻。晁夫人道：“好诌孩子，别要睡倒，起来往后头去。”见晁夫人催的他紧了，把眼挤了两挤，呱的一声就哭，把个头拱在晁夫人怀里，甚么是拉的他起来！（第 49 回）

这一回回目前半句是“小秀才毕姻恋母”，作者由此表达了这样的思想：古代男性找回了老年人作为依靠，连结婚都离不开母亲。小秀才晁梁和新娘子之间当然谈不上任何感情，但却也生了儿子：

> 若看外边，真像两个吃奶的孩子，不知背后怎么成精作怪，那姜小姐渐渐的皮困眼涩，手脚懒抬，干呕恶心，怕见吃饭，只好吃酸。……不觉又是次年四月十五日辰时，去昨年毕姻的日子整整一年，生了一个白胖旺跳的娃娃。

被长辈安排同房的少男少女之间的事情被说成“成精作怪”，作者的口吻里含着酸腐与善意的讥讽，而事实上，他们之间此前也的确没有任何情谊，这是一种最传统不过的婚姻。这表明《醒世姻缘传》找到传统（特别是老年人）的善的力量，毅然中断了对年轻人的恣肆妄为特别是情欲泛滥的描写，希望借此重新延续民族的生命，而两世姻缘的对比表明，恶劣的情欲一定会受到惩罚，善才能使生命延续。

可以看到，《醒世姻缘传》开始慎重思考情欲与社会和谐发展的关系问题，主张回到谨守礼制的西周时代（从作者取名“西周生”和第22回对“富而好礼”的赞美中可看出），这一主张当然是没有任何思想贡献的，可是在当时混乱的社会背景下，也不啻一种安定社会的力量。只不过在《醒世姻缘传》的后世婚姻中，即晁源的后身狄希陈与薛素姐的婚姻一样是父母安排的，结果出了问题：薛素姐从小就对狄希陈没有任何好感，甚至说看到他如同看到仇人一样，却因为双方父母是好友而被安排结了婚，成就了文学史上第一桩男人被女人家暴的事件。我们知道，后来的《红楼梦》对此加以反对，贾宝玉拒绝与家长安排的婚姻对象薛宝钗白头到老，终于离家出走，与姜氏一样完美的女性薛宝钗也成了一个悲剧女性。

所以相比较而言，值得一提的是，《金瓶梅》最为赞赏的孟玉楼，她在情欲上并不放纵，但是也不像吴月娘那样死守贞节。她两次改嫁，第一次改嫁给西门庆，并没有获得多大幸福，但也不像潘金莲那样争风吃醋，西门庆死后，当李衙内请人来说媒时，作品对她有如此描写：

> （孟玉楼）看见衙内生的一表人物，风流博浪，两家年甲多相仿佛，又会走马拈弓弄箭，彼此两情四目都有意，已在不言之表。但未知有妻子无妻子，口中不言，心内暗度："况男子汉已死，奴身边又无所出。虽故大娘有孩儿，到明日长大了，各肉儿各疼，归他娘去了。闪的我树倒无阴，竹篮儿打水。"又见月娘自有了孝哥儿，心肠改变，不似往时，"我不如往前进一步，寻上个叶落归根之处，还只顾傻傻的守些甚么？到没的耽搁了奴的青春，辜负了奴的年少。"（第91回）

孟玉楼在经历了陈经济的讹诈之后，终于和李衙内结为和美夫妻。通过孟玉楼这一人物，表明了作者对女性婚姻和情欲的问题持较为开明和中庸的态度。

回头来说，色欲亡身的主题具有强大的生命力，虽然也是一个被描写过滥的话题。在《红楼梦》里，曹雪芹用贾瑞照风月宝鉴而亡的故事象征性地概括了这一点，可谓高明，他把主要精力用在情而非欲上，而非如《醒世姻缘传》所主张的那样对一切男女之情都加以回避，因而对《金瓶梅》与《醒世姻缘传》呈现出超越和别开生面的态势。这一点是众所周知的了。不过《醒世姻缘传》对情欲场面描写的收敛，对比《金瓶梅》也是一个转变，开启了世情小说雅化的序幕。

三　对女性的颂歌与男性中心话语的强弱变化

研究《金瓶梅》与《醒世姻缘传》的性别话语，自然也要涉及其中对男性的描写以及男性中心话语的强弱变化。

尽管古代社会规定了男性的中心地位，但是这一地位并不是一成不变的。《金瓶梅》中的典型男性形象西门庆尽管是极有权势的人，但作为一个纵欲亡身的典型，他实际上又是一个可持续发展的家族乃至社会的蠹虫或败坏者，作者对他充满艳羡而又不无批评，不然就不会在他死后将其家写成“树倒猢狲散”的情形，他和陈经济、花子虚、王三官等人一起成为中国文学史上第一批因色而败家的形象；至于帮闲之祖、寡廉鲜耻的应伯爵和在势利社会失去话语权的武大更不必说。如果从因贫穷无以养家而受到妻子责骂、等到向西门庆借贷成功又傲视妻子的常峙节的故事来看，男人的地位完全以金钱而定，这个社会已经呈现近代社会的特征了。《金瓶梅》的作者对此似乎毫无反省。

《醒世姻缘传》的作者对男人因色败家一样有体会，因此在前世姻缘中塑造了晁源这个一阔就变坏、纵妾凌妻、因好色被杀的典型形象，可以说给了西门庆这样的男性一个切合大众希望的结局，他与乃父一样是于国于家无望的；狄希陈又是一个百无一能、甘受妻子凌虐的形象；作者还塑造了郭总兵、吴推官等怕老婆群体。可以这样说，《醒世姻缘传》比《金瓶梅》更加触目地显示了男性的衰落与女性的崛起，可看作《红楼梦》的先声。读者很容易就能发现，在《醒世姻缘传》里，许多男性再也无法有效地管理家庭了，在这部小说里，似乎每个家庭都有泼妇：珍哥、童寄姐、薛素姐、戴奶奶、权奶奶、南瓜、荷叶以及许许多多不知名者，她们一发怒，男人就束手无策，这其中最重要的原因当然在于她们对于一夫多妻制的反抗，《醒世姻缘传》的作者也明确地提到“要成家，置两犁；要破家，置两妻”（第13回回首韵文），这可以说是十分合乎时代潮流的。据研究，明清时代的许多小说都对这一对女性不公平的制度提出了非议①。《醒世姻缘传》里性格泼悍的妇女以暴戾的方式表达了维护自己权益的意愿，是她们在严格的礼教束缚下必

---

① ［美］马克梦：《吝啬鬼、泼妇、一夫多妻者——十八世纪中国小说中的性与男女关系》，王维东、杨彩霞译，人民文学出版社2001年版，第52—53页。

然的激烈反应，从这个角度去理解她们似乎更切合情理。

有意思的是，《醒世姻缘传》尽管对男性中心话语完全赞同，对所谓“阴长阳消”的现象深表不满，却又通过塑造几位在家庭乃至社会上有重要贡献的女性，表达出将挽救家庭、社会的希望寄托于女性身上的倾向，不自觉地早于《红楼梦》表现出女性崇拜的色彩。试看贯通前后两世姻缘、在晁氏父子死后主家而大有益家庭和社会的晁夫人形象，小说写她死后被封为神；后世姻缘中童寄姐的母亲童奶奶以精明能干而不失善良著称，人说她“（童七）人皮包着一付狗骨头，还不如个老婆省事哩!”“（童银的媳妇）好个人儿，识道理，知好歹，通是个不戴帽儿的汉子……”狄希陈直接称她“女军师”，并不夸张；还有狄希陈的母亲狄婆子有着泼辣的性子，在家庭中一样是主心骨。于是，如论者所言，世情小说中第一次出现了“女尊男卑”的现象[①]：狄希陈的父亲管教儿子无方，只是在狄婆子的管教下，狄希陈才学会认识几个字；薛教授只能以打骂对待薛素姐的生母——坏脾气的龙氏、以冷淡的方式对待泼悍的女儿薛素姐，倒是嫡母薛夫人一次次以理服人，平息家庭的争吵；甚至正面人物形象晁梁也是经过妻子的劝告才不致抛弃家室，最终走上了在家修行的道路。而最重要的还是作品塑造了一个女义士的形象——晁夫人。晁家父子刻薄成性、忘恩负义，结果家破人亡，只有当他们死后，晁夫人主持家政，广为善事，晁家才兴盛起来。对这些女性的描写，是长篇世情小说中第一次对于女性的颂歌，因为这样的形象是《金瓶梅》所缺乏的，更是《水浒传》所不会有的。

只不过，《醒世姻缘传》的作者还没进化到像《红楼梦》那样在价值观上对此加以认同的程度，因为西周生对所谓“阴长阳消”并不认可，而是竭力塑造了两位传统女性并对其大加赞美，她们中

---

① 段江丽：《男权的失落：从〈醒世姻缘传〉看明清小说中的“女尊男卑”现象》，《浙江社会科学》2002 年第 6 期。

的第一位是狄希陈的妹妹巧姐：

> 不料这巧姐在家极是孝顺，母亲的教诲，声说声听；又兼素性极是温柔，举止又甚端正，凭那嫂子恁般欺侮，绝不和他一般见识；又怕母亲生气，都瞒了不使母知。及至过了门，事奉翁姑，即如自己的父母；待那妯娌，即如待自己的嫂嫂一般；夫妻和睦，真是“如鼓瑟琴”。薛教授夫妻娶了连氏过来，叫自己的女儿素姐形容的甚是贤惠，已是喜不自胜；今又得巧姐恁般贤淑，好生快乐。(第59回)

第二位是晁源的弟弟晁梁之妻姜夫人，作为传统妇德的典范，她除了相夫教子，关键的作用还体现为丈夫要出家时极力规劝：

> 妻房姜氏劝道：“你做了半生孝子，不能中举中进士，显亲扬名，反把禀受父母来的身体发肤弃舍了去做和尚道士。父母虽亡，坟墓现在，你忍得将父母坟墓不顾而去？……你出家修行去了，你倒有儿子在家，只是父母没有了儿子……我听见你读的书上：‘逃墨必归于杨，逃杨必归于儒。’你读了孔孟的书，做了孔孟的徒弟，这孔孟就是你的先生。你相从了四五十年的先生，一旦背了他，另去拜那神佛为师，这也不是你的好处。……不必说那为僧为道的勾当。你只把娘生前所行之事一一奉行到底，别要间断，强似修行百倍。你如必欲入这佛门一教，在家也可修行。爹娘坟上，你那庐墓的去处，扩充个所在，建个小庵；你每日在内焚修，守着爹娘，修了自己，岂不两成其便？我也在那庄上建个小佛阁儿，我修我的，你修你的，咱两个宾客相处。家事咱都不消管理，尽情托付了小全哥两口儿；把这坟上庄子留着，咱兄妹二人搅计。你爽利告了衣巾，全了终始。我的主意如此，不知你心下如何？”(第93回)

一席话说得晁梁言听计从，姜氏的儒佛互补思想既成全了家族之计，又照顾了丈夫晁梁的修行。如果把她与巧姐联系起来看，我们不难想起《红楼梦》里的薛宝钗，似乎薛宝钗是她们两人的合一。只不过，《醒世姻缘传》的作者对传统观念和传统女性是完全认同的，而《红楼梦》未必认同，其原因和表现是，西周生还认同男性中心的思想，而曹雪芹则让贾宝玉直接说出了“男子是泥做的骨肉，女子是水做的骨肉”的话，并安排他不能接受薛宝钗的劝告，终于撒手离家而去。回顾本章涉及的《醒世姻缘传》，我们发现其矛盾之处就在于此：一方面描写了女尊男卑的现象，另一方面却对西周以来的男性中心不能割舍。不过这比起《金瓶梅》来说，已经是一大变迁，并预示了《红楼梦》的到来。

第二编

《儒林外史》的人物形象与性别话语

在《醒世姻缘传》对士林人物加以了特别的关注以后，出现了专门描写士林生态的小说《儒林外史》。《醒世姻缘传》是在以狄希陈的家庭为描写中心之余顺带关注一下士林的，所以其性别话语还集中在夫妻关系的处理上。而《儒林外史》就一心一意关心士林人物了，这不能不说是性别话语研究中一部需要特别关心的作品，因为很少有世情小说这样刻意地缩小自己的关注对象到读书人身上，关心他们的品行、他们的追求，从这方面来说，也许可以称《儒林外史》为有限的世情小说。依我们序言中的分析还可以说，《儒林外史》是一部男性小说，重在描写男性的行为，探讨男性的生存现状与背后的规范准则究竟应该如何。不过它还是不可避免地写到了家庭中的夫妻关系及一些女性。我们的研究因此还是会涉及性别话语。《儒林外史》关心士林人物当然主要不是从性别的意义上展开，但也涉及了性别的问题。

本章即以分析《儒林外史》的人物形象及性别话语为主。但是，与前几部分不同，由于《儒林外史》采用了折扇式的结构，不像前几部小说那样有比较集中描写的人物形象，我们不打算罗列式地来分析，而主要采取思想内涵寻绎、归纳的办法展开探讨，顺带涉及相关的人物。这是要提前予以说明的。

第 一 章

《儒林外史》的男性评价话语分析

长期以来，受批判科举制度的政治话语的影响，《儒林外史》的思想内涵得不到完全的彰显。近年来，探讨《儒林外史》与儒家关系的论文逐渐增加，可以说回到了小说本题：对一部以“儒林”人物为描写对象的小说，不探讨其与儒家思想的关系，当然是不对的。作者对书中男性的评价虽主要依据儒家思想，但还体现了更丰富的思想内涵，这也是过去为批判科举制度的定式思维所限制而没有得到彰显的。

可以说，一方面，《儒林外史》在它那表彰不与权势合作的人物的外表下，隐藏了一种“通儒”“醇儒”的思想。这种思想用儒家话语来表述，主要体现为肯定仁义、重视孝道。这是需要仔细辨析才能得出的结论。另一方面，我们一般会觉得它赞赏的是“辞却功名富贵”的隐士，向往的是道家的逍遥，二者结合起来，表达的正是所谓儒道互补的思想。也就是说，《儒林外史》的价值观是双重的，这是与后文要分析的《歧路灯》不一样的地方。

这里所说的儒家思想，是中国古代社会的主流价值观念，不过由于它更多地与男性的活动有关，我们不妨将其纳入男性话语之列。总的来说，《儒林外史》对男性的评价标准是：在社会上以重视仁义德行却以不出仕为官的隐士为高；在家庭关系中，对上重视孝道，对同辈重视兄弟友爱，这无疑是儒家思想与道家隐逸思想的结合。从思想根源上说，《儒林外史》与孔子晚年的为政观有很多类似之处，即一方面坚持“为政以德”，另一方面认为如果世道黑暗，则不必出仕，隐居亦可为政。

第一节　对仁义德行的推崇与对隐逸的赞美

一　推崇仁义德行

《儒林外史》在楔子中借王冕之口，开宗明义地强调了仁义，这从朱元璋拜访并请教王冕平复浙江的事宜时，两人之间的对话可看出来：

> 吴王道：“孤是一个粗卤汉子，今得见先生儒者气象，不觉功利之见顿消。孤在江南，即慕大名，今来拜访，要先生指示：浙人久反之后，何以能服其心？”王冕道：“大王是高明远见的，不消乡民多说。若以仁义服人，何人不服，岂但浙江？若以兵力服人，浙人虽弱，恐亦义不受辱，不见方国珍么？”①

王冕在主张以仁义之道平复浙江之后又加上“岂但浙江”一语，意思是以仁义才能让天下归一。而这不仅是《儒林外史》主张的统一天下的方略，而且是其主张的和平时代中人与人相处的规范。这从小说的正文中可以看出来。

《儒林外史》对仁义的推崇表现在，表彰有仁有义之人，批判假仁假义之辈、无仁无义之徒，但并不显得酸腐。

表彰有仁有义之人，如秦老汉、马纯上、牛老儿等市井小民。一般的论者对马纯上先生游西湖时的颓钝表示鄙弃，却忽略了他的仁义。第13回回目下半句为“马纯上仗义疏财”，明白无误地表彰其仗义，几与《水浒传》中宋江等同。马纯上不仅对蘧公孙仗义，

---

① （清）吴敬梓著，李汉秋辑校：《儒林外史（会校会评本）》，上海古籍出版社1984年版。以下所引《儒林外史》原文均出自此，只标回目。

后来遇到流落杭州的匡超人，他还再次出手相助，而他本人并非富有之人。

牛老儿与卜老爹“爱亲结亲”，不争财礼，也是作者嘉许的对象：“我先前有一个小女嫁在运漕贾家，不幸我小女病故了，女婿又出外经商，遗下一个外甥女，是我领来养在家里，倒大令孙一岁，今年十九岁了，你若不弃嫌，就把与你做个孙媳妇。你我爱亲做亲，我不争你的财礼，你也不争我的装奁，只要做几件布草衣服。况且一墙之隔，打开一个门就搀了过来，行人钱都可以省得的。”（第 21 回）对此卧闲草堂评语（以下简称卧评）曰：“牛、卜二老者，乃不识字之穷人也，其为人之悬挚，交友之肫诚，反出识字有钱者之上。作者于此等处所，加意描写，其寄托良深矣。”①

对真儒虞育德，作者当然更要彰显他的德行。有人因无钱买棺材埋葬父亲而投河自尽，虞育德让人救起来，又赠银相助。当时他因失馆无处教书，生计已很困难，好不容易帮人看风水得了十二两银子，就拿了四两出来助人（第 36 回）。

《儒林外史》还表现出对世家子弟仁厚之风的赞美和对势利的世风、假仁假义之辈、无仁无义之徒的批判，这是一体两面的事。如蘧公孙赠银给逃亡中的王惠后：

> 蘧太守道：“他虽犯罪朝廷，却与我是个故交，何不就将你讨来的银子送他盘费？”公孙道：“已送他了。”蘧太守道：“共是多少？”公孙道：“只取得二百两银子，尽数送与他了。”蘧太守不胜欢喜道：“你真可谓汝父之肖子！”（第 8 回）

① （清）吴敬梓著，李汉秋辑校：《儒林外史（会校会评本）》，上海古籍出版社 1984 年版，第 297 页。

这里就是说蘧家三代人都是仁厚之人，齐省堂本[①]在此评论曰："大有麦舟之风，作者暗用此事耳。所谓君子宁失之厚。"[②]

对仁义的推崇也与对德行、阴骘的赞许相通。当蘧太守对二娄公子说到没有引导孙子学习举业的学问时，二位公子就说："这个更是姑丈高见。俗语说得好：'与其出一个斫削元气的进士，不如出一个培养阴骘的通儒。'这个是得紧！"（第8回）作者在楔子中曾写到王冕自学成才，把诸子百家的学问都贯通了，所以此处实际上就是在回应楔子的通儒精神。而二娄公子也是不失仁厚之风的人：刘守备家的船只打着娄家的灯笼在河上行走，冒充娄家不说，还要打二娄公子所坐的船的船家，二娄公子只是告诫他们下次不可如此："……难道我还计较你们不成？"四公子还说："船家，你究竟也不该说出我家三老爷在船上，又请出与他看，把他们扫这一场大兴，是何意思？"（第9回）后文中，二娄公子替杨执中还官府的债务，却不让他知道，自己三次上门拜访；权勿用被萧山县令派人追拿到二娄家里来，两公子"不肯改常，说了些不平的话，又奉了两杯别酒，取出两封银子送作盘程"。作者一再强调了娄家公子作为世家子弟的仁厚。有论者以为吴敬梓对世家子弟的赞美无非门阀意识的表现，恐怕不尽然，这其中更多的是对一种仁厚之风的肯定。

匡太公在去世之前叮嘱匡超人说："……功名到底是身外之物，德行是要紧的。我看你在孝弟上用心，极是难得，却又不可因后来日子略过的顺利些，就添出一肚子里的势利见识来，改变了小时的心事。"（第17回）这是将势利与德行相对立而加以否定。

在第47回，作者则把对仁义的推崇与对势利之徒的批判一起表现出来：

---

① 齐省堂本是《儒林外史》的一种版本，简称"齐本"。见（清）吴敬梓著，李汉秋辑译《儒林外史〈会校会评本〉》"绪论"，上海古籍出版社1984年版。

② （清）吴敬梓著，李汉秋辑校：《儒林外史（会校会评本）》，上海古籍出版社1984年版，第121页。

> 话说虞华轩也是一个非同小可之人。他自小七八岁上就是个神童。后来经史子集之书，无一样不曾熟读，无一样不讲究，无一样不通彻。到了二十多岁，学问成了，一切兵、农、礼、乐、工、虞、水、火之事，他提了头就知到尾；文章也是枚、马，诗赋也是李、杜。况且他曾祖是尚书，祖是翰林，父是太守，真正是个大家。无奈他虽有这一肚子学问，五河人总不许他开口。
>
> 五河的风俗：说起那人有品行，他就歪着嘴笑；说起前几十年的世家大族，他就鼻子里笑；说那个人会做诗赋古文，他就眉毛都会笑。问五河县有甚么山川风景，是有个彭乡绅；问五河县有甚么出产希奇之物，是有个彭乡绅；问五河县那个有品望，是奉承彭乡绅；问那个有德行，是奉承彭乡绅；问那个有才情，是专会奉承彭乡绅。却另外有一件事，人也还怕，是同徽州方家做亲家；还有一件事，人也还亲热，就是大捧的银子拿出来买田。

这就是在赞美世家子弟的才学、批判势利的世风。这一点作者甚至直接表现在第46回回目中："五河县势利熏心"。第47回还写到，虞华轩被五河县这种势利熏心的世风所激怒，拿买田的事吸引那些势利人来说事，到头来却又不买，戏弄他们寻开心。虞华轩的表兄余特则大声斥责有人要与"同榜同门"的叔父认"同年"的现象："既知是祖、父要紧，如何才中了个举人，便丢了天属之亲，叔侄们认起同年同门来？这样得罪名教的话，我一世也不愿听！……若是我的侄儿，我先拿他在祠堂里祖宗神位前，先打几十板子才好！"（第46回）这好像是在说，世家子弟的仁厚已经因世道刺激而变成尖酸刻薄了，为此，天目山樵评曰："虞、庄、杜三人之后，又出色写一虞华轩，以见天下人才未尝断绝，虽黄茅白苇中，亦自有轶群之品，穷而在下，又嫉于薄俗，故为矫激之行，不及诸君之浑厚。盖世运愈衰而贤者亦不免与化推移也。”① 但虞华轩、余持、余特兄弟说到底还是仁厚之人，只是好与势利的世道为仇罢了，也就是作者变相地在批判势利，批判不讲文化的根基、不讲良好家风的传承，批判只知道升官发财、功名富贵的庸俗世风。

二　赞美隐逸

王冕是作者在楔子部分所塑造的一个隐士，为了突出他的隐逸，作者让王冕没见过很多世面的母亲在临死时劝说儿子：“做官怕不是荣宗耀祖的事，我看见这些做官的都不得有甚好收场。况你的性情高傲，倘若弄出祸来，反为不美。我儿可听我的遗言，将来娶妻生子，守着我的坟墓，不要出去做官，我死了口眼也闭。”这应该是作者从自己的思想出发安排给她的话，以与王冕自学成才后既不求官爵又不结交朋友的性情相呼应。散落在作品中角落的很多细节也说明了这一思想，如：

> 蘧公子道：“家君常说：‘宦海风波，实难久恋。’况做秀才的时候，原有几亩薄产，可供饘粥；先人敝庐，可蔽风雨；就是琴、樽、炉、几，药栏、花榭，都也还有几处，可以消遣。所以在风尘劳攘的时候，每怀长林丰草之思，而今却可赋《遂初》了。”（第8回）
>
> “……若做了官就不得见面，这官就不做他也罢！”（第16回匡超人母亲之语）
>
> 杜少卿道：“这也何消说。这学里秀才，未见得好似奴才。”
>
> “……我死之后，你父子两人事事学你令先尊的德行，德行若好，就没有饭吃也不妨。”（第32回）

① （清）吴敬梓著，李汉秋辑校：《儒林外史（会校会评本）》，上海古籍出版社1984年版，第633页。

所以说，《儒林外史》中有着对儒家仁义道德的推崇，也有对道家隐逸思想的肯定，是儒道思想结合的产物。这与有的论者的见解是不谋而合的[①]。

第二节 《儒林外史》与孝道思想

《儒林外史》在社会的人际关系中推崇仁义德行，在家庭关系中则推崇孝道。将二者结合的结果就是，小说通过王冕、匡超人、杜少卿、郭孝子等形象，表达了对于八股取士制度败坏知识分子德行的批评，以及对孝道的推崇。这种孝道是真儒们主张的“礼乐兵农”治国思想的内容之一。

《儒林外史》是一部描写在明清八股取士制度背景下知识分子命运与众生相的小说。虽然知识分子对孝道的态度并不是作家关注的中心问题，但由于中国古代社会重视孝道，后辈对长辈孝顺与否自然成为人们观察评论某一人物时不可回避的话题，也是作家吴敬梓描写读书人的一个重要内容。尽管《儒林外史》是一部反对程朱理学、推崇通脱人生的小说，但整体来看对传统孝道还是推崇的。

一 《儒林外史》中的典型孝子及其孝行描写

1. 王冕

出现在楔子部分的王冕就是一个孝子，他父亲去世早，事事听从母亲的安排。母亲无力供他读书，安排他去隔壁秦老汉家放牛，他就老老实实去放牛，并且随时孝敬母亲：“或遇秦家煮些腌鱼腊肉给他吃，他便拿块荷叶包了来家，递与母亲。”后来他将秦老汉给的点心钱积攒起来买书看，明白了人生的道理，又自己学习画画

① 参见朱建华《入世与出世：吴敬梓的两难抉择——论〈儒林外史〉中仕与隐的矛盾》，《哈尔滨学院学报》2005 年第 1 期。

（“没骨花卉”）而出了名，但不出去做官，只是“吟诗作画，奉养母亲”。至此，一个清高而孝顺的知识分子形象已经凸显出来。在人生的关键问题上，前引的王冕母亲的话可以说代表了作者对追求功名富贵的人生观的批判态度。而王冕果然听从母亲的遗言，一辈子没有出仕。虽然本段叙事的主要目的在于交代王冕不愿做官，但客观上也塑造了他孝顺母亲的形象。此回回目为“说楔子敷陈大义　借名流隐括全文”，王冕的孝子形象具有代表意义，他身上体现的超脱于功名富贵却遵循孝道的精神，也就是作家所推崇的理想人格了。

2. 匡超人

匡超人曾经是一个非常典型的孝子，后来却在求取功名的过程中露出种种丑行，作者以此为典型，揭示出八股取士制度败坏了知识分子的德行，致使他们身上可贵的品德丧失殆尽。

匡超人本是一个聪明好学而又淳朴善良的青年，曾因家境贫寒、帮人贩柴而流落杭州，以拆字、算命度日。父亲得病，存亡未卜，想起没有盘缠回乡，匡超人眼泪便如“豆子大掉下来”，说道：“……只是父亲在家患病，我为人子的，不能回去奉侍，禽兽也不如。所以几回自心里恨极，不如早寻一个死处！”（第15回）。后来多亏马二先生资助，才回到家乡，在父母面前恪守孝道。作者在第16回中，以饱蘸感情的笔墨，绘声绘色地描写了匡超人的孝行。他到家时，“两步做一步，急急走来敲门”，游子思亲之情跃然纸上。而后他日间做生意，用赚得的钱日日买些鸡鱼给匡太公吃；夜间伴着匡太公，还念些八股文章；匡太公因瘫痪，出恭“一定是匡超人跪在跟前，把腿捧在肩上”。村里失火，匡超人什么都不顾，奋身背出父亲和母亲，“又一把拉了嫂子，指与她门外走”。作者用温情脉脉的笔调，向人们展示了匡超人淳朴善良、孝亲尊长的性格和充满家庭温馨的生活图景，一切都是那样朴实无华，那样富有人情味，那样真挚动人。

小说第16回结尾写道："只因这一番，有分教：婚姻缔就，孝便衰于二亲；科第取来，心只系乎两榜。"明确预示随着踏入社会越深，匡超人的淳朴天性也就逐渐丧失了。后文果然如此。他生活中有三大恩人：一是马二先生，最初流落他乡的匡超人本是在马二先生资助下才得以返回家乡的，他念的那些文章也都是马二先生临别时送给他的，可他却以"教习"的身份说"这马纯上理法有余，才气不足，所以他的选本也不甚行"，而这等于是在砸马二先生的饭碗。二是郑老爹。郑老爹当年让他搭去温州的船回乡，他再度流落杭州时郑老爹又将女儿嫁给了他，可他为了贪图功名富贵而停妻再娶李本瑛的外甥女辛氏，以致郑老爹的女儿死于乡下。三是潘三，潘三虽是个"把持官府，包揽词讼，广放私债"的"市井奸棍"，但对他是仁至义尽的，郑老爹之女就是潘三帮他娶的，可他到杭州"取结"时，却不肯去狱中会一会，说什么"如今设若走一走，传的上边知道，就是小弟一生官场之玷"（第20回）。在他身上已不复见当初匡超人的影子，而孝思孝行也远离了他，他最终成为忘恩负义之人。

3. 杜少卿

杜少卿是作家着力塑造的叛逆型新人形象，可是在他身上鲜明地折射出对孝道的遵奉。尽管文中描写杜少卿的父母已经去世，可是通过写他对待父辈的态度，我们就可看出他对孝道极为在意。小说第32回描写了杜少卿对两位父辈娄文焕、韦四老爷的恭谨态度。当代学人陈美林在回评中如此写道："本回以生离始，以死别终，无论生离或死别，均为其父执……娄文焕是少卿先君'知心的朋友'，为杜府管理账目三十年。当其晚年，少卿夫妇尽心侍疾，无微不至，养老送终，厚待遗属。凡此种种叙写，尽为表现其孝思。"[①] 的确如此。此外，以慷慨豪爽闻名的杜少卿主要借钱给两类

① （清）吴敬梓：《清凉布褐批评〈儒林外史〉》，陈美林批评校注，新世界出版社2002年版，第360页。

人：一类是其父在世时曾善待过的，如娄老伯、黄大、鲍廷玺；另一类就是行孝道的孝子，如杨裁缝、郭铁山。杨裁缝因为母亲暴病身亡，在送衣服时告贷于杜少卿，杜少卿慷慨地把一箱刚做好的衣服送给他去变卖：

> 杜少卿道："你要多少银子？"裁缝道："小户人家，怎敢望多？少爷若肯，多则六两，小则四两罢了。小的也要算着除工钱够还。"杜少卿惨然道："我那里要你还！你虽是小本生意，这父母身上大事，你也不可草草，将来就是终身之恨。几两银子如何使得？至少也要买口十六两银子的棺材，衣服、杂货共须二十金。我这几日一个钱也没有。也罢，我这一箱衣服也可当得二十多两银子。王胡子，你就拿去同杨司务当了，一总把与杨司务去用。"又道："杨司务，这事你却不可记在心里，只当忘记了的。你不是拿了我的银子去吃酒赌钱，这母亲身上大事，人孰无母？这是我该帮你的。"（第31回）

在以上对话中，杜少卿为杨裁缝的周全考虑，显示出非比寻常的厚道，而其体现的观念则诚如陈美林所评价的："不仅自己重视孝道，也鼓励赞助他人尽孝。"① 后文中杜少卿在卖了地投奔南京之后，经济上无依无靠，他还再次当掉了衣服给郭孝子作为寻找父亲的盘费。张锦池更指出："（杜少卿）以《经》中的孝悌观念作为自己安身立命之本……杜少卿对'但凡说是见过他家太老爷的，就是一条狗也是敬重的'：一也。认为'不孝有三，无后为大'，虽反对纳妾而又主张'人生须四十无子，方许娶一妾'：二也。于窘困中捐银三百两修建泰伯祠，将按父亲的意愿

① （清）吴敬梓：《清凉布褐批评〈儒林外史〉》，陈美林批评校注，新世界出版社2002年版，第350页。

把王位让给三弟季历，而自己则避居荒蛮之地江南的周太王长子吴泰伯作为人生安身立命的典范：三也。由此可见，杜少卿是在以《经》的孝悌观念陶冶自己的情操。”[①] 无论是杜少卿对出仕邀请的婉拒，还是对孝道的极端在意，他的内在精神显然与我们前文所论述的王冕是一致的。

最后，作家还用整整三回的篇幅塑造了一个走遍天涯海角寻找朝廷要犯的父亲的孝子形象，作者给他的名字就叫郭孝子。凡此种种，无不说明《儒林外史》是明确推崇孝道的。

二 孝道思想在《儒林外史》思想体系中的地位

《儒林外史》一方面揭示八股取士制度对知识分子品行的侵蚀，另一方面通过塑造真儒的形象表达自己的理想，这个理想就是重视“礼乐兵农”思想，而孝道思想就是礼学的一部分。

前文所引王冕母亲的话已经初步透露了作者对于科举功名的态度：“做官，怕不是荣宗耀祖的事。我看见这些做官的，都不得有甚好收场。”第 15 回写匡超人孝心还在的时候遇到郑老爹，郑老爹说起：“而今人情浇薄，读书的人都不孝父母……”并讲了一段读书人不孝父母的故事，匡超人心里叹息：“有钱的，不孝父母；像我这穷人，要孝父母又不能。真乃不平之事！”这些描写很明显地揭露了为追求功名读书反而使知识分子德行败坏的现实。到匡超人父亲去世的时候，作者又通过匡老太公之口更明确地表达了对追求功名和坚守德行之间的矛盾的担忧：“但功名到底是身外之物，德行是要紧的。我看你在孝弟上用心极是难得，却又不可因后来日子略过的顺利些，就添出一肚子的势利见识来，改变了小时的心事。”而结果恰恰如匡老太公所担忧的，他去世后，儿子匡超人因为追求功名而品行大坏：停妻再娶、不认旧友等。

---

① 张锦池：《究竟是回归，还是叛逆——〈红楼梦〉与〈儒林外史〉社会观念的比较研究》，《红楼梦学刊》1996 年第 2 辑。

匡超人的变化，与马纯上的教导大有关系。当初认识马纯上的时候，这位心地淳厚却深受科举制度毒害的马二先生有这样一番关于孝道的话："贤弟，你听我说，你如今回去，奉事父母，总以文章举业为主。人生世上，除了这事，就没有第二件可以出头。不要说算命、拆字是下等，就是教馆、作幕，都不是个了局。只是有本事进了学，中了举人、进士，即刻就荣宗耀祖。这就是《孝经》上所说的'显亲扬名'，才是大孝，自身也不得受苦。古语道得好：'书中自有黄金屋，书中自有千钟粟，书中自有颜如玉。'而今甚么是书？就是我们的文章选本了。贤弟，你回去奉养父母，总以做举业为主。就是生意不好，奉养不周，也不必介意，总以做文章为主。那害病的父亲睡在床上，没有东西吃，果然听见你念文章的声气，他心花开了，分明难过也好过，分明那里疼也不疼了。这便是曾子的'养志'……"（第15回）

《孝经》有言："夫孝，始于事亲，中于事君，终于立身。""显亲扬名"是大孝的思想，古来有之，但这与作者的观念不一定一致，甚至可以说，正是作家批判的思想，尤其是马纯上所说的"只是有本事进了学，中了举人、进士，即刻就荣宗耀祖。这就是《孝经》上所说的'显亲扬名'，才是大孝，自身也不得受苦"（第15回），更是作者批判的。读书人为追求功名而败坏德行，会使祖上名声扫地。

作家在后文塑造了无意功名、遍寻戴罪潜逃出家为僧的父亲的郭孝子形象，树立了一个完整的孝子形象。虽然有的情节显得过于离奇，但从思想上来说，则如陈美林先生所云："此回书叙写郭孝子寻亲故事，似与前回泰伯祠大祭一无关联，其实不然。泰伯祠大祭是为倡导礼乐；郭孝子寻亲乃尽孝，即礼乐之实践也。而助郭孝子寻亲者，又是'江南这几个人'，即虞、庄、杜、武。此数人却为祭泰伯祠之主要人物。由此可知，就情节而论，寻亲与祭祠似无联系；但就书中所叙写、作者所倡导之礼乐兵农而言，却一脉相承，并无中断隔绝。”[①] 总之，郭孝子形象的塑造，表明作家确实是在推崇孝道，并将孝道作为“礼乐兵农”的重要组成部分。所以说，作者虽然具有叛逆性，但对于传统文化的精华却没有抛弃，只是对于时代文化政策导致的知识分子的堕落风气充满担忧与讥讽，这正是一切有眼光的优秀知识分子的特点。作者用大段章节叙述了郭孝子千里寻亲的故事，郭孝子的父亲属于“钦犯”，在忠孝不能两全的情况下，郭孝子宁可违背忠君而不违背孝悌，对后者的强调可见一斑。

鲁迅先生在评论魏晋人物对礼教的态度时说：“例如嵇阮的罪名，一向说他们毁坏礼教。但据我个人的意见，这判断是错的。魏晋时代，崇奉礼教的看来似乎很不错，而实在是毁坏礼教，不信礼教的。表面上毁坏礼教者，实则倒是承认礼教，太相信礼教。因为魏晋时所谓崇奉礼教，是用以自利，那崇奉也不过偶然崇奉，如曹操杀孔融，司马懿杀嵇康，都是因为他们和不孝有关，但实在曹操司马懿何尝是著名的孝子，不过将这个名义，加罪于反对自己的人罢了。于是老实人以为如此利用，亵渎了礼教，不平之极，无计可施，激而变成不谈礼教，不信礼教，甚至于反对礼教。——其实不过是态度，至于他们的本心，恐怕倒是相信礼教，当作宝贝，比曹操司马懿们要迂执得多。”[②] 这番话用来理解作者塑造的杜少卿这一典型形象（清奇倔强、不与统治者合作、不肯出仕，又极端在意孝道），是非常恰当的。其对孝道的极端在意，被书中人物杜慎卿一语道破：“但凡说是见过他家太老爷的，就是一条狗，也是敬重的。”（第 31 回）

总之，《儒林外史》对孝道的推崇抽取掉了《孝经》中“显亲

① （清）吴敬梓：《清凉布褐批评〈儒林外史〉》，陈美林批评校注，新世界出版社 2002 年版，第 425 页。

② 鲁迅：《魏晋风度及文章与药及酒之关系》，《鲁迅选集·杂文卷》，山东文艺出版社 1990 年版，第 181—182 页。

扬名”与“侍君”的内涵，显示了作者的独立思考，但整体来说还是作者信奉的“礼乐兵农”思想的一部分。

三　《儒林外史》孝道思想的当代意义

张锦池先生在总结《儒林外史》的社会观念时指出：《儒林外史》特别强调“孝悌”二字。他以匡超人形象为例，指出：

> 这位昔日的匡孝子后来却不仅不想回乡看看老母，还一本正经地叮嘱时在杭州的哥哥：“那年我做了家去与娘的那件补服，若本家亲戚们家请酒，叫娘也穿起来，显得与众不同。哥将来在家，也要叫人称呼‘老爷’，凡事立起体统来，不可自己倒了架子。”其全然忘却父训，不孝不悌又如此！“孝悌其为仁之本欤！”而“仁”既是“五常”之首，又包括“五常”。所以，在吴敬梓看来，人失却“孝悌”之心，便失却了“仁”，便失却了“常心”，便失却了做人的道理，而蠹蚀“常心”最烈者亦功名富贵而已！《儒林外史》所以特别强调“孝悌”二字，其深层原因在此；它所以不惜以占全书十分之一的篇幅写匡超人的人生道路，其深层原因亦在此。与此相辉映，匡太公“一生是个无用的人”，吴敬梓所以将他写成正面人物，就在于他认为“功名到底是身外之物，德行是最要紧的”，因而葆有“常心”①。

张锦池先生的分析是很透辟的，也是目前为止分析《儒林外史》的社会观念的论文中比较深刻和独到的。不过在文中，由于将《儒林外史》与《红楼梦》作比较，他似乎更赞同后者所反映的彻底叛逆的社会观念（以其文中所分析的背离经典孝道观念的贾宝玉

① 张锦池：《究竟是回归，还是叛逆——〈红楼梦〉与〈儒林外史〉社会观念的比较研究》，《红楼梦学刊》1996年第2辑。

为典型）。我们则认为，《儒林外史》所倡导的包括孝道在内的“常心”“常道”在当前社会也具有一定的现实意义。目前的中国社会应发扬传统文化中的优秀因素来扭转个别的道德滑坡现象，以构建长治久安的和谐社会。特别是匡超人前期以及杜少卿等人身上体现的美好情谊，还是值得大力肯定的，这种情谊就来自孝道思想。当然并不是说《红楼梦》中就没有体现美好情谊，《红楼梦》中的贾宝玉形象也有一定程度的孝悌表现，这是另外的话题了，在此不复赘言[①]。

第三节 《儒林外史》的为政观及其与孔子思想的关系

作为清代中叶小说的双璧，《儒林外史》与《红楼梦》有很多共同点，不过在对于儒家或孔子的态度上，《儒林外史》更明显表现出呼应的倾向，有所谓“回归原儒”的思想内涵，这与《红楼梦》很不一样。比如，《红楼梦》中贾宝玉对儒家思想抱着消极应付的态度，没有积极主动地做过弘扬儒家礼义道德的事情，而《儒林外史》中体现作者理想的人物杜少卿则对祭泰伯祠大力支持，显示了其对振兴儒家礼教的担当，这与孔子晚年通过教化来致力于社会改变的为政思想很类似。尽管《儒林外史》透露出浓重的隐逸倾向，但作者是有意于“文化建设”的：杜少卿虽然不愿出来做官，但当迟衡山为挽回政教衰败的颓势而极力建议盖一所泰伯祠、用古礼古乐致祭，“借此大家习学礼乐，成就出些人才，也可以助一助政教”时，杜少卿大喜，并捐银三百两（第33回），而当时他的生活已经很拮据了。可见他仍旧怀有一副救世的热肠，这与贾宝玉

---

① 参见拙文《论〈牡丹亭〉、〈红楼梦〉之孝亲意识与中国古代孝文化》，《孝感学院学报》2006年第2期；《从中国古代文学作品中的孝文化传统看贾宝玉的结局》，《江西社会科学》2006年第6期。

“淡漠的文化使命感”[①] 构成鲜明对比。对此，本节打算探究《儒林外史》中几位重要的“正面人物”身上体现的为政观及其与孔子思想的关系。

一　《儒林外史》对仕隐出处的复杂态度及其与孔子思想的关系

《儒林外史》对仕隐出处的态度，在该书楔子部分就有所体现：

> 此一条之后，便是礼部议定取士之法：三年一科，用《五经》、《四书》、八股文。王冕指与秦老看，道：“这个法却定的不好！将来读书人既有此一条荣身之路，把那文行出处都看得轻了。”

前文约略提到过，《儒林外史》对仕隐出处的态度是比较复杂的，它不反对出仕，但又具有强烈的隐逸倾向。小说第 1 回中，吴敬梓倾心塑造了表现自己理想的人物形象王冕。他淡泊功名，对于有意笼络自己的危素，他敬而远之；对于屈尊前来拜访的时知县，他避而不见；甚至当礼贤下士的明太祖朱元璋征聘他的时候，他也“连夜逃往会稽山中”。“隐括全文”的王冕成了山林隐士，由此看出《儒林外史》更偏向出世的倾向。而且这种隐逸倾向在整部小说中贯穿始终，吴敬梓笔下正面人物的个性与经历各不相同，但他们都淡泊功名利禄，在仕隐出处之间，往往倾向于后者，虞育德、庄绍光、迟衡山、杜少卿等无不如此。虞育德身在官场，却并不热衷于功名，本可以做翰林的他被委派做了一个闲官，在补了南京的国子监博士时，他不仅没有沮丧，反而欢喜。作者在第 36 回借杜少卿之口赞美虞育德说：“这人大是不同，不但无学博气，尤其无进士气。他襟怀冲淡，上而伯夷、柳下惠，下而陶靖节一流人物。你

---

① 参见苏涵《“淡漠”的文化使命感与充盈的文化蕴涵量——对〈红楼梦〉与中国小说文化的思考》，《明清小说研究》2000 年第 1 期。

会见他便知。”而以作者自己为原型的杜少卿更是倾心向往隐逸生活，出世倾向不言而喻。

这些人物身上共同的隐逸倾向反映了吴敬梓的价值取向，在出世和入世之间，吴敬梓毫无疑问更倾向于出世。但由于深受儒家思想的影响，他笔下的人物即使隐逸，也没有放弃自己的社会责任。吴敬梓心目中的理想人物王冕一直是一个隐士，但也有以天下苍生为念的襟怀，在他对朱元璋的建议“以仁义服人”中便能看出。虞育德虽然性情淡泊，但也想有所作为；他不喜欢八股，但还是通过科举进入了仕途；他没有放弃自己的社会责任，以自身的言行来感化他人。小说中第37回所描写的泰伯祠大祭更加体现了这批人物的入世精神，泰伯祠大祭是杜少卿、虞育德实践自己政治理想的重要行为，吴敬梓对这场祭礼全面细致的描写体现出他对天下的关心。

《儒林外史》在仕隐出处问题上的倾向和孔子的隐逸思想有很大的相似性。孔子主张是否隐逸由天下有道、无道来决定。《论语·泰伯》云：“天下有道则见，无道则隐。”虽然孔子一生大部分时间都汲汲于仕途，奔走于列国以求重用，甚至有“君命召，不俟驾而行”的热衷，但在得不到重用的晚年则致力于文献的整理与教育事业。在《论语·先进》章中他曾赞叹曾皙的理想：“莫春者，春服既成，冠者五六人，童子六七人，浴乎沂，风乎舞雩，咏而归”，而不是对子路、公西华、冉有三人的治国理政的理想点赞，表现出虽然不否认后三人的才华，却更赞美前者潇洒出尘的风度。

以孔子对于仕隐出处的见解来看《儒林外史》，便会发现，吴敬梓对王冕、杜少卿等形象的处理正显示出同样的立场。他为笔下的人物设置的归隐背景是天下无道，“走出去做不出什么事业”，是杜少卿不愿做官的真正原因。杜少卿看到了现实社会中已经没有自己施展手脚、实现理想的空间了，所以才无可奈何地选择了隐居。

选择隐居的背后包含了太多的无奈与失落。

在出世和入世之间，吴敬梓尽管比较倾向于前者，但也并不否定后者，这种矛盾和吴敬梓深受儒家思想的影响是分不开的。基于儒家文化的立场，他们虽然归隐，但并不放弃以天下为己任的信仰与抱负，他们以不同的形式或修身立德，在政教失序的社会中坚守道德，以德化人；或用心于治经立言，以发扬光大儒家经典的方式寄托对天下的关心。所以，他们虽身处江湖之远，但仍心牵庙堂之事。这就是《儒林外史》中的贤人在仕隐出处问题上矛盾的地方。

二　隐居亦可为政——《儒林外史》的“孝友”为政观与孔子思想的关联

尽管倾向于隐居，但隐居并不意味着无所作为。《儒林外史》通过一批在野的贤人的壮举，表明隐居亦可为政，其方式是通过自己的行为来影响社会。这首先表现在他们继承儒家的思想，赞同侍奉亲长须有友悌之德。

在儒家思想中，孝道是良好政治的基础，有子就说：“其为人也孝弟，而好犯上者，鲜矣；不好犯上，而好作乱者，未之有也。君子务本，本立而道生。孝弟也者，其为仁之本与。”孝道不仅可导向忠君，还可以淳化社会风气，起到教化大众、安定社会的作用。《论语》有云：

> 或谓孔子曰：“子奚不为政？”子曰：“《书》云：‘孝乎惟孝，友于兄弟，施于有政。’是亦为政，奚其为政？”

孔子认为，在家族里对长辈孝敬，对兄弟爱护，可以维护一个家族的正常秩序，这是有利于社会安定的。孔子还解释说：“临之以庄，则敬；孝慈，则忠；举善而教不能，则劝。”在他看来，倡导孝道实际上就是用德行来影响政治并维持社会秩序的一种治国方略。因此，孔子主张用孝教化百姓。

前文论及，《儒林外史》中正面人物无一不重“孝”。王冕是一个孝子，杜少卿更是一个孝痴。虞育德听说一庄农无钱殡葬父亲，就尽力资助。关于郭孝子二十年走遍天下寻找父亲的孝行，作者花去了两回的巨大篇幅尽情描摹与表彰，赞扬其孝心之坚定。郭孝子被父拒之门外，仍说：“父亲就杀了儿子，儿子也是不出去的。”（第 38 回）虞育德、杜少卿等都钦佩郭孝子的为人。而杜少卿尽管风流倜傥，绝不出仕，却“但凡说是见过他家太老爷的，就是一条狗也是敬重的”，在孝的问题上表现得近乎迂阔。

此外，小说还写到娄三与娄四二公子、余有达与余有重兄弟二人之间的和谐相处、如同一人。第 45 回回目即为“敦友谊代兄受过”，此回前后重点写余有达与余有重兄弟二人的友爱：“余家弟兄两个，品行文章是从古没有的……那日，余有重接着哥哥进来，拜见了，备酒替哥哥接风，细说一年有余的话。吃过了酒，余大先生也不往房里去，在书房里老弟兄两个一床睡了。”（第 44 回）接下来第 45 回，余大先生被官府有事捉拿，余二先生一力代哥哥维持办理，终使大事化小、小事化了，与小说前面写严贡生在弟弟严监生死后百般欺负其遗孀赵氏形成鲜明对比。很显然，作品赞美了前面这一对兄弟的友谊，批判了严贡生的无耻与不讲孝友。

吴敬梓在《儒林外史》里对孝悌的实践倍加推赞，显然受孔子思想的深刻影响。

三 孔子“为政以德”思想在《儒林外史》中的体现

当然，在社会上人与人相处的准则上，《儒林外史》仍然赞同孔子“为政以德”的主张。首先，小说赞美谦让之德。《儒林外史》最为推崇的古圣贤是泰伯，称他是南京古今第一个贤人，所以，祭泰伯祠也成为吴敬梓极力铺陈的一个大事件。而孔子就曾极力称扬泰伯之“德”。《论语·泰伯》云：“泰伯其可谓至德也已矣，三以天下让，民无得而称焉。”《儒林外史》对泰伯之“德”极为推崇，无疑是吴敬梓对孔子思想的有力回应与赞同。

吴敬梓深切关注着读书人的仕隐出处与道德品行，他认为自己身处不能有所作为的时代，既然出去做不出什么事业，那么离弃功名就是一个有志节的读书人应当做出的选择。同时，吴敬梓看到许多读书人汲汲于功名利禄而丧失了道德品行，从官府衙门到市井乡俗，到处弥漫着攀附权势、邀名逐利的风习。面对世风日下，《儒林外史》最为担心的就是世人尤其是读书人的道德堕落，最为推崇的则是贤人君子之“德”。而在孔子的思想里，“德”也是备受推崇的一个方面，所谓为政须有“德”，做人亦须有“德”。将《儒林外史》与孔子思想对比不难发现，《儒林外史》尤为关注与推崇的“德”正是对孔子“为政以德”的回应。

《儒林外史》推崇“德”的根本原因与关于“德”的基本看法上与孔子思想是非常一致的。孔子所关切的道德问题在吴敬梓所处的时代仍然非常普遍存在着，甚至更为突出，这也是吴敬梓在《儒林外史》里尤为关注道德问题的基础与前提。孔子处在一个礼崩乐坏的时代，所以他对时人不重“德”、不修“德”的风气表示了强烈不满。《论语·述而》即云：“德之不修，学之不讲，闻义不能徙，不善不能改，是吾忧也。”《论语·卫灵公》亦云：“吾未见好德如好色者也。”孔子所忧心的诸如不修德、不善不义之类的卑劣行为与风气，也是吴敬梓在《儒林外史》里所主要讥刺的对象。《儒林外史》所描绘的也是一个不讲修德而唯以功名富贵决胜负的失道之世。吴敬梓与孔子一样都关注道德问题，所表达的也是相同的忧患之意。他们都看到各自时代人们的德行出现了令人忧心的局面，于是他们经常将“德”置于比其他物事更优先、更显著的地位。吴敬梓对待德与财、德与名也持有同孔子一样的态度，所以，王冕、杜少卿、虞育德都受到称赞、推崇。尤其是小说还描写了虞育德在南京国子监任上“以礼乐化俗”的种种实践，诸如：对临场作弊的监生采取“养其廉耻”的教育办法，对拆卖他房子的表侄和忘恩负义的严管家实行以德报怨等。后文余二先生赞叹说：“看虞博士那般举动，他也不要禁止人怎样，只是被了他的德化，那非礼之事，人自然不能行出来。”这是与泰伯祠大祭相呼应的行为，与儒家主张以德化天下的传统一脉相承[①]。

在整部《儒林外史》中，王冕、杜少卿和虞育德相互辉映，犹如三座山峰，代表了正面人物的人生态度与为政观念。他们犹如标尺，可用来衡量众人的言行举止。首先，他们都才能出众、超然脱俗；其次，他们淡泊浑雅，不攀附达官显贵，不贪图钱财；最后，他们都希望借助礼乐仁政教化百姓。因为不满现实中黑暗的政治、残酷的礼教和势利的世俗风气，王冕、杜少卿选择不与世俗同流合污，寄情山水田园，率性而为。虞育德则身仕而心隐。但他们都关心庙堂之事，有着一副救世的热心肠，都具有儒家的以“仁”治天下的政治思想。《儒林外史》第 1 回朱元璋问政，王冕强调的便是孔子的“仁义”思想。王冕、杜少卿不愿做官，甚至不屑与权贵势要交往，宁愿过着闲适淡雅的生活，但仍以治天下为己任，推行礼乐与仁义道德。为挽回政教衰败的颓势，迟衡山极力建议盖一所泰伯祠，用古礼古乐致祭，“借此大家习学礼乐，成就出些人才，也可以助一助政教”（第 33 回）。杜少卿大喜，并捐银三百两。结合杜少卿和妻子的良好关系、对娶妾的一定程度的反对，有学者甚至认为：“作者既表现出杜少卿的‘身修’，又反映出杜氏的‘家齐’。按照儒家‘修身齐家治国平天下’的主张，还在小说此后的

---

① 参见李汉秋《〈儒林外史〉泰伯祠大祭和儒家思想初探》，《江淮论坛》1985 年第 5 期。

情节中，也轻轻地点化出杜仪‘治国平天下’的一些作为，例如他赞成并襄助迟衡山祭祀泰伯祠，其目的在于‘成就些人才，也可以助一助政教’……祭祀泰伯祠、养育人才、有助政教之举，并非一无收获、全无成效……总之，从吴敬梓塑造杜仪形象中，随处可见其艺术匠心。”[①] 虞育德更是“以仁义服人”的实践者。虞育德在祭泰伯祠中被大家推选为主祭者，是作者心目中的“真儒”。他以德服人、以德化俗，在吴敬梓眼中，虞育德的仁义之举能对当事人起到说服教育的作用。这些也是儒家“仁”的思想的体现。

泰伯祠的祭祀是儒家文化中“仁”和“礼”的重要体现。杜少卿、虞育德的参与说明他们对儒家文化非常尊崇，并且重视礼义文化。遵从礼的规定有利于施行仁义，能够起到维持封建秩序和协调社会各阶级各阶层之间的行为和关系的作用。他们都希望通过推行礼乐与仁义道德使民心安定。

总之，《儒林外史》中体现作者理想的人物与《红楼梦》中的贾宝玉不一样，贾宝玉对儒家思想抱着消极应付的态度，甚至近乎颓废地说：“我能够和姊妹们过一日是一日，死了就完了。什么后事不后事！”（《红楼梦》第 71 回）他根本不想去做什么继承儒家礼义道德的事情，而《儒林外史》则对此不无担当之意，尽管其笔下人物倾向归隐，却都想助一助政教，振兴一下礼制。当然，结局一样是失败，充满了悲剧气氛，这倒与《红楼梦》是一样的了。

吴敬梓在《儒林外史》里倡导居官治民须有为政以德、做人处世须有君子之德、侍奉亲长须有孝悌之德，都受到孔子思想的深刻影响。《论语・为政》：“道之以政，齐之以刑，民免而无耻；道之以德，齐之以礼，有耻且格。”显然孔子推崇的是德礼之政，礼作为一种社会规范，可维持封建秩序和协调社会各阶级各阶层之间的行为和关系。做人处世须有君子之德。

---

① 陈美林：《杜少卿论——为吴敬梓逝世二百四十周年而作》，《扬州师院学报》（社会科学版）1994 年第 4 期。

综上所述，从思想根源上说，《儒林外史》与孔子晚年的为政观有很多类似之处，即一方面坚持“为政以德”，另一方面认为如果世道黑暗，则不必出仕，但不出仕不意味着无所作为，隐居亦可为政。

第二章

女性形象及两性关系描写的性别话语意义

《儒林外史》主要关心士林人物，可称为男性小说，但仍然描写了一些女性形象，也不可避免地涉及了一些有关性别思想的话题，如杜少卿对纳妾的态度、对沈琼枝的态度，王三姑娘的守节问题，鲁小姐对科举的态度，沈琼枝的生存姿态等，都与此有关。所以从性别话语的角度研究这部小说，仍然是有一定的空间的。下文将就其中几个特别的女性加以分析，然后探究其性别话语内涵，也会在讨论两性话语时涉及某些男性如王玉辉、杜少卿、杜慎卿等。

第一节　女性群像及其性别话语内涵

一　赵氏与王太太

赵氏与王太太是《儒林外史》中两位性格并不太一样但都有很多悲剧因素的女性形象，作者对她们的描写反映出古代女性命运中的一些常见问题，其中最主要的就是因为男尊女卑的制度而使女性难以主宰自己的命运。将她们放在一起来探讨，一是想看看究竟是哪些共同因素影响了女性的悲剧命运；二是因为她们被关注得比较多，为节省篇幅不妨如此。

不用说，赵氏的身上反映了古代社会妾的艰辛命运，这很容易让我们想起《醒世姻缘传》中薛素姐的母亲龙氏和《红楼梦》里的赵姨娘，不过赵氏与她们的性格也有较大差异，通过比较我们将更清楚地看见作者所关心的问题。

《醒世姻缘传》中薛素姐的母亲龙氏和《红楼梦》里的赵姨娘有较多的共同点，那就是她们的性格都有较大的阴暗面或缺陷，因此尽管已经生儿育女，却都不被人待见。例如，薛素姐出嫁后性格乖戾异常，作为亲生母亲的龙氏却屡屡护短，致使丈夫都对她拳打脚踢，这激起她更激烈的反抗意识。相比赵姨娘而言，龙氏的反抗是直接粗鲁的，后文中她更因为薛素姐的事直接跑到亲家家里去吵架，因为她作为中下层社会女性，本来没有什么教养；赵姨娘则生活在庞大的且处于皇亲国戚地位的家族之中，这里礼教森严，因此赵姨娘把自己对王夫人与贾宝玉这对母子的嫉妒之情包裹起来，表面上毕恭毕敬，却在暗地里想法害他们，但还是被人觉察了，如她的亲生女儿贾探春都说她“阴微鄙贱”，大家都防范她。

《儒林外史》里的赵氏也生有一个儿子，而嫡室王氏并没有生儿育女，可能因为有一定明显的优势，赵氏没有对王氏露出妒妇的情态；而在王氏病重之时，赵氏还采用了极其委屈自己的办法得到了王氏的许可，使自己在嫡室王氏去世时被扶正。她小心翼翼地服侍病中的王氏，称自己要代替王氏去死，甚至在天井里烧香向菩萨许下类似的心愿。这些行为，终于感动了王氏，主动提出在自己死后让丈夫严监生扶正赵氏。了结了一桩心愿的赵氏在王氏死后，“扶着床沿一头撞去，哭死过去”（第 5 回），不管是否作假，这种表现已经足够让人心酸了。好不容易扶正后过上了舒心的日子，结果丈夫与孩子又先后去世，苦心孤诣的赵氏连孤儿的寡母也做不成了，陷入彻底的无依无靠的境地。此后大伯子严贡生就利用这一点欺负她，不仅强迫将其二儿子过继过来，还公然不承认她已经扶正的身份，要家人称呼她为“新娘”：

> 严贡生送了回来，拉一把椅子坐下，将十几个管事的家人都叫了来，吩咐道："我家二相公明日过来承继了，是你们的新主人，须要小心伺候！赵新娘是没有儿女的，二相公只认得他是父妾，他也没有还占著正屋的。吩咐你们媳妇子把群屋打扫两间，替他搬过东西去，腾出正屋来，好让二相公歇宿，彼此也要避个嫌疑。二相公称呼他'新娘'；他叫二相公、二娘是'二爷'、'二奶奶'。再过几日二娘来了，是赵新娘先过来拜见，然后二相公过去作揖。我们乡绅人家，这些大礼都是差错不得的。"（第6回）

严贡生的行为当然令赵氏愤怒异常，最后将这位贪婪无理的大伯告到衙门。尽管诉讼得到了较公平的处理，但赵氏遇到如此蛮不讲理的大伯子，还反被其骂为"泼妇"，也受够了气，几乎发疯。这都是因为女人处于"出嫁从夫，夫死从子"的卑微地位。上文之所以不厌其烦地引用这段原文，就是因为它反映了为妾的女人一旦丈夫与儿子都去世，就顿时陷入极其尴尬的境地，几乎任人宰割，与《醒世姻缘传》中晁夫人在丈夫与儿子死后被族霸抢夺家产如出一辙。显然，这里有吴敬梓本人与母亲在父亲去世后受到族霸欺负的经历的折射。赵氏苦心孤诣、赔尽小心、花费了无数的钱粮，到头来还受到这样难堪的对待，正是女人无法主宰自己命运的典型例子。

王太太是《儒林外史》中戏班领班人物鲍廷玺的妻子，这已是她的第三次婚姻。在与鲍廷玺的婚姻中，她表现出令人嫌弃的泼妇个性，但追溯其经历，可以看到她的命运也含有很多悲剧的成分。她17岁就被哥哥卖与人家做妾，这就是不能主宰自己命运的开始。她不能接受"新娘"这样的称呼，要仆人称呼她为"太太"，结果被大娘子赶了出来。她的第二桩婚姻是嫁给王三胖子做续弦，真正当上了太太，却因作威作福受到大家的嫉恨；一年后丈夫又死了，她与死去丈夫的前妻之子因为财产继承的问题起了矛盾，闹到县衙去，被断与其分开来过。这其中，她可恶的个性起到了重要作用，而县令的判决不算不公正："'你也是嫁过了两个丈夫的了，还守甚么节！看这光景，儿子也不能和你一处同住，不如叫他分个产业给你，另在一处。你守着也由你，你再嫁也由你。'当下处断出来，他另分几间房子在胭脂巷住。"（第26回）此处我们看到的是，县令没有因为她无儿无女就歧视她，可见古代法律也不是完全不保护寡妇的。她的第三次婚姻就是嫁给鲍廷玺，这次还是不能如她的意。因为她被媒婆骗了，媒婆把鲍廷玺说成一个举人。虽然后来她往媒婆嘴里和耳朵里塞进大粪以泄恨，但婚事木已成舟，无法摆脱，她因此近于发疯。丈夫由于是螟蛉之子，又被婆婆赶了出来，日子进一步难过起来。不守规矩和讲究排场与享受，加上女性的卑微地位，造就了王太太的悲剧命运。奇怪的是，即使嫁给了鲍廷玺，作品中她也一直被称为"王太太"。

赵氏和王太太都曾因为丈夫死后，与大家庭内其他人的纠纷而闹到官府。尽管前者隐忍，后者张扬，但都反映出古代社会寡妇的艰难人生。王太太后来因为媒婆的欺骗嫁给鲍廷玺，尽管她事前曾强硬地警告媒婆不许欺骗她（"沈妈，你替我说这事，须要十分的实。若有半些差池，我手里不能轻轻的放过了你。"《儒林外史》第26回），结果还是受了骗。这不是因为她天真，而是她活动范围有限不能自己去打听清楚导致的。

二　鲁小姐

鲁小姐是古代小说中涉及科举制度的一个比较罕见独特的女性形象。她埋怨丈夫对科举缺乏兴趣，以一己之力教育孩子从小学习科举文章。这一形象过去受到非议，认为她受到了科举制度的毒害，但若从性别话语角度考察，可以有更多样的解读。

之所以说鲁小姐是古代小说中涉及科举制度的一个比较罕见独特的女性形象，是因为她与《再生缘》《镜花缘》之类以非现实的想象之笔写女性参加科举考试的文学作品的主人公不一样，《儒林外史》以现实主义的笔法批判了一位对科举考试很有心得的女性。因批判科举制度而批判这一女性，不是一种历史唯物主义的客观公正的态度。须知吴敬梓描写这样的人物与情节，并不一定是要批评人物，而是要反思八股取士制度。

鲁小姐在父亲鲁编修的教育下，从小学习八股文，她写出来的文章"理真法老，花团锦簇"，鲁编修每常叹道："假若是个儿子，几十个进士、状元都中来了！"（第11回）。现实主义的作者没有采取戏曲舞台上的女扮男装的俗套写法让她去参加科举考试，而是在家庭关系中描写她对名士派头的丈夫蘧公孙的不满、恼怒，嫌他贻误自己终身。此回回目叫作"鲁小姐制义难新郎"，有论者认为这是对"三言"中"苏小妹三难新郎"的戏拟，这是没错的。但由此对鲁小姐全盘否定却不见得正确。从某个角度来说，鲁小姐对人生自有主张，对丈夫的不满表现了她的一种追求，在不主张女性有自己见解的时代，鲁小姐的形象不是有一定的新意吗？这与后文不愿做盐商之妾而逃走的沈琼枝构成了一种呼应。有人认为，她心中只有科举，除此之外觉得没有任何出人头地的办法，所以批评她。问题是，当时的事实就是科举是普通人跻身上层的难得机会，这是不能怪罪于她的，而且她不愿丈夫依靠祖上的累积而坐吃山空，在丈夫不走举业之路的情况下转而教育孩子，这也无可厚非，因为不如此，他们家必然坐吃山空，甚至陷入窘境。拿现代人对科举制度的否定来否定一个古代女性，是不合乎道理的。后来她在家人的劝解下，勉强接纳了夫君，之后将全部精力放在教育孩子上。而在蘧公孙的爷爷蘧太守生重病时，她又毅然不顾母亲的反对而回到夫家（事前鲁家言明蘧公孙是招赘入鲁府的）："公孙传着太守之命，托两公子替他接了鲁小姐回家。两公子写信来家，打发婢子去说，鲁夫人不肯。小姐明于大义，和母亲说了，要去侍疾。此时采苹已嫁人去了，只有双红一个丫头做了赠嫁。叫两只大船，全副妆奁都搬在船上。来嘉兴，太守已去世了。公孙承重，鲁小姐上侍孀姑，下理家政，井井有条，亲戚无不称羡。”（第 13 回）。公正地讲，这还是一位值得敬重的女性。不久，“鲁小姐头胎生的个小儿子，已有四岁了。小姐每日拘着他在房里讲《四书》，读文章。公孙也在傍指点”。可以说，他们过上了夫妇相得的生活。现代人对他们的嘲笑，是不顾生活实际的看法。

三　与王三姑娘有关的性别话语问题

《儒林外史》中的王三姑娘是儒生王玉辉的三女儿，她在丈夫因病离世后，尽管公公婆婆愿意养活她，但考虑到父亲贫寒，又有一个姐姐已经替丈夫在娘家守节，为了不拖累父亲，她情愿为丈夫殉节。父亲王玉辉听了不仅不阻止，反而加以赞美说：“亲家，我仔细想来，我这小女要殉节的真切，倒也由着他行罢。自古‘心去意难留’。……我儿，你既如此，这是青史上留名的事，我难道反拦阻你?”最后女儿饿死了自己，他还说：“死的好！死的好！”。等到此事惊动县里来人祭奠、将女儿以节妇之名报上去获准入节孝祠，王玉辉才伤心起来。后来他外出看见少年穿白的妇人，又想起女儿，“心里哽咽，那热泪直滚出来”。至此，他作为父亲的感情才终于得以发现。

与王玉辉相对照，作品重点写其妻子对此事的态度：她先是说丈夫越来越呆，不知道劝阻女儿，反而怂恿女儿去死；因劝女儿不成，她痛入心脾，后来病倒了；女儿去世后，“哭死了过去，灌醒回来，大哭不止”，弄得王玉辉不忍心在家里而出游散心（以上情节见第 48 回）。妻子对女儿的感情反衬了王玉辉因礼教导致的麻木不仁到了多么严重的程度。

王三姑娘的死实际上是为塑造家境贫寒却又将一生献给礼教的

书生王玉辉的重要一笔。为此作者事先交代了他为了写三部书，“终日手不停披，所以没的工夫做馆”。他连私塾先生也不能做，家里自然更加贫穷。其中“礼书是将《三礼》分起类来，如事亲之礼，敬长之礼等类。将经文大书，下面采经子史的话印证，教子弟们自幼习学。……《乡约书》不过是添些仪制，劝醒愚民的意思”（第48回）。所以他要写的三部书里就有两部是关于礼教的。这自然与清代兴起的礼学热有关。

据林存阳研究，清初诸大儒鉴于晚明王学左派的流弊，倡导“以经学济理学之穷”之说，且在此学术潮流的影响下，致力于兴复礼学的努力。孙奇逢、陆世仪、顾炎武、张尔岐、黄宗羲等大儒发其端绪，遂揭开一代礼学复兴的序幕。而作为后进文化代表的清统治者，入主中原之初便遇到难以克服的历史矛盾。这使得他们不得不对满汉文化的尖锐对立重新加以审视。在艰难的抉择中，清统治者逐渐意识到，高压统治固然可取得一时成效，却非久系人心之策，无视文化传统只能导致社会的动荡。有鉴于此，清廷不仅对先进的汉文化趋于认同，而且对政治、文化政策等加以调整。官方意识形态的取向，不期然与知识界倡礼之风相契合，从而为礼学的发展提供了客观的学术空间。以此为契机，研礼者踵继而起，续有兴作。礼学家倡导“以礼经世”的思想，自然对社会、学术的走向甚有影响。的确，清初学术界继承明末反思王学左派弊端的思潮，对以前的学术思潮进行了全面、系统的批判总结，涌现出许多思想深锐的学者。他们尤其对明代文化进行深刻的反思，认为是明代以来日益空泛化的王学左派导致了礼乐崩坏，进而将批判的笔锋转向了程朱理学，积极推崇“以经学济理学之穷”的新观念。清代统治者接受了学者们的思想，意欲在元明经学长期衰落之后，用“以礼经世”来整顿社会风气，而推行礼教在相当程度上必须倚重礼学，“考礼”可以提供百姓实践典范，以为日用伦常之“习礼”凭借。另外，礼学内部存在的仪礼之争，如清人质疑在明代大礼议事件中，明代礼学所议不符合礼学传统，要求重回礼学经典加以检验，于是有关三礼学的仪礼、考礼等礼学考证问题渐次被提了出来，清初的儒者也遂从明代独重家礼重回经礼之三礼学。在这样的学术氛围的推动下，学术界开始将目光投向恢复礼学，兴起了“尊朱黜王”和“崇实黜虚”这样的学术思潮，产生了毛奇龄、万斯大和万斯同兄弟、孙诒让、凌廷堪、颜元等一大批礼学家①。《儒林外史》也明确写到迟衡山起头的贤人们对“制礼作乐”的重视：“而今读书的朋友，只不过讲个举业，若会做两句诗赋，就算雅极的了。放着经史上礼、乐、兵、农的事，全然不问！我本朝太祖定了天下，大功不差似汤、武，却全然不曾制作礼乐……”所以他们集资修建了泰伯祠，“春秋两仲，用古礼古乐致祭。借此大家习学礼乐，成就出些人才，也可以助一助政教”（第33回）。

礼学对于清初社会秩序的安定自然有其价值，《儒林外史》也对此相当重视，不然吴敬梓就不会用那么多的篇幅去认真描写祭泰伯祠的大典了。但吴敬梓也看到了礼教的弊端，刻画了礼学家王玉辉及其女儿的可悲形象。这应该说是对礼学泛滥的批判，是与《歧路灯》的态度不一样的。我们不妨在对比中来看这一点。

作为与《儒林外史》几乎同时代的小说，《歧路灯》反映了差不多类似的现象，即韩节妇和婆婆两人孀居，韩节妇辛勤地侍奉婆婆，直到婆婆病故，她把所有的积蓄都拿出来为婆婆买了一口好棺材，埋葬了婆婆后自缢而死。她死后，同样是县令、学师、满城生员来祭奠，作者煞有介事地称此事是“彝伦馨香的事体”，在写县令的祭祀时说：“真正是从容就义。可感！可敬！……官不拜民，况是妇女。只为此妇能振纲常，乃拜纲常，非拜人也。”还写到县令因韩节妇所在的巷子因其节孝而充满了扑鼻的异香，将此巷改名

① 参见林存阳《清初三礼学》“导言”，社会科学文献出版社2002年版。

为“天香巷”（《歧路灯》第41回）。联系到作者李绿园喜欢描写这种借神道设教的情节，因此所谓的“节孝生香”完全是作者杜撰的情节，无非表明了作者对韩节妇的无比赞美。

相比之下，吴敬梓则对妇女殉节的举动给予了更冷静的思考，并把批判的矛头直接指向了礼学家，从而显示了朴素的人文主义色彩。他关注人物的生命，并借节妇王三姑娘的父亲王玉辉感情的苏醒而反衬礼教的冷酷。李绿园则在此段情节中完全沦为了狂热的纲常拥护者，人性的光辉已完全丧失。

四 沈琼枝

沈琼枝当然是《儒林外史》中第一女性，她的出现给人耳目一新之感，比《红楼梦》中的“新女性”如王熙凤、林黛玉、贾探春也不遑多让。作者借书中人物武书之口赋予了她某种侠的风范：“我看这个女人实有些奇。若说他是个邪货，他却不带淫气；若是说他是人家遣出来的婢妾，他却又不带贱气。看他虽是个女流，倒有许多豪侠的光景。他那般轻倩的装饰，虽则觉得柔媚，只一双手指，却像讲究勾、搬、冲的。论此时的风气，也未必有车中女子同那红线一流人。却怕是负气斗狠，逃了出来的……”（第41回）实际上她又不是女侠，而只是将侠的刚毅果决用来保护自己，那就是不甘心做盐商家的妾，逃到南京靠卖文和刺绣为生。一个单身且未婚的女性开始了在社会上的独立生活。虽然她遭遇了无数的误解和骚扰，但她并不屈服于世俗的眼光，用严厉的责骂反击回去，这是王熙凤、林黛玉、贾探春诸人都没做到的。即使王熙凤再有女强人的干练、贾探春再有出去做一番事业的向往、林黛玉再有追求爱情婚姻自由的渴望，但她们的生活范围都限于家庭之内，而沈琼枝则走出了家门，走向了社会，在古代文学画廊中给人新颖之感，好像是把《镜花缘》中用非现实手法描绘的女性形象搬到现实中来了。这一意义再怎么强调都不为过，除了《红楼梦》中的女性之外，我们还可以将沈琼枝与《醒世姻缘传》中的薛素姐进行比较。薛素姐也追求行动的自由，不过她与传统社会的要求之间展开了激烈的冲突；去泰山烧香的路上她让丈夫狄希陈牵着驴子，稍不如意就给他一鞭子；和一伙妇女外出到玉皇庙会上游玩，受到流氓地痞的侮辱，她也把火发到丈夫身上。薛素姐的泼辣是一个已婚女性的泼辣，是伤害别人的；沈琼枝的泼辣是未婚女性的泼辣，是保护自己的。沈琼枝作为一个未婚的女性在现实社会中的干练、泼辣，还表现在她不畏惧差人们的讹诈。例如：

> 沈琼枝告辞出门，上了轿，一直回到手帕巷。那两个差人已在门口，拦住说道："还是原轿子抬了走，还是下来同我们走？进去是不必的了！"沈琼枝道："你们是都堂衙门的？是巡按衙门的？我又不犯法，又不打钦案的官司，那里有个拦门不许进去的理！你们这般大惊小怪，只好吓那乡里人！"说着，下了轿，慢慢的走了进去。两个差人倒有些让他。沈琼枝把诗同银子收在一个首饰匣里，出来叫："轿夫，你抬我到县里去。"轿夫正要添钱，差人忙说道："千差万差，来人不差。我们清早起，就在杜相公家伺候了半日，留你脸面，等你轿子回来。你就是女人，难道是茶也不吃的？"沈琼枝见差人想钱，也只不理，添了二十四个轿钱，一直就抬到县里来。(第41回)

这种遇强不弱的风范，是很多懦弱的男人也不及的，因此可以说，她比《红楼梦》里王熙凤的干练也差不了多少。

由于沈琼枝还懂诗文，能与名士们唱和，其意义非同小可，这就需要联系明末清初时期江南才女文化的兴起来谈谈其典型意义。

明末清初时期，随着江南经济的发展和出版业的兴起，书籍传播越来越便利，诗书大家族大量出现。身处其中的女性在不出闺门的禁约下，在诗书世界发现了排遣自己精神的空间而进行了大量创作，这从胡文楷《历代妇女著作考》[①] 所收录的明清有著作的妇女名单可见一斑。美国学者高彦颐为此写了《闺塾师——明末清初江南的才女文化》[②] 一书进行探讨。

经过学者们的发掘，我们知道明清时期有些才女甚至敢于越出闺门，走向社会交游唱和，令人侧目。例如，黄媛介就是一位比较大胆并引起了时议的女性[③]。在黄媛介的交游对象中，可考的有著名的女诗人商景兰及其家人。《两浙輶轩录》称："夫人（商景兰）有二媳四女，咸工诗。每暇日登临，则令媳女辈载笔砚以随，角韵分题，一时传为胜事。闺秀黄皆令入梅市访之，赠送唱和甚盛。"[④] 这可谓文坛佳话，保守人士却污媛介近风尘之色。这一形象已经和沈琼枝相当接近了。只不过，吴敬梓又将其与逃离盐商骗婚的情节结合起来，使之更加生色。高彦颐在其著作的第六章"书写女性传统：交际式及公众结社"也探讨了这一现象："通过离家外出旅行或成为使其男性亲属相形见绌的知名作家，其他闺秀诗人更为公开地遨游于社交和公众名利场中。"[⑤] 可见沈琼枝身上的确有着跨出家门、走向社会的江南才女的缩影，这是一般的研究者所没注意到的。尽管作品中县令判决沈琼枝回家另嫁他人，也就是回到一般女性必过的家庭生活中，但这不能掩盖她的光彩，说不定她的新婚姻会呈现一种女名士的风貌，这也是可能的，有明末清初许多女作家的作品为证。

可惜作者没有将沈琼枝的诗文如同《红楼梦》那样呈现一二，否则还将给这一形象增添无数的光彩。作者只是将她敏捷的创作思

---

① 胡文楷：《历代妇女著作考》，上海古籍出版社 1995 年版。

② ［美］高彦颐：《闺塾师——明末清初江南的才女文化》，李志生译，江苏人民出版社 2005 年版。

③ 参见陈国学《〈红楼梦〉的宗教书写分析与探源》，博士学位论文，南开大学，2009 年。

④ 转引自胡文楷《历代妇女著作考》，上海古籍出版社 1995 年版，第 156 页。

⑤ ［美］高彦颐《闺塾师——明末清初江南的才女文化》，李志生译，江苏人民出版社 2005 年版，第 232 页。

维进行了描述：

> 知县道："……你既会文墨，可能当面做诗一首？"沈琼枝道："请随意命一个题，原可以求教的。"知县指着堂下的槐树，说道："就以此为题。"沈琼枝不慌不忙，吟出一首七言八句来，又快又好。知县看了赏鉴……（第41回）

这是可以和《红楼梦》里的林黛玉、史湘云相媲美的。她敏捷的才思打动了知县，知县写了一封信给同僚帮助她把盐商的诉讼处理了，使她终于全身而退，平安返家。

所以，沈琼枝形象的性别话语意义可以说表现在三个方面：婚姻上敢于自主和斗争，这使她从媒婆与盐商的欺骗中脱身而出（这一点前文没展开论述，是因为一般论者和读者都熟知——笔者注）；生活上敢于走向社会，靠自己的才华谋生，并与名士交往，与地痞流氓斗争，展现了高度的自主意识；能诗会文，才思敏捷，成为受教育女性的杰出代表，体现了明清时期江南才女文化的崛起。

第二节　关于杜家兄弟与女性关系描写的性别话语意义

《儒林外史》可以说是一部理性小说，表现在它很少像《金瓶梅》那样描写人物对感官欲望满足的强烈追逐，即使有类似行为，作品也不展开相关的细节描写，这一点在对杜少卿、杜慎卿这对堂兄弟的描写上可以看出来。这一问题过去学界有所探讨，但是还有可以挖掘的空间。我们的论述将先从杜慎卿谈起，然后是杜少卿，并通过杜少卿的两性观念回看杜慎卿，由此可以更明白作者的相关思想。

一　杜慎卿的性别话语意义

众所周知，杜慎卿在两性关系上的名言体现在如下对话中：

> 杜慎卿愁著眉道："先生，这也为嗣续大计，无可奈何。不然，我做这样事怎的？"季苇萧道："才子佳人，正宜及时行乐，先生怎反如此说？"杜慎卿道："苇兄这话，可谓不知我了。我太祖高皇帝云：'我若不是妇人生，天下妇人都杀尽！'妇人那有一个好的？小弟性情，是和妇人隔着三间屋就闻见他的臭气。"（第30回）

杜慎卿本来极其厌恶女人，只是出于延续家族血脉的考虑而纳妾。在当代人看来，这是把女人当成生育机器而已，应该大力批判。不过杜慎卿的问题是比较复杂的，需要进一步分析。

杜慎卿为什么如此厌恶女人呢？从下文来看，那是因为他的同性癖好，也就是他的同性恋倾向。这里且不细论他向友人季苇萧坦露难以找到同性意中人后，被季苇萧捉弄的事（季苇萧让他去拜见黑胖的道士来霞士，却说来霞士是个"男美"），先重点谈谈他在纳妾中近乎"弄一得双"的艳遇。

所谓杜慎卿在纳妾中近乎"弄一得双"的艳遇，我们可以从媒婆沈大脚向他介绍女孩子的话谈起。当时，沈媒婆说："十七老爷把这件事托了我，我把一个南京城走了大半个，因老爷人物生得太齐整了，料想那将就些的姑娘配不上，不敢来说。如今亏我留神打听，打听得这位姑娘，在花牌楼住，家里开着机房，姓王。姑娘十二分的人才还多着半分，今年十七岁。不要说姑娘标致，这姑娘有个兄弟小他一岁，若是妆扮起来，淮清桥有十班的小旦，也没有一个赛的过！也会唱支把曲子，也会串个戏。这姑娘再没有说的，就请老爷去看。"

媒婆在介绍王家姑娘的时候，拿了她的弟弟——后文的王留歌来对比衬托，其实在有意无意之间，媒婆未尝没有诱惑之意，想必她早知道了杜慎卿好男色。为了见季苇萧介绍的飘逸风流的"男美"来霞士，杜慎卿马上将见王家姑娘的事往后推迟，"次早起来，洗脸，擦肥皂，换了一套新衣服，遍身多熏了香”（第30回），如此心急和郑重其事说明他对男色的爱好绝对胜于女色。明白季苇萧是捉弄他之后，他又马上娶了王家姑娘。这是因为他明白了，同性意中人还是难找。但这次娶妾却让他遇到了绝色的美男，就是沈媒婆所说的、现在成了他小舅子的王留歌：

> 只见娘子的兄弟王留歌带了一个人，挑着一担东西：两只鸭、两只鸡、一只鹅、一方肉、八色点心、一瓶酒，来看姐姐。杜慎卿道：“来的正好!”他向杜慎卿见礼。杜慎卿拉住了，细看他时，果然标致，他姐姐着实不如他。（第30回）

从后文来看，杜慎卿给了小舅子王留歌绝对的礼遇：沈大脚说王留歌不过“会唱支把曲子，也会串个戏”而已，并非专业的戏曲演员，他却在杜慎卿主持的莫愁湖“选秀”大会中被姐夫杜慎卿取为第三名。这里杜慎卿的标准就很清楚了：虽说要“色艺双绝”，色却好像更重要。有后文众人对杜慎卿的议论为证：

> 武正字道：“慎卿先生此一番评骘（指莫愁湖大会对‘色艺双绝’的旦角的品评），可云至公至明；只怕立朝之后做主考房官，又要目迷五色，奈何?”（第46回）

书中借武正字之口说杜慎卿在做主考官时难免会“目迷五色”，指的就是他对于男色的喜好会影响朝廷选取人才这样的大事上来。至此，作者对杜慎卿的形象刻画终于画上了句号。这样我们就不难推断杜慎卿对他的小舅子王留歌多么钟爱了。由此我们甚至可以隐隐想到《红楼梦》里贾宝玉与秦可卿、秦钟姐弟的关系。只不过，作者采取了绝不明言的手法，个中原因，可以参看吕贤平提到的作者“避亲者讳”，因为杜慎卿的人物原型是有同性之好的、作者的族兄吴檠[①]。

至此，我们也可以对杜慎卿的性别话语内涵加以总结了，那就是：他对男色的爱绝对超过了女色，而在当时条件下，男性中心和重视后嗣的传统使他可以在娶妻之外还娶妾，娶妾之外还可以保留对男色的爱好。这在明清时期本来也不是太奇怪的事，小说《金瓶梅》中的西门庆也有所体现，清代著名文人袁枚、郑板桥都是如此。若从现代人的观念来看，这绝对是损害女性权益的。不过从杜慎卿自身的特点来看，他是一个爱好男色胜过女色的人。从吕贤平的考证来看，杜慎卿的人物原型吴檠甚至因同性之好而"夫妇离绝，动生怨患"，这对吴檠的心理造成了伤害，使他对女性在原先本能排斥的基础上又产生出极大的偏见[②]。小说对杜慎卿的有关描写还是有所收敛的了，至少小说中还没写到他因为同性之好而绝对排斥女色。不过，杜慎卿体现的性别话语内涵是比较特别的，还需要进一步分析。

一般的论者对杜慎卿这种讨厌女人却又急忙纳妾的行为加以批评，说他虚伪、精神空虚，指责他变态、龌龊。实际上，沿着上文谈及的内容可以推断，杜慎卿如果可以不要后代、不娶妻妾也是可以的，因为他认为："……朋友之情，更胜于男女。你不看别的，只说鄂君绣披的故事。据小弟看来，千古只有一个汉哀帝要禅天下与董贤，这个独得情之正，便尧、舜揖让，也不过如此。可惜无人能解！"（第 30 回）他实在是为了子嗣而娶妾的。吕贤平指出，"（杜慎卿）娶妾之肉体情欲的快乐根本不敌为生嗣计的伦理大计的无可奈何，故而我们看到杜慎卿在娶妾事中所表现的热心却又伴

---

① 吕贤平：《明清时期全椒吴敬梓家族及其文学风貌——以科举与文学为研究中心》，第三章第一节之五（三）"吴檠的男风之癖"，中国社会科学出版社 2016 年版。

② 参见吕贤平《明清时期全椒吴敬梓家族及其文学风貌——以科举与文学为研究中心》，第三章第一节之五（三）"吴檠的男风之癖"，中国社会科学出版社 2016 年版。

着不少冷淡情绪的矛盾”①，这才是平实的、尊重事实的看法。

从现代人的观念来看，这种男性中心和重视后嗣的意识使杜慎卿这类人不得已而娶妾，这既伤害了女性的权益，又扭曲了其本人的心理与生活。在笔者看来，现代人没有弄清楚缘由而对杜慎卿的批判至此可以得以解释了。

最后，还要谈谈作者的态度。前文提到过，《儒林外史》是一部理性小说，很少描写人物对感官享受的沉迷，对情欲也很少描写，杜慎卿形象是唯一一个例外，以此为切入点，窥探作者对此问题的态度是很有必要的，也很有意义。

在这个问题上，作者设置了一个人物季苇萧来戏弄杜慎卿，似乎可表示作者的态度。杜慎卿认为“汉哀帝要禅天下与董贤，这个独得情之正”，而自己则为找不着这样一个“知心情人”而在季苇萧面前伤心落泪，季苇萧则不为所动，认为他这番言行是“着了魔”（“他已经着了魔了，待我且要他一要”）。

“着了魔”，亦见于《红楼梦》第36回中，当贾宝玉看了龄官与贾蔷之间的情事之后：

> 那宝玉一心裁夺盘算，痴痴的回至怡红院中，正值林黛玉和袭人坐着说话儿呢。宝玉一进来，就和袭人长叹，说道：“我昨晚上的话竟说错了，怪道老爷说我是‘管窥蠡测’。昨夜说你们的眼泪单葬我，这就错了。我竟不能全得了。从此后只是各人各得眼泪罢了。”袭人昨夜不过是些顽话，已经忘了，不想宝玉今又提起来，便笑道：“你可真真有些疯了。”宝玉默默不对，自此深悟人生情缘，各有分定，只是每每暗伤“不知将来葬我洒泪者为谁？”此皆宝玉心中所怀，也不可十分妄拟。
>
> 且说林黛玉当下见了宝玉如此形象，便知是又从那里着了

① 吕贤平：《明清时期全椒吴敬梓家族及其文学风貌——以科举与文学为研究中心》，中国社会科学出版社2016年版，第323页。

魔来……

第49回贾宝玉见到亲戚家的姐妹如薛宝琴、李纹、李绮等人后赞不绝口，袭人觉得他“又有了魔意”。所谓“着了魔”“有了魔意”，指为某种不值得太过操心的事情用心太过、用情太过。这种事情虽然不符合儒家中庸之道，却也不可说是坏事或有伤道德的事，因为爱毕竟比恨要好，不必抱着谴责的态度。《儒林外史》中的季苇萧便怀着搞笑和超然冷静的态度设了一个小局，和杜慎卿开了一个无伤大雅的玩笑：

> （季苇萧）因说道：“先生，你也不要说天下没有这个人。小弟曾遇见一个少年，不是梨园，也不是我辈，是一个黄冠。这人生得飘逸风流，确又是个男美，不是像个妇人。我最恼人称赞美男子，动不动说像个女人，这最可笑。如果要像女人，不如去看女人了。天下原另有一种男美，只是人不知道。”杜慎卿拍着案道：“只一句话该圈了！你且说这人怎的？”季苇萧道：“他如此妙品，有多少人想物色他的，他却轻易不肯同人一笑，却又爱才的紧。小弟因多了几岁年纪，在他面前自觉形秽，所以不敢痴心想着相与他。长兄，你会会这个人，看是如何？”杜慎卿道：“你几时去同他来？”季苇萧道：“我若叫得他来，又不作为奇了！须是长兄自己去访着他。”杜慎卿道：“他住在那里？”季苇萧道：“他在神乐观。”杜慎卿道：“他姓甚么？”季苇萧道：“姓名此时还说不得，若泄漏了机关，传的他知道，躲开了，你还是会不着。如今我把他的姓名写了，包在一个纸包子里，外面封好，交与你，你到了神乐观门口，才许拆开来看，看过就进去找，一找就找着的。”杜慎卿笑道：“这也罢了。”当下季苇萧走进房里，把房门关上了，写了半日，封得结结实实，封面上草个“敕令”二字，拿出来递与

他，说道："我且别过罢。俟明日会遇了妙人，我再来贺你。"（第 30 回）

这实在是一个让人发笑的情节，从"敕令"二字已经可以看出季苇萧的戏谑态度了，而杜慎卿还看不出来，可见"着魔"之深。等杜慎卿受了捉弄回来之后，对季苇萧的回应却是："你这狗头，该记着一顿肥打！但是你的事，还做得不俗，所以饶你。"他认为季苇萧做得不俗，可见他并不记恨此事。这段情节因此成为《儒林外史》中最令人发笑的情节，令人想到猪八戒因贪恋女色而被观音菩萨"绷巴吊拷"。《儒林外史》中其他的喜剧性场景往往还令人抱着同情或几分鄙夷，但这种为情欲而受捉弄的情节则只会让人发笑。

笔者认为，季苇萧的态度就代表了作者对此类事情的态度：不深加批评或谴责，也谈不上厌恶，只是戏谑而已。这是与有些现代人不一样的。吴敬梓在此事上是超然的。

二　杜少卿的性别话语意义

杜少卿对女性的态度和杜慎卿形成了鲜明对比，是作者比较肯定的人物，从中可以窥见作者的两性观念与态度。

杜少卿对妻子专一，但是又比较理性，夫妻间是一种不离不弃，但没有太多感官欲望的沉迷的关系。不过这并不意味着他的婚姻生活一定是教条乏味的。小说中的著名段落是杜少卿带娘子游清凉山："这日杜少卿大醉了，竟携着娘子的手出了园门，一手拿着金杯，大笑着，在清凉山冈子上走了一里多路。背后三四个妇女嘻嘻笑笑跟着，两边看的人，目眩神摇不敢仰视。"（第 33 回）在公开的场合和妻子手拉手，没有一点紧张，这在礼教严格的古代是少见的，所以两边看的人才"目眩神摇不敢仰视"。不过这毕竟又属于光明正大的行为，只是少有人知道这一点罢了。这说明，成年人的婚姻生活也可以风流潇洒。

对此，作者又一次安排季苇萧出面，和杜少卿有如下一番著名对话：

> 季苇萧多吃了几杯，醉了，说道："少卿兄，你真是绝世风流！据我说，镇日同一个三十多岁的老嫂子看花饮酒，也觉得扫兴。据你的才名，又住在这样的好地方，何不娶一个标致如君，又有才情的，才子佳人，及时行乐！"杜少卿道："苇兄，岂不闻晏子云：'今虽老而丑，我固及见其姣且好也？'况且娶妾的事，小弟觉得最伤天理。天下不过是这些人，一个人占了几个妇人，天下必有几个无妻之客。小弟为朝廷立法：人生须四十无子，方许娶一妾；此妾如不生子，便遣别嫁。是这等样，天下无妻子的人或者也少几个。也是培补元气之一端。"（第34回）

季苇萧见惯了杜慎卿之类的风流才子，对杜少卿其实是带点瞧不起的态度的，可能觉得他太傻，但没想到被杜少卿以一番"正词"回复。杜少卿的这种回复，代表了作者赞赏的一种正经态度，这是吴敬梓与一般风流才子不一样的地方：主张在一定程度上限制男性纳妾。杜少卿的回话还显示了他不因妻子变老而嫌弃她，这也是值得赞赏的。在古代小说中，很少有成年男人对妻子保持专一的描写，《金瓶梅》中的西门庆，《红楼梦》中的贾赦、贾琏不必说，《野叟曝言》中的以正统自命的文素臣也是一妻数妾。《歧路灯》里的那些理学先生一般都守着老妻过活，却又比较古板，不会像杜少卿这样以张扬的态度表现和妻子的感情。作者还让杜少卿自我辩解："……夫妇同游，并非淫乱"（第34回）。有学者认为："在朋友眼中，杜少卿作为风流公子，只和妻子弹琴饮酒，采兰赠芍，未免美中不足，必得再娶上几房美妾，成就才子佳人的佳话才算圆满。而杜少卿则认为只有合乎礼法的婚姻之内的夫妻感情才值得称颂，除此之外，那些建立在美色基础上产生的所谓一见钟情、风流佳话，皆是一种滥情，是对真情的曲解，并不值得提倡。换句话说，吴敬梓并不反对情，但他反对只建立在外表吸引上的感情。"①的确如此。不过总的来说，杜少卿的婚姻犹如"戴着镣铐的舞蹈"，他恪守礼法、克制感官的欲望骚动，在一夫一妻的婚姻内却过得潇洒放任。在此还有一点值得提及，那就是当他的妻子初到南京、想到外面去看看景致时，杜少卿马上说道："这个使得。"当下还叫了几乘轿子，约姚奶奶做陪客，两三个家人、婆娘都坐了轿子跟着。厨子挑了酒席，借清凉山一个姚园游玩，他还一直陪着妻子、牵着她的手散步。这段情节作者只是淡淡述及，但在此却应点赞，因为古代社会并不鼓励女性抛头露面。比如，在《醒世姻缘传》中，薛素姐要去泰山烧香，受到公公的阻拦；她和一帮"不守妇道"的女人外出看庙会却被一伙地痞流氓侮辱，县令还出告示对妇女闲游进行诫饬。而杜少卿很爽快地答应妻子的要求，即可知道他的思想是比较开放的，在婚姻生活上也是如此。可以说，他的妻子想出外游玩，也是受他的影响，才敢于提出此等要求。没有杜少卿的风流潇洒，就没有这段夫妇同游的佳话。

总之，杜少卿的婚姻生活在古代社会无疑是少见的。其性别话语意义值得再三强调，因为它可以直通现当代社会的一夫一妻制的婚姻。在一夫多妻制盛行的时代，怎样把这种一般说来容易产生审美疲劳的婚姻过下去，而且过得有声有色，杜少卿提供了一个范本。有学者对此评价说："……过分沉溺于享受人生、缺乏对社会的责任感的行为并不为吴敬梓所赞同。在作品中吴敬梓频频借杜少

---

① 梁锦丽、陈洪：《吴敬梓笔下的儒家理想婚姻模式初探》，《湖南大学学报》（社会科学版）2018 年第 6 期。

卿之口对这些人加以劝诫，正说明了他作为一个儒生的操守。”[①] 这说得没错，不过笔者愿意加一句：杜少卿在婚姻中享受人生，并且他的享受是以专一于妻子为前提的，这实在值得好好分析。

吴敬梓在描写杜少卿时，插入了沈琼枝这一“新型”女性形象。在此，一般人多注意沈琼枝代表的女性话语意义，其实杜少卿对沈琼枝的态度也非常值得分析，从中也可以看出另一种男女关系，这种男女关系具有崭新的性别话语意义。

杜少卿第一次听武书说起沈琼枝“精工顾绣，写扇作诗。寓王府塘手帕巷内”并怀疑她是开私门的女人时，没有太在意。第二次听说此事时，他就说：“……此时多失意之人，安知其不因避难而来此地?”可见杜少卿有着不同于一般人的见识，并不一定把人往下贱处想。后来还说：“无论他是怎样，果真能做诗文，这也就难得了。”可见他首先以才衡人，不同于风流才子处处以色观人。杜少卿和武书见到沈琼枝后有如下的对话：

> 武书道：“这杜少卿先生是此间诗坛祭酒，昨日因有人说起佳作可观，所以来请教。”沈琼枝道：“我在南京半年多，凡到我这里来的，不是把我当作倚门之娼，就是疑我为江湖之盗。两样人皆不足与言。今见二位先生，既无狎玩我的意思，又无疑猜我的心肠。我平日听见家父说：‘南京名士甚多，只有杜少卿先生是个豪杰。’这句话不错了。但不知先生是客居在此，还是和夫人也同在南京?”杜少卿道：“拙荆也同寄居在河房内。”沈琼枝道：“既加此，我就到府拜谒夫人，好将心事细说。”（第41回）

沈琼枝之言说明，她心里肯定了杜、武两人是有品行的、值得

① 梁锦丽、陈洪：《吴敬梓笔下的儒家理想婚姻模式初探》，《湖南大学学报》（社会科学版）2018年第6期。

交往的人。而她主要对杜少卿表示认可，武书不过是陪衬人物，他对沈琼枝还有不少猜疑。杜少卿对沈琼枝非常敬重，代表了一种对女性平等相待并赏识的态度。这是一种超越形骸的交往态度。这种态度在现代人看来也许并不稀奇，但在当时的确是具有开风气的意义的。他对沈琼枝说："盐商富贵奢华，多少士大夫见了就销魂夺魄；你一个弱女子，视如土芥，这几可敬的极了。"并预见到盐商必然不肯善罢甘休，于是送了她一本自己写的诗集和几两银子来助她，使知县"知道他也和本地名士倡和"，于是也帮助她，终于使之打赢官司（第41回）。

杜少卿与沈琼枝的这段交往，是古代小说中少见的男女知识分子在心灵层次分庭抗礼、并没有发生任何非礼之事的交往，说明男女两性是可以做朋友的，这就是笔者所谓的具有崭新的性别话语意义的地方。在《醒世姻缘传》中，薛素姐外出追赶狄希陈的路上感遇到困难，被一个叫韦美的读书人帮助才返回家乡，后来薛素姐还特意去感谢韦美，这也是一段"佳话"，但更多的是显示韦美的善良。杜少卿与沈琼枝的交往是更高层次的心灵的沟通。而这也验证了杜少卿的高洁自守。

第三节　从《醒世姻缘传》到《儒林外史》：对回归传统倾向的深化与反思

本书第一编研究《醒世姻缘传》，指出了它代表了一种明末清初时回归传统的心态，联系本章对《儒林外史》的分析和其所处的清代前期的文化态势，我们可以说，《儒林外史》代表了一种对回归传统倾向的深化，不过作为思想家的吴敬梓认识到，光回归传统是不行的，传统还需要反思。只不过这种反思比起《红楼梦》来还差了一截。本节就围绕《儒林外史》与《醒世姻缘传》对传统文化的态度展开比较论述。

《醒世姻缘传》的作者处在明末清初这样的动荡时期，因为对晚明的礼崩乐坏的局面痛心疾首，期望回归到几千年前的西周时代。西周生显然对西周的礼制感兴趣，因而在小说中明显表现出了对“阴长阳消”、女强男弱的不满。

相对来说，在回归传统方面，《儒林外史》表现得更加具体细致，那就是通过贤人君子大祭泰伯祠表现出对重建礼乐制度的热衷。在两性关系上，《儒林外史》中基本没有了那些不守妇道的现象，显示出社会已经回归秩序井然的状态，不过有一些新颖的现象出现，那就是杜少卿夫妇与沈琼枝女士所代表的对新的人生的探索，他们与《醒世姻缘传》所标榜的旧的人生姿态已经有所不同。杜少卿反对纳妾、不出去做官，与妻子在家里过逍遥自在的日子；沈琼枝不愿嫁与盐商为妾，逃到南京以卖文、刺绣为生，虽然最后还是要嫁人的，但与杜少卿一样，都是一种不为富贵所诱惑的独立人格的体现。此外，作者对王玉辉父女的描写显示了对女性殉节这一现象的反思。

《儒林外史》与《醒世姻缘传》最大的不同，是塑造了隐士的群像，表达了对追求功名富贵人生的怀疑与否定。这可以算得上其男性话语的一种表达。《醒世姻缘传》虽然主要以写家庭为主，但它对晁源、狄希陈的考语是“齐家尚且不能，何谈平天下”，也塑造了邢皋门这样淡泊名利，但不拒绝走仕途之路的人物。前文说过，邢皋门是作者在当时社会环境下，对操行败坏的士人们进行反思和抨击后，所创造出的理想人物的代表，寄托了作者的美好愿望：“他这八股时文上倒不用心在上面钻研，只是应付得过去就罢了，倒把那正经工夫多用在典坟子史别样的书上去了，所以倒成了个通才；不像那些守着一部《四书》本经，几篇滥套时文，其外一些不识的盲货。”（《醒世姻缘传》第16回）这就与一般的汲汲于仕进的人不一样，是真儒一类的人物。而《儒林外史》也是肯定“真儒”“通才”的。只不过，邢皋门不拒绝自己才能得以施展的机会，是一个“达则兼济天下，穷则独善其身”的人物；《儒林外史》中的虞育德也是这类人物，但小说也塑造了王冕、杜少卿、庄绍光这样的隐士代表，好像更推崇这类不出仕的人物。

《儒林外史》表达了对建设礼乐秩序井然的社会的期望，这是与《醒世姻缘传》相通的，但与《红楼梦》对传统礼乐文化彻底否定的反思心态不同。

第三编

《红楼梦》中的人物形象与性别话语

《红楼梦》是古代小说巅峰之作，其人物形象是我们比较熟悉的，作者具有非常鲜明的性别话语意识，小说内容具备异常丰富的性别话语内涵，其独特性与前卫性也是不待言而自明的，红学界对此已进行了相当深入和多方面的探讨。例如，“女尊男卑”论、女性崇拜、男性批判等。但这一话题还有很多探讨的空间。在本编的讨论中，笔者将就自己思考涉及的问题进行论述。需要指出的是，为了避免重复研究，我们不会像对待前几部作品那样对其中的人物进行面面俱到的研究，而只讨论其中比较重要的人物形象在性别话语上值得挖掘的地方。

不用说，《红楼梦》性别话语中最突出的是其“女尊男卑”论，这一点似乎不用过多去探究。不过，《红楼梦》的性别话语不是这几个字所能概括的，对于男性这一性别如何立身处世、他们对待女性的应有态度，以及女性如何对待传统规范，《红楼梦》多有表现，也多为论者注意。笔者打算尽量谈一些自己所特别发现的现象，并在此基础上探讨其性别话语意义。此外，笔者还计划将《红楼梦》的性别话语放在世情小说序列中，从嬗变的角度来观照这一话题。

第一章

贾宝玉的"混沌形象"与其性别话语内涵和意义

小序　贾宝玉的"混沌形象"

贾宝玉作为《红楼梦》第一主人公，其形象好像很鲜明，以至20世纪的中国人都把他当成反封建的叛逆者典型，但实际上他的形象比较复杂，这方面早有脂砚斋的名论为证："说不得贤，说不得愚，说不得不肖，说不得善，说不得恶，说不得正大光明，说不得混帐恶赖，说不得聪明才俊，说不得庸俗平凡，说不得好色好淫，说不得情痴情种……"[①] 脂砚斋对贾宝玉形象复杂性的把握还在于，他一方面指出："二人（案：指宝玉、贾蓉）之形景天渊而终归于邪，其滥一也，所谓五十步之间耳。"（第63回回末评）[②] 另一方面，他又在第19回写袭人论宝玉"任性恣情"处批曰："亦不涉于恶，亦不涉于淫，亦不涉于骄，不过一味任性耳。"[③] 这种前后矛盾的评价在另一位红学家二知道人那里也出现过，他一方面将宝玉和贾赦等人同列："贾赦色中之厉鬼，贾珍色中之灵鬼，贾琏色中之饿鬼，宝玉色中之精细鬼，贾环色中之偷生鬼，贾蓉色中之

---

① 朱一玄编:《红楼梦脂评校录》，齐鲁书社1986年版，第277页。
② 朱一玄编:《红楼梦脂评校录》，齐鲁书社1986年版，第512页。
③ 朱一玄编:《红楼梦脂评校录》，齐鲁书社1986年版，第282页。

刁钻鬼，贾瑞色中之馋痨鬼，薛蟠色中之冒失鬼。”[①] 另一方面又说：“宝玉之待十二钗，必个个以香花供养之，方不亵渎老天灵秀之气。千金买笑，直等闲事耳，又何足道！宝玉能得众女子之心者，无他，必务求兴女子之利，除女子之害。利女子乎即为，不利女子乎即止。推心置腹，此众女子所以倾心事之也。推其术以抚民，可以入循吏传矣。”[②] 此处高度评价他对众女儿的态度，与前文自相矛盾。

在20世纪大部分时间里，《红楼梦》都被视为预示封建社会及其意识形态将彻底解体的作品，贾宝玉被视为封建叛逆者的代表人物。而当时代变更、社会走向稳定之后，人们冷静下来，清醒思考这部伟大著作的思维脉络：浸润于古老中国的复杂传统又对其不无反思的作者，其价值取舍的标准在于何处？举一端来说，薛蟠、贾珍、贾琏、贾瑞等一干人物既因呈现出堕落的生活态度在小说中属于等而下之的人物，那么代表作者思想的人物贾宝玉对于礼义廉耻一类的传统真的有那么厌恶吗？激烈的反封建之说是否真的能代表贾宝玉形象的意义？有的论者说《红楼梦》是出于时代氛围而“被迫”收敛风月笔墨的判断未免太简单了，作家说得很清楚，“更有一种风月笔墨，其淫秽污臭，屠毒笔墨，坏人子弟，又不可胜数”，可见是有意识地净化自己的笔下世界，以与《金瓶梅》等“成人小说”相区别。这表现在贾宝玉身上，就是他情痴情种的行为被净化，有涉淫秽的行为被隐晦，作者或将其放入梦中描写，或一笔带过，或以他人的视角简单交代，或干脆说“此系公案，不便妄拟”，但还是留下了种种蛛丝马迹。

仔细思考，其实贾宝玉形象是有多面性的，对此笔者借用庄子

---

① （清）二知道人：《红楼梦说梦》，见一粟编《红楼梦卷》（第一册），中华书局1963年版，第100页。

② （清）二知道人：《红楼梦说梦》，见一粟编《红楼梦卷》（第一册），中华书局1963年版，第90页。

寓言中没有五官七窍的“混沌”形象来形容贾宝玉，也许比称为“封建叛逆者”更确切，用文中贾雨村的话说，就是他身上有“正邪两赋”的特点。可以说，贾宝玉是世情小说中比较充分地体现了“正”的也就是传统文化优秀精神的一面，同时，他身上也有所谓“邪”的一面，这样，他与《歧路灯》中的理学家群像和《野叟曝言》中的文素臣相比就体现出更丰富的性别话语内涵和更前卫的意义。下文将对此展开论述，主要就其“正”与“邪”的两面性来谈。

第一节　贾宝玉之“正”——从与薛蟠的比较谈起

贾宝玉与薛蟠、贾珍、贾琏、贾瑞等人物不同，他们之中，贾珍、贾琏是已婚人物，贾瑞是过场人物，只有薛蟠在前80回大部分情节中以未正式结婚的身份出现，比较他与贾宝玉的不同，是认识贾宝玉的一个很好的切入点。

景向阳认为：贾宝玉和薛蟠两人“一个‘痴’、一个‘呆’；一个‘细腻’、一个‘粗放’；一个‘儿女情长、柔情似水’，一个‘性情奢侈，言语傲慢’；一个脂红粉绿里满面春风，一个胡作非为也风流”。他还认为，《西江月》两首中的第二首用来评判薛蟠更恰当，第一首也部分地适用于薛蟠。他看到薛蟠和贾宝玉一样负有振兴家业的使命而都没有完成这一使命[①]，这是正确的。他还认识到他们的不同点：贾宝玉因浪漫的恋爱被罩上了一圈美丽的光环，被认为是追求自由人性、反对封建婚姻制度的反抗者；薛蟠则以体内那份汹涌的野蛮力量冲击社会，任意挥霍钱财，欺男霸女，以致造成流血事件，引起诉讼。他还认为，花花公子薛蟠与贾宝玉的区别也只是文化素质的差异：没有文才，智商不很高，无法清高。这

---

① 景向阳：《薛蟠，一个与贾宝玉互补的形象》，《红楼梦学刊》1994年第3辑。

就清楚地说明，贾宝玉和薛蟠没有本质的差异，而只有高下之分。这些评价中，关于两人的共同点我们认为是正确的，但关于不同点，笔者则认为不确切。贾宝玉和薛蟠的差别并不仅在文化素质上，就《红楼梦》所关注的贵族少年或者男性对女儿的态度而言，两人的区别判若云泥，这固然是一个很清楚的问题，一者怜香惜玉、作养脂粉，一者喜新厌旧，不过我们想以一件事情来做更明晰的印证。第25回有这样一段：

> 谁知宝玉昨儿见了红玉，也就留了心。若要直点名唤他来使用，一则怕袭人等寒心；二则又不知红玉是何等行为，若好还罢了，若不好起来，那时倒不好退送的。因此心下闷闷的，早起来也不梳洗，只坐着出神……只见西南角上游廊底下栏杆上似有一个人倚在那里，却恨面前有一株海棠花遮着，看不真切。只得又转了一步，仔细一看，可不是昨儿那个丫头在那里出神。待要迎上去，又不好去的。[①]

这一情节中关于贾宝玉的心理与行为描写，可以说极其真切地表现了一个少年爱慕异性而不可得的心情，这是与强调“灭人欲”的理学不同的。但是贾宝玉有所顾忌，在想接近红玉之际，首先考虑的是怕袭人等寒心。特意点明袭人，是因为贾宝玉已与之有了亲密关系，简言之，他并不是一个为所欲为之人，而能考虑各种复杂的人事问题并小心地处理自己的欲望（如果想接近红玉也算是欲望的话），并不把袭人看作可以随便对待的对象。

小红后来被凤姐调过去当了贴身丫鬟，此事也就不了了之。总之，贾宝玉没有做出让人寒心的事。其实此前作品就已经很好地展示过他对于袭人的态度，即使讨厌她的劝告，也只是冷落而不是严

① （清）曹雪芹、（清）高鹗：《红楼梦》，人民文学出版社1988年版。本书所有《红楼梦》的引文皆出自此，以下只标回目。

厉对待：

> 至晚饭后，宝玉因吃了两杯酒，眼饧耳热之际，若往日则有袭人等大家喜笑有兴，今日却冷清清的一人对灯，好没兴趣。待要赶了他们去，又怕他们得了意，以后越发来劝；若拿出做上的规矩来镇唬，似乎无情太甚。说不得横心只当他们死了，横竖自然也要过的。便权当他们死了，毫无牵挂，反能怡然自悦。（第21回）

接下来贾宝玉经历了与晴雯的争吵，领略了晴雯之心性的高傲，贾宝玉反而更加珍惜这个丫鬟，似乎把她视为知己。但是对于袭人，他仍旧不做出过分的举动。挨打之后，他“心下记挂着黛玉，满心里要打发人去，只是怕袭人，便设一法，先使袭人往宝钗那里去借书”（第34回），然后差晴雯送手帕给黛玉，让黛玉感动不已，写下了著名的《题帕三绝》。即使晴雯被王夫人赶出大观园之后，贾宝玉要去探望她，也是“将一切人稳住，便独自得便出了后角门，央一个老婆子带他到晴雯家去瞧瞧”。到此为止，在丫鬟中，可以说袭人得到的是身份与（妾的）地位，晴雯得到的是贾宝玉的心，但是贾宝玉终究没有让袭人难堪。

而薛蟠不仅像一般的贵族少爷那样对少女以攫夺占有为能事，而且得到后根本不懂得疼惜，甚至残暴地对待（以香菱为例），这比贾琏还要差了许多。有人觉得贾宝玉与薛蟠一起若无其事地喝酒，责怪他不该与薛蟠走得太近，这未免是迂腐之词，因为他们两人是姨表兄弟，以贾宝玉之真诚，表兄再坏，也没有理由不理吧？事实上，贾宝玉对薛蟠的评价在下文中可以看到：“可惜这么一个人（指香菱），没父母，连自己本姓都忘了，被人拐出来，偏又卖给这个霸王！”（第62回）他为香菱可惜，意思是她遇人不淑，那么他对薛蟠的评价也就非常清楚了。

《红楼梦》在描写薛蟠拷打香菱时，通过其母亲薛姨妈对他进行了彻底的否定："不争气的孽障！骚狗也比你体面些！谁知你三不知的把陪房丫头也摸索上了，叫老婆说霸占了丫头，什么脸出去见人？也不知谁使的法子，也不问青红皂白，好歹就打人。我知道你是个得新弃旧的东西，白辜负了我当日的心。他既不好，你也不许打……"（第80回）薛姨妈似乎不知道，她这个儿子之所以有这样的面貌，与她缺少调教有莫大的关系。笔者以为，贾宝玉与薛蟠的差异，与贾政严格管教乃至贾府"富而好礼"的大环境有关系，这一点我们过去强调得比较少。

有论者云："贾宝玉有淫的欲望，却阻于行动。他在秦可卿床上想入非非，梦游幻境，初识云雨情；他只敢跟袭人私通，在宝钗、黛玉面前又规规矩矩；他对晴雯、平儿的态度也只停留在'好其色、恋其情'上。其实，宝玉在上述'情'的三个层次上都有份，但作者为了不损害宝玉这个理想形象、让宝玉活动在一二两个层次上，而让薛蟠担当了抢英莲、占宝蟾以及与柳湘莲的同性恋等肉欲活动。"① 这话完全不对，作者把贾宝玉的情欲活动限制在很狭窄的范围内，正是为了展现少年男性开始情思萌动却在环境的限制下没有滑向滥情下作（如贾环）的一种本真状态，这是古代文学作品中极少表现的，因而具有极高的价值！

以上我们将贾宝玉与他同辈同龄的薛蟠略作对比，使我们明白他在本质上高于同辈的地方。

不过，正如王蒙先生所说："似乎是，把宝玉说成封建社会的叛逆，评价太高了。他的一些行为如逃学、厌恶读经、不思功名进取，一是弄性常情，二是贾府的潮流……贾宝玉的表现，实在是整个贾府子弟、贵族子弟的消极颓废的精神面貌……作为败落的大趋势中的消极现象，宝玉在这一点上与贾府其他老少爷们并无质上的

---

① 景向阳：《薛蟠，一个与贾宝玉互补的形象》，《红楼梦学刊》1994年第3辑。

大区别。即使从严格的封建正统观点来看，贾宝玉不比贾家其他老少爷们强，也绝不比他人更坏或更危险……但贾宝玉毕竟与贾府的其他子弟给人的观感不同，他更天真、更善良、更钟情，也更有一套‘哲学’。”[①] 这种哲学恐怕就是第73回提到的贾宝玉心中所谓的“圣贤之微奥”，这种微奥也许与以下思想有关：“人之所以异于禽兽者几希；庶民去之，君子存之”（《孟子·离娄下》），“人心惟危，道心惟微；惟精惟一，允执厥中”（《尚书·大禹谟》）。有人容易将贾宝玉与薛蟠等同，在作品中早有先例：薛宝钗评价其兄薛蟠之词为“恣心纵欲”（第34回），袭人评价贾宝玉之词为“放荡弛纵，任性恣情”（第19回），两种评价竟然如此接近，可见贾宝玉容易引起世人的误会，就是没有认识到他们之间微妙的差别。

以上我们从贾宝玉的人生表现入手，看到这一形象对传统文化精神继承和背离的两面，这正是探讨其性别话语内涵和意义的入手处。

在此就不免涉及贾宝玉形象之“反封建”的话题，这是一个尚未失去主流话语地位的话题，在学术深受政治与社会思潮影响的年代，这种简单笼统的说法广为流行，当不能自圆其说的时候，学者就以贾宝玉之懦弱、受到时代局限来解释他身上种种不够“反封建”的地方，这种以当代视角对文学作品进行曲解的学术研究，是一种非学理性的研究。近年来，红学界对这一问题渐渐有所重新认识。例如，周五纯认为：“贾宝玉形象被看成封建主义的‘叛逆’，几乎是五六十年代评红的核心论点，但这个结论的论据、论证都有很多问题，往往是评论者从‘反封建’观念出发，对宝玉有关情事作了若干‘移位’从而得出的结论。”他从三个方面对宝玉形象作了分析：其一，宝玉对封建主义的主要方面都不持反对态度；其二，宝玉对年轻女性的向往是不分阶级、不分思想倾向性的；其

① 王蒙：《贾宝玉论》，《红楼梦学刊》1990年第2辑。

三，宝黛爱情的基础不偏向于政治性，而偏重于伦理性。他认为，不应从政治学角度去分析宝玉，而应从青年性心理学、伦理学、文化学等角度去研究宝玉，这样才能更准确地把握作者塑造该形象的命脉[①]。他进而对整个红学研究中的反封建问题提出质疑，认为《红楼梦》的人物研究应该更多从文化学、心理学、伦理学、人类学等角度多侧面展开[②]。薛海燕认为，《红楼梦》对真挚亲情的表达使其所谓的“大旨谈情”向伦理情感和家国思想回归，传统评价忽略了《红楼梦》的“情情”求索与“思家”呼告之间的联系，而宝玉“无事忙”和“情不情”的“受享”史起于欲逃于家国，结于无所逃于家国[③]。刘敬圻细致考察了贾宝玉的生存状态，在其与儒家的关系上认为：“不能把贾宝玉笼统地视为儒家文化的叛徒。就像被称为异端之尤的李贽那样，贾宝玉也实实在在地接受着儒家文化的血脉，与儒家伦理纲常尤有不解之缘，他还不能不崇信孔孟之道。”刘敬圻还着重梳理了他对圣贤、对君主、对亲权的尊崇，包括对“四书”的推崇、对孔圣及儒家楷模的景仰，认为“以宗法观念为根基的儒家伦理精神（连同它的诸多正负价值）已经渗入贾宝玉生命本体中去了”[④]。在这些越来越理性和公允的思考和结论之上，联系贾宝玉这一形象更突出的异端色彩，比如他对情感的执着追求、对于自由人格的追求等，我们需要更全面地看待这一人物形象。

众所周知，作者早在第 3 回就通过贾雨村之口将贾宝玉归入“正邪两赋”之人的行列，他们的特点是“其聪俊灵秀之气，则在万万人之上；其乖僻邪谬不近人情之态，又在万万人之下”。但我

---

① 周五纯：《贾宝玉“叛逆”说再思考》，《烟台大学学报》（哲学社会科学版）1997 年第 3 期。

② 周五纯：《关于〈红楼梦〉人物研究的思考》，《烟台大学学报》（哲学社会科学版）1996 年第 3 期。

③ 参见薛海燕《红楼梦——一个诗性的文本》第五章，中国社会科学出版社 2003 年版。

④ 刘敬圻：《贾宝玉生存价值的还原批评》，《红楼梦学刊》1997 年第 1 辑。

们过去却往往只注意其叛逆的也就是乖僻邪谬的一面，在此，笔者希望能完整地揭示贾宝玉的两面性，以便清楚地关注他在哪些方面继承了传统文化，哪些方面又有所超越。

第二节　贾宝玉之“正”与对传统文化精神的继承

总的来说，在贾府，贾宝玉无疑是一个资质最高、品行最好的青年，他对中国传统文化的继承，体现在如下几个方面。

一　对弱势者以仁慈为怀

贾宝玉的性格，很明显有慈悲为怀的特点，而且近于佛家所说的“无缘大慈”。这首先表现在他的布施上。在清虚观，当张道士把众徒弟的法器收上来送给宝玉赏玩的时候，贾母反对，经道士一番言辞，贾母为宝玉收下，这时：

> 宝玉笑道：“老太太，张爷爷既这么说，又推辞不得，我要这个也无用，不如叫小子们捧了这个，跟着我出去散给穷人罢。”贾母笑道：“这倒说的是。”张道士又忙拦道：“哥儿虽要行好，但这些东西虽说不甚希奇，到底也是几件器皿。若给了乞丐，一则与他们无益，二则反倒遭塌了这些东西。要舍给穷人，何不就散钱与他们。”宝玉听说，便命收下，等晚间拿钱施舍罢了。（第29回）

可以说，贾宝玉的心里时时有穷人。刘姥姥喝过茶的杯子，妙玉嫌脏不要，他替刘姥姥求情要下：

> 宝玉和妙玉陪笑道：“那茶杯虽然脏了，白撂了岂不可惜？依我说，不如就给那贫婆子罢，他卖了也可以度日。你道可使

> 得?”妙玉听了，想了一想，点头说道：“这也罢了。幸而那杯子是我没吃过的，若我使过，我就砸碎了也不能给他。你要给他，我也不管你，只交给你，快拿了去罢。”（第41回）

此处贾宝玉的表现，竟然比出家人妙玉还更有慈悲心肠，当然也比黛玉讥讽刘姥姥为“母蝗虫”更宽柔。

贾宝玉对人的同情，还扩展到存心害他的同父异母弟弟贾环身上。当贾环推倒油灯烫伤他时，他自己包揽下罪责说：“……明儿老太太问，就说是我自己烫的罢了。”可见他的确有大慈悲的特点，连害自己的人都能容忍。刘再复据此认为：贾宝玉是一个成道中的基督、释迦，并以《金刚经》中被歌利王割截身体却不生嗔恨的释迦牟尼的前身加以比附①，对贾宝玉的慈悲心理予以大力的肯定。孙逊先生持有同样的观点：“贾宝玉的情怀不仅至纯洁且至广至深，显示出宗教式的大慈大悲和谦卑的态度。就其广度而言，他不仅对于林黛玉一往情深，对于大观园其他姐妹也关怀备至；不仅用情于异性，也施之于同性；不仅对于人进行情感的交流，也给自然万物以人的地位。”②

二　对家庭和社交礼节的遵守

细读《红楼梦》可以发现，贾宝玉身上不乏为了情的畅通自由地发抒而突破等级制度的想法与表现，如见秦钟时的心理：“可恨我为什么生在这侯门公府之家，若也生在寒门薄宦之家，早得与他交结，也不枉生了一世。”（第7回）他和被视为低人一等的戏子蒋玉涵交往，在家里平等待人，几乎没有主仆的尊卑观念，有关的例子为人所熟知，在此不必一一列举。但是应该指出，贾宝玉之情又往往是不违背礼教的。比如，他与袭人初试云雨情：“袭人素知贾

① 刘再复：《红楼梦悟》，三联书店出版社2009年版，第65、78页。

② 孙逊：《中国古代小说与宗教》，复旦大学出版社2000年版，第176页。

母已将自己与了宝玉的，今便如此，亦不为越礼，遂和宝玉偷试一番，幸得无人撞见。”袭人知“不为越礼”，贾宝玉何尝不知。拿我们所经常举的一个例子即与北静王水溶的交往来说：

> 那宝玉素日就曾听得父兄亲友人等说闲话时，赞水溶是个贤王，且生得才貌双全，风流潇洒，每不以官俗国体所缚。每思相会，只是父亲拘束严密，无由得会，今见反来叫他，自是欢喜。一面走，一面早瞥见那水溶坐在轿内，好个仪表人材……话说宝玉举目见北静王水溶头上戴着洁白簪缨银翅王帽，穿着江牙海水五爪坐龙白蟒袍，系着碧玉红鞓带，面如美玉，目似明星，真好秀丽人物。宝玉忙抢上来参见……（第14—15 回）

其中情与礼的交融，表达得再清楚不过：“那宝玉素日就曾听得父兄亲友人等说闲话时，赞水溶是个贤王，且生得才貌双全，风流潇洒，每不以官俗国体所缚。每思相会，只是父亲拘束严密，无由得会，今见反来叫他，自是欢喜。”（第 14 回）这是由衷的情的钦羡，而接下来写他“忙抢上来参见”，却又符合礼仪之规矩。并且，当他拿到北静王赐给的礼物时，丝毫不敢自专，而是连忙“回身奉与贾政”，显现出一个世家子弟所受过的严格教养。

又如他对孝道的遵从：

> 秋纹笑道：“提起瓶来，我又想起笑话。我们宝二爷说声孝心一动，也孝敬到二十分。因那日见园里桂花，折了两枝，原是自己要插瓶的，忽然想起来说，这是自己园里的才开的新鲜花，不敢自己先顽，巴巴的把那一对瓶拿下来，亲自灌水插好了，叫个人拿着，亲自送一瓶进老太太，又进一瓶与太太。谁知他孝心一动，连跟的人都得了福了。可巧那日是我拿去

> 的。老太太见了这样，喜的无可无不可，见人就说：‘到底是宝玉孝顺我，连一枝花儿也想的到’……”（第37回）

“我们宝二爷说声孝心一动，也孝敬到二十分”之语表明，在普通人看来，贾宝玉这样的人并不曾在孝顺亲人上明显用力，除了晨昏定省之外。所谓的贾宝玉“古今不孝无双”，是普通人所作的评价。但他内心并非如此，试看他对林黛玉的表白：“我心里的事也难对你说，日后自然明白。除了老太太、老爷、太太这三个人，第四个就是妹妹了。”（第28回）由于不敢直接表白爱情，竟然将长辈排在林黛玉之前，这样的表白实在是曲折巧妙的，但也正好说明了贾宝玉心里有亲人。而这一次折桂给贾母欣赏，完全是出于天性之自然，也就是说出于天然亲情，而“亲亲”正是儒家规定的“孝”的德目。秋纹所说“我们宝二爷说声孝心一动，也孝敬到二十分”之言，充分说明了这一点。这种情与礼的结合还有更感人的时候。例如，贾母生气时，他会去承担并非自己的罪责：

> （贾母）说道：“宝玉，我错怪了你娘，你怎么也不提我，看着你娘受委屈？”宝玉笑道：“我偏着娘说大爷大娘不成？通共一个不是，我娘在这里不认，却推谁去？我倒要认是我的不是，老太太又不信。”贾母笑道：“这也有理。你快给你娘跪下，你说太太别委屈了，老太太有年纪了，看着宝玉罢。”宝玉听了，忙走过去，便跪下要说……（第46回）

在此，贾宝玉之礼教修养，又是那样完美而感人。至于挨了父亲的打，他毫无怨言，后来还说：“怪道老爷说我是‘管窥蠡测’……”（第36回）更是论者所熟知的。

从上述事实可见，贾母当着甄府女仆的面评价宝玉的话说得不错："可知你我这样人家的孩子们，凭他们有什么刁钻古怪的毛病儿，见了外人，必是要还出正经礼数来的。若他不还正经礼数，也断不容他刁钻去了。就是大人溺爱的，是他一则生的得人意，二则见人礼数竟比大人行出来的不错，使人见了可爱可怜，背地里所以才纵他一点子。"（第 56 回）

三 从心所欲而不逾矩

说贾宝玉如孔子一样"从心所欲而不逾矩"，是说他"无法无天"，却并不逾越当时的一般原则。例如，他不否定当代皇帝，在对朝廷的态度上，他虽有否定"文死谏，武死战"之说，但对当代皇帝却是不敢否定的，如第 17 回大观园题对额时，贾宝玉曾强调说"第一行幸之所，必须颂圣方可"，故题词为"有凤来仪"。第 36 回，在否定"文死谏，武死战"之时，他又强调说，"还要知道，那朝廷是受命于天，若不仁不圣，那天地断不把这万几重任与他了。"又如，对待儒家先师孔子乃至神佛，他也表现出尊敬：

> 宝玉道："以后断不可烧纸钱。这纸钱原是后人异端，不是孔子遗训。以后逢时按节，只备一个炉，到日随便焚香，一心诚虔，就可感格了。愚人原不知，无论神佛死人，必要分出等例，各式各例的。殊不知只一'诚心'二字为主……只以洁净，便可为祭，不独死者享祭，便是神鬼也来享的……只要心诚意洁，便是佛也都可来享，所以说，只在敬不在虚名。以后快命他不可再烧纸。"（第 58 回）①

四 认同天人感应理论

贾宝玉认同天人感应理论，这一点在上文所引的"一心诚虔，

① 着重号为笔者所加。

就可感格”中就可以看出。我们知道，天人感应理论在中国源远流长，在此不必细说，而贾宝玉把它用来解释晴雯被驱逐、即将夭亡的命运：

> “这阶下好好的一株海棠花，竟无故死了半边，我就知有异事，果然应在他身上。”“你们那里知道，不但草木，凡天下之物，皆是有情有理的，也和人一样，得了知己，便极有灵验的。若用大题目比，就有孔子庙前之桧，坟前之蓍，诸葛祠前之柏，岳武穆坟前之松。这都是堂堂正大随人之正气，千古不磨之物。世乱则萎，世治则荣，几千百年了，枯而复生者几次。这岂不是兆应？小题目比，就有杨太真沉香亭之木芍药，端正楼之相思树，王昭君冢上之草，岂不也有灵验。所以这海棠亦应其人欲亡，故先就死了半边。”（第 77 回）

以植物的荣枯来对应人事的存亡，就是贾宝玉接受天人感应理论的表现。后文中，贾宝玉又相信晴雯死后为上帝所招成了芙蓉花神，在《芙蓉女儿诔》中说：“听小婢之言，似涉无稽；据浊玉之思，则深为有据。何也？昔叶法善摄魂以撰碑，李长吉被诏而为记，事虽殊，其理则一也。故相物以配才，苟非其人，恶乃滥乎？始信上帝委托权衡，可谓至洽至协，庶不负其所秉赋也。”（第 78 回）贾宝玉认为以晴雯之风流灵巧，堪为执掌芙蓉花的神灵，这也是一种天人感应理论的延伸。

第三节　贾宝玉之“邪”及其与孔孟思想的异同

一　贾宝玉之“邪”

曹雪芹借警幻仙姑之口说贾宝玉“乖僻邪谬不近人情”之处是

指什么方面呢？本小节拟对此加以探讨。

从上文的分析来看，贾宝玉并没违背儒家倡导的“仁”的德目，有时甚至达到了无私的境界，但有时候也非常渺小、可笑，如他希望众女儿的眼泪埋葬他一个。但在红学界，人们对贾宝玉的评价反差非常大：褒之者推崇无比，贬之者则斥之为自私无能之辈。就德行来说，一方面，固然如论者所云，《红楼梦》中贾宝玉“衔玉而诞”的情节设置，显示的是作者对宝玉“人玉合一”的君子形象的巧妙构思，象征的是贾宝玉“有玉之德”。贾宝玉不仅有“玉树临风”的容止之美，还有“温其如玉”的性情之美，更有“玉洁冰清”的品德之美。作者如此设计贾宝玉怪异的出生，也是在借此强调贾宝玉性格、品德生成的合理性和合法性，及其对他的肯定和赞赏。贾宝玉形象寄托了作者改造人生、改造社会的理想①。另一方面，他却也逃不掉软弱的指责。有论者就认为，贾宝玉之情是小事上“作低服小”而关键时刻“逃之夭夭”的“小”情；是仅存在心中的而无任何实际意义、实际行动、实际价值的、经不起实际考验的“虚”情；是以自我为中心的、缺乏奉献精神的、自私自利的“私情”；是貌似有情实质无情②。

在淫与情的关系上，贾宝玉也可以说是淫与情的矛盾统一：作为情种的一面不必多说，他为人诟病的淫的一面也似乎存在，如果说和袭人初试云雨情还算“不为越礼”，那么晴雯所说的：“罢，罢，我不敢惹爷。还记得碧痕打发你洗澡，足有两三个时辰，也不知道作什么呢。我们也不好进去的。后来洗完了，进去瞧瞧，地下的水淹着床腿，连席子上都汪着水，也不知是怎么洗了……”（第31 回）他与秦钟有同性之好，抓住秦钟与智能偷欢后要挟着算帐时，作者说：“宝玉不知与秦钟算何帐目，未见真切，未曾记得，此系疑案，不敢纂创。”（第 15 回）这都暗示着一些暧昧的内容，

---

① 张志：《“衔玉而诞”之内涵——论贾宝玉之“玉德”》，《南都学坛》2006 年第 1 期。

② 谢传荣：《论贾宝玉的情》，《南都学坛》2004 年第 3 期。

我们前文就提到清代评点家在这方面的评论，如脂砚斋评点道："二人（案：指宝玉、贾蓉）之形景天渊而终归于其滥一也，所谓五十步之间耳。"（第63回回末评）二知道人干脆将宝玉和贾赦等人同列："贾赦色中之厉鬼，贾珍色中之灵鬼，贾琏色中之饿鬼，宝玉色中之精细鬼，贾环色中之偷生鬼，贾蓉色中之刁钻鬼，贾瑞色中之馋痨鬼，薛蟠色中之冒失鬼。"①

二知道人此论虽然受到现代人的批评，被视为保守的观点，但以贾宝玉对待丫鬟的表现来看，他的确只是从普通人所具有的、为孔子所批评的好色胜过好德的角度作为人生出发点的。这一方面的贾宝玉可以说非常普通，作者说自己"追踪摄迹，不敢稍有穿凿"，也就是没有拔高贾宝玉形象，只不过描写得比较隐晦而已。这也许可以理解为贾宝玉"邪"的一面，不过更"邪"、更超前的是他对于男女之情乃至同性之情的看法。所谓"乖僻邪谬不近人情之态，又在万万人之下"，就是说贾宝玉对"情"表现出最大的宽容性、前瞻性，只要是真情都认可（乃至不区分性别的爱），以及对儿女阶段的性行为、爱情试探的包容与肯定。比如，贾宝玉既对藕官与药官的同性之爱毫不惊讶反感，也对她不忘旧情却和别人相好表示理解与支持，这就是警幻仙姑所说的"于世道中未免迂阔怪诡，百口嘲谤，万目睚眦"（第5回）。

二　贾宝玉形象内涵与孔孟思想的异同

《红楼梦》无疑是以青少年的情感世界作为中心内容来展开描写的，小说中称为"将儿女真情发泄一二"，但在与传统的关系上，却不是反封建说或反传统说能简单概括的。第一主人公贾宝玉对于传统文化的独特看法表现在他对于八股文的态度："平素深恶此道，原非圣贤之制撰，焉能阐发圣贤之微奥……"（第73回）这里的

① （清）二知道人：《红楼梦说梦》，见一粟编《红楼梦卷》（第一册），中华书局1963年版，第100页。

“圣贤”当然非佛道之圣贤，而是指儒家圣人。从贾宝玉的态度我们可以看出，他认为有一种所谓的“圣贤之微奥”的存在，并且有自己的看法，这就大可讨论。贾宝玉认为有“圣贤之微奥”的存在，可见他把孔孟思想看得并不是那么简单，不是所谓的“君君、臣臣、父父、子子”这些教条所能概括的。而且，他已经对圣贤之学有深入独到的领会，这也是属于他“邪”的部分，也就是其母亲王夫人所说的：“他嘴里一时甜言蜜语，一时有天没日，疯疯傻傻，只休信他。”（第3回）关于这种“圣贤之微奥”的内容，笔者在《〈红楼梦〉的多重意蕴与佛道教关系探析》一书中已有详细分析[①]，此处不再详论，简单地说，就是一种与宋明理学强调的将天理与人欲对立所不同的思想，是调和天理与人欲、企图将社会规范与个人自由并行，从而既容纳个体的情性，又不突破家国政体风俗，回到“从心所欲而不逾矩”“发乎情而止乎礼”的人生规范。这种思想与王夫之等人诸如“不舍情欲而证天理”“天理乃在人欲之中”的命题非常接近，其特色是调和天理与人欲的对立，从而既继承了晚明肯定情欲合理性的思想成果，但也认同礼教、天理的合理性，因此与晚明放纵的社会风气拉开了距离，在小说中表现为对薛蟠、贾珍、贾琏、贾瑞、贾蓉等形象的批判。简言之，人与人的区别是很小的、很微妙的，这种微妙的区别同时也是人与禽兽的分界线，即《礼记》所云：“鹦鹉能言，不离飞鸟。猩猩能言，不离禽兽。今人而无礼，虽能言，不亦禽兽之心乎？……”“礼”就是用来区分人与禽兽的，也用来区分贾宝玉与薛蟠、贾珍一干人。可见《红楼梦》里的贾宝玉与《儒林外史》里的杜少卿一样，表面上佯狂地对待礼教传统，实际上对礼教传统某些方面不乏深刻的认同，这些有待论者深入体察。因此，《红楼梦》中的贾宝玉在追求情爱的人生中并没有流于放荡，

---

① 参见拙著《〈红楼梦〉的多重意蕴与佛道教关系探析》第六章，中国社会科学出版社2011年版。

而是从人的本真情感出发，不唱“存天理、灭人欲”的高调，成为涂瀛所肯定的“圣之情者”。①

《红楼梦》作者还似乎有将“圣之情者”贾宝玉与儒家圣人孔子比肩的意味。

《红楼梦》第39回有一段有名的情节，即刘姥姥为了哄贾府上下很少出门的女性开心，杜撰了雪地里一个极标致的小姑娘抽柴的故事，结果“引来”马棚走火。在这一段之后：

> 一时散了，背地里宝玉足的拉了刘姥姥，细问那女孩儿是谁。刘姥姥只得编了告诉他道：“那原是我们庄北沿地埂子上有一个小祠堂里供的，不是神佛，当先有个什么老爷。”说着又想名姓。宝玉道：“不拘什么名姓，你不必想了，只说原故就是了。”刘姥姥道：“这老爷没有儿子，只有一位小姐，名叫茗玉。小姐知书识字，老爷太太爱如珍宝。可惜这茗玉小姐生到十七岁，一病死了。”宝玉听了，跌足叹惜，又问后来怎么样。刘姥姥道：“因为老爷太太思念不尽，便盖了这祠堂，塑了这茗玉小姐的像，派了人烧香拨火。如今日久年深的，人也没了，庙也烂了，那个像就成了精。”宝玉忙道：“不是成精，规矩这样人是虽死不死的。”

于是就有贾宝玉派茗烟去找这个祠堂，却因找不到骂了茗烟一顿的情节。

如果只看后面的情节，我们可以说贾宝玉这样的情痴实在罕见，但也可以说是近于小儿的行为，但是联系到抽柴的情节以及这个被杜撰的女孩的名字，笔者觉得曹雪芹可能有他一点深意在

---

① 此处加注：清代红学家涂瀛在《贾宝玉赞》中说：“孟子曰：‘伯夷，圣之清者也。伊尹，圣之任者也。柳下惠，圣之和者也。’读花人曰：‘宝玉，圣之情者也。’”，见一粟编《红楼梦卷》，中华书局1963年版，第127页。

其中。

首先谈这个女孩的名字以及身世，她名叫“茗玉”，知书识字，家里的老爷、太太爱如珍宝。可惜生到十七岁，一病死了，其老爷、太太思念不尽，便盖了这祠堂，塑了这茗玉小姐的像，派了人烧香拨火。熟悉汤显祖“玉茗堂四梦”之首的《牡丹亭》的读者看了这些话语，大约不难想到曹雪芹通过刘姥姥之口杜撰的这些荒唐事有和《牡丹亭》扯上关系的想法：杜丽娘不正是十七岁因情而死，死后其父亲杜宝不正为她修了祠堂、拨人烧香火吗？曹雪芹只是改“杜丽娘”之名为“茗玉”，而所谓“茗玉”不就隐约指向“玉茗堂”主人的杜撰吗？《红楼梦》被称为“天书”，在这里也奇妙地表现出来（贾宝玉派去寻找祠堂的小厮名叫茗烟，更奇妙）：曹雪芹通过描写贾宝玉对这个莫名其妙的“茗玉”小姐及其祠堂的关心，表达了他对汤显祖张扬的“至情”的追忆与继承。当然，在第 23 回通过林黛玉对于《牡丹亭》的熟稔及感通也表现了这一点，不必赘言。其实，那个祠堂早已经重建起来，那就是太虚幻境。

更需要进一步指出的是，这样情节放在“抽柴”引起马棚失火之前来写，有什么意蕴呢？有的论者看了这一段情节觉得有一种莫名的不祥感，对此笔者觉得大可不必。这个情节并没有直接给贾府或贾宝玉本人带来什么祸患，更重要的是，笔者认为曹雪芹有意无意将这个情节与《论语》一节联系起来，从而使贾宝玉与孔子有一个比较的机会，因为《论语·乡党》有“厩焚。子退朝，曰：‘伤人乎？’不问马”的著名事迹，这件事被后人解释为孔子“仁者爱人”思想的具体表现。现在来看贾宝玉在“抽柴”引起马棚失火之后的表现，他不问马，只关心那极标致的小姑娘在雪地抽柴会不会冻出病来。在有意无意之间，作者似乎的确通过贾宝玉这一形象展示了一种把孔子

“仁者爱人”的思想推广到其所谓与小人一样难养的女子身上[①]的思想，并通过这一情节使贾宝玉与孔子这位儒家的至圣先师有了一个相颉颃的机会，难怪张锦池先生认为贾宝玉的观念是“四海之内，皆姊妹也”[②]。

当然，回过头来，我们又不能不注意这一人物身上偶尔出现的不那么“高大全”的地方：酒后撵奶妈、踢袭人，乃至爱吃女孩嘴上的胭脂等。

总之，贾宝玉既具有一般人甚至是公子哥儿的特性与毛病，又具备仁义的特点，乃至足以与儒家圣人比肩。涂瀛对其“圣之情者”的评价，实在是千古至论。论述至此，我们完全可以说，用渺小又伟大来概括这一形象是恰好不过的。如果与孔子思想比较，我们可以用如下话语来概括贾宝玉，诸如好色又好德（与孔子主张的君子要好德胜过好色相对）、泛爱众而亲“美”（“美”指聪明灵秀的女儿，与孔子的“泛爱众而亲仁”相对）。此外，如上一节所讨论的，贾宝玉可以说达到了孔子晚年“从心所欲而不逾矩”的境界。

这种崭新的形象当然不是凌空而出的，是深植于中华文化的土壤之中，其思想根源可追溯到晚明思潮。这一点笔者在《〈红楼梦〉的多重意蕴与佛道教关系探析》[③]一书第六章中也有详细探讨，此不赘言。不过可以简单指出的是，贾宝玉形象的意义在于为人们指出：好色必定无德吗？社会规范与个人自由不可兼得吗？曹雪芹通过贾宝玉的这一形象强调情性与礼义可以兼顾（但并不是“发乎情止乎礼义”），并非如现代人想象的要彻底突破礼教或“反封建”。总之，个人自由与社会规范的并行，是贾宝玉形象的本质，而非简单的反封建。这可以给今天的我们在如何对待传统文化方面

---

① 《论语·阳货》云：“唯女子与小人为难养也，近之则不孙，远之则怨。”

② 张锦池：《红楼梦考论》，黑龙江教育出版社1998年版，第467页。

③ 陈国学：《〈红楼梦〉的多重意蕴与佛道教关系探析》，中国社会科学出版社2011年版。

很多很深的启示。

三　“情之圣者”对情更广泛的包容

清人涂瀛在《贾宝玉赞》中说：“宝玉之情，人情也。为天地古今男女共有之情，为天地古今男女所不能尽之情。天地古今男女所不能尽之情，而适宝玉为林黛玉心中目中、意中念中、谈笑中、哭泣中、幽思梦魂中、生生死死中悱恻缠绵固结莫解之情，此为天地古今男女之至情。惟圣人为能尽性，惟宝玉为能尽情。负情者多矣，微宝玉其谁与归！孟子曰：‘伯夷圣之清者也，伊尹圣之任者也，柳下惠圣之和者也。’读花人曰：‘宝玉圣之情者也。’”[①] 说贾宝玉能尽情，是有道理的。作为情痴情种，贾宝玉的感情极为丰富，亲情友情爱情都能尽量周到，尤其是爱情方面，我们上文已论述颇多。在此将讨论贾宝玉对守节和同性恋者的态度。这方面作者借一个情节将二者结合起来，表示了一种异常的宽容，那就是第58回“杏子阴假凤泣虚凰　茜纱窗真情揆痴理”。贾宝玉看到藕官因烧纸受到老婆子责问而庇护她之后，循其指点和芳官发生的一段对话：

> 宝玉便将方才从火光发起，如何见了藕官，又如何谎言护庇，又如何藕官叫我问你，从头至尾，细细的告诉他一遍，又问他祭的果系何人。芳官听了，满面含笑，又叹一口气，说道：“这事说来可笑又可叹。”宝玉听了，忙问如何。芳官笑道：“你说他祭的是谁？祭的是死了的药官。”宝玉道：“这是友谊，也应当的。”芳官笑道：“那里是友谊？他竟是疯傻的想头，说他自己是小生，药官是小旦，常做夫妻，虽说是假的，每日那些曲文排场，皆是真正温存体贴之事，故此二人就疯

① （清）涂瀛：《红楼梦说梦》，见一粟编《红楼梦卷》（第一册），中华书局1963年版，第127页。

了，虽不做戏，寻常饮食起坐，两个人竟是你恩我爱。药官一死，他哭的死去活来，至今不忘，所以每节烧纸。后来补了蕊官，我们见他一般的温柔体贴，也曾问他得新弃旧的。他说：'这又有个大道理。比如男子丧了妻，或有必当续弦者，也必要续弦为是。便只是不把死的丢过不提，便是情深义重了。若一味因死的不续，孤守一世，妨了大节，也不是理，死者反不安了。'你说可是又疯又呆？说来可是可笑？"宝玉听说了这篇呆话，独合了他的呆性，不觉又是欢喜，又是悲叹，又称奇道绝……

探佚学者根据这话作出了令人信服乃至大胆的推断，即贾宝玉娶了薛宝钗不忘林黛玉。我们不必避开这段本身展现的贾宝玉对同性恋的态度。他对这段感情当事者的性别没有表示任何特别的追问，意味着他不在乎这一问题，相反，他直接称奇道异，毫不保留地表达了自己的赞美认同之情。对于两人之间的感情，只要是真情，贾宝玉都是认同的，认为爱情是可以超越阶级、地位、身份乃至性别限制的。以此来看贾宝玉的同性观，方能看懂。

但是，这并不是说贾宝玉对同性之间的滥情也赞同！《红楼梦》或贾宝玉的标准是：看是否有真情在先，否则只是皮肤滥淫。

进一步，这段话还涉及贾宝玉对守节的态度。

藕官的话语中还隐藏了更重要的性别话语，那就是对再婚女性的态度。曹雪芹使用“狡狯”之笔，把自己对于女性再婚的肯定态度隐藏在一个女同性恋者的表述中，再通过贾宝玉的“称奇道异”表达出来。如此曲折的肯定当然因为它是对程朱理学“饿死事小，失节事大”的一种否定：“这又有个大道理。比如，男子丧了妻，或有必当续弦者，也必要续弦为是。便只是不把死的丢过不提，便是情深义重了。若一味因死的不续，孤守一世，妨了大节，也不是理，死者反不安了。”在这里，活着的人的幸福最重要，“孤守一世”才是“妨了大节，也不是理”，可见一种新的理学观已经诞生，让我们直接联想到戴震所说的：“理也者，情之不爽失也；未有情不得而理得者也。”“有（欲）而节之，使无过情，无不及情，可谓之非天理乎！”“情之至于纤微无憾是谓理。”[①] 可见这种新的理学观一反程朱理学将理与欲（或情）置于对立紧张关系的思想，主张调和二者关系，使天理能容纳情欲的存在，使社会规范与个人自由能够并行。其实这种思想自晚明即已开始，如明末清初著名思想家王夫之提出：“礼虽纯为天理之节文，而必寓于人欲以见……终不离人而别有天，终不离欲而别有理”，“随处见人欲，即随处是天理”，“人欲之大公，即天理之至正”，“人欲之各得，即天理之大同”[②]。总之，《红楼梦》在此表现出的对守节的灵活态度无疑是新的情理关系的体现，是一种性别话语的进步。

---

① （清）戴震：《戴震全书（修订本）》（第六册），杨应芹、诸伟奇主编，黄山书社2010年版，第152、153、478页。

② （清）王夫之：《读四书大全说》（卷八），中华书局1975年版，第519、529、248页。

第二章

从性别话语的角度看《红楼梦》的主要女性形象

第一节　对林黛玉的情感描写的性别话语意义

林黛玉是人们非常熟悉的人物，上文已有所涉及。接下来我们只就《红楼梦》中对其情感描写的性别话语意义进行探讨。

一　林黛玉的吃醋

在古代的小说和戏曲中，本来不乏对女性吃醋的描写，但是一般都是已婚女性在争斗，至于才子佳人小说和戏曲名著《西厢记》《牡丹亭》等，在描写男女确定恋爱婚姻关系的过程时，却往往是简单的一见钟情，没有经过充分的了解与接触，作者们大多将重点放在对外部干扰力量的突破上，而《红楼梦》则充分描写了林黛玉对贾宝玉与其他女孩子的关系的醋意。这也具有其独特的性别话语意义。

林黛玉的吃醋在《红楼梦》中有很多描写，其中主要是对贾宝玉与薛宝钗关系的吃醋。例如，第 8 回回目中所言的“探宝钗黛玉半含酸”、第 28 回对宝玉说“（我）比不得宝姑娘，什么金什么玉的，我们不过是草木之人”等。之所以说这些描写具有特别的性别话语意义，是因为在《礼记》等对古人的言行进行规范的典籍中，规定了女性需具备“三从四德”，既有在家从父、出嫁从夫等，也有“男女不杂坐……不同施枷，不同巾栉，不亲授”（《礼记·曲礼》）等规范。但这对《红楼梦》所描写的内容缺乏针对性，因为黛玉的父亲去世了，而她与宝玉也不是夫妻关系，所以“三从”对林黛玉来说没有意义；而“男女不杂坐……不同施枷，不同巾栉，不亲授”是针对同一氏族内的男女关系而言的，没有对异姓的少男少女之间的情感交流进行引导。总之，一个少女如何与其他同辈男孩子相处在古代典籍中语焉不详，《红楼梦》对林黛玉吃醋的描写因此具有探索意义。它描写了一个少女本真的情感状态。简单来看，林黛玉好像王熙凤或者《金瓶梅》里的潘金莲一样爱吃醋生气，但后二者是已婚的少妇，她们本身是不受妒忌的约束的；而林黛玉作为一个少女，在恋爱阶段的吃醋则显得非常真实，可以说是人性的一种自然流露，作者对其毫不批评的描写态度，表明他认为这是不必厚非的。这就具有了经典的意义。

如果我们还将其与《聊斋志异》里诸如《小谢》《连城》或者才子佳人小说如《玉娇梨》《春柳莺》中甘愿共侍一夫的两个少女进行对比，林黛玉形象的意义就更明显了。无疑，这些少女是作者基于男性中心所刻画的一种“理想”形象，她们自觉地服从一夫多妻制，虽然可能有种种不得已的原因，但放在思想文化史上则缺乏意义。而林黛玉则是本真的、类似于李贽“童心”思想的人物，所以她能光耀于千古文学人物画廊。

二　“五美吟”的解读——关注女性命运

“五美吟”是林黛玉歌咏历史上几位著名女性的一组诗歌，从中既可以看出林黛玉对女性命运的关注，也显示了她对女性争取幸福的努力的肯定。林黛玉虽然在争取和贾宝玉一起生活的幸福路上不会走得太远，但她却在“五美吟”这一组组诗中对女性争取幸福生活表示了肯定，这是少有人注意的话题。

“五美吟”的前四首吟咏了西施、虞姬、明妃、绿珠的悲剧命运，这四个历史上著名美女的命运有一个共同点，那就是与她们相关的男性都与政治密切相关，而她们最终都走向了可悲的毁灭。林黛玉借此表达了红颜薄命之感。但在最后一首即《红拂》中，她表达了对红拂这个女子的极大赞美之情。该诗曰：“长揖雄谈态自殊，美人巨眼识穷途。尸居余气杨公幕，岂得羁縻女丈夫。”（第64回）简单来说，这首诗是对红拂敢于逃脱年迈老朽的杨素的罗网、和李靖私奔的赞美，称她是“女丈夫”。从中不难看出，林黛玉对大胆追求自己幸福生活的女性是多么羡慕。从这一意义来说，“五美吟”的前四首似乎可说是第五首的陪衬，林黛玉很隐晦地表达了一种冲破世俗的阻扰、追求自主恋爱与婚姻的渴望。

三　女性悲剧意识的集大成者

如果林黛玉只是一个为个人的不幸命运而苦苦哀吟的女子，那也许她的存在意义会被大打折扣。而实际上，林黛玉还集中体现了男性中心时代女性无法把握自我命运的悲剧意识。这主要可从对林黛玉的其他诗歌的解读中看出来。

与薛宝钗一方面谨守女性规范、不肯越雷池半步，另一方面却雄心勃勃地等待机会力争上游（“好风频借力，送我上青云”）不同，林黛玉的诗歌一再表现出对悲剧命运的体认。《葬花吟》中说：“一年三百六十日，风刀霜剑严相逼，明媚鲜妍能几时，一朝飘泊难寻觅……试看春残花渐落，便是红颜老死时。一朝春尽红颜老，花落人亡两不知！”这体现了林黛玉对女性美丽而柔弱的生命易受摧残的一种认识，也就与上述“五美吟”中对女性悲剧命运的描写形成了呼应。歌行体诗《桃花行》中的“胭脂鲜艳何相类，花之颜色人之泪，若将人泪比桃花，泪自长流花自媚”，词作《唐多令（咏柳絮）》中的“飘泊亦如人命薄，空缱绻，说风流。草木也知愁，韶华竟白头”，这些诗词以花喻人、比兴兼用，突破了温柔敦厚的传统，透露出哀伤的生命意识。这种女性悲剧意识最后汇集到《红楼梦》第5回对“薄命司”的描写之中，凝聚为“千红一哭，万艳同悲”的悲慨。可见，林黛玉是曹雪芹女性悲剧意识的重要话语传递人，也就是说，林黛玉集中体现了作者对女性悲剧意识的体认。

第二节　王熙凤与贾琏的婚姻关系及其性别话语内涵

王熙凤作为一个女中强人，其性别话语内涵是多方面的。在此不再对她的理家之才多作论述，而重点讨论她在婚姻中的情形及其对权力的嗜好。二者共同体现出一位女性掌控自己人生的意识，其意义值得分析。

一　王熙凤在婚姻中的强与弱

王熙凤与贾琏的婚姻也是大家再熟悉不过的。贾琏是一个西门庆似的欲壑难填的男人，在王熙凤之外还有平儿这个陪房，但尽管凤姐表现出很强的控制欲，对贾琏防范甚严，他还是不时出轨，以前几次出轨都没有走到缔结婚姻这一步，只是偷鸡摸狗，但还是在接触到尤二姐之后偷娶了她，不过这段婚姻最终以王熙凤害死尤二姐而告终。从表面上看，在这段婚姻关系中王熙凤胜利了，加强了自己的地位，但王熙凤仍然不能逃脱受摆布的命运。

我们将王熙凤和《金瓶梅》中的潘金莲做一个对比。王熙凤害死尤二姐与潘金莲害死李瓶儿有很大的类似性，但是在男尊女卑的格局中，王熙凤一样是弱势群体中的一员。

一般从人性角度的观感而言，在婚姻关系中王熙凤和《金瓶梅》中的潘金莲一样恶毒，她们都牵涉命案，潘金莲害死的有宋惠莲、李瓶儿母子等，王熙凤则借剑巧杀人、害死尤二姐。但是潘金莲的地位并不能够和王熙凤相提并论，首先，潘金莲是妾，王熙凤是正妻；其次，潘金莲没有能给她有力支撑的家庭背景，王熙凤的娘家则是主管朝廷对外贸易的富贵之家；最后，王熙凤有很强的理家之才，这是潘金莲所不大拥有的。总的来说，除了容貌上可能略有轩轾，王熙凤其他各方面的条件都比潘金莲优越，但和潘金莲一样泼辣、爱吃醋，甚至比潘金莲防范丈夫更严。即便如此，王熙凤对于贾琏的两性生活还是不能有效控制的。

二　王熙凤对于权力的嗜好

王熙凤的人物特征突出表现为治理家庭的才能以及对于权力的嗜好，这里重点谈后者。在两性关系上，她已表现出驾驭丈夫的强烈愿望，她处处掐尖要强，挟制贾琏，独揽家政大权。举一个例子来说：贾府的族人贾芸想在贾府谋一个差使，先去求贾琏，恰好有一个机会，但因为王熙凤已有了安排，只得作罢。后来因为要迎接元春回家省亲修建大观园，大观园中需要有人负责栽树种花，贾芸就直接求王熙凤，王熙凤说："你们要拣远路儿走，叫我也难说。早告诉我一声儿，有什么不成的，多大点子事，耽误到这会子。"在具体的人事安排上，凤姐就这样"一朝权在手，且把令来行"，很牢固地控制着家庭内部的权柄。之所以这样，是因为王熙凤很清楚，内囊已经空虚的贾府，急需掌握着朝廷对外贸易的王家和负责皇宫物资供应的薛家的扶持。王熙凤在贾家之所以能挟制住贾琏，靠的就是王家的财势，在第72回凤姐曾这样奚落贾琏："我有三千五万，不是赚的你的。如今里里外外上上下下背着我嚼说我的不少，就差你来说了，可知没家亲引不出外鬼来。我们王家可那里来的钱，都是你们贾家赚的。别叫我恶心了。你们看着你家什么石崇邓通。把我王家的地缝子扫一扫，就够你们过一辈子呢。说出来的话也不怕臊！现有对证：把太太和我的嫁妆细看看，比一比你们的，那一样是配不上你们的。"这番话表现出了她凌驾于贾琏之上的气势，也是她从小习惯处于上位、掐尖要强的性格特征的表现，这样的性格特征使她逸出了男尊女卑、男主女从的传统，使我们认识到：道德教条不过是教条，现实情况却千差万别，那些有意识的反抗道德教条者可能失败，而强有力的女性却在不经意间就突破了那些传统，这就是女性能量的体现。

王熙凤这一形象让我们想到历史上的武则天、慈禧太后等掌握权力的女人。她们本身性格要强，因时际会而处于权力的中心，正如《莺莺传》里所谓的“遇合富贵，秉娇宠，不为云为雨，则为蛟为螭，吾不知其变化矣”。

所以，对权力的嗜好是王熙凤这一形象所特有的性别话语内涵，在女权很少得到彰显的时代，王熙凤的意义当然是非凡的。有论者认为，贾府女性掌权是“女主乎内”的表现①，是古代社会家政的正统表现，这也有道理，不过，王熙凤对权力的爱好已经超出了家庭的范围，甚至伸展到官府中企图控制诉讼，这是身处贵族家庭的她与卑微的潘金莲大不一样的地方。

王熙凤在婚姻中对贾琏的防范及对权力的嗜好，体现出一位女性掌握自己人生控制权的倾向，这当然是人性的一般表现，但相对于古代社会的女性来说，当然是很出格的了。其背后可以说隐藏着历代主宰自我命运的女性的身影，非常有典型性，其意义不容低估，还值得进一步挖掘。

第三节　史湘云：假小子的性别文化内涵

从性别话语的角度看史湘云，她可以说是一个假小子。在现实社会中，一个人的表现并不会完全遵照社会的性别规范，假如将从属于男性的绝对阳刚气质到属于女性的绝对阴柔气质定位为左右两端的两点，那么每个人的性别气质是可以定位在这两点之间任何一

---

① 段江丽：《女正位乎内：论贾母、王熙凤在贾府中的地位》，《红楼梦学刊》2002 年第 2 辑。

个位置的。例如，奥托·魏宁格早在1903年便提出了雌雄同体理论，认为现实中不存在绝对意义的男性与女性，每人都是这两种性别的混合，一个人的基本性格取决于两者的比例及构成方式。完全的男人和完全的女人只在理论上存在，不在现实中存在，因为所有人都同时具有雄性性格和雌性性格，只是比例有所不同[①]。在这方面，《红楼梦》所塑造的史湘云形象可以说为之提供了一个生动的范本形象。

一　史湘云的“假小子”特征

史湘云是一个大大咧咧的假小子，她爱穿男孩子的衣服，有宝钗之语为证：

> “……他穿衣裳还更爱穿别人的衣裳。可记得旧年三四月里，他在这里住着，把宝兄弟的袍子穿上，靴子也穿上，额子也勒上，猛一瞧倒像是宝兄弟，就是多两个耳坠子。他站在那椅子后边，哄的老太太只是叫‘宝玉，你过来，仔细那上头挂的灯穗子招下灰来迷了眼。’他只是笑，也不过去。后来大家撑不住笑了，老太太才笑了，说‘倒扮上男人好看了。’”（第31回）

又如，第49回：

> 一时史湘湘云来了，穿着贾母与他的一件貂鼠脑袋面子大毛黑灰鼠里子里外发烧大褂子…黛玉先笑道：“你们瞧瞧，孙行者来了。他一般的也拿着雪褂子，故意装出个小骚鞑子来。”湘云笑道：“你们瞧我里头打扮的。”……只见他……越显得

① 参见［奥地利］奥托·魏宁格《性与性格》，肖聿译，外语教学与研究出版社2017年版。

蜂腰猿背，鹤势螂形。众人笑道："偏他只爱打扮成个小子的样儿，原比他打扮女儿更俏丽了些。"

进一步，作者还写到她的行为中多有男孩子才有的举动，如猜拳、喝酒、扑雪人，甚至"自助烧烤"：

当下又值宝玉生日已到……湘云等不得，早和宝玉"三""五"乱叫，猜起拳来……一时湘云赢了宝玉……（第62回）

黛玉道："这算什么？惟有前年正月里接了他来，住了没两日就下起雪来，老太太和舅母那日想是才拜了影回来，老太太的一个新新的大红猩猩毡的斗篷放在那里，谁知眼错不见他就披了，又大又长，他就拿了个汗巾子拦腰系上，和丫头们在后院子扑雪人儿去，一跤栽到沟跟前，弄了一身泥水！"说着，大家想着前情，都笑了。（第31回）

正说着，只见李婶也走来看热闹，因问李纨道："怎么那一个带玉的哥儿和那一个挂金麒麟的姐儿，那样干净清秀，又不少吃的，他两个在那里商议着要吃生肉呢，说的有来有去的。我只不信肉也生吃得的。"众人听了，都笑道："了不得，快拿了他两个来。"黛玉笑道："这可是云丫头闹的。我的卦再不错。"

李纨等忙出来找着他两个说道："你们两个要吃生的，我送你们到老太太那里吃去。那怕一只生鹿，撑病了不与我相干。这么大雪，怪冷的，替我作祸呢！"宝玉笑道："没有的事！我们烧着吃呢。"李纨道："这还罢了。"只见老婆子们拿了铁炉、铁叉、铁丝蒙来，李纨道："仔细割了手，不许哭！"说着，同探春进去了。（第49回）

她的个性也是有点儿男性化的：即使天冷了，在睡觉时也敢把胳膊露在被子外面，喝醉了酒可以直接睡在石板上，这些都写出了她因有豪迈的性格而享有男性的便利。这种个性的养成也许与她从小父母双亡、无人细心照料有关，还与小时候被贾母接到贾府形成的天然洒脱的个性有关。

她爽朗的个性还表现在爱大说大笑，有一次她伏着椅子大笑，连人带椅子都歪倒了（第42回），因此我们说，她没有受过严格的礼教约束而拥有快乐非常的天性。这就引起了老实巴交而身体与黛玉一样虚弱的迎春的数落："淘气也罢了，我就嫌他爱说话。也没见睡在那里还是咭咭呱呱，笑一阵，说一阵，也不知那里来的那些话。"（第31回）也引起了一向以保守著称的宝钗的批评：

> 我实在聒噪的受不得了。一个女孩儿家，只管拿着诗做正经事讲起来，叫有学问的人听了，反笑话说不守本分的。一个香菱没闹清，偏又添了你这么个话口袋子，满嘴里说的是什么：怎么是杜工部之沉郁，韦苏州之淡雅，又怎么是温八叉之绮靡，李义山之隐僻。放着两个现成的诗家不知道，提那些死人做什么！（第49回）

她快言快语、不假思索，却也娇憨可爱。作者还让她大发关于"阴阳"哲学的议论：

> 湘云听了由不得一笑，说道："……天地间都赋阴阳二气所生，或正或邪，或奇或怪，千变万化，都是阴阳顺逆。多少一生出来，人罕见的就奇，究竟理还是一样……'阴''阳'两个字还只是一字，阳尽了就成阴，阴尽了就成阳，不是阴尽了又有个阳生出来，阳尽了又有个阴生出来……阴阳可有什么样儿，不过是个气，器物赋了成形。比如天是阳，地就是阴；水是阴，火就是阳；日是阳，月就是阴……走兽飞禽，雄为

阳，雌为阴；牝为阴，牡为阳。怎么没有呢！”（第31回）

中国哲学中阴阳转换的思想本来非常抽象难懂，作者却赋予一个女孩儿了解领会的本领，表示史湘云的读书范围超越了一般的女孩子，见解处世也迥异流俗。林黛玉羡慕嫉妒她和贾宝玉烧鹿肉吃，故意笑她：“那里找这一群花子去！罢了，罢了，今日芦雪庭遭劫，生生被云丫头作践了。我为芦雪庭一大哭！”湘云却回口说：“你知道什么！‘是真名士自风流’，你们都是假清高，最可厌的。我们这会子腥膻大吃大嚼，回来却是锦心绣口。”林黛玉竟无话可答，也不以为忤，表示史湘云之英豪阔大的气势已夺黛玉之含酸。所以到后来凹晶馆联诗时，史湘云可以劝慰林黛玉：“你是个明白人，何必作此形像自苦。我也和你一样，我就不似你这样心窄。何况你又多病，还不自己保养……咱们两个竟联起句来，明日羞他们一羞。”（第76回）显示了一个女孩也可以有男性的豪迈气质。

但是她却仍不失为一个可爱的女孩子，因为她超越于流俗的个性使她有着简便俏丽的好处。但她的形象并不超出传统太多，毋宁说她所代表的就是当时社会的常识。所以她不会走到奇僻古怪一路上去，不过像薛宝钗那样谨慎保守的风范史湘云也是没有的，因为那是出于一种“好风频借力，送我上青云”的抱负，需要极大的忍耐与刻苦的努力，而史湘云是不愿在这些事情上努力的。所以史湘云又直言快语，说林黛玉：“他再不放人一点儿，专会挑人的不好。你自己便比世人好，也不犯着见一个打趣一个。指出一个人来，你敢挑他，我就伏你。”（第20回）又告诫薛宝琴：“你除了在老太太跟前，就在园里来，这两处只管顽笑吃喝。到了太太屋里，若太太在屋里，只管和太太说笑，多坐一回无妨；若太太不在屋里，你别进去，那屋里人多心坏，都是要害咱们的。”（第49回）说的大伙都笑了。

史湘云的命运如其诗句“寒塘渡鹤影”所云，以超越流俗的胸襟居于命运之上、战胜命运，作者在判词里说她后来："厮配得才貌仙郎，博得个地久天长，准折得幼年时坎坷形状。终久是云散高唐，水涸湘江。这是尘寰中消长数应当，何必枉悲伤?"（第5回）这种对不幸命运"何必枉悲伤"的态度，是她一贯的写照，恐怕也是作者一直以来潇洒襟怀的写照（"蓬牖茅椽，绳床瓦灶，并不足妨我襟怀"）。

史湘云更是有超凡敏捷的诗才，当"芦雪广争联即景诗"时，宝琴、宝钗、黛玉三人联手应对，宛如《三国演义》里的三英战吕布，完了"大家来细细评论一回，独湘云的（联句）多"；而凹晶馆联诗时，更可见她与林黛玉不相上下。我们不由得要感叹作者赋予她的才华之高了。她热心快肠地教香菱学诗，是有根底的，这两点都与林黛玉一样，也是超凡的。

二　史湘云的情感："幸生来英豪阔大宽宏量，从未将儿女私情，略萦心上"

情感，尤其是两性感情，是性别话语关注的一个重要问题。我们对"假小子"史湘云的关注，自然离不开对她情感世界的关注。

曹雪芹在描写史湘云的情感世界时，很仔细地将她与林黛玉区别开来。如果说贾宝玉与林黛玉是李白笔下《长干行》里描写的"郎骑竹马来，绕床弄青梅"式的、由小时候共同生活发展而成的爱情的话，那么史湘云与贾宝玉则始终是"两小无嫌猜"的玩伴式的表兄妹关系。她的判词"幸生来英豪阔大宽宏量，从未将儿女私情，略萦心上"再清楚不过地说明了这一点。

史湘云与贾宝玉的关系，虽然不是《红楼梦》中一个很重要的话题，但在红学研究中却是一个经常引起讨论的话题。例如，王昆仑先生在其红学名著《红楼梦人物论》中就认为："在《红楼梦》恋爱主题故事中，湘云在一定的阶段中和黛玉、宝钗竟成了'三分鼎足'的形势。她处于钗黛之间，也俨然有她自己的旗鼓。她不抑制自己对宝玉的热情，不掩饰对黛玉的妒忌，更不会学宝钗的故作超然，她不自觉地被卷入战斗中……不能否认湘云对宝玉的感情。她见到宝玉和黛玉亲近，本有自觉的不愉快，再加上宝钗对她殷勤拉拢，袭人对她言语挑拨，这当然会使她和黛玉对立起来。她们的恋爱纠纷又向着核心前进，直逼到婚姻问题上去。”[①] 探佚派红学甚至认为在原著遗失的后文中，史湘云是与贾宝玉结合了的[②]。

这两方面的见解在笔者看来都有商榷的余地，那就是照以上判词来看，史湘云与贾宝玉的情感关系应该不涉及儿女私情，而只是一种普通的关心彼此的关系，即是说，史湘云从来没有想把贾宝玉占为己有。这从作品中可以看出来，主要表现在史湘云对贾宝玉是敢于公开的亲近：

> 二人正说着，只见湘云走来，笑道：“二哥哥，林姐姐，你们天天一处顽，我好容易来了，也不理我一理儿。”（第20回）

就与贾宝玉的情感而言，这哪里是男女爱情的表现，分明是一个娇憨的小姑娘对表哥的依赖。接续以上的情节还有：

> 黛玉笑道：“偏是咬舌子爱说话，连个‘二’哥哥也叫不出来，只是‘爱’哥哥‘爱’哥哥的。回来赶围棋儿，又该你闹‘幺爱三四五’了。”宝玉笑道：“你学惯了他，明儿连你还咬起来呢。”史湘云道：“他再不放人一点儿，专挑人的不好。你自己便比世人好，也不犯着见一个打趣一个。指出一个人来，你敢挑他，我就伏你。”黛玉忙问是谁。湘云道：“你敢挑宝姐姐的短处，就算你是好的。我算不如你，他怎么不及你

① 王昆仑：《红楼梦人物论》，生活・读书・新知三联书店 1983 年版，第 182—185 页。

② 参见梁归智《史湘云结局之谜》，《名作欣赏》2018 年第 7 期。

呢。”黛玉听了，冷笑道：“我当是谁，原来是他！我那里敢挑他呢。”宝玉不等说完，忙用话岔开。湘云笑道：“这一辈子我自然比不上你。我只保佑着明儿得一个咬舌的林姐夫，时时刻刻你可听‘爱’‘厄’去。阿弥陀佛，那才现在我眼里！”说的众人一笑，湘云忙回身跑了。

我们看见她分明置身于宝黛爱情之外，用戏谑的、似乎根本没觉察宝黛恋爱关系的态度在说话。而当她对贾宝玉有意见时，又是丝毫不假辞色地表现出来。她对贾宝玉“千奇百怪的毛病”可以毫不留情地批评，如见到贾宝玉要吃胭脂，就一巴掌把胭脂打落，同时骂他“这不长进的毛病儿，多早才改过”。这是林黛玉所没有的，黛玉最多是好意却不激烈地说：“你又干这些事了。干也罢了，必定还要带出幌子来。便是舅舅看不见，别人看见了，又当奇事新鲜话儿去学舌讨好儿，吹到舅舅耳朵里，又该大家不干净惹气。”（第19回）当她说出众人都不敢说的小戏子像林黛玉而贾宝玉朝她使眼色时，她就直接表现出不满与愤怒来，事见第22回，兹不引原文。文中是表现她在嫉妒宝黛的爱情吗？不是的，只是嫉妒宝黛走得近。如果史湘云真对贾宝玉有什么“私情”，她倒是不会表现得如此决绝的。试看林黛玉几次对贾宝玉用《西厢记》里的话来进行爱情的试探时，虽然生气，却是“红了眼”或哭着要去告状。至于说，当贾宝玉因林黛玉说出对“金玉良缘”的疑虑而砸玉、闹到几乎“沸反盈天”时，那不过是不小心罢了，事后林黛玉并不敢张扬。

回头来说，当史湘云说出众人都不敢说的小戏子像林黛玉时，她本是无心，所以林黛玉也不会怪她，反而是贾宝玉暗示她不要说，落了两边的埋怨，因为贾宝玉既没有领会她的无心，也不知道林黛玉本来与她没有芥蒂。难怪贾宝玉深悔自己“巧者劳而智者忧”而参起禅来，而在林黛玉一席话后，贾宝玉也就心结开解，而

“四人仍复如旧”。湘云惹起的这次风波遂告平复，而林黛玉也再不曾与史湘云生什么嫌隙。她们之间的亲密在后文中还进一步表现出来，如史湘云甚至可以直接嘲笑贾宝玉和林黛玉之间的关系：

> 池中又有驾娘们行着船夹泥的种藕。香菱、湘云、宝琴与丫鬟等都坐在山石上，瞧他们取乐。宝玉也慢慢行来。湘云见了他来，忙笑说：“快把这船打出去，他们是接林妹妹的。”众人都笑起来。宝玉红了脸，也笑道：“人家的病，谁是好意的，你也形容着取笑儿。”湘云笑道：“病也比人家另一样，原招笑儿，反说起人来。”（第58回）
>
> 湘云笑着，揎拳掳袖的伸手掣了一根出来。大家看时，一面画着一枝海棠，题着“香梦沉酣”四字，那面诗道是：
>
> 只恐夜深花睡去。
>
> 黛玉笑道：“‘夜深’两个字，改‘石凉’两个字。”众人便知他趣白日间湘云醉卧的事，都笑了。湘云笑指那自行船与黛玉看，又说：“快坐上那船家去罢，别多话了。”众人都笑了。（第63回）

因为她本来就无意搅入柔情蜜意的爱情中去，所以她一直是置身事外的态度，才可以任意嘲笑宝黛，所谓“无欲则刚”也。而这样一个姑娘，是不可能谈什么自由恋爱的，不听从长辈的安排出嫁也是不可能的。作者早早安排她“大喜”（第32回），为什么还会有和贾宝玉发生婚姻的可能呢？总之，史湘云与贾宝玉是如假包换的表兄妹而已，这也算是《红楼梦》依托生活实际描写少年男女关系的一种创造，毕竟如宝黛二人那样从表兄妹发展为爱情的是少见的，而作为少年玩伴，虽有吵吵闹闹却还是好兄妹才是大多数的现实。

第四节　贾探春“巾帼不让须眉”的风范及其“不孝”辨

曹雪芹在塑造贾探春这一形象时，着意塑造了其爽朗阔大的风范，甚至使她在一定程度上违背了封建社会“孝”的规范，但曹雪芹却对其不无回护之词，由此可见作者对传统观念的一种突破。

一　贾探春“巾帼不让须眉”的风范

为了突出探春的气概，作者为她设置了这样的环境：

> 探春素喜阔朗，这三间屋子并不曾隔断。当地放着一张花梨大理石大案，案上磊着各种名人法帖，并数十方宝砚，各色笔筒，笔海内插的笔如树林一般。那一边设着斗大的一个汝窑花囊，插着满满的一囊水晶球儿的白菊。西墙上当中挂着一大幅米襄阳《烟雨图》，左右挂着一幅对联，乃是颜鲁公墨迹，其词云：烟霞闲骨格，泉石野生涯。
>
> 案上设着大鼎。左边紫檀架上放着一个大观窑的大盘，盘内盛着数十个娇黄玲珑大佛手。右边洋漆架上悬着一个白玉比目磬，旁边挂着小锤。(第40回)

刘姥姥进了林黛玉的房间后，错以为是贾府哪位哥儿的书房，可能为了避免重复，作者就没有写刘姥姥进入探春房间的感受，不然肯定也会觉得又是哪位公子的房间了。这个房间不仅大气，而且富于文化气息，可以说完全是按照古代男性文人的房间标准布置的。在人生风范上，作者也凸显了她敢作敢为的一面，诸如因贾母冤枉了王夫人而为王夫人仗义执言、进行“兴利除宿弊”的改革、打王善宝家的一巴掌等，这都是读者熟悉的场面，就不一一引用原文了。甚至，作者还在她给贾宝玉写便条提议开诗社时，写出她“巾帼不让须眉”的一面：

> 二兄文几：前夕新霁，月色如洗，因惜清景难逢，讵忍就卧，时漏已三转，犹徘徊于桐槛之下，未防风露所欺，致获采薪之患。昨蒙亲劳抚嘱，复又数遣侍儿问切，兼以鲜荔并真卿墨迹见赐，何痌瘝惠爱之深哉！今因伏几凭床处默之时，因思及历来古人中处名攻利敌之场，犹置一些山滴水之区，远招近揖，投辖攀辕，务结二三同志盘桓于其中，或竖词坛，或开吟社，虽一时之偶兴，遂成千古之佳谈。娣虽不才，窃同叨栖处于泉石之间，而兼慕薛林之技。风庭月榭，惜未宴集诗人；帘杏溪桃，或可醉飞吟盏。孰谓莲社之雄才，独许须眉；直以东山之雅会，让余脂粉。若蒙棹雪而来，娣则扫花以待。此谨奉。（第37回）

这封信的前面大部分是按照一位风雅的、流连光景的文学家的口吻写出来的，而结尾处的“孰谓莲社之雄才，独许须眉；直以东山之雅会，让余脂粉”数语，就是探春巾帼不让须眉的表现。她更曾说：“我但凡是个男人，可以出得去，我必早走了，立一番事业，那时自有我一番道理。偏我是女孩儿家，一句多话也没有我乱说的。”（第55回）表达出女孩子对于才华不得施展的一种不满，而对其改革举措的描写则是作者继王熙凤之后凸显女性管理才华的又一浓墨重彩之笔。在贾探春的背后，我们可以说矗立着的是王安石等政治家兼文学家的身影，她在古代小说人物画廊中又是一个非常独特的形象，其性别话语意义也不容小觑。书中王熙凤在对比探春与其嫡亲弟弟贾环时说：“真真一个娘肚子里跑出这样天悬地隔的两个人来，我想到这里就不服！”（第55回）王希廉在同回回评中则写道：“要写探春才能，必须令其管事。若非凤姐久病，虽有正事，探春无因可管，故借凤姐之病徐徐写起。若单令探春代管，断无如此大家叫未出阁之闺女料理一切，因又托李纨、宝钗公同照应，稳细周到。”“写探春才能见识超出诸姊妹之上，已暗伏将来远嫁绝无依恋，必能相夫理家。”[①] 探春作为一个闺阁少女具有杰出的理家之才，这种描写在古代文学中是少见的，可能仅有才子佳人小说《好逑传》在写水冰心时提及了一二，因而具有独特的性别话语意义。

二　探春与生母赵姨娘的关系

曹雪芹在描写探春的敢作敢为时，还写她不惜与生母决裂，这引起了后人的一些非议。例如，清代红学家陈其泰论探春：“赵姨娘人固不堪，奈是探春生身之母，若偏私护庇，自非当家所宜。而言语之间，总当存母子体统。今欲见己才，而大肆咆哮，亦思生长鞠育之为何人耶?”　“探春为人，毫无含蓄，自以为能，遇事从刻。”[②] 当代作家兼批评家王蒙论及探春时也说：“探春太冷静，太一丝不苟地维护秩序而缺少浪漫气息与人情味。”[③] 此事涉及对探春与生母赵姨娘的关系这一重大问题，需要提出来特别辨析。

探春对赵姨娘第一次表示出鄙夷，是在第 27 回指斥赵姨娘“糊涂”“瞎气”“阴微鄙贱”“忒昏聩的不像了”。为什么亲生女儿对生母竟用了如此直露尖锐的批评，要从同回中贾宝玉向探春提到的事情说起：

> 宝玉笑道：“你提起鞋来，我想起个故事：那一回穿着，可巧遇见了老爷，老爷就不受用，问是谁作的。我那里敢提

① 冯其庸纂校订定：《八家评批红楼梦》，文化艺术出版社 1991 年版，第 1344—1345 页。

② （清）陈其泰：《桐花凤阁评红楼梦辑录》，刘操南辑，天津人民出版社 1981 年版，第 170—172 页。

③ 王蒙：《红楼启示录》，生活 · 读书 · 新知三联书店 1991 年版，第 169 页。

> ‘三妹妹’三个字……袭人说这还罢了，赵姨娘气的抱怨的了不得：‘正经亲兄弟，鞋搭拉袜搭拉的没人看的见，且作这些东西！’”探春听说，登时沉下脸来，道：“这话胡涂到什么田地！怎么我是该做鞋的人么？环儿难道没有分例的，没有人的？一般的衣裳是衣裳，鞋袜是鞋袜，丫头老婆子一屋子，怎么抱怨这些话！给谁听呢？我不过是闲着没事，作一双半双，爱给那个哥哥兄弟，随我的心。谁敢管我不成？这也是他白气。”
>
> 宝玉听了，点头笑道：“你不知道，他心里自然又有个想头了。”探春听说，益发动了气，将头一扭，说道：“连你也胡涂了！他那想头自然是有的，不过是那阴微鄙贱的见识。……但忒昏聩的不像了！还有笑话呢：就是上回我给你那钱，替我带那些顽的东西。过了两天，他见了我，也是说是没钱，怎么难，我也不理论。谁知后来丫头们出去了，他就抱怨起来，说我攒的钱为什么给你使，倒不给环儿使呢。我听见这话，又好笑又好气，我就出来往太太跟前去了。”

这是小说第一次写到探春对她母亲赵姨娘的态度。事情的发端是探春给宝玉做了一双精巧异常的鞋子，却没给亲弟弟贾环做。按一般的情理，赵姨娘对探春不满意自然是很有道理的：探春给贾宝玉做鞋子却不给贾环做，难免有趋炎附势的嫌疑。而探春对此事的反应却是用上述尖刻的话语来指斥其母亲，她说：“我不过闲着没事，做一双半双。爱给那个哥哥兄弟，随我的心，谁敢管我不成?”这不是任性，而是抉择。其中是深有原因的。

按说，探春“素日也最平和恬淡……言语安静、性情和顺”(第55回)，为什么对母亲如此反感，以致陈其泰说：“虎狼犹知有母，探春与生身之母，直是恩断义绝，若自恨生于其腹然者，可恨极矣。”①

其实陈其泰之言只可衡量一般人，却不可衡量探春。赵姨娘在贾府的为人如何，以探春之敏锐，不能不有所知觉。第25回就描写到，先是贾环推倒蜡烛烫伤宝玉，后有赵姨娘买通马道婆用魇魔法谋害贾宝玉和凤姐。母子二人的歹毒，同在一个屋檐下的探春不会不有所觉察。赵姨娘既有“果然法子灵验，把他两人绝了，这家私还怕不是我们的”的恶毒想法，必然形之于色；而赵姨娘居然在贾宝玉重病时进言：“老太太也不必过于悲痛。哥儿已是不中用了，不如把哥儿的衣服穿好，让他早些回去，也省受些苦；只管舍不得他，这口气不断，他在那世里也受罪不安。”她也因之被贾母骂道：“烂了舌头的混帐老婆，谁叫你来多嘴多舌的！你怎么知道他在那世里受罪不安生？怎么见得不中用了？你愿他死了，有什么好处？……这会子逼死了，你们遂了心，我饶那一个！”这些话众人都已听见，探春当然明白母亲的恶毒用意。而贾宝玉对贾环和赵姨娘母子的恶行却不去追究，在被贾环烫伤时说：“明日老太太问，只说我自己烫的就是了。”在中了魇魔法后更是没有后话。而贾探春给宝玉做鞋子，多少含有替母亲和弟弟赎罪的意思，不给贾环做，则是故意疏远。因为很明显，贾宝玉对同父异母的探春不仅没有见外，还格外照顾，在她生病时还特意派丫鬟送药、送颜真卿墨迹慰问，事见前文探春发起海棠诗社时派丫鬟给宝玉写的信。

在探春的心中，宝玉可亲可敬，而自己的母亲和亲弟弟却阴狠歹毒。探春对母亲有意见是合情理的，只不过这个时候还没有闹到分崩离析的地步罢了。

从我们以上的论述可以看出，认为探春为了接近王夫人与宝玉而使出浑身解数是不对的，是抛弃了是非黑白、纯粹从功利的观点来看待人物。探春做事自有她一股正气，与赵姨娘和贾环母子形成

① （清）陈其泰：《桐花凤阁评红楼梦辑录》，刘操南辑，天津人民出版社1981年版，第114页。

了鲜明的对比；她之所以疏远亲生的母亲和弟弟，并不是因为他们为庶不为长，而是因为他们阴险歹毒，为此，她断然钻出了赵姨娘“低矮”的小屋，亲近正派的王夫人和宝玉母子。因此，才有了第46回探春审时度势、仗义执言、替王夫人解围之事，以及后文在“主持新政”时和赵姨娘翻脸、不认赵国基为舅舅之举（第55回）。在抄检大观园时她感受到家族内部的斗争而哭诉说：“可知这样大族人家，若从外头杀来，一时是杀不死的，这是古人曾说的‘百足之虫，死而不僵’，必须先从家里自杀自灭起来，才能一败涂地！”（第74回）可见探春的家族一体感非常强烈，并不是缺少人情味，相反，是情烈于人的。她只是看不惯阴暗自私的你争我斗，出于正义感不惜挺身而出战斗一番，与刚烈的晴雯有几分相似。这大约是作者对探春格外青睐的原因，在与赵姨娘争吵的事情上，作者明确地以“辱亲女愚妾争闲气”为回目，表示他对探春的体谅、对赵姨娘的否定。可见作者在刻画探春敢作敢为的形象时，是敢于对“孝道”这样的传统德目也不惜突破的。因此，探春是作者借以表达“女优于男”思想的重要人物形象。

第五节　全才全局型且有城府的薛宝钗

《红楼梦》中王熙凤是理家的好手，林黛玉是诗歌的高手，两个人虽说才华完全不同，性情却不乏相同的地方，如她们都有张扬的一面，往往闹到惊动全世界。薛宝钗与她们相比，可以说是全才全局型的人物，但性情明显内敛低调，她在广结众人之心之余表现出抑制情感、冷静处事、不动声色、随机应变的特点。这都可归结为有城府的一面。有论者将其与曹操相提并论，是有一定道理的。

一　群芳之冠薛宝钗：全才全局型人物

在中国古代小说史上，薛宝钗是第一个全才型的女性。她既有实干家的理家之才，也有文艺方面的才华，而且都表现不俗。这方面贾探春也大约算一个，但薛宝钗才华学识之广，显然更加突出。不仅如此，作者还赋予她纵观全局的胸襟，使她往往能跳脱开来看待人和事，为此，作者命名她为“山中高士”“群芳之冠”。

综观薛宝钗之才，其文艺方面涉及了戏曲鉴赏（第22回）、绘画布局（第42回）、诗词创作，其中尤以诗词的创作作者写得最详细，其中以一首咏柳絮的《临江仙》之豪放扭转了柳絮词一贯的婉约伤感风格而最为引人注目（第70回）。这方面为大家所熟知，不必细论。若论现实生活中的经济之才，则薛宝钗比王熙凤、贾探春也不遑多让。

从第56回“敏探春兴利除宿弊　贤宝钗小惠全大体”中我们可以看到，薛宝钗对现实生活的关注之细，不仅超过了纨绔公子贾宝玉和“诗意地栖居”的林黛玉，而且超过了素称敏锐的探春：

> 探春笑道：“我又想起一件事：……如今这园子里是我的新创，竟别入他们手，每年归帐，竟归到里头来才好。”宝钗笑道：“依我说，里头也不用归帐。这个多了那个少了，倒多了事。不如问他们谁领这一分的，他就揽一宗事去。不过是园里的人的动用。我替你们算出来了，有限的几宗事：不过是头油、胭粉、香、纸，每一位姑娘几个丫头，都是有定例的；再者，各处笤帚、撮簸、掸子并大小禽鸟、鹿、兔吃的粮食。不过这几样，都是他们包了去，不用帐房去领钱。你算算，就省下多少来？”平儿笑道：“这几宗虽小，一年通共算了，也省的下四百两银子。”宝钗笑道：“却又来，一年四百，二年八百两，取租的房子也能看得了几间，薄地也可添几亩。虽然还有敷余的，但他们既辛苦闹一年，也要叫他们剩些，粘补粘补自家。虽是兴利节用为纲，然亦不可太啬。纵再省上二三百银子，失了大体统也不像。所以如此一行，外头帐房里一年少出

四五百银子，也不觉得很艰啬了，他们里头却也得些小补。这些没营生的妈妈们也宽裕了，园子里花木，也可以每年滋长蕃盛，你们也得了可使之物。这庶几不失大体。若一味要省时，那里不搜寻出几个钱来。凡有些余利的，一概入了官中，那时里外怨声载道，岂不失了你们这样人家的大体？如今这园里几十个老妈妈们，若只给了这个，那剩的也必抱怨不公。我才说的，他们只供给这个几样，也未免太宽裕了。一年竟除了这个之外，他每人不论有余无余，只叫他拿出若干贯钱来，大家凑齐，单散与园中这些妈妈们。他们虽不料理这些，却日夜也是在园中照看当差之人，关门闭户，起早睡晚，大雨大雪，姑娘们出入，抬轿子，撑船，拉冰床，一应粗糙活计，都是他们的差使。一年在园里辛苦到头，这园内既有出息，也是分内该沾带些的。还有一句至小的话，越发说破了：你们只管了自己宽裕，不分与他们些，他们虽不敢明怨，心里却都不服，只用假公济私的多摘你们几个果子，多掐几枝花儿，你们有冤还没处诉。他们也沾带了些利息，你们有照顾不到，他们就替你照顾了。”

这里不嫌麻烦引用了一段长文，是因为一般论者只关注薛宝钗小惠全大体和笼络下人，很少注意到它还反映了薛宝钗对日常生活用品的关心，也了解下人为了维持贵族家庭体面优越的生活所做的辛苦贡献。而在对这些琐碎生活的了解之外，还有她对下层仆妇人心的揣摩，为此她才能在探春的改革措施之上，提出小惠全大体的补充意见，使大家欢声雷动、愉快地接受了改革方案。

综上所述，薛宝钗是一个全才型的人物，其才华涉及范围之广，不仅在《红楼梦》中，而且在整个古代小说中都是无出其右的。至于说她是全局型人物，则是指作者还赋予了她高屋建瓴、纵观全局的胸襟，使她为人处世时往往能跳脱开来看待人和事，为此，作者命名她为“山中高士”“群芳之冠”。否定薛宝钗的论者往往抓住她劝王夫人不必为金钏儿之死过于伤感的话，认为过于无情，不过也要看到，薛宝钗不怕忌讳，把自己新做的衣服拿来给金钏儿装裹尸身，还有当王夫人找不到人参时薛宝钗的一番劝说，都显示了她的深明大义：

> 王夫人因说道：“‘卖油的娘子水梳头’，自来家里有好的，不知给了人多少。这会子轮到自己用，反倒各处求人去了。”说毕长叹。宝钗笑道：“这东西虽然值钱，究竟不过是药，原该济众散人才是。咱们比不得那没见世面的人家，得了这个，就珍藏密敛的。”王夫人点头道：“这话极是。”（第77回）

还有，当薛蟠被柳湘莲打了之后，薛姨妈想要告诉王夫人捉拿柳湘莲，薛宝钗却能劝阻母亲不要给人留下倚仗亲戚之势欺压平民的骂名。总之，薛宝钗往往能跳出小儿女的情感局限，大处着眼，将家长们内心的纠结都纾解，这就是我们说她是全局型人才的原因。

在小说第63回贾宝玉的生日宴会上，大家抽花名签时，薛宝钗抽到的是题着“艳冠群芳”的牡丹，下又有注：“……此为群芳之冠……”可以说是反复强调了薛宝钗在红楼年轻女子中的领袖地位。这种地位应该是基于薛宝钗的外貌、才华、学识和胸襟的。不知钗黛优劣论争中的拥林派对此做何感想。但至少，作者是把薛宝钗作为旧派女性中最为优秀的人物来写的，而在判词中甚至赋予了她“山中高士”的称号。相比仅善于理家、在为人方面稍显刻薄狠毒而在文艺才华方面更显缺憾的王熙凤，作者给了她更高的评价。薛宝钗曾是准备入宫待选的，作者赋予了她多种才华与高处着眼、全局在胸的素质，并不是虚言。

二　薛宝钗之内敛低调与广结众人之心

在才华之外，我们需要进一步分析其为人。一般人都只将宝钗与黛玉进行比较，其实若拓开眼界，将凤姐继续引入这一比较，我们可以得到很多有益的结论。

王熙凤与薛宝钗的人生从某一角度和时限来看，都可谓成功者的人生。一个是贾府的少当家，另一个是薛家的主心骨。王熙凤的当家身份人所共知，薛宝钗则有薛姨妈向黛玉的感慨为证："你这姐姐就和凤哥儿在老太太跟前一样，着了正经事就和他商量，没有了事幸亏他开开我的心。我见了他这样，有多少愁不散的?"（第57回）王熙凤对薛宝钗也是敬畏的，说她"拿定了主意，不干己事不张口，一问摇头三不知，也难十分去问他"（第55回），显示她已经知道了宝钗的厉害。但是她们有更明显的区别，值得人们重视。她们的人生态度可以分别用内敛与张扬来概括。不同的人生姿态，带来的是不同的人生境界，薛宝钗的人生，可以说就是深谙老子之道的人生。

老子云："治人事天，莫若啬"，"啬"者，内敛也。薛宝钗一直没有表现出强烈的物欲。出身于皇商之家的薛宝钗，自己该省就省、俭朴自然，毫无"珍珠如土金如铁"的气派与皇商千金之体的奢靡。勤与俭是她生活的特色。她衣着朴素，正如她对邢岫烟说的："这些妆饰原出于大官富贵之家的小姐，你看我从头至脚可有这些富丽闲妆?"（第57回）她生活简朴，房中摆设只有一个质地粗糙的花瓶、两部书、茶奁、茶杯而已。贾母以为宝钗在贾府做客，故说她"太老实了"，但薛姨妈说："她在家里也不太弄这些东西"（第40回）。在忙碌之时，她"每夜灯下女工必至三更方寝"（第45回）。

王熙凤则相反。从她第一次出场就可以看出："这个人打扮与众姑娘不同，彩绣辉煌，恍若神妃仙子：头上戴着金丝八宝攒珠髻，绾着朝阳五凤挂珠钗；项上戴着赤金盘螭璎珞圈；裙边系着豆绿宫绦，双衡比目玫瑰佩；身上穿着缕金百蝶穿花大红洋缎窄褃袄，外罩五彩刻丝石青银鼠褂；下着翡翠撒花洋绉裙。”（第3回）满眼的珠光宝气将王熙凤对体面与气派的追求诠释得淋漓尽致。当贾母因为贾赦讨鸳鸯做妾而生气，祸及王熙凤而怪罪于她时，她说：“我幸亏是孙子媳妇，我若是孙子，我早要了，还等到这会子呢。”虽然是玩笑，但也的确是欲望强烈的人才会说出这样的话来。

外表的穿戴与日常的话语已经可见出两人的区别，这在一定程度上是由两人的不同身份决定的：王熙凤是贵族世家贾府的当家少奶奶，不可能打扮寒素；薛宝钗则客居贾府，家道有中落之险。但这也在一定程度上反映了人物的个性，尤其是薛宝钗，虽然父亲去世、客居贾府，毕竟家里还继续经营皇商之事，其穿着打扮的朴素低调令人惊讶。在处理人际关系上，王熙凤与薛宝钗两人都善于赢得贾母与王夫人的欢心，但不同的是，薛宝钗还能广得下层众人的好评。为此，民国论者朱作霖指出：“为宝钗者，虽以熙凤之黠，黛玉之慧，湘云之豪爽，袭人之柔佞，上自贾母，下至婢媪，皆能兼容并包而无不当。”① 而清人涂瀛评宝钗时说：“观人者必于其微。宝钗静慎安详，从容大雅，望之如春，以凤姐之黠、黛玉之慧、湘云之豪迈、袭人之柔奸，皆在所容，其所蓄未可量也。”② 这两人的看法是符合薛宝钗的实际的。

在薛宝钗广结众人之心或者说“笼络”众人方面，除了贾母与王夫人的诸事之外，还包括了替史湘云办螃蟹宴、替邢岫烟赎衣服、委屈自己的丫鬟莺儿而安抚贾环、分送哥哥薛蟠带回的礼物给赵姨娘、借黛玉当众念《西厢记》中的话语之机与其“金兰契互

---

① （清）朱作霖：《红楼文库》，见一粟编《红楼梦卷》（第一册），中华书局1963年版，第161页。

② （清）涂瀛：《红楼梦论赞》，见一粟编《红楼梦卷》（第一册），中华书局1963年版，第127页。

剖金兰语”等，以及在贾探春改革举措之外提出惠及众人的补充意见，这些事情为读者所熟知，在此就不必一一引用原文了。对此，朱作霖在《钗黛孰优论》中认为宝钗“事上接下无不刻意周旋”①，无疑是总结得很到位的。

若回到前文将薛宝钗与贾探春、王熙凤进行比较，探春是今人所谓“对待朋友像春天般温暖”，而对坏人则如“秋风扫落叶”般的人，这一点探春类似于凤姐，而与薛宝钗不一样。若对凤姐、探春、宝钗进行简单的连环比较，那么就管理的境界而言，套用“齐一变至于鲁，鲁一变至于道”的话来说，就是凤一变至于探，探一变而至于钗。其实小说就是按这样的顺序展开情节的：凤姐早产，探春等三人代管家事；探春改革，宝钗加以完善。笔者之意是，探春有凤姐之威严，而不像凤姐那样“刻薄盗臣”、损公肥私，探春是一心为公，希望家族和睦而兴旺。不过探春又有考虑不周之处，宝钗加以弥补。当然，反过来说，宝钗缺乏探春、凤姐那样的进取精神和大刀阔斧的改革魄力，这是其所不及探春、凤姐的。

三　薛宝钗的胸有城府与兵家特征

不用说，薛宝钗是具有兵家冷静理智的特点的。谁都知道她抽到的花名签注释是“任是无情也动人”。宝钗不是没有感情，而是懂得克制。当她去探望挨打的宝玉时，她劝说：“早听人一句话，也不至于今日。别说老太太、太太心疼，就是我们看着，心里也疼。”（第 34 回）说到这里，她眼睛红了就不说了，说明动了情，却能马上觉察而加以克制。而林黛玉却为宝玉哭得眼睛肿得像桃子一样，一任自己的感情流淌无余。当薛蟠挨了柳湘莲的打，薛姨妈基于母子情切、急得要告诉王夫人捉拿柳湘莲时，宝钗却能超然地看待此事，劝住母亲不要惹来仗势欺人的骂名。显然，宝钗的克制

---

① （清）朱作霖：《红楼文库》，见一粟编《红楼梦卷》（第一册），中华书局 1963 年版，第 161 页。

是有好处的。

在《红楼梦》中，钗、凤二人被视为处理人际关系的高手而被论者津津乐道。但是两个人还是有高低之分的。薛宝钗被王熙凤看作“不干己事不张口，一问摇头三不知”之人，其实不完全符合作品的实际，也可以说，这正是薛宝钗“瞒过”了王熙凤而技高一筹之处。黛玉形容探春的话“……用兵最精的，所谓‘守如处女，脱如狡兔’”（第73回），用来形容宝钗也不差。平时，宝钗藏愚守拙，关键的时候，她能处理好突发事件，能捍卫自己的尊严。前文提到的“宝钗借扇机带双敲”就是一例。贾宝玉说她像杨贵妃，让她心生不满，林黛玉在一旁微露笑意，薛宝钗之前对林黛玉处处忍让，这时候也反唇相讥。老子云：“故飘风不终朝，骤雨不终日。孰为此者？天地。天地尚不能久，而况于人乎？”林黛玉的尖锐进攻，到底抵不过宝钗的含蓄平正与有涵养。须知，没有涵养的人，哪能反戈一击并制胜呢？老子又云：“持而盈之，不如其已；揣而锐之，不可长保。”这正是此中黛玉的写照，并解释了宝钗为人获得胜利的原因。

回头再看，这还只是小儿女之间的口角。等到有“河东狮”之称的夏金桂做了她的嫂子，她更经历着严峻的考验。夏金桂先降伏了薛蟠，使他“自此，便加一倍小心，气概不免又矮了半截下来”，其后：

> 那金桂见丈夫旗纛渐倒，婆婆良善，也就渐渐的持戈试马起来。先时不过挟制薛蟠；后来倚娇作媚，将及薛姨妈；又将至宝钗。宝钗久察其不轨之心，每随机应变，暗以言语弹压其志。金桂知其不可犯，每欲寻隙，又无隙可乘，只得曲意俯就。（第79回）

连哥哥都不能制服的嫂子夏金桂，薛宝钗也能让她曲意俯就，这正是她的过人之处。值得强调的是，要做到这样，除了内心的平和与端正，还需要有随机应变的本领，具备了这些，薛宝钗才能制服这“外具花柳之姿，内秉风雷之性”的嫂子。

薛宝钗的人生姿态与老子乃至兵家的关系，在这里可以作一深入的探讨。

老子的思想首先在对“道”的陈述：“大道泛兮，其可左右。万物恃之以生而不辞，功成而不有。衣养万物而不为主，常无欲，可名于小；万物归焉而不为主，可名为大。以其终不自为大，故能成其大。”“江海所以能为百谷王者，以其善下之，故能为百谷王。”这里老子强调了一种谦退的人生哲学，即不自大的、谦虚的人反而能得到大家的认可。从政治学的角度来说，老子消除了人格神——诸如“上帝”的存在，而将“道”置于最高的地位，由于“道”是养育万物却不自居为主人的，所以这里产生了一种类民主的思想，是与“溥天之下，莫非王土；率土之滨，莫非王臣”（《诗经·小雅·北山》）之类的思想根本不同的。老子又说：“太上，不知有之；其次，亲而誉之；其次，畏之；其次，侮之……功成事遂，百姓皆谓：‘我自然’。”意即最好的政治是老百姓不知道有这个统治者的存在，或者说不强调统治者的存在对自己的重要性。

世以“老庄”并称，庄子和老子都是道家的代表人物，但庄子的思想更多承继了老子“道法自然”的思想，而不是被韩非子所喜欢的讲权术的一面。章太炎的《诸子学略说》中说到庄子就有“其术似与老子相同，其心乃于老子绝异。故《天下》篇历叙诸家，已与关尹、老聃裂分为二。其褒之以‘至极’，尊之以‘博大真人’者，以其自然之说，为己所取法也。其裂分为二者，不欲以老子之权术自污也”。[①] 这里所说的“自然”，有“无心、不讲权

① 章太炎：《诸子学略说》，《中国现代学术经典·章太炎卷》，河北教育出版社 1996 年版，第 486 页。

谋”的意思，还有否弃仁义礼法、自然无为之义。后者在老子那里表述为“大道废，有仁义；智慧出，有大伪；六亲不和，有孝慈；国家昏乱，有忠臣”，“绝圣弃智，民利百倍；绝仁弃义，民复孝慈”。“失‘道’而后‘德’，失‘德’而后仁，失仁而后义，失义而后礼”。这样，庄子所继承的老子之学就是一种否弃礼法、名教乃至仁义的、强调自由任性的人生哲学，其在政治上就很近似一种隐士哲学了。

老子思想的本意是好的，但在后人那里可能被利用，如表面示弱、使别人放松警惕之后再反击，这就接近权谋了，于是就有了法家的老子学。“非以其无私耶？故能成其私”，“万物作而弗始，生而弗有，为而弗恃，成功而弗居。夫唯弗居，是以不去”，“曲则全，枉则正……夫唯不争，故天下莫能与之争”。这些话似乎无不在告诉人们怎样隐蔽自己真实的意图以麻痹对方，由是产生了权谋之术。对此，李泽厚先生如是说：“《老子》中的‘大直若屈，大巧若拙，大辩若讷’……（后人从中学到的）从‘韬诲’、‘装蒜’到‘以退为进’、‘以守为攻’……（老子强调）不但不要过分地暴露了自己的才能、力量和优势，尤善于隐藏优势或强大，而且不要去竞赛或争夺那种强大。要‘守雌’‘贵柔’‘知足’，这样就能保持住自己，就能持久而有韧性，就能战胜对方而不会被转化掉……它仍然承续了不动情感、清醒冷静的理智态度和不失主体活动的特征，以服务于家族、邦国和个体的生存。”① 薛宝钗无疑是有这样的特点的。

李泽厚先生在谈论兵家、法家与老子之学的关系时对这一点看得很清楚：“（兵家思想里的理性态度）是一切以现实利害为依据，反对用任何情感上的喜怒爱憎和任何观念上的鬼神‘天意’，来替代或影响理智的判断和谋划……它所具有的把握整体而具体实用，

① 李泽厚：《中国古代思想史论》，天津社会科学院出版社2003年版，第71—82页。

能动活动而冷静理智的根本特征。”“从总体讲，法家是接过了《老子》政治层的‘无为’含义上的人君南面术，把它改造为进行赤裸裸统治压迫的政治理论的……如果说，《老子》是把兵家辩证法提扬为哲学学说，加上对历史经验的思索，‘观往者得失之变’（《史记·老子韩非列传》）使这种哲理反思尽管具有某种诗意朦胧，也夹杂着现实愤慨，但其冷眼旁观不动声色的理智态度仍然异常突出的话（例如对比《易传》）；那么，韩非就不但继承了这一态度，而且把它极端地发展了。”这表现在韩非子哲学的三个方面：“第一，是由冷眼旁观的非情感态度发展到极端冷酷无情的利己主义。……第二，是这种冷静计算空前地细密化。……第三，这一切冷静态度和周密思虑具有异常明确的功利目的。……很明显，这种所谓逻辑力量与其说在于逻辑形式的严格，而毋宁说更在于它的那种无情感地论断一切……中国人在各种实务中，无论是政治、商业、经验科学、人事关系等方面都惯于深思熟虑，不动声色，冷静慎重，周详细密地计算估量”，而在政治上，“他们那‘冷静的理智态度’更是与儒家实用理性一道构成了中国智慧的本质特征。总之，它们是被溶化吸收在儒家中了”。①我们所说的薛宝钗的人生态度就很接近这一特点，她在广施恩德、广结众人之心之余表现出抑制情感、冷静处事、不动声色乃至随机应变的特点，就带有了外儒内法的文化特征。应该强调的是，薛宝钗不是完全的法家式冷酷无情的人物，如开篇所云，她的形象毕竟融合了儒家的仁义思想，因此表现出一定的怀柔的特点。还有，孙子有云：“是故百战百胜，非善之善者也；不战而屈人之兵，善之善者也。”这也很有点像薛宝钗对待林黛玉的态度，前文也提到，老子在某种程度上继承发扬了兵家学说。

薛宝钗的性格在某些情况下是否会表现出另一面？如第98回

① 李泽厚：《中国古代思想史论》，天津社会科学院出版社2003年版，第88—96页。

写到，贾宝玉尚不知道林黛玉已死，宝钗揣度其情，直言相告：

> 宝钗听了这话，便又说道："实告诉你说罢，那两日你不知人事的时候，林妹妹已经亡故了。"宝玉忽然坐起来，大声诧异道："果真死了吗？"宝钗道："果真死了。岂有红口白舌咒人死的呢。老太太、太太知道你姐妹和睦，你听见他死了自然你也要死，所以不肯告诉你。"宝玉听了，不禁放声大哭，倒在床上……
>
> 宝钗早知黛玉已死，因贾母等不许众人告诉宝玉知道，恐添病难治。自己却深知宝玉之病实因黛玉而起，失玉次之，故趁势说明，使其一痛决绝，神魂归一，庶可疗治。贾母王夫人等不知宝钗的用意，深怪他造次。后来见宝玉醒了过来，方才放心。立即到外书房请了毕大夫进来诊视。那大夫进来诊了脉，便道："奇怪，这回脉气沉静，神安郁散，明日进调理的药，就可以望好了。"说着出去。众人各自安心散去。
>
> 袭人起初深怨宝钗不该告诉，惟是口中不好说出。莺儿背地也说宝钗道："姑娘忒性急了。"宝钗道："你知道什么好歹，横竖有我呢。"那宝钗任人诽谤，并不介意，只窥察宝玉心病，暗下针砭。

涂瀛对此处宝钗行为的评价是："……然斩宝玉之痴，形忘忌器，促雪雁之配，情断故人，热面冷心，殆春行秋令者欤！至若规夫而甫听读书，谋侍而旋闻泼醋，所为大方家者竟何如也？宝玉观其微矣。"[①] 薛宝钗真的是一个可怕的人吗？未必。从前述描写她弹压夏金桂的行文来看，笔者认为曹雪芹对薛宝钗还是抱着大体同情的态度的。至于此处以非常规的方式治好宝玉的痴呆症，不妨看成

---

① （清）涂瀛：《红楼梦论赞》，见一粟编《红楼梦卷》（第一册），中华书局1963年版，第127页。

一种策略。此外，由于涉及后四十回，这里就不过多地讨论了。

吕启祥先生在谈到薛宝钗的“机变”这一特点的时候说：“曹雪芹笔下的薛宝钗是不是一个反面人物呢？恐怕不是。作者对薛宝钗的态度不能只用‘贬斥’或‘否定’一言以蔽之，实际上要复杂得多，有贬也有褒，褒中又带贬……”“宝钗则情急生变，金蝉脱壳，遮掩过去了。这种‘机变’是属于宝钗的独特的东西，其神出鬼没、不落痕迹，的确令人惊心动魄，使人对宝钗顿生戒心。但一定要说成有意嫁祸于人，却有些勉强……宝钗编谎的目的主要在于摆脱干系而非设计陷人，这同她藏愚守拙、明哲保身的处世态度是一致的。同样是编谎，宝玉常常代人受过、自愿顶缸，宝钗则只求自保、避嫌远祸。但也仅此而已，如果越过这条界限进而把她看成拨乱作恶、惹是生非的奸邪小人，那就恐怕不是薛宝钗而是别的什么人了。”[①] 的确如此。那么对薛宝钗进行褒贬的界限在哪里呢？也就是说，薛宝钗是阴险小人吗？对这个问题，笔者认为曹雪芹在小说第 1 回已经回答了：“在作者不过要写出自己的情诗艳赋来，故假捏出男女二人名姓，又必旁添一小人拨乱其间，如戏中小丑一般”，他反对这种描写小人杂入儿女情事的写法，也更不可能将薛宝钗描写为一个小人。对薛宝钗，笔者上文也已经做了“基本同情”的判断。当然，她不能和贾宝玉心心相印是另外一回事。

四　薛宝钗的文化内涵与性别话语意义

1. 薛宝钗的文化内涵

关于薛宝钗，吕启祥先生的另一段话也说得非常好：“薛宝钗是一个善于自制、城府很深的人，在通常情况下，她总能理智地、冷静地控制自己的言谈举止、喜怒哀乐……在这个人身上确有那么一种大智若愚、大巧若拙、以退为进、可退可进、意欲入世又颇超

---

① 吕启祥：《红楼梦寻——吕启祥论红楼梦》，文化艺术出版社 2005 年版，第 113—118 页。

脱的性格素质。这已经远远不是封建正统的闺范妇道所能概括的，也不是纯粹的儒家思想所能解释的。可否认为，在某种程度上，作者把他对于中国封建社会修身处世之道的深刻观察融会其中，把他对中国传统文化的独特见解熔铸其中，这就使得这个形象的复杂性具有更为深厚的社会历史原因，值得进一步探索。"① 对于吕启祥先生所说的薛宝钗的文化内涵"也不是纯粹的儒家思想所能解释的"，我们总结上文可以说，薛宝钗在广施恩德、广结众人之心之余表现出抑制情感、冷静处事、不动声色乃至随机应变的特点，体现了外儒内法的文化特征。应该强调的是，薛宝钗不是完全的法家式冷酷无情的人物，如开篇所云，她的形象毕竟融合了儒家的仁义思想，因此表现出一定的怀柔的特点。这就是薛宝钗形象在思想文化内涵方面的特点。

2. 薛宝钗的性别话语意义

就性别话语来说，薛宝钗这样全才全局型的人物，体现了集儒家、道家、法家、兵家于一体的文化内涵，说她只体现了女性的性别文化内涵当然是不够的。她说："就连作诗写字等事，原不是你我分内之事，究竟也不是男人分内之事。男人们读书明理，辅国治民，这便好了。只是如今并不听见有这样的人，读了书倒更坏了。这是书误了他，可惜他也把书糟踏了，所以竟不如耕种买卖，倒没有什么大害处。你我只该做些针黹纺织的事才是，偏又认得了字，既认得了字，不过拣那正经的看也罢了，最怕见了些杂书，移了性情，就不可救了。"（第 42 回）可见其在保守的论调之中，也就是在维护落后的女性规范的"幌子"下，包含着一种巧妙地将自己的社会认同扩展到最大的努力，并取得了实效。也就是说，她的形象价值比她对于女性陈规的赞同话语的价值要高得多。通过她，作者又一次赞美了女性的才干与能力，这是与林黛玉完全不同的一种适应

① 吕启祥：《红楼梦寻——吕启祥论红楼梦》，文化艺术出版社 2005 年版，第 109—112 页。

现实的能力，至今仍闪耀着不可磨灭的光辉。

另外，若将其放在世情小说发展史上来看，又可以看出另外的意义，不过那是一种负面的意义。

前文在关于《醒世姻缘传》的论述中，我们提到晁梁之妻姜氏，在文中她也是作为传统妇德的典范出现的，她除了相夫教子，还成功谏阻了丈夫晁梁的出家，其代表的儒佛互补的思想既成全了家族之计，又照顾了丈夫晁梁的修行。不用说，薛宝钗是一个比姜氏更丰满、更有活力与魅力的人物形象，而且她在传统妇德的守卫上也不见得差多少。但是，《红楼梦》描写了贾宝玉对“金玉良缘”的抗拒以及最后离开薛宝钗而去，则在一定程度上表示出对传统妇德的质疑。

第三章

《红楼梦》中其他值得注意的性别话语内涵

《红楼梦》的女性观比较复杂，表现在：一方面，如众所周知的，《红楼梦》认为女优于男，对女性异常看重；另一方面，在基本接受传统善恶观念的基础上，非常关注女性是否有灵秀之气，这种思想与袁枚以“性灵说”为核心的文学主张非常接近，其特点是对女性的品评不仅仅重视德行，更重视才华，超越了德重于才的传统人物观，从而使人耳目一新，并创造和奠定了新的女性思想意识。表现在小说的文本中，就是对于女性“聪明灵秀”的展示，无论其是否“乖僻邪谬不近人情”，有时甚至对“乖僻邪谬不近人情”的人物予以更多的关注。其中，作者通过几组女性形象的对比来彰显这一点：林黛玉与薛宝钗、王熙凤与李纨、尤三姐与尤二姐、贾探春与贾迎春。这些对比展现了对传统女性观的超越，而其描写手法也体现着新的思想内涵。

第一节 《红楼梦》非常重视女性的才华与灵秀之气

《红楼梦》对林黛玉、薛宝钗、王熙凤、贾宝玉进行了浓墨重彩的描写。在他们之中，贾宝玉居于最次，无论诗文、参禅、理家都比不上女性，显示出《红楼梦》人物观的第一个特点：女优于男。第二个特点是对于女性才华与灵秀之气（“聪明灵秀”）的特别重视。第一个特点不必多说，我们在此重点看第二个特点。

以林黛玉称呼刘姥姥为“母蝗虫”的例子来说：

> 黛玉笑道：“都是老太太昨儿一句话，又叫他画什么园子图儿，惹的他乐得告假了。”探春笑道：“也别要怪老太太，都是刘姥姥一句话。”黛玉忙笑道：“可是呢，都是他一句话。他是那一门子的姥姥，直叫他是个‘母蝗虫’就是了！”说着，大家都笑起来。宝钗笑道：“世上的话，到了凤丫头嘴里也就尽了。幸而凤丫头不认得字，不大通，不过一概是市俗取笑。更有颦儿这促狭嘴，他用‘春秋’的法子，把市俗的粗话，撮其要，删其繁，再加润色比方出来，一句是一句。这‘母蝗虫’三字，把昨儿那些形景都画出来了。亏他想的倒也快。”（第42回）

此回回目为“潇湘子雅谑补余香”，明确地指向林黛玉的口才。诚如论者所云，林黛玉对刘姥姥缺乏同情，更着力于张扬自己的才华。

林黛玉之口齿伶俐还表现在和贾宝玉的恋爱纠葛中。当贾宝玉以《西厢记》里的话语来试探性地表达对她的爱慕之情的时候，高洁的林黛玉觉得受到了戏弄，两人之间产生了拌嘴：

> 宝玉笑道：“我就是个‘多愁多病身’，你就是那‘倾国倾城貌’。”林黛玉听了，不觉带腮连耳通红，登时直竖起两道似蹙非蹙的眉，瞪了两只似睁非睁的眼，微腮带怒，薄面含嗔，指宝玉道：“你这该死的胡说！好好的把这淫词艳曲弄了来，还学了这些混话来欺负我。我告诉舅舅舅母去。”说到“欺负”两个字上，早又把眼睛圈儿红了，转身就走。宝玉着

> 了急，向前拦住说道："好妹妹，千万饶我这一遭，原是我说错了。若有心欺负你，明儿我掉在池子里，教个癞头鼋吞了去，变个大忘八，等你明儿做了'一品夫人'病老归西的时候，我往你坟上替你驮一辈子的碑去。"说的林黛玉嗤的一声笑了，揉着眼睛，一面笑道："一般也唬的这个调儿，还只管胡说。'呸，原来是苗而不秀，是个银样镴枪头。'"宝玉听了，笑道："你这个呢？我也告诉去。"林黛玉笑道："你说你会过目成诵，难道我就不能一目十行么？"（第23回）

这次拌嘴以林黛玉取胜告终：当贾宝玉慌忙道歉，声称要把自己变成丑陋的乌龟替林黛玉驮碑以示惩戒时，林黛玉也引用《西厢记》里的话语来嘲笑贾宝玉；等贾宝玉也要告状说林黛玉偷看禁书时，林黛玉转换了话题："你说你会过目成诵，难道我就不能一目十行么？"这种小聪明是两小无猜的情形下才有的，贾宝玉当然只能作罢。所谓的"聪明灵秀"，就是指这种机变非常的本领，个性实在的贾宝玉只能甘拜下风。

但是贾宝玉只是在林黛玉面前才显得笨拙，当他在代表传统思想的父亲面前时，就显得"聪明灵秀"起来了，当然，也显得"乖僻邪谬"。"大观园才试题对额"一回，面对稻香村的朴实，贾政表示高度的赞赏，贾宝玉却不以为然，父子二人产生了辩论：

> ……（只见）富贵气像一洗皆尽。贾政心中自是欢喜，却瞅宝玉道："此处如何？"众人见问，都忙悄悄的推宝玉，教他说好。宝玉不听人言，便应声道："不及'有凤来仪'多矣。"贾政听了道："无知的蠢物！你只知朱楼画栋、恶赖富丽为佳，那里知道这清幽气象。终是不读书之过！"宝玉忙答道："老爷

教训的固是，但古人常云‘天然’二字，不知何意?”

众人见宝玉牛心，都怪他呆痴不改。今见问“天然”二字，众人忙道：“别的都明白，为何连‘天然’不知？‘天然’者，天之自然而有，非人力之所成也。”宝玉道：“却又来！此处置一田庄，分明见得人力穿凿扭捏而成。远无邻村，近不负郭，背山山无脉，临水水无源，高无隐寺之塔，下无通市之桥，峭然孤出，似非大观。争似先处有自然之理，得自然之气，虽种竹引泉，亦不伤于穿凿。古人云‘天然图画’四字，正畏非其地而强为地，非其山而强为山，虽百般精而终不相宜……”未及说完，贾政气的喝命：“叉出去”……（第17回）

贾宝玉秉承道家追求天然之美的思想，对稻香村乃人力穿凿而成并不表示欣赏，其话语滔滔不绝，正是所谓的“聪明灵秀”，也是第78回所谓的“空灵娟逸……就如世上的流嘴滑舌之人，无风作有，信着伶口俐舌，长篇大论，胡扳乱扯，敷演出一篇话来。虽无稽考，却都说得四座春风。虽有正言厉语之人，亦不得压倒这一种风流去”。而第78回也正式展现了贾宝玉风流婉转的长篇歌行体诗才。贾宝玉的品行是最接近女性的，作者在表现女性才华与灵秀之气时，也将此投射在宝玉身上。

作者对女性的才华与灵秀之气的重视还表现在，薛宝钗虽可称为人际关系的高手，其重要性却不见得比林黛玉要高，小说中明确地说，林黛玉为还泪给贾宝玉而进入红尘，“因此一事，就勾出多少风流冤家来，陪他们去了结此案”（第1回），因此可以说其他人都是陪衬，包括薛宝钗。薛宝钗虽然可谓博学多识、才德兼备的全面发展型人物，但在敏捷性上到底输林黛玉一筹，所以稍稍靠后。这方面能和林黛玉颉颃的当属王熙凤，只不过一雅一俗而已。王熙凤随机应变的口才、八面玲珑的风格，在林黛玉进贾府和第46回

“尴尬人难免尴尬事”中表现得最为突出，读者皆知。

当然，《红楼梦》对人物才华的重视，不仅表现在对这几个人物的描写上，凡有才华的人物都得到了重点描写，无才之辈则略写：孙媳妇辈李纨、尤氏的口才与管家能力不及王熙凤，就被近乎淡描；在家长中，重点写有多种才情的贾母，正统而平凡的贾政夫妇则居于次要位置；贾府本家姐妹中，“才自精明志自高”的探春重点写，迎春、惜春次之，即使迎春好性儿、被人欺负了还在读《太上感应篇》也罢；包括林黛玉在内，贾宝玉的三个表姐妹个个有才，每个都花了不少笔墨；丫头中杰出的如鸳鸯、平儿、晴雯、袭人不用说，即使有小才者如会编花篮的莺儿也被认真刻写一番。

第二节　《红楼梦》的女性观对传统道德观念的超越

《红楼梦》早在开篇就宣称，书中的主人公是“聪明灵秀”而又“乖僻邪谬不近人情”的，简单来说就是“歪才”，有才而不“正”。当然，这种对正与不正的判断是基于传统道德而言的。作者很明确地借薛宝钗之口说：“到底宝兄弟素日不正，肯和那些人来往”（第 34 回）。书中通过对比，凸显了新颖的人物观，那就是对于所谓“聪明灵秀”而又“乖僻邪谬不近人情”的人物的重视，展现出对传统道德观念的超越。

一　林黛玉与薛宝钗、尤三姐与尤二姐的对比

薛宝钗是传统道德观念的代表，在后四十回写她面对母亲问她对婚事的看法时说：

> 因薛姨妈那日应了宝玉的亲事，回去便告诉了宝钗。薛姨妈还说：“虽是你姨妈说了，我还没有应准，说等你哥哥回来再定。你愿意不愿意？”宝钗反正色的对母亲道：“妈妈这话说

> 错了，女孩儿家的事情是父母作主，如今我父亲没了，妈妈应该作主的，再不然，问哥哥。怎么问我来?”所以薛姨妈更爱惜他，说他虽是从小娇养的惯，却也生来的贞静。(第95回)

这是合乎前八十回薛宝钗的形象特点的，在婚姻大事上她严守“父母之命、媒妁之言”的教条，她对贾宝玉也许有情，但是几乎没有流露出来。而《红楼梦》最中心的人物即宝黛二人却非完全如此，作者说他们有“下流痴病”，说的就是对于爱情的执着。这是不合于传统的，也就是所谓的“乖僻邪谬”，贾母曾批评过：“这小姐必是通文知礼，无所不晓，竟是个绝代佳人。只一见了一个清俊男人，不管是亲是友，想起他的终身大事来，父母也忘了，书也忘了，鬼不成鬼，贼不成贼，那一点儿是佳人?”(第54回)但是，林黛玉没有越礼教半步，所以她又是“正”的。通过林黛玉与薛宝钗的对比，作者对传统道德观念中关于男女之情的看法提出了深深的怀疑，从而树立了自己的“正理”，那就是“发乎情而止乎礼”的男女之情是正当的，反而是任何情都不许谈、只听“父母之命、媒妁之言”的婚姻是“不近人情”的。那么这也就回到了儒家“发乎情而止乎礼”的思想，也就是对程朱理学的批判。这到底是进步还是后退呢？只要我们不认为回到孔子就是退步，那么这就是进步。而事实上，中国历史上很多改革是打着复古的旗号的，它表明了儒家思想的生命力。

林黛玉不合传统却又不越雷池半步的原因可以在第2回找到解释：

> 清明灵秀，天地之正气，仁者之所秉也；残忍乖僻，天地之邪气，恶者之所秉也。今当运隆祚永之朝，太平无为之世，清明灵秀之气所秉者，上自朝廷，下至草野，比比皆是。所余之秀气，漫无所归，遂为甘露，为和风，洽然溉及四海。彼残

> 忍乖僻之邪气，不能荡溢于光天化日之下，遂凝结充塞于深沟大壑之内，偶因风荡，或被云摧，略有摇动感发之意，一丝半缕误而泄出者，值灵秀之气适过，正不容邪，邪复妒正，两不相下，亦如风水雷电，地中相遇，既不能消，又不能让，必至搏击掀发后始尽。

“（正邪二气——笔者注）必至搏击掀发后始尽”以及后文作者借茫茫大士之口所说的要“将儿女真情发泄一二”，概括了宝黛二人在情感表达上的特点。他们不做越礼的苟且之事，但是一定要把自己的情感明白地表达出来，这是前无古人的。林黛玉说：“我为的是我的心”，贾宝玉说：“好妹妹！我这心事，从来也不敢说，今儿我大胆说出来，死也甘心！我为你也弄了一身的病在这里，又不敢告诉人，只好掩着。只等你的病好了，只怕我的病才得好呢。睡里梦里也忘不了你！”（第32回）恰好被袭人遇到，她也是代表传统思想的，所以她“听了这话，吓得魄消魂散，只叫‘神天菩萨，坑死我了！’”并且思考：

> （袭人）自思方才之言，一定是因黛玉而起，如此看来，将来难免不才之事，令人可惊可畏。想到此间，也不觉怔怔的滴下泪来，心下暗度如何处治方免此丑祸。（第32回）

这就是说，在传统思想看来，未成年人的爱情是不能说出来的。但是，袭人已经和贾宝玉发生了关系，这就意味着，男女之事是只可以做而不可以说的，说出来就犯了大忌，所以袭人听到贾宝玉对林黛玉的深情表白，“吓得魄消魂散”。这也可以说是很自然的，因为《红楼梦》的确是在中国文学史上第一次明确地写出了男女之间真真切切、一点也不遮遮掩掩的爱情表白，很有现代社会的味道了。

因此，《红楼梦》不只是在手法上让人耳目一新、“令世人换新眼目”，而且所表现的男女之情达到了前所未有的深度与新颖度。补充一句，林黛玉主动追求爱情与幸福表现在她的《五美吟》中，如前所述，在《五美吟》的最后一首《红拂》中，林黛玉以最隐曲的形式表达了追求爱情婚姻自主的愿望。这与薛宝钗形成了鲜明对比。

二 其他几组对比

在林黛玉形象背后，还站立着司棋、小红乃至龄官、尤三姐、鸳鸯等次要人物群像，她们或敢于追求爱情乃至献出生命，或敢于对不想要的婚配加以拒绝，即使面临再大的压力也不低头。尤其是尤三姐，她不肯像尤二姐一样被玩弄，勇敢地和色鬼贾珍、贾琏等人斗争，然后执意地选择自己满意的人物柳湘莲。虽然最后被柳湘莲拒绝，却毅然自刎以表示自己的清白。作者写她和贾珍、贾琏等人的斗争也展现了一种所谓的“乖僻邪谬”，其实是具有生命力的性格：

> 那尤三姐放出手眼来略试了一试，他弟兄两个竟全然无一点别识别见，连口中一句响亮话都没了，不过是酒色二字而已。自己高谈阔论，任意挥霍洒落一阵，拿他弟兄二人嘲笑取乐，竟真是他嫖了男人，并非男人淫了他。一时他的酒足兴尽，也不容他弟兄多坐，撵了出去，自己关门睡去了。
>
> 自此后，或略有丫鬟婆娘不到之处，便将贾琏、贾珍、贾蓉三个泼声厉言痛骂，说他爷儿三个诓骗了他寡妇孤女。贾珍回去之后，以后亦不敢轻易再来，有时尤三姐自己高了兴悄命小厮来请，方敢去一会，到了这里，也只好随他的便。谁知这尤三姐天生脾气不堪，仗着自己风流标致，偏要打扮的出色，另式作出许多万人不及的淫情浪态来，哄的男子们垂涎落魄，

> 欲近不能，欲远不舍，迷离颠倒，他以为乐。他母姊二人也十分相劝，他反说："姐姐糊涂。咱们金玉一般的人，白叫这两个现世宝沾污了去，也算无能。而且他家有一个极利害的女人，如今瞒着他不知，咱们方安。倘或一日他知道了，岂有干休之理，势必有一场大闹，不知谁生谁死。趁如今我不拿他们取乐作践准折，到那时白落个臭名，后悔不及。"因此一说，他母女见不听劝，也只得罢了。那尤三姐天天挑拣穿吃，打了银的，又要金的；有了珠子，又要宝石；吃的肥鹅，又宰肥鸭。或不趁心，连桌一推；衣裳不如意，不论绫缎新整，便用剪刀剪碎，撕一条，骂一句，究竟贾珍等何曾随意了一日，反花了许多昧心钱。(第 65 回)

这里的尤三姐表面上是淫情浪态，其实是高洁无比的。她以反常的方式表达了对玩弄她们姐妹的贾家兄弟的鄙弃和不愿屈就于污浊人生的意态。这与尤二姐的懦弱糊涂形成鲜明对比，虽然两人都是悲剧的结局。

除此之外，作者还通过王熙凤与尤氏或李纨的对比、贾探春与贾迎春的对比、贾宝玉和父亲贾政以及成年后甄宝玉的对比，表达了一种新的人生观的自觉。这些对比我们前文有所涉及，这里只简单地总结陈述。

王熙凤在家庭中对贾琏的操控，表达了对主宰家庭事务的浓厚兴趣，这与尤氏对贾珍的过于顺从形成了对比。与贾母批评邢夫人之语"你倒也三从四德，只是这贤慧也太过了"一样，王熙凤说尤氏"就只会一味瞎小心、图贤良的名儿"，都展现了女性意识的一定程度的自觉，而在传统观念中，这都是要不得的"邪谬"。

贾探春对于身为女孩儿不能做一番事业的慨叹，以及在管家时"兴利除宿弊"的举措、抄检大观园时给王善宝家的一嘴巴等，都描写出了她的有胆有识、有"政治家的风范"（王昆仑评语），和贾迎春的懦弱胆小、任人欺凌形成鲜明对照。尤其是她与卑鄙猥琐的生母赵姨娘拉开距离，论者因此对她有种种非议，认为她太无情，也可算得上所谓“乖僻邪谬”，但这里其实是受到作者同情的。

所以结合林黛玉与薛宝钗的对比，小说完整地表达了女性对爱情、婚姻、事业自主的新颖意识，这都超越了传统道德观念，更不用说贾宝玉的女尊男卑的观念了。第 115 回还写贾宝玉见甄宝玉之后，发现对方一派想要显亲扬名、著书立说以言忠言孝、立德立言的陈腐之言，已一改过去的灵秀，遂称其为“禄蠹”，表现了与传统决裂的决心。

第三节 《红楼梦》重情的人物观在思想史和文学史上的意义

《红楼梦》中以贾宝玉、林黛玉为代表的“聪明灵秀”而又“乖僻邪谬不近人情”的人物，就是情痴情种。作者对他们特别的重视，展现的是对“情”的重视。这虽然是一个不新颖的话题，但是放在思想史和文学史上，还可以看见一些新解的内涵。

一 晚明至清初思想界和文学界对“情”的多元态度

晚明至清初，思想界和文学史中出现了综纳各种“情”在内的作品以及彻底否定情的作品。前者如冯梦龙和《牡丹亭》《长生殿》，后者如《桃花扇》《女仙外史》《绿野仙踪》，在这种局面下，《红楼梦》有自己鲜明的取舍。

在晚明思想的变革大潮中，冯梦龙提出了自己的“情教”说，在他评辑的《情史》一书的序言中说：“天地若无情，不生一切物。一切物无情，不能环相生。生生而不灭，由情不灭故。四大皆幻设，惟情不虚假。有情疏者亲，无情亲者疏。无情与有情，相去不可量。我欲立情教，教诲诸众生：子有情于父，臣有情于君，推之种种相，俱作如是观。万物如散钱，一情为线索，散钱就索穿，天涯成眷属。若有贼害等，则自伤其情。如睹春花发，齐生欢喜意。盗贼必不作，奸宄必不起。佛亦何慈悲，圣亦何仁义。倒却情种子，天地亦混沌。无奈我情多，无奈人情少。愿得有情人，一齐来演法。”并对男女之情的神圣地位给予肯定：“六经皆以情教也，《易》尊夫妇，《诗》有《关雎》，《书》序嫔虞之文，《礼》谨聘奔之别，《春秋》于姬姜之际详然言之。岂以情始于男女，凡民之所必开者，圣人亦因而导之，俾勿作于凉”[①]，可以看出，冯梦龙本来欲以基于合理男女之情的“情教”来取代“礼教”，开创一种全新的伦理纲常，与明代官方哲学程朱理学分庭抗礼。但诚如学者所论：“在晚明乃至整个明代，还没有一个像冯梦龙这样既有叛道者的锐气、狂气，又有传统卫道士的腐气和酸气；他既提倡爱情至上，提出‘情生万物’的哲学思想，又极力表旌忠孝节义，为封建礼教的普及摇旗呐喊；既张扬人性，热心传播自由、平等、博爱的种子，却又在‘导愚适俗’，进行‘天理’的说教，压抑人的天性。”[②] 所以，冯梦龙在男女之情与家国之情之间是想寻求和谐统一的。

《牡丹亭》和清初的两部传奇《长生殿》《桃花扇》在男女之情与家国之情关系上的取舍又不一样。《牡丹亭》中杜丽娘勇敢追求爱情，出生入死、死而复生，但是不能舍弃对父母的感情，而其父亲又曾为国立功，所以《牡丹亭》兼顾男女之情与家国之情；《长生殿》被称为“热闹的《牡丹亭》”，唐玄宗李隆基为了和杨玉环的感情而“弛了朝纲”，导致国破人亡，但他们两人在天人两隔后能忏悔往日行为，终于感动织女牛郎帮他们在王母娘娘前说情，最后在月宫重会，这里一样表现了对男女之情与家国之情的兼顾，而其忏悔意识可能对《红楼梦》有一定影响。但是，《桃花扇》却

---

① （明）冯梦龙评辑：《情史》，岳麓书社 1986 年版，第 1—3 页。

② 聂付生：《冯梦龙情教思想的逻辑分析》，《兰州学刊》2005 年第 3 期。

描写彼此忠贞的侯方域与李香君两人在国破家亡后重逢、本打算重新结合时，被道士一声呵斥："呵呸！两个痴虫，你看国在那里，家在那里，君在那里，父在那里，偏是这点花月情根，割他不断么？"于是两人双双入道修行去了。对明王朝灭亡的悲哀使两个主人公割断了情缘，该戏曲因而在男女之情与家国之情两方面都表现出幻灭感，这对《红楼梦》也是有影响的。至于《女仙外史》《绿野仙踪》这些神魔小说则对男女之情或者唐传奇中人神婚恋的故事表示了彻底的否定，尤其《女仙外史》[①] 第31回这样描写：

> 月君命演《牡丹亭》。刹魔看了一曲，笑道："是哄蠢孩儿的。"看到《寻梦》一折，刹魔主道："有个梦里弄悬虚，就害成相思的？这样不长进女人，要他何用？"向着扮杜丽娘的旦脚一喝，倏而两三班梨园子弟，俱无影响。

《女仙外史》对《牡丹亭》杜丽娘形象的彻底否定和《绿野仙踪》将唐传奇中人神婚恋故事斥为无稽之谈，虽然是基于宗教的立场，但也有否弃一切男女之情的意味。

二 《红楼梦》的取舍与新意

在以上的思想史或文学史背景下，可以看清楚《红楼梦》对"情"的鲜明立场。曹雪芹不仅创造了职责为"导情"和"钟情的首座"的警幻仙姑形象，看得出有与《女仙外史》和《绿野仙踪》否定男女之情相抗衡的意味；而且"大旨谈情"，鲜明地描写"情痴情种"的形象。但是在儿女之情与家国之情之间，《红楼梦》存在着深刻的矛盾。一方面，宝黛不能不生活在家国的庇护之下，小说因此不能不表现出对家国的深深眷恋；另一方面，支撑家国运转

① （清）吕熊：《女仙外史》，百花文艺出版社1985年版。

的男权中心的礼制造就了各种女性的悲剧，生性懦弱的贾迎春受到丈夫的虐待、悲惨而亡不说，强势的王熙凤也不能不“哭向金陵事更哀”，元春入宫、贵为皇妃似乎是莫大的荣耀，回到家来却和家人抱头痛哭；其他社会地位低下的女性如尤二姐、尤三姐、晴雯、司棋的悲剧更不在话下。贾宝玉对于这种体制与家国无意做出贡献，因而“可怜辜负好韶光，于国于家无望。天下无能第一，古今不肖无双”，乃至对“文死谏，武死战”都提出批评，而宝黛爱情也在父母之命下夭折。这样，贾宝玉在一僧一道的挟持下离开红尘，表现出儿女之情与家国之情之间深深的矛盾。我们固然不能说贾宝玉为了儿女之情而舍弃了家国之情，但他对家国的深深失望是显然的。因此他在出走前说：“走了，走了，再不胡闹了。”《红楼梦》无论对儿女之情还是家国之情都表现出幻灭感、否定感，所谓的“满纸荒唐言”大约就是指这一点，因此，与《桃花扇》基于国家灭亡而否定儿女之情的幻灭感相比是深刻得多的。基于这一点，其人物观就与传统道德观表现出深刻的差异与创新，那就是在强调女优于男的基础上，非常重视人物的才华与灵秀之气，以挣脱传统人物观的束缚。

这个问题与《金瓶梅》做一比较，可能更清楚。本来《金瓶梅》作为第一部塑造女性群像的世情小说，其人物观已有所创新。例如，潘金莲口齿伶俐，“一似淮洪”，其基于追求个人情欲满足的种种行为又大胆到出格的地步，这已经是一种“聪明灵秀之气，则在万万人之上，其乖僻邪谬不近人情之态，又在万万人之下”的雏形了。若把潘金莲的情欲换成纯情，就变成了林黛玉；把潘金莲的情欲变成权欲，就变成了王熙凤，而她们的机变口才则都超出众人。但是《金瓶梅》描写的世道实在太黑暗，描写的人物实在太龌龊，鲜活有余，风雅不足，不能称为有才华与灵秀之气。所以《红楼梦》的人物观，是继承优秀传统而又超越之的，笔者感觉如果与同时代袁枚的思想及其以“性灵说”为核心的文学主张进行比较，将使我们清楚了解其思想来源，这一点有待笔者进行更深入探讨，在此不展开。

第四节 未成年男女之间爱情的曲折进展及其性别话语意义

《红楼梦》对未成年男女之间爱情的曲折进展进行了翔实的描写，也具有非凡的性别话语意义。

宝黛爱情是《红楼梦》的情节主干，对此作者进行了非常细致的描绘，展现出男女之间在确定恋爱关系前应有的曲折，只要拿它与其他婚恋题材作品中的情节略加比较，就可以看到其中非凡的性别话语意义。

贾宝玉和林黛玉在确定恋爱关系前，有着非常曲折的感情试探，作者对此非常明了，他借渺渺真人之口说："果是罕闻。实未闻有还泪之说。想来这一段故事，比历来风月事故更加琐碎细腻了。"（第1回）的确，这在古代文学作品中是很少见的。古代描写男女恋情婚姻的才子佳人小说和戏曲名著《西厢记》《牡丹亭》等，在描写男女确定恋爱婚姻关系的过程时，往往是简单的一见钟情，没有经过充分的了解与接触，作者们大多将重点放在对外部力量干扰的突破上，而《红楼梦》则充分描写了林黛玉与贾宝玉确定恋爱关系前近乎艰难曲折的过程。下面我们先梳理这一过程及其他未成年男女之间的爱情进展，最后分析其中的性别话语意义。

一 宝黛爱情的曲折进展

宝黛之间从试探到定情本是红学中人都非常了解的，这里只做简单梳理，一般不引用情节。按《红楼梦》的描写，宝黛二人本是在贾母的呵护下青梅竹马、两小无猜的玩伴，因为善于为人处世的薛宝钗的到来，林黛玉的内心开始失去平衡。起初并没有牵扯宝黛关系，但由于二宝本也是表亲，二人走近是必然的，这就使黛玉感到了威胁，围绕着所谓的“金玉良缘”之说（以下简称“金玉之论”），二玉之间一次次展开“攻防”。第一次是在第 8 回，贾宝玉探望生病的宝钗，林黛玉随后跟来，却又故意说自己来得不巧；后贾宝玉听从宝钗的劝告不喝冷酒，林黛玉又借机嘲讽，宝玉嘻嘻一笑了事。这还只是轻巧的妒意显露。第 19 回宝玉怕黛玉吃了饭就午休对身体不好而去探望，黛玉又借冷香、暖香之说嘲讽“金玉之论”。当时二人嬉笑玩闹，其实还是其乐融融的，可以说是两小无猜的嬉戏，黛玉也只是轻灵的嘲讽。

随着年事渐长，二人的感情渐深，宝玉开始有试探性的言语和行为。第 23 回两人共读《西厢记》之后，宝玉引用《西厢记》中的话，说自己是“多愁多病身”、黛玉是“倾国倾城貌”，意思是和黛玉的关系等于张生与崔莺莺，引起黛玉生气，最后宝玉告饶。第 26 回，宝玉又一次试探，他还是借用《西厢记》里的话，对黛玉的丫头紫鹃说“若共你多情小姐同鸳帐，怎舍得叠被铺床”，再一次引起黛玉生气。这一次闹得更大，引起了二人之间的误会，到第 28 回才解开。同回中，宝黛二人还因为元春所赐的礼物中宝玉与宝钗的一样，引起黛玉对于“金玉之论”的酸意。宝玉因而说：“我心里的事也难对你说，日后自然明白。除了老太太、老爷、太太这三个人，第四个就是妹妹了。要有第五个人，我也说个誓。”这也算是一种很含蓄的爱情表白了，但黛玉警惕性很高地回答：“你也不用说誓，我很知道你心里有‘妹妹’，但只是见了‘姐姐’，就把‘妹妹’忘了。”表示她没有对宝玉放心。

接下来因贾府合家去清虚观时张道士提出要给宝玉提亲，引起了二人之间的轩然大波。原来他们之间不仅有宝玉试探黛玉，黛玉有时候也来试探宝玉，事在第 29 回，一样是围绕“金玉之论”展开。此回的争吵致使宝玉砸玉、黛玉呕吐，袭人、紫鹃一起哭泣，纠纷达到高潮，直到全家人都知道并惊动了老太太贾母。结果宝玉并不因此疏远黛玉，依然上门赔不是，二人还是和好了。第32回中，黛玉偷听到宝玉背后赞扬她，遂坚定了早有的对宝玉的知己之感。此回两人之间的亲密对话和动作围绕着宝玉要黛玉放心展开，宝玉的话使黛玉“如轰雷掣电，细细思之，竟比自己肺腑中掏出来的还觉恳切”，表明二人达到了心心相印的程度。因此宝玉终于说出了“睡里梦里也忘不了你”的话，虽然黛玉没能听到，但她对宝玉的心意已了然于心了。这样，到宝玉挨打、黛玉探望后，宝玉送黛玉旧手帕，黛玉写了《题帕三绝》，虽然宝玉不一定看到，但代表黛玉已情定宝玉了。从此再不见两人吵架，所以才会有第45回宝玉风雨夜来探望黛玉，黛玉说宝玉像渔翁，又说自己戴上蓑衣斗笠会像渔婆。此一回两人的互相体贴、融洽之状，表明试探的风雨已经过去，两人的感情已经确定。至于紫鹃在第57回试探宝玉，对他们之间的感情来说不过是多此一举，其作用不过是将这种感情彻底暴露于贾府中，并试探了贾府老祖宗贾母在宝黛婚姻上的态度。结果老太太以“我当时什么大事”一句话含糊其辞地敷衍开去。

二 其他几组未成年男女之间的爱情曲折

除了宝黛爱情，《红楼梦》还写到其他几组未成年男女之间爱情的曲折进展，包括秦钟与智能儿、贾芸与小红、贾蔷与龄官、司棋与其表兄潘又安等。《红楼梦》对他们之间爱情的描写虽比不上对宝黛爱情的描写那么细致，但也大多具有比较曲折而且强调其真情而非肉欲的特点。

秦钟对水月庵的女尼智能儿的追求具有急切的满足身体欲望的特点，但是智能儿并不是晚明以来一般小说中财色化的佛门人物，她对秦钟并不是百依百顺的：

> 谁想秦钟趁黑无人，来寻智能。刚至后面房中，只见智能

> 独在房中洗茶碗，秦钟跑来便搂着亲嘴。智能急的跺脚说："这算什么！再这么我就叫唤。"秦钟求道："好人，我已急死了。你今儿再不依，我就死在这里。"智能道："你想怎样？除非等我出了这牢坑，离了这些人，才依你。"秦钟道："这也容易，只是远水救不得近渴。"说着，一口吹了灯，满屋漆黑，将智能抱到炕上，就云雨起来。那智能百般的挣挫不起，又不好叫的，少不得依他了。（第15回）

这种描写绝没有晚明以来小说中大肆描写肉欲的特点。智能儿后来还"私逃进城，找至秦钟家下看视秦钟，不意被秦业知觉，将智能逐出"（第16回），而秦钟被父亲秦业打了一顿后不久就去世了，这段小儿女之间的爱情故事就这样无果而终了。

贾芸与小红的爱情也是一段有头无尾的故事。小红本是贾宝玉房里的丫鬟，本想接近贾宝玉以获得向上爬的机会，无奈其身边的晴雯、绮霰、碧痕等都伶牙俐齿、防范甚严，小红偶尔接近宝玉一次，就被她们严词呵斥，无奈中只好另觅他途。恰好贾家支派的贾芸来找贾琏和凤姐而谋得了在大观园种树的差事，二人有机会接近认识；又恰好小红遗失的手帕被贾芸拾得，贾芸通过小丫鬟坠儿将手帕还给小红，却要她给谢礼，小红乘机把自己的手帕传给了贾芸。据宋淇先生的意见，二人以手帕定情，可算是"手帕缘"①。书中有明确的回目"痴女儿遗帕惹相思"（第24回），写小红心神恍惚，情思缠绵，忽朦胧睡去，梦见贾芸要拉她，她回身一跑，被门槛绊了一跤，唬醒过来，方知是梦，就是此事中的重要情节。后文也有类似的情节，在贾宝玉挨打、林黛玉探望后，贾宝玉以旧手帕相送，两人因此定情。以手帕串起两对青年男女的爱情，而又写得毫不雷同，作者真乃"绝大手笔"。小红与贾芸的手帕情缘曲曲

① 参见宋淇《红楼梦识要——宋淇红学论集》之五《怡红院的四大丫鬟》中论小红的部分，中国书店2000年版，第163—184页。

折折，夹在宝黛的故事中，共涉及四回（第24、第25、第26、第27回），表现了当时地位低下的青年男女之间要接触交流是何等困难。作者将他们的情事与宝黛的情感纠葛交叉在一起写，表现了对他们情感的尊重，在第26回回目干脆以“蜂腰桥设言传心事 潇湘馆春困发幽情”为题将两组情事对写，并无厚此薄彼之感，这是作者慈悲心怀的表现。其中两人没有任何的身体接触，不过是偶遇之后四目相对，彼此有好感，或者借机打量对方。第27回还写到薛宝钗偷听小红与坠儿谈话后的感受：“怪道从古至今那些奸淫狗盗的人，心机都不错……”这也反映出时人不能接受这种正常的男女感情，但作者写来毫无色情之意，可以说，这也是一种“儿女真情”的书写吧。

贾蔷与龄官之间的感情很纯粹，更像是宝黛爱情的又一个版本。作者早早地借史湘云之口点明了龄官长相和林黛玉相似（第22回），而龄官在蔷薇花架下画“蔷”字则引起了贾宝玉的关心：

> 只见赤日当空，树阴合地，满耳蝉声，静无人语。（宝玉）刚到了蔷薇花架，只听有人哽噎之声。宝玉心中疑惑，便站住细听，果然架下那边有人。如今五月之际，那蔷薇正是花叶茂盛之际，宝玉便悄悄的隔着篱笆洞儿一看，只见一个女孩子蹲在花下，手里拿着根绾头的簪子在地下抠土，一面悄悄的流泪。宝玉心中想道：“难道这也是个痴丫头，又像颦儿来葬花不成？”因又自叹道：“若真也葬花，可谓‘东施效颦’，不但不为新特，且更可厌了。”想毕，便要叫那女子，说：“你不用跟着那林姑娘学了。”话未出口，幸而再看时，这女孩子面生，不是个侍儿，倒像是那十二学戏的女孩子之内的，却辨不出他是生旦净丑的那一个角色来。宝玉忙把舌头一伸，将口掩住，自己想道：“幸

而不曾造次。上两次皆因造次了，颦儿也生气，宝儿也多心，如今再得罪了他们，越发没意思了。”

一面想，一面又恨认不得这个是谁。再留神细看，只见这女孩子眉蹙春山，眼颦秋水，面薄腰纤，袅袅婷婷，大有林黛玉之态。宝玉早又不忍弃他而去，只管痴看。只见他虽然用金簪划地，并不是掘土埋花，竟是向土上画字。宝玉用眼随着簪子的起落，一直一画一点一勾的看了去，数一数，十八笔。自己又在手心里用指头按着他方才下笔的规矩写了，猜是个什么字。写成一想，原来就是个蔷薇花的“蔷”字……一面想，一面又看，只见那女孩子还在那里画呢，画来画去，还是个“蔷”字。再看，还是个“蔷”字。里面的原是早已痴了，画完一个又画一个，已经画了有几千个“蔷”。外面的不觉也看痴了，两个眼睛珠儿只管随着簪子动，心里却想：“这女孩子一定有什么话说不出来的大心事，才这样个形景。外面既是这个形景，心里不知怎么熬煎。看他的模样儿这般单薄，心里那里还搁的住熬，可恨我不能替你分些过来。”（第30回）

这里再次点明了龄官与林黛玉长相相似，连她在爱情中的行为举止都与黛玉如出一辙，以至贾宝玉想要劝她不要学林姑娘了。而龄官一边流泪，一边画几千个“蔷”字显示的痴情，与林黛玉也几乎毫无二致，乃至令号称“情不情”的贾宝玉想为之分担，这都是在强调她的“儿女真情”。这一点早为红学家们所认识到了。而龄官流泪画“蔷”的原因，当然是她想到自己身为优伶，与贾府本家的公子贾蔷之间的这种恋爱是极难修成正果的，正所谓“刘郎已恨蓬山远，更隔蓬山一万重”。

有了以上的铺垫，后文才直接描写龄官与贾蔷恋情之实况。值得指出的是，尽管龄官心里爱着贾蔷且深为这种不现实的情感而伤感，但当面对贾蔷时，她仍然会折磨他，这一点也颇似林黛玉对贾宝玉；而贾蔷对龄官也如同贾宝玉对林黛玉一样，有着无尽的体贴。于是我们在后文通过贾宝玉的眼睛看到，贾蔷买了会衔鬼脸旗帜的雀儿给龄官解闷，她却因之想起了自己被买来关在陌生人家里学戏供人开心的身世，说他是要打趣戏子们，贾蔷马上把笼子毁掉、放生雀儿；他听说龄官病了，又马上要去请医生，龄官却又不许他在此大热天去请，终于露出她的体贴来（第 36 回）。我们马上能想到宝黛吵架后，贾宝玉要给林黛玉拭泪，黛玉骂他“动手动脚”的，急得贾宝玉出汗后，却又自己亲自给他揩汗的情节（第 30 回）。

在这段表现龄官与贾蔷的恋情的情节之前，作者还写了龄官对于贾宝玉要求她唱《牡丹亭》里的《袅晴丝》的不假辞色的拒绝，以及贾宝玉“见了这般景况，不觉痴了，这才领会了划‘蔷’深意”“深悟人生情缘，各有分定”（第 36 回），意在强调龄官情感的专一与为人之不慕权势，这也与林黛玉类似。总之，贾蔷与龄官之间的情事虽然着墨没有贾芸与小红那么多、那么曲折，但更令人感动，可以说是作品中宝黛爱情之外又一次非常真挚的恋情描写。不过，后文中这段恋情也是不了了之的。

尤三姐最初被贾珍、贾琏兄弟玩弄，之后想嫁给柳湘莲却被他怀疑不贞，结果自刎而死；司棋与其表兄潘又安偷会密约，被鸳鸯撞见后潘又安逃走，其送给司棋的信物在抄检大观园时被发现，司棋“低头不语，也并无畏惧惭愧之意”（第 74 回），之后却撞墙自尽（第 92 回），都写出了女孩子在情事上的刚烈与自持。同时，这两组曲折爱情的结局都是悲剧，它们一起陪衬了宝黛的爱情悲剧。

三 未成年男女之间爱情的进展描写的性别话语意义

以上我们简单地概述了宝黛二人定情的经过并概述了其他几组

小儿女之间的恋情。将其放在古代文学中去看，可以发现其非凡的性别话语意义。男女之间的感情本来需要长期的摸索、试探才能得到确定，古代文学中却少见此类描写，一般是把重点放在婚姻上。唐传奇作为古代小说初步成熟期的作品，其描写男女爱情婚姻的代表作《莺莺传》《李娃传》《霍小玉传》《任氏传》《柳毅传》《柳氏传》等均不见有男女之间的这种磨合试探的描写。宋元话本和明代拟话本小说中也没有这种描写；描写成年人家庭内的妻妾争风吃醋乃至偷情的世情小说名著《金瓶梅》中当然也不见；《醒世姻缘传》中狄希陈和妓女孙兰姬虽然都只有十五六岁，但也只是见面就发生关系，狄希陈和第二个妻子童寄姐算是自由恋爱的，不过作品没有写到他们之间的曲折试探。戏曲名著《西厢记》《牡丹亭》等作品中也基本没有这种描写，即使有也写得很简单。《红楼梦》要“将儿女真情发泄一二”，果然做到了。这种儿女真情的细致描写显示出较高的人文价值，因为它显示出男女之情固然是排他的、容不下第三者存在的，但同时也是需要长期磨合而确定的。世界上固然不乏一见钟情式的爱情，但更多的男女之间的感情并不是一蹴而就的。《红楼梦》的这种描写就具有为女性情感张目的意义；同时，《红楼梦》的描写又显示出这种情感是纯洁的，绝不是洪水猛兽，相反，倒是《金瓶梅》里的男女关系才有荼毒笔墨的嫌疑，因此《红楼梦》就将男女之情推到了一个无可比拟的高度，是晚明以来主情文学思想的大总结和大完成。

总之，《红楼梦》对宝黛等人曲折爱情的描写开辟了对未成年男女间本真情感描写的新天地，从而开启了现代社会同类话题无限广阔的新天地。

结　语

以下重点谈一谈《红楼梦》中女性形象及女性话语相对于

《金瓶梅》《醒世姻缘传》的嬗变。之所以将《儒林外史》与《歧路灯》在此略过不谈，是因为它们与《红楼梦》差不多是同一时代的作品，谈及嬗变，当然不必将其与《红楼梦》进行比较。后文我们在谈明代两大世情小说（《金瓶梅》与《醒世姻缘传》）与清代三大世情小说（《儒林外史》《红楼梦》《歧路灯》）的整体嬗变时会将它们纳入比较范畴。

一个很显然的事实是，《红楼梦》中贵族家庭里很少有《金瓶梅》《醒世姻缘传》中如潘金莲、薛素姐那样出格的女性，种种由女性导致的红杏出墙或“家反宅乱”的情形很少，当然也不是绝对没有（如夏金桂搅乱薛家）。这应该是由于：首先，明末清初学者与清政府对于社会、家庭秩序的重视使程朱理学回归到正统地位；其次，贵族家庭更标榜礼教。

在《红楼梦》中，中老年女性如邢夫人、王夫人、尤氏对其丈夫都是百依百顺的，如邢夫人、尤氏对贾赦、贾珍的荒唐行为都不加劝阻，邢夫人还帮贾赦去向贾母讨鸳鸯为妾；而王夫人劝阻贾政拷打儿子贾宝玉时，还说出“宝玉虽然该打，老爷也要自重。况且炎天暑日的，老太太身上也不大好，打死宝玉事小，倘或老太太一时不自在了，岂不事大”（第 33 回）这样委婉的话来，并不敢有任何激烈的表示。可能出于对上了年纪的女性的尊重，作者对中老年女性的生活状态并没有表露出明确的肯定或否定的态度，但在对年轻女性的描写中却一律投上了悲剧的色彩，连女强人王熙凤也没能例外。这既是一种悲天悯人情怀的表现，也是一种对女性整体命运的人文观照，比起《醒世姻缘传》对以薛素姐为典型的悍妇的批判，显得更有哲学与宗教情怀。

另外，《红楼梦》接过了《醒世姻缘传》开始的在世情小说中赞扬女性才华与品格的话题而大大发扬，主要体现在三个方面。

第一，它所赞美的女性比《醒世姻缘传》中的大多数女性都年轻。《醒世姻缘传》中的晁奶奶和童奶奶是中年以上的女性，而《红楼梦》除了贾母外，其他被赞美的女性都是年轻人。似乎可以说，到《红楼梦》的时代，中国的女性文化经历了一次新生，因而更朝气蓬勃了。不过在《红楼梦》作者的眼中，女性所受到的压抑依旧。

第二，女性的文化内涵更加高雅和多元，而不只是实用性的才华。如前文所言，林黛玉的背后有李清照的影子；贾探春的身后站立着的是如王安石这样锐意改革而又不乏文才的人物；史湘云依托的是魏晋名士的风度；王熙凤可能有嗜好权力的武则天的投影；至于薛宝钗身上，更是集合了儒家与道家老子、法家与兵家的诸种因素。连老年人贾母都有雅致的爱好，如酒令可以脱口而出（第 40 回），追随年轻人到芦雪庵赏雪、品梅花（第 50 回），赏慧绣（第 53 回），听戏尚清淡（第 54 回），隔水品笛（第 76 回），这些情节一再显示了作者对这个老祖母的高雅审美情趣的欣赏，当然这也是贵族人家老祖母才有的修养。

更重要的是，《红楼梦》中的这些年轻女性还举办了高雅的诗词创作与比赛活动，也就是结社。这是《金瓶梅》与《醒世姻缘传》中都没有的，反映了清代女性文学活动更加活跃。美国学者高彦颐的专著《闺塾师——明末清初江南的才女文化》[①] 的第五章和第六章分别谈到明清时期女性诗人们的“家居式”结社与公众式结社，应该是《红楼梦》写到的女性结社的来源。

第三，《红楼梦》还将赞美的笔触伸向了许多处于社会底层的女孩子，显示了作者博大与慈悲的胸怀。她们包括丫鬟、戏子甚至佛门的女子，而最引人注目的有晴雯、袭人、平儿、鸳鸯、紫鹃、芳官、司棋、香菱、妙玉等人。

《金瓶梅》第一次大范围地描写了处于社会底层的女性，如西门庆家的丫鬟庞春梅、秋菊、玉箫，妓女李桂姐、郑爱月等人，但

---

① ［美］高彦颐：《闺塾师——明末清初江南的才女文化》，李志生译，江苏人民出版社 2005 年版。

她们或凶狠，或愚笨，或为争风吃醋而陷害他人，竟然没有一点亮色。《醒世姻缘传》很少写到这一类人物，只有小珍珠和妓女孙兰姬给人印象稍微深刻：小珍珠被童寄姐迫害而死，是因为她们有前世的冤仇；孙兰姬与狄希陈有过一段交往。她们都是过场人物，作者没有花太多笔墨，也就不能给读者留下深刻印象。《红楼梦》则不同，作者以同情、欣赏的郑重笔调描写了一大群处于社会底层的女孩子，即使她们才小善微，曹雪芹也会认真地加以描绘。于是读者看到了勇晴雯病补孔雀裘、贤袭人娇嗔箴宝玉；平儿为王熙凤之助手却温和公正；鸳鸯身处贾母之侧却绝不以势欺人，还敢于拒绝成为荣国公贾赦之妾；紫鹃为主人而慧心试探宝玉；司棋毫无愧色地承认自己的爱情；香菱忘却身世而苦心学诗；连芳官之娇憨、莺儿之婉转这样细微的情态都被作者捕捉下来加以描摹，佛门女子智能儿与秦钟的爱恋也写得与其他世情小说中财色化的女尼毫不相同，毫无色情之感。可见曹雪芹真是把她们当成真正的人而不是玩物。再结合贾宝玉对金钏儿死后郑重的纪念，在晴雯死后写了一篇长篇祭文，可以说，《红楼梦》字里行间有一种对处于社会底层的女孩子的难得的人文关怀。总之，无论从广度还是深度来讲，《红楼梦》对处于社会底层的女孩子的尊重与欣赏都是空前的。这也就是说，《红楼梦》的女性话语不为阶层所限，其对女性的尊重涉及一切女性，体现出一种近乎女性主义却又不像西方现代女性主义那样激进的态度。为此，涂瀛有赞曰："自有天地以来，生其间者不知几恒河沙数矣。开天明道有人，主治立极有人，扶持世教有人，羽翼经传有人，独闺阁无传心之谛，作养之人。造物有忧之，于是萃日之精月之华，花木之灵芬，山川之秀异，笃生一不道不德、不功不业、不雅不俗、不顽不灵者，为蛾眉调其气，为脂粉和其神。夫色爱易也，敬为难；亲易也，养为难。此处有急索解人不得者。是必由生知安行，加以尽性至命工夫，直造到人欲尽净，天理流行，然后一念之仁而众美各若其性，一念之义而众美各畅其情，一念之礼而众美各忘其形，一念之智信而众美各尽其才，各奠其位而已也。乃如度花之风，意在花而不为花住，照花之月，意在花而不为花私，夫然后香温玉软，不摧于怨雨凄风，绿腻红酥，不侮于狂蜂醉蝶，于以主持巾帼，护法裙钗，极大块之文章，实人间之瑞事。”① 这段话可以说很好地总结了贾宝玉，也体现了《红楼梦》对笔下女性的尊重爱护之意。

① （清）涂瀛：《红楼梦说梦》，见一粟编《红楼梦卷》（第一册），中华书局 1963 年版，第 126—127 页。

第四编

《歧路灯》的人物形象与性别话语

在《金瓶梅》《醒世姻缘传》之后，《歧路灯》虽然不是最重要的世情小说，但也是比较值得注意的。它反映出清代思想文化界在以《红楼梦》为代表的“进步”思想之外的另一种路数，也就是正统的路数。虽然在一段时间内，基于对传统的严厉批判，《歧路灯》的思想被视为落后的，但今日看来，它尚有很多值得挖掘、推崇的地方。这种思想自然会折射到它的性别话语上来，是《红楼梦》所谓“进步”的性别思想之外的一个重要的性别书写文本。为此，需要先分析其中前所未有的得到仔细描写的人物形象。

第一章

《歧路灯》中的男性形象及性别话语

在世情小说性别话语书写的领域，《歧路灯》的贡献是塑造了一批理想的士人形象，以及几位迷途知返的青年人形象，通过他们，作者基于理学与礼教的立场思考了关于男性应该怎么生存的问题，其中有很多理念至今仍不无价值，这是其他几部小说没有或比较少正面表达的。

第一节　理想的士人

《歧路灯》描写了以谭孝移为首的一批理想士人，而且其笔墨相比《金瓶梅》《醒世姻缘传》而言大大增加，正是他们最终将主人公谭绍闻引回了正路。虽然他们并不是小说的主人公，但这种描写显示了理想士人的正面影响力，无疑是我们分析《歧路灯》的男性性别话语时要特别注意的，它关系到男性应该以什么姿态存在的问题。在今天这个经历了对正统思想的严厉批判后发现这样太过激进的时代看来，相关的描写有不少值得肯定的因素，有待仔细挖掘。

与我们曾经不分青红皂白地批判理学不同，《歧路灯》区别了“真理学”和“伪道学”，对前者加以肯定，对后者加以否定。书中正面人物谭孝移、孔耘轩、张类村、程篙淑、苏霖臣、娄潜斋、谭绍衣等即是作者所肯定的“真理学”，他们说的话“都是布帛菽粟之言”，没有“一句理学话”，做的事却没有“一宗不理学”，故被称为“正经理学”“大端人”。那么这些人物到底有什么值得肯定的地方呢？其实他们有很多特点是与受到学界较多肯定的《儒林外史》中的士林人物相通的。

结合《歧路灯》对这些士人的描写，我们将看到，该小说可谓一部儒家家庭文化的教科书，其核心是展示一个青年人如何走人生路。所以，《歧路灯》是一部关于男性话语的规范而细致的小说文本。在分析了各个具体的理想士人形象之后，我们将对其男性话语加以总结，其中自然有着今人看来不无迂阔之处，但具有作为儒家家庭文化教科书的价值。

一　谭孝移

作为主人公谭绍闻父亲的谭孝移，是作者花了最多气力描写的正派人物。过去对此人有较多非议之词，无疑是不恰当的。谭孝移是有清以降在儒家文化复苏、统治者大力提倡程朱理学的环境下产生的代表人物，是一个地地道道的理学家。可以说，这一人物是世情小说中第一次完整而细致描写的严格遵守传统文化的男性，因而可以说也代表了儒家的男性话语。

1. 立身谦虚谨慎

谭孝移要求自己的一切行为必须符合儒家纲常礼教的标准，有的时候甚至已经达到了迂腐的程度，程嵩淑曾评价他说：“那个端方正直，一言一动，都是不肯苟且的。直到四五十岁，犹如守学规的学生一般。”[①]（第14回）不但自己门无杂宾，结交的“都是些极正经有学业的朋友。花晨月夕，或作诗，或清谈，或小饮”

---

① （清）李绿园：《歧路灯》，栾星校注，中州书画社1980年版，第150页。以下所引此著，只注明回目。

（第1回）。

谭孝移的确是一个异常谦虚谨慎的人。被友人保举贤良方正，他极力推辞，表示名不副实，一则说："我如何当得这个！我是要辞的。"再则说："一发惭愧要死！一定大家公议，举一个实在有品行的才好。""这事是要大费商量的。"其实他是受到大家一致肯定的人物。对于知晓此事的好朋友娄潜斋，他责备其不告诉自己，又表示自己一定会推辞此称号，理由是自己于心不安："这铺地盖天的皇恩，忠弼岂肯自外覆载？但'贤良方正'四个字，我身上那一个字安得上。论我的生平，原不敢做那歪邪的事，其实私情妄意，心里是尽有的。只是想一想，怕坏了祖宗的清白家风，怕留下儿孙的邪僻榜样，便强放下了。各人心曲里，私欲丛杂的光景，只是很按捺罢了。如今若应了这保举，这就是欺君，自己良心万难过去。这是本情实话，你还不知道我么？"（第6回）这是万分诚实而且谦虚之语。

作者李绿园对谭孝移的品行是极力赞赏的，将其列为"祥符六君子"之首，在第4回更是通过多人之口对其进行了一番赞赏。首先是新任正学周东宿向孔耘轩打听谭孝移的为人，孔耘轩"便一五一十地把谭孝移品行端方，素来的好处，说个不啻口出"，副学陈乔龄也夸赞他说："我不知他别的，只知文庙里拜台、甬路、墙垣，前年雨多，都损坏了，他独力拿出百十两银子修补。我说立碑记他这宗好处，他坚执不肯。"（第4回）于是学里送了他一块"品卓行方"的金匾，这四个字可以说是对谭孝移一生的一个准确概括和评价，所以皇帝下令保举贤良方正时，大家才会一致推举他。这说明他被保举贤良方正是众望所归。

2. 淡于功名富贵，重视品质修养

他性情恬淡，被保举贤良方正后进京面见圣上，别人都会马上到官场去钻营结交达官显贵，以求将来好做官，谭孝移却不妄交一人：

> ……班役便催写拜客单儿。孝移道："明晨拜客，不过两个地方，不用开单。待我晚上寻思，再酌度。"班役道："老爷到京，办理功名，贵省在京做官的极多，各处投上个帖儿，也是一番好拉扯，为甚的只一两处？"孝移道："我只拣实有相与的走走，别的素日无交，不敢妄为起动。有翰林戚老爷，那是旧日同窗，极相好的。有兵马司尤老爷，是同街的乡邻，也极相好。我带着他两家平安家信，这是一定要拜的。至于别的老爷，我却知道他的官爵，他全不晓我的姓名，如何敢去？……"（第 7 回）

后来为了后代的教育，他干脆放弃了一生唯一为官的机会。

对于科举，谭孝移固然不表示反对，但是他更重视的是道德品质的培养。因被保举贤良方正、进京面见皇帝，他有将近两年的时间离开家庭，回家后他首先关心的是儿子谭绍闻的教育问题，特别是有没有读《五经》。他问被聘请的先生侯冠玉："（绍闻）《五经》读熟不曾？讲了几部呢？"侯冠玉道："如今考试，那经文，不过是有那一道儿就罢。临科场，只要七八十篇，题再也不走；即令走了，与同经的换。要是急于进学，想取优等，只用多读文章，读下千数篇，就够套了。"孝移道："穷经所以致用，不仅为功名而设；即令为功名起见，目不识经，也就言无根柢。"侯冠玉却说："只要多读时文，俗话说：'好诗读下三千首，不会做来也会偷。'读的多，多就会套。'砍的不如镟哩圆'，放着现成不吃，却去等着另做饭？……"（第 11 回）可见相比以侯冠玉（其姓名中有"沐猴而冠"之意）为代表的市井俗儒，谭孝移是不急于功名的人。后来他又对家里的账房先生阎相公说：

> 先生者子弟之典型。古人易子而教，有深意存于其间焉。嗣后子弟读书请先生，第一要品行端方，学问淹博。至于子弟

初读书时，先叫他读《孝经》，及朱子《小学》，此是幼学入门根脚，非末学所能创见。王伯厚《三字经》上说的明白，"《小学》终，至《四书》。《孝经》通，《四书》熟，如《六经》，始可读。"是万世养蒙之基。如此读去，在做秀才时，便是端方醇儒；到做官时，自是经济良臣；最次的也还得个博雅文士。若是专弄八股，即是急于功名，却是欲速反迟；纵幸得一衿，也只是个科岁终身秀才而已。总之，急于功名，开口便教他破、承、小讲，弄些坊间小八股本头儿，不但求疾反迟，抑且求有反无；况再加以淫行之书，邪荡之语，子弟未有不坏事者。（第11回）

这里所说的，自然都是有道理的话。谭孝移对士人埋首八股文和热衷于功名富贵的否定态度是与《儒林外史》相一致的。

3. 重视对后代的良好教育与家风的传承

教育问题既是《歧路灯》关注的核心，也是谭孝移关注的核心。这一点在上面所引述的小说文本中已有所涉及，之所以单独提出来，是因为它是小说所关心的最重要的问题。谭孝移对后代严格要求，表现在他很少允许自己唯一的儿子随便出门玩耍。例如，三月三本地有一个非常热闹的吹台大会，王氏想让谭孝移带着端福（谭绍闻）到会上走走，谭孝移说："小孩子赶会，有什么好处，不去罢。""我在会上，从来没见有一个正经读书的人，也没见过正经有家教的子弟在会上；不过是那些游手博徒，屠户酒鬼，并一班不肖子弟，在会上胡轰。所以不想叫孩子们去。"（第3回）谭孝移之所以如此约束孩子，一方面固然是因为他严格遵循理学的要求，另一方面他也担心端福受到当时社会不良风气的影响，走向败家的道路。"我在这大街里住，眼见的，耳听的，亲阅历有许多火焰生光人家，霎时便弄的灯消火灭，所以我心里只是一个怕字。"因此，他就"要把一个孩子，只想锁在箱子里，有一点缝丝儿，还用纸条糊一糊”（第3回，谭孝移之妻王氏语）。这样当然有不足之处，那就是过于拘谨，但也不见得全是坏处。

传统儒家要求读书人“修身、齐家、治国、平天下”，因此对于谭孝移来说“延师教子”是头等大事。他认为“教小儿蒙师，先要博雅，后来好处说不尽。况且博雅之人，训蒙必无俗下窠臼”（第2回），于是他经过深思熟虑之后请了“端方正直博雅，尽足做幼学楷模”的娄潜斋来给儿子做塾师。

为了家庭有良好的家风传承，他又为儿子选择了举止端庄的孔家孩子孔慧娘当媳妇，因为他看重孔家的良好家风。当他偶然和娄潜斋去看望孔耘轩，巧遇孔慧娘和丫鬟仆妇一起织布，见有生人来，其他人嘻嘻哈哈逃走，孔慧娘则“丢下线头，从容款步而去”，落落大方的样子给他留下了深刻印象。除此之外，谭孝移更觉得孔家家风良好：

> 孔缵经（孔耘轩之弟）道：“这是家兄为舍侄女十一岁了，把家中一张旧机子整理，叫他学织布哩。搬在前院里，宽绰些，学接线头儿。不料叫客看见了。恕笑。”孝移道：“这正是可羡处。今日少有家业人家，妇女便骄惰起来。其实人家兴败，由于男人者少，由于妇人者多。譬如一家人家败了，男人之浮浪，人所共见；妇女之骄惰，没有人见。况且妇女骄惰，其坏人家，又岂在语言文字之表。像令兄这样深思远虑，就是有经济的学问。”（第4回）

这种要求孩子勤勉的考虑，正是中国古代文化一贯的考量，试看同为清代人的曾国藩对子弟的教育：“诸弟不好收拾洁净，比我尤甚，此是败家气象。嗣后务宜细心收拾，即一纸一缕、竹头木屑，皆宜捡拾，以为儿侄的榜样。一代疏懒，二代淫佚，则必有昼睡夜坐，吸食鸦片之渐矣。四弟、九弟较勤，六弟、季弟较懒，以后勤者愈勤，懒者痛改，莫使子侄学得怠惰样子，至要！至要！子侄除读书外，教之扫屋、抹桌凳、收粪、锄草，是极好之事，切不可以为有损架子而不为也。”[①] 对于儿媳妇，曾国藩也严格要求：“新妇初来，宜教之入厨作羹，勤于纺绩，不因其为富贵子女不事操作，大、二、三诸女已能做大鞋否？三姑一嫂，每年做鞋一双寄余，各表孝敬之忱，各争针凿之工；所织之布，做成衣袜寄来，余亦得察闺门以内之勤惰也。”[②] 所以为儿子选择媳妇时，曾国藩也是避免选择骄奢之家的孩子：“常家欲与我结婚，我所以不愿意者，因闻常世兄最好恃父势作威福，衣服鲜明，仆从烜赫，恐其家女子有宦家骄奢习气，乱我家规，诱我子弟好奢耳。”[③] 可见选择家风良好的勤勉之女，而非看其家是否有权势，是清代有良好家风传承的家庭共同的择媳观。作者在第 74 回有一段议论也与此相同：“所以古人择配之法，但问家室，不计妆奁，正是这个意思。”

谭孝移为儿子选择了品行学问良好的娄潜斋为师，又选择了家风良好的孔家女儿孔慧娘为妇，可惜因各种原因，其子竟堕落到赌博嫖妓之路上去，令人叹息。

在今天看来，谭孝移的缺点当然不是没有，小说也提到他“胆小如芥，心细如发”（第 9 回），在教育子弟时有过于拘谨的毛病，以上通过与娄潜斋的对比可看出（见第 3 回关于带不带谭绍闻去禹王台大会的争议）。但是，这不构成他人格上的污点。总之，他也算是一个难能可贵的人物了。

二 士林快人与达人：程嵩淑

李绿园笔下的理学士人群像并不给人千人一面的感觉，而是各有其性情与说话的口吻。其中程嵩淑就是一位颇具个性的人物，他

---

① （清）曾国藩：《曾国藩治家全书》，岳麓书社 1996 年版，第 29 页。

② （清）曾国藩：《曾国藩治家全书》，岳麓书社 1996 年版，第 31 页。

③ （清）曾国藩：《曾国藩治家全书》，岳麓书社 1996 年版，第 6 页。

是“祥符六君子”中个性最为豪爽的一位，副学陈乔龄评价他说：“学问极好，做诗、做对子，人人都是央他的。他也挥金如土，人人都说是个有学问的好人。只是好贪杯酒儿，时常见他就有带酒的意思。”（第 5 回）其实这正是他堪称性情中人的表现。他性格豪爽，又不喜八股文，所以不被当时社会认可，满腔才学却无处施展，只能借酒浇愁，只有真正了解他的人才明白，他其实“学问博洽、经史淹贯”“天资超轶”（第 4 回）。虽说他也是个理学家，但并不像谭孝移那样谨小慎微，对于看不惯的事敢于放言高论，以“士林快人”来形象地称呼他，应该是恰切不过的。他可以说代表了谭孝移被压抑的自我和死后的变换形式的存在，有程嵩淑和其他人时常提点谭绍闻，才将后者从歧路上拉转回来。

程嵩淑愤世嫉俗，最讨厌假道学、伪道学，他曾一针见血地批评那些伪道学：

> 偏是那肯讲理学的，做穷秀才时，偏偏的只一样儿不会治家；即令侥幸个科目，偏偏的只一样儿单讲升官发财。所以见了这一号人，脑子都会疼痛起来。更可厌者，他说的不出于孔孟，就出于程朱，其实口里说，心里却不省的。他靠住大门楼子吃饭，竟是经书中一个城狐社鼠！……更有一等，理学嘴银钱心，搦住印把时一心直是想钱，把书香变得铜臭。好不恨人。（第 39 回）

这就很接近晚明思想家李贽对伪道学的批判了。

程嵩淑是当时那种社会环境中少有的“学问博洽，经史淹贯”却又“言语直快”的士人。他不像大多数读书人那样说话婉转，而是快人快语，说话办事干净利落。例如，在召集众学员保举贤良方正时：

只见众秀才们唧唧哝哝，喉中依稀有音；推推诿诿，口中吞吐无语。乔龄道：“喜诏初到时，倒像有个光景，如何越迟越松。”原来秀才们性情，老实的到官场不管闲事；乖觉的到官场不肯多言；那些平素肯说话的，纵私谈则排众议而伸己见，论官事则躲自身而推他人，这也是不约而同之概。且说秀才中程希明（即程嵩淑——笔者论）见不是光景，遂上前打躬道：“这宗事，若教门生们议将来，只成筑室道谋，不如二老师断以己见。老师公正无私，人所共知，一言而决，谁能不服。”……东宿道：“还要众年兄裁处。”程希明道：“若要门生们裁处，要到八月丁祭，才具回复哩。”（第5回）

在这种众人“唧唧哝哝”的时候，能够心直口快地发表意见的，大概就只有豪爽的程嵩淑了。

对于从年少时就失于依怙、被匪类带入歧路的谭绍闻，程嵩淑常将其唤醒。这是由于他讲究朋友道义。谭孝移去世三年后，其生前的几位好友重聚碧草轩，苏霖臣劝程嵩淑喝酒，却被程嵩淑抢白了一通：“霖老真以酒汉视我么？今日碧草轩饮酒，诸旧好俱在，谭孝老已作古人。今昔之感，凄怆莫状。欲形诸嗟叹，却又非酒筵所宜。我也不过在此强坐而已。”（第14回）在酒桌上他又问起了已经抛却书本日久的谭绍闻如何理解“继志述事”，结果谭绍闻回答不出来，这时，依然是程嵩淑站了出来，以一位长辈的身份对他进行了一番恨铁不成钢的训导：

老侄，令尊去世之日，我在山东，未得亲视含殓。后来抚棺一哭，你也大哭，我如何说你来？令尊只亲生你一个儿子，视如珍宝。令尊在世之日，你也该记得那个端方正直，一言一动，都是不肯苟且的。直到四五十岁，犹如守学规的学生一般。你今日已读完《五经》，况且年过十五，也该知道“继志

> 述事”，休负了令尊以绍闻名字之意。为甚的不守规矩，竟乱来了呢？即如前月关帝庙唱戏，我从东角门进去看匾额。你与一个后生，从庙里跑出来，见了我，指了一指，又进去了。我心中疑影是老侄。及进庙去，你挤在人乱处，再也看不见了。这是我亲眼见的。你想令尊五十岁的人，有这不曾？你今日若能承守先志，令尊即为未死。你若胡乱走动，叫令尊泉下，何以克安？我就还要管教你，想着叫忘却不能！（第 14 回）

这番训导发自内心、恳切无比，字字珠玑，足以见得他是真心站在一个长辈的位置上，关切自己友人的后代，为的不过只是“道义”二字。他是谭孝移生前知交中最尽心尽力帮助谭绍闻的人，在很大程度上已经超过了谭绍闻的泰山大人孔耘轩。最为明显的就是谭绍闻有一次想痛改前非，请一位先生来继续教他读书，程嵩淑当场就决定请孔耘轩的同年智周万，紧接着便干净利落地将延师的事情办完了，孔耘轩反倒有点勉强为之。孔耘轩觉得智周万是来省城办事的，事情办完了肯定就回去，还是不去打扰别人的为好，程嵩淑便在此时表露了自己的心声：“贵同年前日相会时，他曾说过，愿留省城，图校字便宜些，今日何由知他必归？总之，今日为念修（即谭绍闻——笔者论）延师，非为念修也，乃为孝移兄耳。即以延师之事托耘老，也非为姻戚之见，乃为孝移兄当年交情。若不然，这满城中失教子弟最多，我老程能家家管他么？”（第 55 回）当谭绍闻听信风水先生的话要迁祖坟，程嵩淑对孔耘轩说：“咱们若要顺水推舟，做世俗上好人，也不难，只是把谭孝移生前旧交，置于何地？于心着实不安。”（第 62 回）虽然老朋友已经去世多年了，而且与孔耘轩相比自己也只是个外人，但是他觉得自己对于朋友的儿子有着一种不可推卸的责任，所以毅然出来阻止，声色俱厉地训斥谭绍闻的不孝之举：“谭绍闻啊谭绍闻！你那意思像有不喜我辈所说之话。我爽利对你说罢，你若敢妄行启迁，我就要呈你个藐视父训，播弄祖骨。我程嵩淑，实为与你父道义至交，不能在你面前顺情说好话。你要知道！”（第62回）他对于谭绍闻的所有教育和帮助都是出于与过世朋友的友情，也正是这种真挚之情，才使得最后在谭绍闻决心“用心读书，亲近正人”时，他果断地出面帮忙，教他怎样料理家事，筹偿赌债；最后还亲自担任他的老师，教授他课业，让他终于摆脱了过去的生活，考中了科举重振家业。

程嵩淑的快人快语类似于《三国演义》中的张飞、《水浒传》中的李逵，但张飞、李逵往往因心直口快而惹事，程嵩淑的口快则令人觉得爽利，并最终挽救了谭绍闻。

三 通儒娄潜斋

娄潜斋是作者心目中完美士人的代表，他处事干练而通达，有原则而能济世，是“祥符六君子”中唯一一位真正能将“修身、齐家、治国、平天下”的道理融会贯通、贯穿始终的人。作者曾借一向快人快语的程嵩淑来评议娄潜斋：“这潜老才是正经理学，你听他说话，都是布帛菽粟之言，你到他家满院都是些饮食教诲之气，所以他弟兄们一刻也离不得，子侄皆恂恂有规矩。自己中了进士，儿子也发了，父子两个有一点俗气否？……二公试想，咱们相处二十多年，潜老有一句理学话不曾？他做的事儿，有一宗不理学么?”（第39回）他身上综合了诸位正直朋友的优点，作者依然借程嵩淑之口赞美他：“咱数人相交，原可以当得起朋友二字。但咱三人之所以不及潜老者，我一发说明：类老慈祥处多断制处少，耘老冲和处多棱角处少，我便亢爽处多周密处少。即如孝移兄在日，严整处多圆融处少。惟娄兄有咱四人所长，无咱四人之短。”（第39回）也就是说，娄潜斋既仁慈，又不失原则；既干脆，又不失圆融，高明而严密。由此可见娄潜斋在作者心目中的位置，他应该就是作者的投影，类似于《醒世姻缘传》中的邢皋门，都是令人推崇的所谓“外圆内方”的人物。

娄潜斋名昭，潜斋为其字，原是祥符县北门内一个庄农人家，靠着自己的寒窗苦读，做了府学秀才，虽有几次科举不利，但最终步入青云，先任馆陶县令，后升济宁刺史，是古代耕读之家凭借良好的学养、品行与才干进入仕途的典范。他曾说：

> 前辈说："子弟不可随任读书，不惟无益，且坏气质。"惟我这个衙门，纱帽下还是一个书生，二堂后仍然是一个家居。迂腐两个字，我舍不得开拨了；俗吏两个字，我却不肯聊复尔尔……（第71回）

他先因"端方、正直、博雅"的品格被谭孝移延请为谭绍闻的启蒙之师，而且不辜负东家的厚望，对谭绍闻教导有方，使之自入学之后，"一日所读之书，加倍平素三日"（第2回），小小年纪就因为可以默诵《五经》而通过了提督学院的考试，这可以算得上谭绍闻前三十年人生中少有的荣耀了。只因为太年少，谭绍闻才没有被给予秀才的资格。虽然娄潜斋在科举考试中选择考《五经》，又给学生讲授《五经》，但他不是一个迂腐的学究式人物，如三月三的时候，王氏让谭孝移带着孩子们去看看热闹，谭孝移不同意，害怕孩子们见到了新奇事物之后不再专心读书，但娄潜斋却认为："只要天气好，就去走走"也无妨，"自古云：教子之法，莫叫离父；教女之法，莫叫离母。若一定要把学生圈在屋里，每日讲正心诚意的话头，那资性鲁钝的，将来弄成个泥塑木雕；那资性聪明些的，将来出了书屋，丢了书本，把平日理学话放在东洋大海。"（第3回）

不像那些不谙事体的理学家，"娄潜斋是真正经术之士，明决果断"（第10回）。在谭孝移被保举贤良方正后，他深知依谭孝移的性情，是绝不会自己带着银子去上下打点的，于是他便悄悄地安排谭家仆人王中、账房先生阎楷提前将打点的事情办得滴水不漏：

"……我如今请阎相公来，大家商量，预先打点明白，学里文书申起去，只要顺水推舟，毫不费力。你大爷想不应时，生米已成熟饭。"王中道："这个好，但不知怎么摆布？师爷必有现成主意，说与小的，小的只照道儿描。"潜斋问阎相公道："如今账房有银子么？"阎相公道："有，昨晚山货街缎铺里，送了房银八十两，还没上账哩。"潜斋道："这笔账就不必上。阎相公，你同王中先拆开五十两，去衙门办理。日后算账时，开销上一笔，就说是我的主意。"（第5回）

又如，第6回被保举的贤良方正聚在碧草轩商量何时进京面圣，一个个都拿不定主意，这时娄潜斋提议说："不妨诸兄各自回家，等过了新年进省，到省中过了灯节上京，又不热，也不太冷，不怕河，也不怕壁虫。"（第6回）众人都称："所见极是，即此便为定准。"所以谭孝移才暗暗夸他："娄潜斋家居秀才，料事如此明鉴，将来发达，必是谙练事体之员。"（第10回）不仅如此，他做了馆陶县令后："满馆陶境内个个都是念佛的，连孩子、老婆都是说青天老爷。无论咱知交们有光彩，也是咱合祥符一个大端人。"（第39回）可见他干练中又有仁慈，深得老百姓爱戴。后来升任济宁刺史，其幕宾荀药阶则如是肯定他："……是一个最祥慈最方正的……弟在山左作幕已久，初到济南府，口尚无须，今已成苍然叟矣。官场所经甚多，见那营钻刺、走声气者，原有一两个爬上去的；而究之取厌于上台，见嗤于同寅，因而挫败的也就不少。有一等中正淳朴，实心为民的官，因为不能奉承上司，原有几个吃亏的；内中也极有为上司所默重，升转擢迁的。即如令尊老先生，何尝晓得通声气、走门路？一般也会升转。前日青州府缺出，省城敝友有个秘信，说济宁有分。所以说躁者未必得，静者未必失。做官只留下自己人品，即令十年不擢何妨？……若丧了自己的人品，即令一岁九迁，到卸却纱帽上床睡时，只觉心中不安；子孙后来气短……即如娄世兄，异日自是翰詹仙品，那就不用说了；万一就了民社之任，即照令尊这样做官，就是个治行谱。”（第 71 回）这就是对娄潜斋的最高肯定。作者还设置了这样一个情节来显示对娄潜斋德行的褒奖，他的儿子娄朴在参加科举考试时试卷本被黜落，却被鬼魂两次拾起来放在桌上，最后阅卷人提经主考官批准，终于将娄朴录取。作者暗示：“或言这是济南郡守娄公，在前青州府任内，雪释冤狱，所积阴骘。”（第 102 回）很显然，这一情节是从《窦娥冤》中窦娥的冤魂三次将自己的卷宗拿到最上面、使父亲重新审理自己案子的情节得到了灵感，其内涵却在于祖上积德将泽及子孙的思想。

娄潜斋为人有自己的原则却又不失仁慈。他不做任何违背自己操守的事情，如他在参加科举考试时，因为答卷中“汉武帝之崇方士，唐宪宗之饵丹药”一句有暗讽皇帝沉迷方术之嫌，没能中举。谭孝移替他惋惜，他说道：“臣子固不可以戆言激君父之怒，若事事必度其有济，不又为阿谀取容辈，添一藏身之窟乎！”（第 10 回）但该通融时他还是通融，书中人物荀药阶对谭绍闻如是说：“衙门中，医卜星相，往往交荐，直是常事。贵老师（指娄潜斋）遇此等事，刻下就送程仪，从不会面。即有荐笔墨、绸缎、山珍海味的书札，贵老师总是留得些须，十倍其价以赠之。或有送戏的，署中不过一天，请弟们同赏。次日便送到隍庙，令城中神人胥悦去了。三日之后，赏他十两银，就完局。若戏子求别为吹嘘，贵老师从不肯许，也不见旦脚磕头的事。久之，诸般也渐稀疏，近日一发全无。”（第 71 回）

对于好友谭孝移的堕落的儿子谭绍闻，娄潜斋尽到了自己的责任，屡次劝谏。第 71 回中，谭绍闻居然到他衙门中避债、顺便打抽丰，他热情款待谭绍闻，执手相看，父执之情令人感动不已；后得知谭绍闻有贩卖货物之意，感慨其品类已低，吩咐子弟不可令其当面提及此事，以免自己当面拒绝，是为保留其颜面。但该说的还是说，他直接批评谭绍闻："贤契近日所为，我颇知一二。像是嫖、赌二字，贤契已破了令尊之戒，家业渐至凋零?"为此他甚至愿意留其在衙门，为之延师教授学业，并承诺："……你如今即到衙门，若肯立志向上，我就一力担承。你家下事，咱商量着，替你区处。"（第71回）娄潜斋后来赠谭绍闻银二百五十两，可谓丰厚，对于谭绍闻欲托卖的物件则令其全部带回，而且还派人护送其回家，真正做到了宽厚又严正，谭绍闻也不由得良心发现，感慨道：

> 老师相待，不亚父子。肫恳周至，无所不到。此皆父亲在世，缔交的正人君子，所以死生不二。像我这个不肖，结交的都是狐朋狗党，莫说是生死不二，但恐稍有贫富，便要分起炎凉来。方悟临终遗嘱，"亲近正人"之益。（第72回）

显然，娄潜斋就是作者所肯定的正人中的正人。

四 不失士人本色的谭绍衣

谭绍衣是《歧路灯》着力描写的一位朝廷要员，他身份地位高但不失士人本色，难能可贵。

小说一开始写谭孝移接到谭绍衣的来信，回到祖上所居之地江南丹徒修族谱。谭绍衣是谭孝移的本族侄儿，是小说主人公谭绍闻的族兄。谭家从明初分两支，丹徒一支称宜宾派，谭孝移这一支称鸿胪派。

谭绍衣在小说第1回时出现时只是一个过场人物，第86回他重新出场，给谭绍闻家写了一封信，当时谭绍衣在荆州做知府。到第88回他升任河南开归道道台，恰逢谭绍闻洗心革面读书并在本县儒童考试中取了第一名。其后谭绍衣对谭绍闻提携有加，是使其正式步入仕途的一个重要力量，表现了祖宗懿德泽及后人的思想。但作者在描写谭绍衣时，着意把他写成一个虽重视族谊却公私分明的人，且为官廉洁良善、勤勉能干，还重视地方文献、关注家庭礼仪规范。

1. 重视族谊却公私分明

谭绍衣来到河南做官，先就下了一道关防文书，以防不法之徒以自己姻亲族众的名义诈骗或干预政事。在访知族叔谭孝移已然物故、谭绍闻刚迷途知返后，本想马上派仆从给婶母即谭绍闻的母亲王氏送去白银五百两作为抚慰金，但考虑一番后却没有马上行动，原因是他想到：

> 这绍闻弟，三十多岁了，还不曾进个学儿，又破了家业，这便是世族中一个出奇的大怪物。今倒锁了门，在内念书，或者是穷的急了，进退无路，逼上这一条正经路儿来。这遭恶党之羞厚，受室人之交谪，是不用说的。我如今送五百银子，在我原是不能已之族情。但彼已没主意于前，又焉知能不夺志于后？况银子这个东西，到君子手里，能添出“恭者不侮，俭者不夺”许多好处。若入平人手里，便成了奢侈骄慢的本钱……我送上五百两银子，不又害了他么？况我叫梅克仁送银，纵然做得机密，毕竟飞鸟过去有个影儿，且衙门举动，万不能使人不知。一人知晓，片刻就满城知晓。人人俱说他是新道台的族弟，他那些旧游，难免干他以不可为之事，即我所属之微员末职，不免也与他有些来往。赴官席，说官场话，是最坏子弟气质的。这个小侄，又要旷他工夫。更有宗可虑处，学台案临，他父子万一齐进了学，人便说是谭道台的关节。或说学台看道台体面，所以某人父子一同游泮。虽说蚍蜉无伤于大树，这积羽亦可以压舟。不如暂且不认族谊，以固其父子自立为贵之心。（第 89 回）

从中可见，谭绍衣思虑细密，却是因为：一则怕妨碍其归正的道路，二则怕妨己清正之名。谭绍衣考虑的重点还是在于谭绍闻良好品质的培养和人生道路上的自立。当然，这笔丰厚的馈赠最终还是送出了。以前素未谋面的族侄，为婶母送上这么丰厚的馈赠，当然是其重视族谊的表现。而其重视族谊当然也不仅表现在此一端，更重要的还是他为谭绍闻家重修祖坟上的神道碑（第95回），以及提携谭绍闻参加抗倭斗争从而帮他跻身仕途。

在这种个人情谊的表达中，谭绍衣还很重视公私的分别，这一点在以上已有所表现。而在后来，谭绍衣因参加抗倭有功、被升为河南巡抚后，在任上为谭绍闻的儿子谭篑初办理婚事时，因为女方是自己的外甥女，谭绍衣主张将外甥女及其母亲、仆从安排在公馆里，以便完成婚嫁礼仪，外甥女的母亲也就是谭绍衣的姐姐认为在衙门很方便，不必迁移，谭绍衣回答的理由之一是："非是我好另起炉灶，只为那边侄子亲迎，有许多不便处。大堂仪门乃朝廷的大堂仪门，闪放俱要作乐放炮，岂可为我家之私喜擅动朝廷之仪注？此其不便一……"（第108回）由此可见其公私分明，虑事深远，值得赞赏。

2. 为官廉洁良善、勤勉能干

在任地方官方面，谭绍衣廉洁良善、勤勉能干。

他能体察下属的清浊，关怀百姓之民生。在勘察郑州黄河口溃堤赈灾事宜时，他看到郑州知州季伟所贴的安民劝赈告示，知道季伟是一个好官，对其赞不绝口；老百姓以为他是来摘季伟之印的，他问明情况，好言相慰，使老百姓放心离开。他视察时住在城隍庙里，季伟出于官场规矩，要求他搬进公馆，他好言谢绝："州县伺候上司，本是官场恒规，原责不得贵州。但我这个上司，胸中略有些身份，不似那些鄙俗大僚难伺候：烦太爷问绅衿家借围屏，借纱灯；铺户家索取绸绫挂彩，毹氍苫地，氆氇铺床，瓶炉饰桌；贵长随们展办差之手段，彼跟班者，发吆喝之高腔。不令人肉麻，即爱我之甚矣。"（第94回）季伟以燕窝、海参招待，也被他以灾难当前、不忍如此享受为由撤了下去。这是他廉洁奉公的一面。他要求季伟快速下乡慰问灾情，而不需其在旁侍奉，自己则隔日三更起床回到省城，向巡抚报告灾情、催促救助事宜，并称赞季伟（第94—95回）。这是他勤勉能干的一面。

此外，在查办地方邪教一案时，巡抚主张追查党羽，谭绍衣作为属下，则主张只惩罚妖言惑众的教主王蓬，附从百姓一律不予追究，理由是“首犯陷法，那受愚之辈无不栗栗畏法，方且以旧曾一面为惧，毫无可虑”（第91回），从而将大事化小，没有引起地方过大的动荡，是一位良善而能干的官员。这也体现出其农家出身的士子本色并未因入官场染缸而褪掉。

3. 重视地方文献、关注家庭礼仪规范

谭绍衣在询问谭绍闻关于其父亲谭孝移有没有留下著述时，得知盛希侨家有祖上留下的印书的刻板，马上请见盛希侨兄弟，问明情况后发出银子三十两，助其重印。他的想法是：“我们士夫之家，一定要有几付藏板，几部藏书，方可算得人家。所以灵宝公遗稿，我因亲戚而得，急镂板以存之。总之，祖宗之留贻，人家视之为败絮落叶，子孙视之，即为金玉珠宝；人家竞相传钞，什袭以藏，而子孙漠不关心，这祖宗之所留，一切都保不住了……叫他刷印几部，带到南边，好把中州文献送亲友，是上好笔帕人情。中州有名著述很多……这是一定要搜罗到手，也不枉在中州做一场官，为子孙留一个好宦囊……”（第95回）“留心文献，正是守土者之责。”（第96回）谭绍衣重视对地方文献的保存，将其看作留给后代最宝贵的财产，而不看重钱财的遗留，一方面是出于对祖宗文物的重视，另一方面更是出于对文化的传承，正如曾国藩所说：“吾不望代代得富贵，但愿代代有秀才。秀才者，读书之种子也，世家之招牌也，礼教之旗帜也。”[①] 二人的思想是一致的，这也体现了士子之

① （清）曾国藩：《曾国藩治家全书》，岳麓书社1996年版，第130页。

本色。此种表现，在世情小说中可能是仅此一见的。

谭绍衣还非常重视对于家庭礼仪规范的建立，有好几处通过和谭绍闻的交谈中表现出来。其一，谭绍闻要请嫂太太的安，作为族兄的谭绍衣说：“吾弟差矣。我一向为官事所羁，尚未得与婶太太见礼，那得此处居先。总之，咱家南边祖训，贤弟亦当知之，从而遵行之：从来男女虽至戚不得过通音问。咱丹徒多隔府隔县姻亲，往来庆贺，男客相见极为款洽。而于内眷，不过说，‘禀某太太安’而已。内边不过使奉茶小厮禀道‘不敢当’，尊行辈，添上‘谢问’二字。否则丫头爨妇代之，在屏后说‘谢某老爷某爷问，不敢当’，虽叔嫂亦不过如此。从未有称姨叫妗，小叔外甥，穿堂入舍者。盖尊礼存问者多，妇人之性，久而久之，遂不觉权移于内。防微杜渐，端在此人不经意之间。”（第 95 回）“男女虽至戚不得过通音问”，可见其家法严整如此，此外，还含有不使内人干预家政的远虑。其二，谭绍衣为谭绍闻儿子谭篑初主张婚事，问及篑初生母姓氏，谭绍闻居然不知，谭绍衣责备他并要求一定弄清楚，原因是：“经曰‘买妾不知其姓则卜之’，卜必在问之后。篑初名列胶庠，而为之父者，尚不知其生母何姓，如此何以做官？即如异日修族谱，当注生母某氏出。若不知其姓，则须注‘绍闻庶子’，因子而填父讳，何以示后世？朱子云：家庭间没个礼字，定然是天翻地覆世界。咱家累代仕宦，现今你我兄弟，都蒙皇恩做官，家庭间不得不以礼为遵循，颟顸是行不得的……将来篑初高发，族谱上晓然明其所出，异日居了大位，好特疏请封生母。若不问明，现今篑初就要写‘河南副榜、黄岩县知县谭绍闻庶子’，这父亲名字，唯君前可以直呼……若因篑初侄而书曰‘绍闻’，叫篑初心中何以克安？”在家庭礼教中，后辈须避长辈的名讳，这虽为小事，却事关长辈的颜面。这些规矩今日看来好像过时了，其实不见得应完全抛弃。谭绍闻一听心服口服，回家马上就问明了篑初之母冰梅（谭绍闻之妾）的姓氏（第 107 回）。谭绍衣这种对家庭礼仪规范的重视至今还是有价值的。

谭绍衣在封建礼教背景下重视士子本分，事事都遵守当时知识分子日常生活应遵守的规范，即使做了官也不忘，反而更为谨慎细密。谭绍衣是一位身居地方要职却处处不失士子本色的人物，也可以说真正是《红楼梦》里所言的“富而好礼”之辈了。

第二节　迷途知返的败家子的家教警示

《歧路灯》的独特价值在于，通过描写谭绍闻等人堕落败家后在理学家父辈的不断帮助下使家道复兴的过程，彰显了中国传统中严格教育后代的思想。这种思想虽说是比较传统、保守的，与《红楼梦》相比似乎不可同日而语，但也有其不可否定的价值。

一　谭绍闻：传统教育的一个从反面到正面的人物

谭绍闻的一生尤其是其成长过程极好地展现了对子弟能否执行严格教育所带来的不同后果：严则有所成，不严、稍有放松则走向一事无成乃至堕落。这其实在贾宝玉的身上也可以看得到，不过都被20世纪的反传统话语所遮蔽了。可以说，谭绍闻的大半生都是传统教育的一个反面教材，后来他在亲友、前辈、忠仆的感召下，终于走上回头路，又成为严格教育的正面教材。由于传统教育与传统文化密切相关，在此视角下，可以看到其性别话语意义，尤其是男孩子在成长过程中应该遵循什么规范行事。

我国传统教育素有严格的传统。大约在西周取代殷商之际，西周统治者鉴于本民族的发展壮大乃至取商代之的历史是建立在小心翼翼地奋斗的基础之上的，同时也汲取纣王放纵欲望而亡国的教训，在《诗经》中就出现了“战战兢兢，如临深渊，如履薄冰”之类的教训。春秋战国时代，稍不经意就亡国的诸侯比比皆是，更促使了为人治国都要严格小心的思想的诞生，《国语·鲁语下》中的《敬姜论劳逸》、《战国策·楚策》中的《庄辛论幸臣》表达的都是此类思想。《鲁共公择言》更是指出，不仅是美人，美酒、美食、美景都足以亡国，因为它们使人沉醉耽溺：“（鲁共公曰:）‘……今主君之尊，仪狄之酒也；主君之味，易牙之调也；左白台而右闾须，南威之美也；前夹林而后兰台，强台之乐也。有一于此，足以亡其国，今主君兼此四者，可无戒与?’梁王称善相属。”[①] 这样的思想或家教方法在以后延续下来，如南北朝著名家训《颜氏家训·教子》说：“古者，圣王有胎教之法：怀子三月，出居别宫，目不邪视，耳不妄听，音声滋味，以礼节之……父母威严而有慈，则子女畏慎而生孝矣。吾见世间，无教而有爱，每不能然；饮食运为，恣其所欲，宜诫翻奖，应诃反笑，至有识知，谓法当尔。骄慢已习，方复制之，捶挞至死而无威，忿怒日隆而增怨，逮于成长，终为败德。”[②]《隋书·郑善果母》中郑善果的母亲在儿子做了大官后仍旧亲自纺织，郑善果不忍，母亲就告诫郑善果：“呜呼！汝年已长，吾谓汝知天下之理，今闻此言，故犹未也……若堕业者，是为骄逸。吾虽不知礼，其可自败名乎?”[③] 最为人所熟知的莫过于北宋欧阳修在《五代史·伶官传序》中说：“忧劳可以兴国，逸豫可以亡身……夫祸患常积于忽微，而智勇多困于所溺。”这样的思想在清代被继承，著名的《聪训斋语》中有：“我愿汝曹常以席丰履盛为可危可虑、难处难全之地，勿以为可喜可幸、易安易逸……”[④] 作者为自己立下的座右铭为立品、读书、养身、择友四条，具体又分十二目：“戒嬉戏，慎威仪；谨言语，温经书；精举业，学楷字；谨起居，慎寒暑；节用度，谢酬应；省宴集，寡交游。”这几乎与《歧路灯》中谭孝移的家教一致了。

---

① 阴法鲁主编：《古文观止译注》，北京大学出版社 2011 年版，第 210 页。

② 周洪宇主编：《教育经典导读（中国卷）》，华中科技大学出版社 2013 年版，第 109 页。

③ 武秀成、赵益译注：《隋书选译》，巴蜀书社 1991 年版，第 279 页。

④ （清）张英、（清）张廷玉：《父子宰相家训》，新星出版社 2015 年版，第 76 页。

谭绍闻的父亲谭孝移就是一个继承了祖上严格家风家教的人，他说因为“在这大街里住，眼见的，耳听的，亲阅历有许多火焰生光人家，霎时便弄的灯消火灭，所以我心里只是一个怕字”。他为人异常小心翼翼，对儿子的教育之严更不在话下。他倾慕朋友娄朴的为人与“博雅”学养，早早地为儿子请了来做启蒙老师，为谭绍闻打下了坚实的经学基础，后来谭绍闻也因此被学官录取为童生。除了在学习上对儿子严格要求外，在日常生活和课余活动中，谭孝移也管得相当严厉，坚持“宁可失之严，不可失之纵”的教育原则。比如，家人想把年幼的谭绍闻抱到街上走走，他不同意。因为他认为街上太复杂，所以轻易不让儿子上街，只允许在书房走动。远来的客人想把谭绍闻抱到大门外站一站，结果他又叮嘱外面人乱，在门口稍站一会儿就马上回来。孩子出门走亲戚他也只准去至亲的妻子娘家，而且还不许在亲戚家里住，生怕儿子被社会上不三不四的人引诱变坏。他去京城候选前郑重其事地叮嘱妻子让谭绍闻在家好好待着，不可离开寸步；还说即使孩子离开了先生，也不能离开父母。总而言之，要王氏时刻照管谭绍闻，让儿子总在家长眼前。可以说，谭孝移对儿子的管教到了异常严格的地步，这是谭绍闻一生的宝贵财产。在父亲死后他走上了堕落败家之路，但他一次次的悔过都与父亲对他的严格管教有关，尤其是父亲的临终遗言“用心读书，亲近正人”。他在受到父辈们的责备时还知道脸红，梦见被父亲严词谴责（第52回），而稍稍回头也与此有关。过去一直将此类话语看成维护封建阶级利益的理学与礼教的表现而全盘否定，其实是有片面性的。谭绍闻不守父训，将书香门第读书做官的正常道路抛在脑后，参与赌博、狎妓，将家里的钱财一步步送入匪人之手，家计败落下来，连父亲坟上的树也被砍了卖掉来还债，并和房客的妻子勾搭，中了美人计，这直接影响了正常的家庭生活，气死了自己的结发妻子——好人家的女儿孔慧娘，并几次触犯法律、牵连几条人命、败坏了社会风气，这是任何一个时代都要被指责的，不关系到什么维不维护封建统治的问题。

很多人注意到导致谭绍闻走向败坏的重要人物夏逢若对谭绍闻说过的话：“人生一世，不过快乐了便罢。柳陌花巷快乐一辈子也是死，执固板样拘束一辈子也是死。若说做圣贤道学的事，将来乡贤祠屋角里，未必能有个牌位。若说做忠孝传后的事，将来《纲鉴》纸缝里，未必有个姓名。就是有个牌位，有个姓名，毕竟何益于我？所以古人有勘透的话，说是‘人生行乐耳’，又说是‘世上浮名好是闲’。总不如趁自己有个家业，手头有几个闲钱，三朋四友，胡混一辈子，也就罢了。所以我也颇有聪明，并无家业，只靠寻一个畅快。若是每日拘拘束束，自寻苦吃，难说阎罗老子，怜我今生正经，放回托生，补我的缺陷不成？”（第 21 回）这也许在某一时期、从某个角度可以看成反封建礼教、理学的名言，其实正是在严格家教的思想中应该批判的。由此可以看出所谓反封建问题的复杂性，我们过去往往倒脏水把孩子也倒掉了。古代社会引导子弟走“内圣外王”路线的教育就如佛教教人成佛、基督教教人接近上帝一样，似乎是不可能达成的目标，却是引导个体人生走向完善所必需的，不然其人性就会趋向堕落。现代教育也是如此，不能过于强调基本需求的满足（最低标准），而缺乏道德目标的引领。谭绍闻之所以利令智昏、连租房客的妻子都想染指，连开赌场、私铸铜钱的事都敢干，就是由于外有匪人引诱、内有母亲纵容，此时贤惠的原配妻子孔慧娘已死，续弦之妻巫翠姐不知道理、不能劝谏，谭绍闻已彻底将父亲遗训忘到了九霄云外。因此，谭家严格的家风家教已荡然无存，家庭也因此而濒临困境。对此，谭绍闻与母亲王氏后来有一致的看法，如王氏对仆人王中说：“王中，你这话我信。你大爷在世，休说白日做事，就是夜间做个梦儿，发句呓语，也没有一点歪星儿。或有哭醒之时，我问他是怎的了。你大爷说，是梦见老太爷、老太太说话。或有狠的一声醒了时节，我问他，你大爷笑道，方才梦见某人有遭厄的事，‘我急的生法救他，把我急醒了。’真是你大爷是好人。争乃大相公不遵他的教训，也吃亏我见儿子太亲。谁知是惯坏坑了他。连我今日也坑了。”（第82回）谭绍闻也说：“天下为娘的，没一个不见儿子亲。必定是有管教才好。像我爹爹这样人，学问好，结交的朋友都是正人，教儿子又严又密。娘见亲，就是慈母……若是单依着母亲一个老人家见亲，姿性蠢笨的，还不妨事；若是姿性聪明的，就要吃了亏。”（第86回）

在山穷水尽、走投无路之际，由于他根基好、孝思不匮，在理学家父辈和族兄谭绍衣的帮助之下，谭绍闻终于彻底回头，杜绝了一切邪癖之路，和儿子一起取得秀才的头衔并走上仕途，最后衣锦荣归，赎回了房地产，家道复兴。这种浪子回头的生活道路与书中那些彻底滑入邪恶之路而不得善终，也不能重振家声的夏逢若、张绳祖等人相比，再次说明了严格的家风家教对一个家庭乃至社会的重要性，当然也说明了它对一个人成长的重要性。在此我们不由得想到《红楼梦》开头作者忏悔性地说自己的话“我之罪固不可免”，不管是不是曹雪芹的真意，都说明，谭绍闻的回头的确是有一定意义的。

当然，在作者的笔下，谭绍闻并不是一个坏人，而只是一个缺乏抵抗诱惑的意志力与没多少见闻、易受骗的“书愚”，这是这一形象的独特性。在第58回结尾处有诗曰：“堪惜书愚入网罗，悔时只唤未如何！殷勤寄语千金子，可许匪场厕足么？”明确地称谭绍闻为只知读书、因而很容易上当受骗的“书愚”。有的人可能据此反驳说，不就是因为谭绍闻们交友不广、没见过多少世道，所以容易上当受骗吗？这不就是过于严苛的家教方式造成的吗？这类论者似乎主张家长要教导孩子广交朋友，择善而从，这在某种程度上是现代人想当然的“正确”见解，因为儿童在读书阶段并没有那么多时间去交游，为防止误交损友，所以古人制定了严格的交游规定。《歧路灯》中似乎比谭孝移开明的娄潜斋看到儿子娄朴在路上与匪类拱手打招呼，就罚其跪在院子里（第25回）。这似乎太过严苛，需要我们加以辨析。

个人以为，谭绍闻屡次受骗的经历，说明了世道的险恶特性。作者及谭孝移基于对此的了解，赞同用近乎苛刻的方式管教孩子，不主张孩子与左邻右舍和社会上的人随便来往，似乎有一种严格的等级思想在其中。但当我们看到谭绍闻与三教九流的人来往之后越来越堕落，就可以知道，作者或者传统的教育思想是有道理的。

二 一个有见识的纨绔子弟——盛希侨

《歧路灯》中盛希侨是谭绍闻的结拜兄弟，也是将谭绍闻带上匪路的重要人物。在作者笔下，盛希侨比谭绍闻这个屡次被人蒙骗坑害的书呆子要见多识广得多，表现出现实主义的态度；此外，李绿园还憎而知其善地写出了盛希侨的优点，尤其是他良知尚存与为人不乏精明、见识高超以及在官府面前不卑不亢的气骨；不过，在结尾处，他还是写出这样一个曾经被道学家们极力否定的“匪类”子弟的回头、后悔自己往日的孟浪和不好好读书，要求弟弟盛希瑗好好读书和做官。这样一个人物在世情小说中也是有自己独特的意义的，下文我们将展开其上述特点，并结合作者的思想来谈论其形象蕴含的价值。

《歧路灯》的作者对盛希侨的态度是矛盾的，其一方面认为盛希侨将谭绍闻带上了歧路，另一方面又很认同盛希侨对一些事情的处理。从儒家严格的家教要求来看，盛希侨像贾宝玉一样不爱读书，甚至赌博、喝酒。这自然是应受批评的。但他不爱与官府打交道，却见识高超、胸襟洒落，而且身上还有好几处可贵的优点。不囿于反封建立场去看的话，他的确有很值得肯定的地方。此外，就创作意图来看，作者最后写他后悔往日没好好读书，有反衬谭绍闻迷途知返的意义。

李绿园对盛希侨的描写，可以说着重在两个方面：其一，他与谭绍闻的关系，这方面作者对他批评很多，但也有肯定的地方；其二，他与弟弟盛希瑗的关系，这方面作者对他颇为赞赏维护。由于这两方面涉及世家子弟为人的问题，正好是男性性别话语凸显的地方，我们可以仔细剖析。

首先，看他与谭绍闻的关系，这里涉及择友的问题。由于盛希侨出身世家却不喜读书，反而赌博甚至嫖妓，是作者所说的匪类，他和谭绍闻结拜兄弟的事在作者看来，是带坏了后者。其实盛希侨对谭绍闻的不良影响，更重要的一点还在于他对做事不认真、不合己意的仆人的严厉惩罚，使谭绍闻觉得自己可以在忠仆王中面前直起腰来：

> 希侨道："谭贤弟，你一定要回去，想是怕盛价？难说一个主人怕他们不成？"绍闻笑道："岂有怕小价之理。"希侨道："正是哩。像如舍下，有七八家子小子，内边丫头爨妇也有十来口。我如在外一更二更不回来，再没一个人敢睡。即如家中有客，就是饭酒到了天明，家中就没一个敢睡的。若是叫那个不到的，后头人是顿皮鞭，前头人是一顿木板子，准备下半截是掉的。"（第17回）

于是，谭绍闻先是在王中来接自己时，借酒醉开始动作粗鲁，并骂王中，在自己逐渐堕落后，听不惯其谏阻，三次将其赶走，虽然他遵守了父亲的遗言，将要赏给王中的东西都赏给了他。这里我们不由得想起谭绍闻的父亲与王中之间的关系，他们虽名为主仆，但实际上彼此信任有加，并无如此严格的分际，即使有，也只是仆人王中的坚守。显然，谭绍闻从盛希侨那里学到的，是法家那种只讲上下级、不讲温情的主仆关系，这正是其不读书、一味任性的结果。传统儒家强调君仁臣忠，并不一味强调分际，这正是儒家思想处理上下级或者主仆关系的优点。过去从反封建的立场一味批判《歧路灯》维护封建统治阶级的话语，实际上是值得反思的。

盛希侨与谭绍闻的关系还有值得肯定的地方，那就是他讲义气，几次在谭绍闻被真正的匪类坑害后加以大力挽救，而对坑害谭绍闻的夏逢若、张绳祖予以抨击[①]。这说明他本来不是一个坏人，还有点世家子弟的良知。

其次，值得注意的是他与弟弟盛希瑗的关系。他在处理这种与亲兄弟的关系时，保留了世家子弟温情的一面，是完全值得肯定的。据盛希侨自己说，他待弟弟并不薄：每年为其请先生教书要花两三百两银子；为其娶亲时，考虑到弟弟的秀才身份与妻子家亲人身份不般配，为其用钱“觅枪手，打连号（指科举场上的舞弊手段——笔者注）”，使其中了副榜；加上迎亲的巨大开销，总共花去一万多两银子。但弟弟成亲后就要分家，原来是盛希瑗怕他把家业败完了、连累自己跟着受苦，所以提出与他分家。盛希侨对弟弟分家的要求一方面非常不满，认为其“不算人”，另一方面完全答应其要求：“算了几天，说我还该找他一千二百有零。我一切让他。”而在追究弟弟为什么要分家这件事情上，盛希侨又认为自己的老婆要负很大责任，而与弟弟的妻子无关：“我见许多人，到析居时，兄弟开口，好说自己老婆的好处，全吃了俺嫂子不贤的亏；哥哥开口，好说自己老婆的好处，全吃了俺弟妇不贤的亏。真乃狗屁之谈。惟俺家这宗闹法，原是我那个老婆不贤良，兄弟们也难以跟他一院里住，这是实话。家母见小儿亲，这也是天下之通情。家母舅听了家母、舍弟的话，打顺风旗，我又不能与舍弟掂斤拨两，说那牙寒齿冷的话。任家母舅分排，我都依。总之，与靳宅贤慧姑娘（盛希瑗的妻子）毫无干涉，一句昧良心的话，我不能说……”（第68回）尽管不愿意和弟弟分家，为了家庭和睦盛希侨却不得不答应弟弟的要求。而且，他不说是弟弟的妻子挑唆弟弟，反而把罪责推到自己的妻子身上，这正是他为人爽朗无私的地方。作者在这

---

① 参见欧阳健《又一个封建末世“傻公子”的典型形象——试评盛希侨》，见《〈歧路灯〉论丛第2集》，中州古籍出版社1984年版。

件事情上，在无意识中对自己在小说开始时极力否定的盛希侨来了个不小的转弯，没有掩饰对他在这件事情上的肯定，是其在创作上“憎而知其善”的客观态度的表现。

紧接着，盛希瑗又因盛希侨的老婆背地里叫手下以盛希侨的名义偷当了两顷地，将其告上官府，罪名是“弃公产而营私积，欺弱弟而肥私囊”。盛希侨再次承认自家的不是，不愿意和弟弟闹上公堂而公开翻脸：“若是同胞兄弟为几亩土，或是一二尺过道，匍匐公堂，跪前跪后，纵然得了上风，断的给我，我那神主面前也烧不的香；清明节也上不的坟。俺家这宗事，总是贱内不贤，舍弟性躁，平白弄得我在中间算不得人数。我从来并不晓得怕人，今日叫我见了人，就会羞起来。我只相央，求县公开个活路，恩准免讯。只要你会写这张呈子，状榜上批个销案二字，我就致谢。只要能在家下私处，不拘舍弟怎的，我宁丢东西银钱，只不在公堂上打官司，丢了我这个人。免的远省亲戚传笑，近处街坊指脊梁筋唾骂，这就是了……”被他找来写状子的讼师冯健本来满口答应可以让盛希瑗输掉这场官司，但听他说要写保证让县令撤销对这个案子的审理、免使兄弟对簿公堂的状子，非常感动，马上帮他写好，而且发誓自己再也不替人家兄弟写那种分家产的“扎坏了人世间多少纲常伦理”的、“唆讼”的状子了（第 70 回）。而县令也嘉许了盛希侨的行为“不失故家风规”，免提此案，盛希侨按照母亲的调停，给了弟弟一千两银子，以使家庭和睦，并且在家点了《杀狗劝夫》让戏班子来演，以劝化自己的老婆（第 71 回）。

为了和盛希侨作对比，小说塑造了虽为读书人却“善于分家”的惠养民这一形象。惠养民是谭绍闻的第三位老师，他“终日口谈理学”，又“公然冒了圣人之称”，号称惠圣人，其实心无主见。他的原配妻子去世后，胞兄惠观民借了四十多两高利贷银子帮他再娶了后妻滑氏，他自己给谭绍闻做老师得来的十二两银子却被滑氏私吞给了其弟弟滑玉，滑玉又把银子赌博输掉了。惠养民没钱给胞兄还债，自觉无法面对众人，得了羞病。在这种关头下，滑氏却怂恿着要与忠厚老实的惠观民分家。惠养民在病中也对胞兄说分家，胞兄为了他的病被迫答应，他自己则身败名裂，从“人伦上撤了座位”。前后对比，不能不说盛希侨虽然不读书，其见识胸襟却比惠养民高超。

盛希侨真正特别的地方，正在于他有见识。他对世情熟悉了解，无论是对充满卑污狡诈之人的赌场，还是对充满潜规则的官场。对官府他不卑不亢，既不想逢迎以取悦他们，也知道官场的潜规则而并不大违背。上述对夏逢若、张绳祖予以抨击说明了他对赌场的熟悉，下述情形则说明他对官场与一般世态人情的了解。第86回中，谭绍闻收到族兄谭绍衣在荆州任上寄来的信，就想去探望，盛希侨一番快论打消其念头。他认为谭绍闻若去荆州依傍族兄，首先在入门时就会受到门人的冷遇，因为谭绍闻的身份不过是一个童生而已，若是稍有地位，才会受到热情接待：“我实对贤弟说罢，这走衙门探亲的，或是个进士，尚可恳荐个书院，吹嘘个义学。那小人儿，就不必粘那根线。若是个秀才，一发没墨儿了。何况贤弟是个大童生？若说系亲戚本族，果然内而馆阁，或外而府道，路过某处，这请大席，送厚赆，馈赠马匹，装路菜，长随衙役得了这个差，说是某大老爷是我本官表兄内弟，他们脸上也光彩，口中也气壮。若说是小小一个知县，到二千石衙门投了手本，那门二爷们，还说少候片时，小的等我们老爷下来，上去便回。若是个岁贡，或是当年老伯那个拔贡，孔老先生那个副榜，门上还得大等一会儿。若是穷戚友，白汉子，说是亲戚、本族，门上看见，心下早说，又是一个讨马号、求管仓、想管厨、要把税口的货，谁爱见瞅睬哩！……况且做官的人，有两个好字，曰升，曰调，有两个不好字，曰革，曰故。这是官场的常事。俗语云：千里投任只怕到。怕的是碰到这四个字，搭了盘费扑了空……投任有何好处？”他最终成功地打消了谭绍闻依赖族兄的念头，谭绍闻也开始自立自强的读书生涯。盛希侨这种对世情的熟悉了解以及快言快语，不能不说是有见识的表现。

而当道台谭绍衣约见他和弟弟盛希瑗时，两兄弟对话说：

> 盛希瑗早在厅上，拿了几本旧《齿录》说："并非年谊，老爷与老太爷《齿录》俱无谭姓。这请咱问话，不知问什么哩。"
>
> 盛希侨道："请咱咱就去。问话时，咱知道就说，不知道就说不知道。咱不欠粮漕，没有官事，一步三摇的进去，说完了话，打个躬儿出来。不走他的仪门，不穿他的暖阁，是咱弟兄们没有恁大的分儿。稀松平常，咱不是张家没星秤，钻头觅缝，好相与官府，咱不去学那个腔儿。"

这种态度与贾宝玉绝不与官场人物往来不同，而与杜少卿有几分相似，我们也可以说他是有见识的，因为这是一个公子哥儿不愿向人低头的表现，境界自然高了几分。其后盛希瑗说："等道大人（指谭绍衣）送银子来，好打算买纸。"盛希侨又说："第二的，你总不离乎小见。委实要做一辈子副车哩。道台送银子，那不过是一句话，你就认真起来。像如今州县官想着要绅衿盐当商的古董玩器，以及花盆鱼缸东西，只用夸夸就是要的。司、道若叫州县办值钱的东西，一定要奉价，上头送来，下头奉回，说：'这东西卑职理宜孝敬，何用大人赏价。'再一次不说，州县已知上台是此道中人，就下边奉去，上头用了。总之，上台要下僚的钱，或硬碰，或软捏，总是一个要。若遇见一个州县官心里没病，也就罢了。"（第96回）虽然这次他说错了，作为道台大人的谭绍衣马上派夏逢若送来了银子，但说明他对于官场的腐败十分熟悉，也很善于应对，这是盛希侨熟悉世道的表现。而所有这些，都是一个世家子弟在成年后广泛接触世事所不难获得的。所以，这也是一种典型的特质。

在这方面，盛希侨身上会集的也许是作者游历四海后的一种人生经验。

最后我们也要指出，盛希侨虽然有见识，但这种见识也一定是吃了很多苦头换来的，他身上的一些坏习惯如挥霍家财、浪掷光阴、有主奴之分，也并不是传统教育所赞同的。

总之，虽然不喜读书，甚至赌博、与妓女往来，但盛希侨是一个良知尚存的人，他真诚地对待结拜兄弟谭绍闻，温情地对待弟弟盛希瑗，不计较其短。此外，他表面上有“匪气”，实质上却精明、见识高超、胸襟洒落，又有几分梁山好汉的特点，是一个应该受到更多注意的人物形象。

当然，在结尾之处，作者让盛希侨表现出对自己没好好读书的悔意，于是曾经的“匪类”被涂上了理学家的色彩：

> 盛希侨道：“我是少年傻公子，弄得家业丢了一半子；舍弟还比我差强些，虽也算个副车，到如今老不变了，不能够中个举，何日是会试时节？先人常到的地方，如今子孙没人傍个影儿，着实不好的很。我想叫舍弟随着老哥们上京肄业，好中那北闱举人，乘便会试。我迟一半年，指瞧弟以为名，到京城走走，不比朝南顶武当山强些么？……第二的（指其弟盛希瑗），中进士呀！这回到京上，不中进士不许回来……即如前日道台请咱愚兄弟们进署，一坐半天。一位大公祖官，三拱三邀，敬咱做什么哩？咱又无功名，又没学问，道台衙门要咱摸卵子不成？不过是敬咱爷爷、敬咱爹爹是两辈进士，也还是敬咱爷爷有学问，留下了几块墨字板。我不长进，董了个昏天黑地。第二的，你是副榜，若不能干宗大事，只像我这宗下流——咱爹下世早，没人管教我，说不的了。我是你哥哩，你要不中进士，我与你有死有活哩……大凡人到了丫头、小厮不向眼里搁，他又不曾说，自己心里明白，任凭你是什么英雄，

再使不着豪气万丈。”众人听了盛公快论，却又是阅历之言，无不心折首肯。(第99回)

在以前的评论中，论者似乎倾向于惋惜他不是一个彻底的败家子，竟然能浪子知错。其实若不从简单的反封建立场而从一个人的发展来看，盛希侨这样的改变还是值得肯定的。

最后，我们总结一下盛希侨这一形象的特点和作者塑造他的用意。在李绿园笔下，盛希侨是将谭绍闻带上匪路的重要人物，作者借此表达了对不好好读书的世家子弟的批评；但他还憎而知其善地写出了盛希侨人格上的优点，尤其是他良知尚存以及在官府面前不卑不亢的气骨；在结尾处，他还写出这样一个曾经被道学家极力否定的“匪类”的回头：他后悔自己往日的孟浪和不好好读书，要求弟弟盛希瑗好好读书和做官。不妨说，他是陪衬谭绍闻而劝诫世家子弟“用心读书，亲近正人”的又一盏“歧路灯”，或者说，盛希侨在见多识广的基础上承认自己“下流——咱爹下世早，没人管教我”而表示对自己人生的后悔，从而为劝谏后人对子弟实行严格教育增添了有力的一笔，也衬托了谭绍闻迷途知返的积极意义。

第三节　《歧路灯》主张的家风家教

通过对谭绍闻从堕落到重振家声的描写，以及对作者心目中理想士人群体的塑造，可以比较完整地看到作者所主张的家风家教。这是一种属于一般士庶之家，也就是中下层社会的严格的家风家教，涉及衣着打扮、娱乐、交友等方方面面。下文将结合小说中的各方面表现和古代社会有关家风方面的经典来加以比照，说明其特点和典范性，其中一些在上文已有所涉及，这里进一步深化。本节最后谈谈《歧路灯》宣扬的严格的家风家教在世情小说史上的意义。

1. 衣着

衣着打扮是一个人形象的重要组成部分，《歧路灯》的主张可能不太合乎今人的标准。第 63 回谭绍闻到娄朴家，娄朴的伯伯批评了谭绍闻近日的荒唐行为，并且说："我是个村庄农人，说不上来什么巧话儿，我就把你爷教训我的话，我常记着哩，今日学与你听。我当初在您那萧墙街，开了个小铺儿，年轻时好穿两件子时样衣裳，并不曾吃酒赌博。你爷爷看见，就说我一心务外，必不能留心家计。"可见《歧路灯》的作者主张衣服要朴素大方就好，一个人不应该在衣着上追求华丽。第 90 回写谭绍闻的父执辈的程嵩淑与苏霖臣的衣着，刻意与谭绍闻昔日在赌场认识的匪类张绳祖、王紫泥相比："今日熏薰莸同一器，本来万难刻停，况且衣服褴褛，虽说绸缎，却不免纽扣错落，绽缝补缀，自顾有些减色。程、苏二公，虽说大布之衣，却新鲜整齐，看来极其稳雅。"看来布衣就是作者最欣赏的衣着。这当然是一种代表传统社会节俭朴素家风的衣着标准，值得今人思考。

2. 娱乐

一个理想的家庭，可否有娱乐工具？如果可以，应该是什么？小说第 83 回有如下的议论："却说王氏一向糊涂，怎的忽然明透？原来妇人性情，富厚足以养其愚，一经挫折，因悔知悟，竟能说书籍笔墨是传家宝贝；见了农器耕具，知道是吃饭家伙；织机纺车，知道是雪中不寒，夜间不冷的来路。不然者，大富之户，直看得戏箱是壮门面彩头；小康之家，就看得赌具是解闷的要紧东西。"看起来，富裕人家的戏班子、小康之家的赌具这些用来娱乐的东西都是作者反对的。第 99 回又有一段议论：

> 赌博之场，愚仆也有八分轻忽，所谓"君子不重则不威"也；衣冠之会，宾主皆具一团恪恭之心，所谓"上行下自效"也。究起来媟亵场儿，当下也有些欢乐，将来只有不好处没有

> 好处，衅端即起于浃洽，戈矛即蕴于谈笑；礼法场儿，当下虽有些拘束，将来只有好处没有不好处，恭敬可以蓄德，缄默可以免訾。

赌博当然是作者深恶痛绝的，被认为是败坏子弟最常见的东西，而一般人却把它当成娱乐消遣。第50回即写谭绍闻续娶了巫翠姐，在家里与妻妾赌博玩耍："谭家累世家规，虽说叫谭绍闻损了些，其实内政仍旧。自从娶了巫翠姐，开了赌风，把一个内政，竟成了鱼烂日馁。"紧接着，谭绍闻夫妇去岳父家过元宵佳节，因天气变化不能看灯，就让亲戚陪着去赌场玩耍，居然闹出人命来，差点被官府捉拿。后来靠夏逢若的主意打通关节，才摆平此事，又花掉不少钱财。谭绍闻误入此道，因赌博把家业弄到近乎凋零的地步才回头，对今人来讲当然也极具教育意义。所以《歧路灯》对赌博的反对绝不能以所谓宣扬封建主义或伦理纲常的名义被否定掉。作者认为赌博、嫖妓一类的"媟亵"场所是不可靠近的，他推崇今人视为拘束人的"礼法"场所，将来只有好处没有不好处。这也是值得今人重新思考的。

从前面所引内容来看，关于大户人家养戏班子一事，作者也是反对的。世情小说对于大户人家戏班子的描写颇多，可见是一种常见现象，因此《歧路灯》的这种态度就是一个需要稍加辨析的问题。简单来说，作者之所以反对家庭戏班子，无非因为其开销巨大，若家有未成年读书人，则会因爱好戏曲而耽误学业。书中谭绍闻即因匪类引诱，招揽戏班子在家，后来竟闹出官司来；而盛希侨因为无心读书，为打发时间，除了赌博、嫖妓，一意养戏班子，耗散大量钱财。总之，从教育子弟好好读书的角度出发，认为养戏班子是不务正业之举，就是李绿园反对大户人家养戏班子的根本原因。当然，在很多地方作者还表现了对戏曲的蔑视或否定，对此，学术界有很多研究[①]，本书不必过多涉及。不过也应该指出，在第10回描写娄潜斋为了给谭孝移解闷，怂恿着一起去看了全本戏曲《西游记》。好玩的戏曲可以令人"意外开豁"，是本书对于戏曲的有限度的肯定。

3. 交游

《歧路灯》当然主张谨慎交友，原则是不可近匪人与小人。这方面无疑是对孔孟思想的继承。《论语·季氏》云："子曰：'益者三友，损者三友。友直，友谅，友多闻，益矣。友便辟，友善柔，有便佞，损矣。'"孔子认为应该与那些"直""谅""多闻"的"正人"交往，以便给自己带来好处，不与那些"便辟""善柔""便佞"的"匪人"交往，以防给自己带来损失。《论语·学而》又云："子曰：'……无友不如己者。'"《孟子·离娄下》则云："……取友必端矣。"《孟子·万章下》又云："友也者，友其德也。"可见孔孟对朋友的要求是品德高尚且能够直接指出自己的错误，帮助自己提高修养学问，而不是一味顺从自己；至于花言巧语地欺骗甚至坑害自己的人，则更在损友之列了。谭绍闻父亲谭孝移的八字遗言中"亲近正人"是对交游原则的正面表达，而谭孝移与几位理学朋友之间的相处则体现了作者交游的理想范式。

前文提到，作者显然是带着否定态度来写谭绍闻和盛希侨的交往的。第20回作者借程嵩淑之口如是批评他："可惜藩台公朴斋老先生，竟生下这样一个公孙。当日藩台公学问淹博，德行醇正，真正是合城中一个山斗。到了别驾公，就有膏粱气了，养尊处优之中，做下些不明不暗事儿。未及中寿，忽而物故。撇下两个公子，小的还不知怎样，这大的行径，并不像门第人家子弟，直是三家村暴发财主的败家子儿。下流尽致！不如谭世兄怎的就被他勾引去

---

① 相关研究有杜贵晨《李绿园〈歧路灯〉对戏曲的态度、借鉴与描写》，《大连大学学报》2019年第5期；孙振杰《〈歧路灯〉中的戏曲活动》，《平顶山学院学报》2012年第6期。

了？我看这盛公子是一把天火，自家的要烧个罄尽，近他的，也要烧个少皮没毛……”同回，程嵩淑还直接批评他：“当日令祖，犹勉我以远大。今世兄伟表敏才，亦当加意刻励，以绳祖武。近闻人言，世兄竟是不大亲书，似乎大不是了。”这里都不是在谈维护封建统治的问题，而是世家子弟该如何自立于世上的问题，很显然，作者主张子弟要好好读书，不能依靠祖上的财产就不事上进、任性胡为，所以接下来小说就因他听不懂程嵩淑问他今日是其祖父初度之辰（生日）还是捐馆之辰（去世之日），而令其大大尴尬一场：“可惜一个世家子弟，竟是不懂的，只是瞪目不答。”程嵩淑进一步指出他祖父忌日绝不是当天，因为自己去主持过其祖父的葬礼，当时衣服都汗湿了，这番话使盛希侨更加脸红。作者借此对不读书、任性胡来的纨绔子弟的批评，并没有错。而接下来还写谭母王氏极力赞成谭绍闻和盛希侨的交往：“一朝天子一朝臣，难说叫大相公每日跟着一起老头子不成？况且一个是丈人，一个是先生，怎么相处？那个姓夏的，我不知道。这盛公子，乃是一个大乡宦家，人家眼里有咱，就算不嫌弃了，还该推脱人家不成？”（第19回）其结果就是谭绍闻在堕落的路上越走越远，从中反映了交友的确需要谨慎，不能只看表面的风光与否，而王氏见识浅陋、不够长远，也不合理体，对此今人应该加以理解。

对于夏逢若之辈，作者当然更加否定。谭绍闻在悔悟后，看到夏逢若在道台府当差、因克扣银两被锁起来的下场，就想：“古人云，不可一日近小人，真金石之言。回家好对篑初说，他日做官立朝之道，视此矣。”（第100回）

在不许子弟滥交匪人方面，《歧路灯》中受到作者肯定的娄潜斋可以说做得非常到位，今人也未必能理解，遑论赞同。前文提到的第25回作者借谭绍闻外出赌博、几天不回家，谭母王氏派仆人德喜儿到娄家寻找之机透露，娄潜斋因为儿子娄朴在路上与匪类拱手打招呼，罚娄朴跪在院子里，可谓严格异常。至于其中的道理，恐怕只有古人才能懂得。

对于亲近正人的好处，作者有多处描写：

> 却说到了谭宅请日，众嘉宾陆续集于碧草轩上，五位老先生，耆宿典型；五位美少年，磊磊英俊，好不羡人……相见礼毕，五位少年恂恂然各尽后进之礼，五位长者，夸美之中带些劝勉话头。这才是高会雅集，下视那庸夫俗子相遇，老者以圆和模棱为精于世道，少者以放肆媟亵为不拘小节，相去奚啻万万也。（第62回）
>
> 绍闻道："天下为娘的，没一个不见儿子亲。必定是有管教才好。像我爹爹这样人，学问好，结交的朋友都是正人，教儿子又严又密。……"（第86回）

第99回还写到，盛希侨在弟弟盛希瑗主动与自己和好后，自己也有改过向善之意，邀请了张正心、娄朴以及先已回头的谭绍闻，要让弟弟盛希瑗跟随大家进京赶考，此时气氛与以前赌博、嫖妓时自有不同："谭绍闻下车，恰逢盛宅兄弟出迎，同入大厅。娄朴、张正心早已到院拱邀。盛宅各仆从，莫不肃然。这不是因举人、副榜到宅，别立体统，总因赌博之场，傔侪也有八分轻忽，所谓'君子不重则不威'也；衣冠之会，宾主皆具一团恪恭之心，所谓'上行下自效'也。……这宾主五人，此时在祥符城中，到了渐远孩稚半入老成的地位，今昔自有不同。"这里赞美了回头走上正路的盛希侨与谭绍闻最近的交游。

此外，还有结拜兄弟姐妹之事，作者对此也是反对的。第100回王氏和王隆吉说到女人拜干姐妹比男人拜兄弟要长久，王隆吉说："拜干弟兄，男人家不必；拜干姊妹，女人家更不可。"王氏道："你姑夫在日，常如此说，我只说他性子怪，说这咬群话儿。谁知你今日，也是这般说。"隆吉道："侄子如何比得姑夫。像我姑夫在日，与娄、孔、程、张、苏诸老先生，活着是好相与，死了还不变心，他们何尝结拜过？”王氏道：“这几个人我是知道的，果然待咱这一家子，死了跟活着总是一样子，我如今看出来是真的。”所以说，小说肯定的是君子之交，否定的是世俗的结拜兄弟姐妹。

4. 态度与德行

李绿园循着传统思想，主张一个人在为人处世的态度上要谦恭乃至恐惧小心，品德上要老实，这就是《诗经·小雅·小旻》中所谓的“战战兢兢，如临深渊，如履薄冰”。谭绍闻的父亲就是这样的人，他的名言是：“我在这大街里住，眼见的，耳听的，亲阅历有许多火焰生光人家，霎时便弄的灯消火灭，所以我心里只是一个怕字。”（第3回）由怕出发，他对儿子管教极其严格，一般不允许出门玩耍，以至妻子王氏怕儿子闷出病来。第32回，谭绍闻第一次经官之后，众人议论，有一位老者说：“我眼见多少肥产厚业比谭家强几倍，霎时灯消火灭，水尽鹅飞，做讨饭吃鬼哩。”作者评曰：“这正是：陈曲做酒，老汉当家；司空见惯，识见不差。”这可以说是对谭孝移的话的回应。

从恐惧、害怕出发，《歧路灯》中的一些父辈要求后辈子弟做人要谦虚、恭敬、谨慎。第62回写众父执阻止谭绍闻迁祖坟，其中程嵩淑说：“言吉凶的莫详于《周易》，其间言吉的大约都在恐惧、敬谨一边，言凶的多在亢傲、倾邪一边……周夫子《太极图》上说：‘君子修之吉，小人悖之凶。’修是修德，不是修坟；悖是悖了理，不是悖了向。太公《丹书》上说：‘敬胜怠者吉，怠胜敬者灭；义胜欲者从，欲胜义者凶。’”就是此意。第90回又写匪类在见到谭绍闻父执辈时的情形时有言：“大凡小人见正人，有两副面孔：当全盛时，他的气象是倔傲的，言语是放肆的，极不欲正人在座；当颓败时，他的面貌是局蹐的，神态是龌龊的，又只欲自己起身。”这就是对谦虚、恭敬、谨慎的为人处世的态度的反面——倨傲与放肆的批判。

至于子弟的德行，《歧路灯》主张最低不能越过不刻薄的底线：

> 老实二字，俗人看来，与愚相近；识者看来，却与诚字为邻……缘不老实人，定然居心刻薄，待人行事，纵然假托慷慨，不难以千金赠人，貌似恭谦，不惮于百拜款接，看着是鹰化为鸠，甚实两只鹰眼还在。这绍闻虽说丢了行止，堕了家业，要之不曾犯了刻薄的边界；倘若犯了刻薄二字，便把循良风规、孝顺血脉阉割了，如何能生育繁衍呢。(第 87 回)

作者赞美谭绍闻毕竟继承了祖上的遗风，虽然堕落，但没有刻薄不老实的行为。此外，《歧路灯》还强调诚实，甚至认为与其聪明，不如老实甚至蠢笨：

> 却说王氏是一个昏天暗地的母亲，绍闻是一个信马游缰的儿子，如何讲出大道理来？原来人性皆善，绍闻虽陷溺已久，而本体之明，还是未尝息的。一个平旦之气撑回来，到孝字路上，一转关间，也就有一个小小的"诚则明矣"地位。那王氏是谭孝移自幼夫妇，曾听过一言半语，这日子穷了，受过了艰难困苦，也就渐渐的明白过来，况绍闻近日改邪归正，也足以感动人的，何况属毛离里之亲。(第 86 回)
>
> 绍闻道："可怜咱家福薄，我爹去世，把咱母子撇的太早了。我是少调失教。娘呀，你又见我太亲，娇惯的不像样……""若是单依着母亲一个老人家见亲，姿性蠢笨的，还不妨事；若是姿性聪明的，就要吃了亏。"(第 86 回)

《歧路灯》值得一提的家政观还有反对风水先生的迁坟（第 62 回）等，不一一赘述。

结 语

《歧路灯》显然是赞同严格的家风家教思想的。在第58回的结尾，作者写谭绍闻被骗入赌场输了八百两银子后说：

> 学生定要择地而蹈，宁可失之严，不可失之纵也。试看古圣先贤，守身如执玉，到临死时候，还是一个“如临深渊，如履薄冰”光景。难道说，他还怕输了钱，被人逼债么？

这里说的“宁可失之严，不可失之纵也”，与明末以来思想界对王学左派的反思是一致的。前文说过，明末清初，中国社会因陷入深刻的危机之中，政治黑暗而腐败、社会风气堕落，加上边境不时有外敌骚扰，社会局势的危亡激发了世人的社会责任感与使命意识，思想界开始反思前一阶段的个性解放思潮。自明中叶以来狂放不羁地追求个性解放的浪潮，现在被当作社会风气颓败的罪魁祸首遭到批判与清算。前文引用过，东林党代表人物顾宪成将朱熹之学与王守仁心学做了对比后就说：“以考亭（朱熹）为宗，其弊也拘；以姚江（王守仁）为宗，其弊也荡。拘者有所不为，荡者无所不为……昔孔子论礼之弊曰‘与其奢也宁俭’，然则论学之弊亦应曰与其荡也宁拘。此其所以逊朱子也。”① 这里说的“与其荡也宁拘”，就与《歧路灯》里说的家教“宁可失之严，不可失之纵也”是同样的意思。

一般来看，如果说明代后期思想文化界的问题是由于最高统治者自身的放纵使社会思想过于宽松，以致道德崩溃的话，那么清代前期则通过回归传统礼教而重建了社会道德观念，但也使思想文化

① （明）顾宪成：《小心斋札记》，《顾端文公遗书》（卷三），光绪丁丑泾里宗祠重刊本，第6页。

归于沉闷乏味。这种思想环境对《歧路灯》的影响是明显的。但是说到家教的问题，《歧路灯》这种“宁可失之严，不可失之纵也”的思想还是有一定的价值的。

第二章

《歧路灯》中的女性形象及性别话语

第一节　王氏："没道理"的母亲及其转变

《歧路灯》中谭绍闻的母亲王氏是作者刻画较多的一个母亲形象。若单独来看她，不过是一个溺爱儿子、不知管束孩子的女性，这是学界的共识。如果要看出这一人物的独特意义，还得把她和同类人物进行比较，由此我们当然想到了《红楼梦》里贾宝玉的母亲王夫人，这正是可有一比的两个人物形象。

《红楼梦》里的王夫人与《歧路灯》中的王氏都有疼爱孩子的一面，但相比之下，王氏就更令人觉得可惜，她出身门第不高（秀才之女），想必小时候也一直过着闺阁内封闭的日子，缺乏处事经验，一切都从常识出发，并没有受到很严格的正统教育；偏偏丈夫又过早去世、只有一个孩子，在对待堕落的谭绍闻时往往近于手足无措，作者进而写出她的无知护短，的确具有很深的教育意义。我们需要跳出反封建的思想框架，从更开阔的视角内来看待这一形象的意义和价值。

一　从常识出发处理问题

其实王氏处理问题一般是从那个时代女性的常识出发的。谭孝移管束孩子过严，她会要求放松一些。吹台大会，她让丈夫放孩子去玩玩，丈夫不答应，她就说丈夫胆小："……芝麻大一个胆儿，动不动说什么坏了家教。”（第3回）结果孩子的先生娄潜斋倒是答应带孩子去。谭孝移因被举贤良方正而征召进京，临走时把孩子托给先生，她也认为管得太紧，孩子身体会受影响：“先生跟的紧紧哩。春天还好，到夏天，小福儿脸每日黄黄的，肚里也泻了好几天。我叫他不去学里罢，后来才慢慢的壮实。”（第8回）谭孝移说孔耘轩的女儿家教好，要给儿子提亲，她却说巫家女孩人才出众、刺绣不错，兼且家里有钱，觉得巫家亲事不坏。谭绍闻的老师娄潜斋进京赶考，谭绍闻没了先生。在请先生的问题上，王氏不管人品好坏，自作主张请了侯冠玉，理由是他不要求管饭，比较方便。后来侯冠玉对谭绍闻及王氏一番奉承，“一宗宗打入王氏心窝里，信真这个学问，上通天文，下察地理；这样先生，天上少有，地下难寻……所以根本既固，外物不能摇夺”（第8回），这渐渐显示出王氏的目光短浅。但这也不是王氏一个人如此，王氏的弟妹曹氏也说：“咱姐主意就不错。他对我说过，管饭的难支应，只请供粮饭的。这茶饭早早晚晚，最难伺候。若请侯先生，就省事了，怪不道咱姐极愿意。”（第8回）谭绍闻被表弟王隆吉介绍，与盛希侨、夏逢若做了结拜兄弟，王中主张断绝和他们的往来，王氏道：“那可使不哩！俗话说，‘官府不打送礼人’。人家送的礼来，原是一番好意，若辞了人家，久后就朋友不成了。”（第19回）这都是从常识出发，不能说有什么大错，只是从严格教育子弟的角度来说，是虑事不够深远的表现。

由于缺乏处事经验，很容易相信命相、阴阳、风水，在慌乱中会求神问卜，这也是王氏和那个时代一般女性所共同的特点。侯冠玉就利用这些博得其欢心。谭孝移从京城回来，因发现谭绍闻的先生侯冠玉是如此不堪而病倒，王氏听从弟妹的话，偷偷请巫婆跳大神；后来谭孝移去世，又听信阴阳先生的说法，在其下葬之日出门躲殃。这些行为都不符合儒家不信鬼神的规范与礼仪，受到作者的批判。

二 教子问题

王氏因丈夫过早去世，又只有一个孩子谭绍闻，在对待其因匪类勾引而堕落时往往近于手足无措，作者进而写出她的无知护短，的确具有很深的教育意义。

谭绍闻第一次被盛希侨留在家过夜、喝酒，醉得不省人事，王氏慌乱中哭着说道："我的儿呀！你休不得活了，可该怎的！"还是仆妇赵大儿说："这全不妨事。是奶奶从不曾见过醉人。俺家我大，每逢到集上，是个大醉，日夕回来时，挺在床上，就像死人一般。到后半夜就醒了，要凉水喝。我见惯了，这没啥大意思，奶奶休怕。"（第17回）可见其的确长在深闺，缺乏经验。在这样的情况下，她很容易为了保住儿子的脸面或性命而向其妥协。

谭绍闻有一次和租屋子住的皮匠的妻子偷情不成，反被皮匠捉住，讹诈了一百五十两银子，银子是母亲王氏当面交给皮匠的（第29回），所以谭绍闻觉得无脸见母亲，说道："我一错二误，家中谁要再提起，我就不能活了。"王氏在皮匠面前本来说："这东西不是个人，我领回打他。"但一听谭绍闻如此说，马上回答："咱到底算是男人家；像那皮匠拿着老婆骗银子使，看他怎么见人。拿咱那银子，出门怕没贼截他哩。到明日打听着他，只有天爷看着他哩。"口里还骂了几句。小说还写谭绍闻的妻子孔慧娘听着，"才晓得婆婆心里，没有什么分晓"（第30回），来反衬王氏的糊涂至极。此事若与王夫人比较，可以看得更清楚。王夫人防范贾宝玉与丫鬟有染，可谓做得严密周到，对于丈夫管教儿子贾宝玉，一向不从原则上反对，宝玉挨打，她一则说："宝玉虽然该打，老爷也要自重……"（《红楼梦》第33回）再则说："我何曾不知道管儿子……"她说自己"我已经快五十岁的人，通共剩了他一个，他又长的单弱，况且老太太宝贝似的，若管紧了他，倘或再有个好歹，或是老太太气坏了，那时上下不安，岂不倒坏了。所以就纵坏了他。我常常掰着手儿劝一阵，说一阵，气的骂一阵，哭一阵，彼时他好，过后儿还是不相干，端的吃了亏才罢了。若打坏了，将来我靠谁呢!”（《红楼梦》第34回）可见一样是溺爱儿子，王夫人还有些规范（虽然王夫人实际上并不理解儿子），而王氏则近于彻底放弃管教儿子。其中的原因是：对王夫人来说，身处贾府这样有地位的人家，吃穿不成问题，她所面临的问题，一是贾宝玉不能好好读书、不能继承家业，二是在赵姨娘等人的虎视眈眈之下，贾宝玉若稍有作风问题，就会受到攻击，所以王夫人主张对贾宝玉严加管教。而对王氏来说，家庭只有谭绍闻这个儿子，而这个儿子已被匪类引诱坏了。但谭绍闻在良心发现后，常常要自寻死路，这时候保命要紧，王氏就只能后退一步，不讲原则了。如上述第30回，事发后谭绍闻已经说出了此事不可再提的话，王氏不能再让儿子没脸，她的担心与王夫人是一样的：若儿子寻了短不在了，自己靠谁呢？谭绍闻第一次被夏逢若骗去赌博，输了钱，当着母亲的面把钱给别人，王氏阻拦不成，谭绍闻事后觉得自己做的不是事，羞愧欲死，王氏就哭道：“那钱不值什么，快休要吓我！我的乖孩子呀，快休吓我！……我的儿呀，你吓死了我。我再依靠谁哩!”（第24回）王氏这种毫无原则的对待儿子的态度，是受到作者的批评的。

在教子问题上，王氏与自己的亲弟弟王春宇发生了矛盾：

> 王春宇道：“官可以不做，书不可以不读。像姑爷这样门第，书更不可以不读。”王氏道：“世上只要钱，不要书。我是个女人，也晓的这个道理。”王春宇被女兄缠绞急了，说：“咱爹不读书，姐姐先不得享谭宅这样福。”王氏道：“如今福在那里？”王春宇道：“都是绍闻作匪，姐姐护短葬送了。”（第74回）

王氏果真是只要钱的人，几次责怪谭绍闻时，都因谭绍闻拿点儿小钱给她就作罢，作者称其为“利令智昏”：“从古说‘利令智昏’，何况妇人？何况王氏本是一个不明白的妇人？”（第23回）王氏似乎很有主见，可惜都是短见，这里她说的“世上只要钱，不要书”就是一种短见，也可以说是比较早的读书无用论，虽然反映了当时商品经济日益发展带来的商人地位的日益提高对“万般皆下品，唯有读书高”的观念的冲击，但严重违背了当时社会毕竟还是传统社会的现实，也违背了其丈夫给儿子的遗言：“用心读书，亲近正人”。由于王氏一切向钱看，她纵容儿子结交了有钱却不肯读书、被士林正派人视为匪类的盛希侨，学会了赌博和玩弄女孩子，后来还被夏逢若拉下水。在第一任儿媳妇孔慧娘死了之后，她让儿子和有钱人家的女儿巫翠姐结婚。巫翠姐也爱好赌博，丝毫不知管理家务和规谏谭绍闻，谭家进一步败落下去，而这时巫翠姐又和谭绍闻闹翻回娘家（参见后文对巫翠姐的分析）。这些都表明，王氏的选择是错误的。作者的立场也不是完全从封建主义出发的。从严格教子、庄敬自强、尊重知识的角度来看，作者对王氏人生观的批评，至今是有道理的。

三　主妇与忠仆的矛盾处理

但王氏到底为什么被说成一个不明道理的人？过去的学者一般都不能把这一点讲透，现在的人也没有注意到其中的关键。王氏在管理家庭时，除了不能严格管教儿子和利令智昏[①]外，最主要的问题就是没有处理好和仆人王中的关系。她觉得王中碍手碍眼，批评他凌驾于主人之上（如怒打和少主人谭绍闻来往的匪类夏逢若），为什么她会因此受到作者的批判呢？过去的人觉得《歧路灯》是宣扬封建道德的书，不值得肯定，照其中的逻辑，王氏赶走忠仆王中

① 参见张清华《论王氏》，《〈歧路灯〉论丛第2集》，中州古籍出版社1984年版。

应该是值得肯定的，因为王中是维护封建道德最卖力的人，而王氏赶走王中无非是为了行使自己当家做主的权利。而论者却又同意说王氏糊涂，这里明显就自相矛盾。又如王中因反对谭绍闻与盛希侨、夏逢若来往，激起谭绍闻的反感，第一次要赶王中出去，王中的妻子赵大儿请求王氏劝阻谭绍闻，王氏却说："如今这一家子，我还管的上来么!"在此作者议论道：

> 看来绍闻虽是年轻，若王氏有个道理，吆喝上几句，绍闻也就软下去。谁料这王氏推起活船来，几句话把一个谭绍闻真真的撮弄成了一个当家之主，越扶越醉……（第 32 回）

假如作者真的完全按照所谓封建主义对女性的"在家从夫，出嫁从夫，夫死从子"的三从四德的教条来要求王氏，在此恐怕对王氏任从儿子的行为是赞赏有加的。而事实上，作者很明显认为王氏没有道理。后文写她还顺着谭绍闻的意思赶王中夫妇走："单只等弄到这个田地，才是罢手，想是两口子把福享足了。""王中呀，没有一百年不散的筵席，都起来罢，各自收拾去。"

若深入分析，这里需要谈到古人处理主仆关系的原则，这就是前文在论盛希侨形象时提到的，谭绍闻从盛希侨那里学到的法家那种只讲上下级、不讲温情的主仆关系。王氏与儿子谭绍闻一样缺乏见识，在丈夫不在家或去世后，急切地要行使作为主人的权利，当王中基于更深远的考虑提出不符合她想法的处事方案时，自然就受到了其摒弃、排斥，乃至最终几次将其赶出家门。王氏与盛希侨、谭绍闻这些孩子一样，也不能懂得传统儒家虽然强调君仁臣忠，但并不是一味强调分际的，而是主张彼此之间肝胆相照、亲密合作，这正是儒家思想处理上下级或者主仆关系时值得肯定的地方。"儒家主张礼治、礼教，实际是主张用治理'国人'的办法，来治理全体身份合一的劳动者。而法家主张法治，则是主张用对待'野人'

的办法来治理全体身份合一的劳动者。法家……是完全代表专制君主的利益的。而儒家是……阻碍专制君主的欲望的发展的……从维护人的价值说……儒家主张用对待‘国人’的人道的办法来对待所有的劳动者，从而扩大了三代人道的范围，是对传统礼教的突破和发展……是主张用提升人的价值的办法来对待社会所有人的。尤其他主张把原来的‘野人’也提升到‘国人’一样的地位上来，更是与奴隶制背道而驰的。所以，把儒家礼教思想说成是维护奴隶制的，是完全错误的。而法家则主张采用使所有人的人格下降的办法，来达到君主专权的目的。从这个意义上看，儒家是进步的，法家是落后的，因为从人类发展的理想来说，法家的路线不能使人的价值最终得到回归。”① 王中之所以对王家忠心耿耿，不能全部理解成奴才的自我束缚，而是因为谭绍闻的父亲谭孝移对他特别尊重，谭绍闻的那些理学家父辈后来要求大家不许叫王中的名字，而是以字“象荩”来称呼他，也是对其德行表示尊敬。现代人一味强调王中的奴才思想，是不能理解《歧路灯》中理想的主仆关系所蕴含的儒家思想的。

王氏在小说80回前的大部分中也不能理解丈夫对王中的尊重，她所有的观念只是主仆的分界。谭绍闻招了一个戏班子在家，被骗了不少钱，又被夏逢若诱引去赌博，几天不回家。后来良心发现，回家后向母亲忏悔，并要去看望生病的王中，王氏却说：“那病染人。你既要去……略坐坐就出来。依我说，一个家人就是好，也犯不着主人家到他屋里看他。他也担不起。”（第26回）第53回王中当着谭绍闻与王氏的面毒骂夏逢若，王氏道：“真正不像一家子人家了，少天没日头的……你晓得夏家是大相公拜的朋友么?”在母亲王氏和妻子巫翠姐的怂恿下，谭绍闻又一次将王中赶走，这一次王氏不仅不加以挽救，而且火上浇油，王中临走嘱咐谭绍闻不忘父

---

① 邹昌林：《试论儒家礼教思想的人文价值》，《湖南大学学报》（社会科学版）1996年第4期。

亲遗言，王氏却毫无悔意地说："王中，你各人走了就罢，一朝天子一朝臣，还说那前话做什么。俗话说'儿大不由爷'，何况你大爷已死。你遭遭儿说话，都带刺儿，你叫大相公如何容你？"（第54回）作为对儒家思想没有多少了解的女性，王氏是不能了解孟子思想中"君之视臣如手足，则臣视君如腹心"那样深刻契合的君臣关系的。倒是她的第二个儿媳妇巫翠姐在赶走王中一事上和她非常投合："我听清了。您这一家子人家，我也看透了。一个使用的人，这样放肆，见了客，公然发村捣怪的与客人还口厮骂，偌大一个省城，谁家有这样的事？明日怎的见人？为啥不赶他出去？"（第53回）这是不能全怪她们的，传统社会一方面不给她们很系统的、正规的教育，另一方面却怪她们糊涂、不明事理，这是自相矛盾的。主仆的分际不可逾越，这是王氏与巫翠姐婆媳二人牢固的观念，在这方面反而衬托出了真儒们的通达。

四 王氏的另一面及其转变

王氏毕竟是一个普通的妇道人家，具备一般女性不肯做出过于不忍心之事的特点。谭绍闻第一次赶走王中，王氏也觉恻然，说道："好家好院，休要恁般哭，教邻居听的。是做啥哩。等他回来我劝他，当真就赶你两口子走了不成。"后来王氏见光景太不好，落下几点泪来，说："好好的就闹出这场事来。"（第32回）第54回不留回旋余地赶走了王中后，她却还能"有时与赵大儿捎些尺布寸丝的人事，也有时与些油果面食之类，叫王中与女儿吃"。谭绍闻要往济宁娄师爷那儿去打秋风，想带王中去，王氏一方面不让王中跟随前去，另一方面却让其带礼物给其妻女（第71回）。第73回夏逢若引诱谭绍闻私铸铜钱，被王中打了一顿，这次在冰梅的劝说下，王氏没有深怪王中，还要他带妻子女儿来家里帮忙。这些都是王氏"另一面"的表现，也为其家庭与王中关系的转变打下了基础。

王氏因儿子的堕落领会了家道中落的苦楚，加上幸亏有弟弟王春宇的劝说，终于慢慢醒悟过来，觉得丈夫当初所做的一切都是正确的，并彻底扭转了对王中的看法，对其言听计从起来。对个中原因，作者分析说：

> 却说王氏，一向知识介半精细半糊涂之间，怎的前十年，恁的个护短，如今忽然闪出点亮儿来？……这王氏若不是近日受了难过，如何能知王象荩（王中——笔者注）是个好人。这也是俗话说的好，“饿出来的见识，穷出来的聪明”。况且王春宇是个伶俐生意人，一向与姐姐说话，总是推崇谭孝移，不曾奉承自己姊妹。所以今日王氏，才微有个悔而知转的意思。（第 82 回）

王氏的弟弟王春宇虽为商人，而且其经营状况也并不差，后因做生意而发家致富，但他对于读书做官依然持强烈的支持态度，这表明当时的社会依旧是官本位的传统社会。不过，王氏的转变所代表的重视教育、重视读书这一点，无论在哪一个时代都是有意义的。这种转变受到作者的肯定，也不见得就是出于封建主义的思想。

第二节　有贤德的妻妾

《歧路灯》描写了几位罕见的有贤德的女性，即孔慧娘、冰梅和韩节妇，其中重点是孔慧娘与冰梅，她们分别是谭绍闻的前妻和妾。通过对这几位女性的描写，作者展示了自己心目中理想的女性形象，其女性话语既有保守陈腐之处，也有值得肯定的方面。

孔慧娘与冰梅是作者所塑造的合乎古代社会标准的一妻一妾。

前文已提到过，孔慧娘出身秀才之家，耳闻目睹的是严格的传统教育："原来慧娘在家做闺秀时，虽说不知外事，但他父亲与他叔叔，每日谨严饬躬，清白持家，是见惯的；父亲教训叔叔的话，也是听过的。"（第 32 回）"且说孔慧娘天生聪明，秉性柔和。自幼常闻父亲家训，妇女'德、言、容、功'的话说，固是深知，即是丈夫事业，读书致身的道理，也是齐晓的。并那立朝报国，居官爱民，青史流芳，百年俎豆的话，也听父亲说过。心下这个明白，直是镜儿一般。"（第 46 回）她嫁到谭家后，给谭家带来了巨大的幸福感，这是因为她毫不做作、毫无困难地做到了如下几条。

首先，她善待作为妾的冰梅及其孩子兴官儿，毫无嫉妒之心，解除了婆婆王氏心头的一大担心。

> 冰梅抱着所生小厮，起名兴官儿，赵大儿也抱着所生小女儿，起名全姑，每日只在新人房中系恋着。……王氏看在眼里，心中恐怕新人知晓兴官儿来历，或是害羞，或是生妒，惹出不快……背地里让道："你两个单管在东楼下恋着，万一多嘴多舌，露出话来，人家一个年轻娃子，知他性情怎样的？久而久之，慢慢知晓便罢。冰梅你要少去。"这冰梅原是一团孩气，爱恋新人，听的主母让，也就忍住些不敢多去……这冰梅、赵大儿两个，慧娘只当家人媳妇看待。到晚来夫妻闲话，绍闻把冰梅兴官儿话露了口角，这慧娘便把冰梅另样看起来了。冰梅到楼下，慧娘就叫坐了。见无人时，便与兴官儿枣栗玩耍。只是害羞，不好意思抱过来。后来渐渐厮熟，这兴官儿偏要扑孔慧娘，慧娘忍不住抱在怀里，由不的见亲。冰梅再要抱时，这兴官儿偏不去。恰好王氏进楼见了，慧娘抱着兴官儿急忙立起来。王氏说道："看污了衣裳。"慧娘道："不妨事。"王氏向冰梅说道："还不抱过去？"冰梅来抱，这兴官儿一发嘻嘻哈哈搂住慧娘脖子再不肯去。大家齐笑起来。王氏这一场喜，较之新娶时真正又加了十分。（第 28 回）

不仅如此，她对其他仆人也十分忠厚，不以主子自居："赵大儿说道：'大婶子，俺这小妮子就没人理论？明日也给俺缝一顶粗帽子戴戴。'孔慧娘道：'明日就缝罢。'赵大儿也喜欢的没法儿。"（第28回）总之，"孔慧娘到了谭家半年之间，婆媳欢娱，夫妻和谐，冰梅兴官儿日游太和之宇，厨妇仆厮亦喜少主母之贤。"（第29回）孔慧娘的到来，使家庭和睦、上下齐心，这是她柔和贤明的性格使然。她深知"持家要节俭，御下要忠厚"（第35回孔慧娘弥留之际告诫冰梅的话），也知道人际关系的处理以柔和善顺为主，可以使各种关系处理得非常和谐。

其次，她对于丈夫的种种非礼的行为，采取柔和劝谏的办法，甚至可以说大费周章，只为做到不伤和气。

谭绍闻与皮匠的妻子偷情不成，反被诈骗去银子若干两，孔慧娘"把脸白了，一声儿没言语"（第29回），她知道，此时说什么都不仅无益，反而会使谭绍闻羞愧中做出不可预测后果的事情来。她"仍旧执他的妇道，只是脸上笑容便减"（第30回）。书香人家的子弟有如此不端的行为，这多么令妻子失望。接下来，谭绍闻和戏班子的茅拔茹因其寄存在谭家的衣箱之事闹到官府，差点受到责罚。孔慧娘因此受了气恼，昏倒在地。谭绍闻又将忠仆王中赶出家门，继续陷入赌场中，虽然之后赢了一百两银子，但孔慧娘并不像婆婆王氏那样高兴，这天晚上趁大家睡后，准备了小小酒席款待丈夫，伺机劝谏。做妻子的准备酒席款待丈夫，这就是非常意外的事情，而在劝谏中，孔慧娘无比委婉，自称年轻不知事，套问王中夫妇的事情，让丈夫自己说出王中本是好人、只是说话太冲的话来，然后顺着其意带出让王中归家的想法。谭绍闻答应后，孔慧娘又让冰梅连夜把东西收拾干净，以免仆人们看见议论，真可谓大费周章。第二天她又让谭绍闻先和婆婆王氏说要唤回王中的话："但你既要留他，也要到楼上对咱娘说一声。不得说要赶就赶，要留就留，显得是咱们如今把家儿当了。”显示了她对婆婆的尊重和小心谨慎、体贴周全的性格。终于，谭家让忠仆王中回到了家里，谭绍闻过上了一段专心读书的时光。作者不由得议论道：“看官，我想人生当年幼时节，父子兄弟直是一团天伦之乐，一经娶妻在室，朝夕唧哝，遂致父子亦分彼此，兄弟竟成仇雠。所以说处家第一，以不听妇言为先。看来内眷若果能如孔慧娘之贤，就是事事相商而行，亦是不妨的。总之劝丈夫孝敬父母，和睦兄弟的，这便是如孔慧娘之贤的。若是向丈夫说，‘爹娘固是该伺奉的，也要与咱的儿女留个后手。弟兄们没有百年不散的筵席，嫂嫂婶婶气儿难受，我是整日抱屈的’，这便是离间骨肉的勾绞星。为丈夫的，须要把良心放在耳朵里做个试金石，休叫那泼贱舌头弄得自己于人伦上没了座位。”（第 36 回）要之，作者对女性的排斥也只是针对短视自私的女性。

孔慧娘劝谏丈夫的方法是可行的，她知道按着柔顺的要求来交流比较能说服丈夫，蛮干只能坏事。但她没能使丈夫彻底回头，临死前还嘱咐冰梅该如何劝谏丈夫：“趁他喜时劝他，只休教他恼了，男人家性情，若是恼了，不惟改不成。还说你激着他，他一发要做哩。”（第 47 回）由此可见，她不仅是温柔的，也是聪明的。

为了表现孔慧娘的贤德，作者描写了冰梅受到孔慧娘的感化，并在其死后听从其教导，苦心寻找适合的时机，委婉地劝谏谭绍闻几件事：重新收留再次被赶出的王中、与夏逢若等人断绝往来、教兴官儿读书等（第 76 回）。虽然谭绍闻并未能马上一一听从，但在冰梅的进言下，在王中打了夏逢若后，谭绍闻及其母亲王氏没有太为难王中。可以说，其中不无冰梅的劝谏之功，因此，我们说冰梅是孔慧娘死后生命的延续。

孔慧娘与冰梅这一妻一妾，并没有消极地遵守柔和善顺的教条，而是积极地以女人温柔的品格，促进了家庭的和睦与繁荣。谭绍闻家的复兴，与这两个女性有着不可分割的关系。她们是作者赞美的人物，其身上有着值得令人继承的品质。

第三节　“小家妮子”巫翠姐

《歧路灯》写谭绍闻的续弦妻子巫翠姐，是从两个方面来写的，一方面是她与婆婆王氏的关系，短视的王氏主张给谭绍闻娶巫翠姐为妻，结果却令其后悔，小说通过这种描写来贬低巫翠姐；另一方面是描写巫翠姐和谭绍闻的夫妻关系。由于整个叙述笼罩在理学话语中，这部分内容受到了现代人的批评，但人们忽视了作者塑造这一形象之可取的地方，也忽视了巫翠姐带给现代人的教益。如果从性别话语出发来说，则可厘清这些问题。

一　特殊的教养背景与经历

《歧路灯》第74回曾如是介绍巫翠姐的教养背景，可以说非常精到，也反映了作者对她的看法：“巫氏……生长小户，少见寡闻。且是暴发财主，虽闺阁之中，也要添愚而长傲。一向看戏多了，直把不通的扮演，都做实事观。所以古人择配之法，但问家室，不计妆奁，正是这个意思。”巫翠姐是一个生长在暴发户家的女孩，家庭的富裕使她养尊处优，她的婚前生活有大部分是在戏场度过的：巫翠姐第一次出现，就是在山陕庙外看戏；第二次出现是通过谭绍闻的眼睛看到的，也是在山陕庙看戏：

> 不说男人看戏的多，只甬路东边女人，也敌住瘟神庙一院子人了。……（谭绍闻）一边看戏，一边早看见甬路东边，一个女子生的异常标致。……谭绍闻笑道：“我问你一句话儿，那甬路东边，第二棵柏树下，坐的那个女子是谁家的?”隆吉道：“你问他做什么？那是巫家翠姑娘。”谭绍闻道：“你怎的连名儿都知道?”王隆吉道：“我七八岁时，你舅引我来看戏，

那柏树下就是他久占下了。只这庙唱戏，勿论白日夜间，总来看的。那两边站的，都是他家丫头养娘。是俺曲米街新发的一个大财主，近日一发方便的了不成……”（第49回）

而巫翠姐的言谈也时时处处与戏曲有关（见第82、第91回）。所以，巫翠姐的教养在很大程度上是受戏曲影响的。此外，当然有来自富户的娇生惯养与纵容：

况且小户人家，看得自己女儿总是好的，这又是家家如此，户户皆然的性情。女儿蠢愚，说是女儿厚道，“俺家这个女儿，是噙着冰凌，一点水儿吐不出来。女婿想着欺降，叫族间几个小舅子，抬起来打这东西!”女儿生得略有才智，便硬说：“俺这姐儿，是合户中第一个有道理有本领的姑娘。”婿家小康，也不管翁姑之勤俭，夫婿之谨饬，俱是女儿到了他家，百方调停，才渐渐火焰生光起来；婿家堕落，便说女儿百般着急，吃亏权不己操，到如今跟着他家受难过。或自己女儿丑陋，硬看成是黄承彦以女妻诸葛。……此民间女家性情之大较也。这巫家正是看翠姐姿性聪明，更添上戏台上纲鉴史学，是出众的贤媛。（第85回）

这样的教养背景，加上谭绍闻这个浪荡子的特殊身份，使巫翠姐在婚姻生活中的表现与《聊斋志异》中的富家女连城、阿宝都不一样。连城对有才的乔生充满敬佩和欣赏，而谭绍闻不仅没有过人之才，而且无比败家；阿宝因孙子楚断指求婚、离魂附身而对孙子楚矢志不移，而谭绍闻并不是一个痴情男人；而巫翠姐在经商家庭的影响下，还有一份经营钱财的小小本领，可以养活自己，因此在谭家日益败落而谭绍闻还要维持士大夫之家体面的情况下，巫翠姐曾断然离去，却又在谭家稍有起色时，又回来攀附谭家。她不是

《聊斋志异》中对穷书生痴情的女性，而是一个有点精明算计的现实中人。

二　“小家妮子”，没有家教和家法

尽管巫家富有，可是作者对其是鄙视的。关于巫翠姐的整日看戏，作者就议论道：“阿娇只会深闺藏，看戏如何说大方；试问梨园未演日，古来闷死几娇娘？”谭绍闻有一次和巫翠姐吵架，说巫翠姐是“小家妮子”，我们不妨看看，这里所谓的“小家”，有没有值得探讨的内容？由于作者描写巫翠姐很大部分是侧重从婆婆王氏的眼光来写，我们就顺着这一思路来分析巫翠姐，看看作者要表达的思想是什么。

前文论王氏时提到过，在王氏的眼中，最初翠姐是一个极好的女孩，认为翠姐“人材出众”、刺绣不错，是一个小家碧玉了；兼且巫家有钱，在王氏看来这门亲事应该是非常好的：“俺曲米街东头巫家，有个好闺女，他舅对我说，那遭山陕庙看戏，甬路西边一大片妇女，只显得这巫家闺女人材出众。……那一日我在后门上，这薛家媳妇子拿着几对小靴儿做哩，我叫他拿过来我看看花儿，内中有一对花草极好。我问是谁家的，他说是巫家小姑娘的，花儿是自己描的，自己扎的。那鞋儿小的有样范，这脚手是不必说的……你说伶俐不伶俐？况且他家是个大财主，不如与他结了亲，将来有些好陪妆。”（第4回）谭绍闻的发妻孔慧娘死后，续娶巫翠姐，王氏如愿以偿了，婚后谭家的家庭生活却是如此：巫翠姐和谭绍闻夫妇两个时常斗骨牌、抢快、打天九、掷色子、抹混江湖玩耍，为此把做饭的老樊也叫来一起赌，有时连饭都忘了让老樊去做，于是做母亲的王氏得自己去料理做饭。虽然王氏不大计较，但作者批评说：“谭家累世家规，虽说叫谭绍闻损了些，其实内政仍旧。自从娶了巫翠姐，开了赌风，把一个内政，竟成了鱼烂日馁。”（第50回）谭绍闻在赌场赢了一只金镯子，回来孝敬母亲，巫翠姐听见，

就当面要了过去，王氏也只能让着儿媳妇（第54回）。

让王氏尴尬的事还在后头。谭绍闻因把祖宗坟上的树砍了卖钱还债而被巫翠姐嘲讽，其后谭绍闻良心彻底发现，主张把王中再叫回来，巫翠姐则表示反对，二人居然因此反目，王氏急劝也没有用："您小两口子，从来不各气，为甚的这一遭儿，就如仇人一般?"巫翠姐被送回娘家后，巫家还借孩子生病、叫王氏来看望之机，故意冷嘲热讽了王氏一场：

> 到巫家门首，也没有人照应。进的院去，巴氏起来让坐，王氏向巴氏一拜，说："亲家母好呀!"巴氏道："也没啥好，坐下罢。"王氏看巴氏光景，全无亲热之意，即叫道："翠姐哩，孩子是什么病？我瞧瞧。"巴氏道："孩子是想奶奶的病。"
>
> 巫氏在厢房出来，见了婆婆也不万福，也并无慌张之意，说："怎么来了?"王氏道："坐了一顶二人轿子来。"厨妪奉上茶来，王氏只得接在手中呷了半盏。兴官与巴氏、巫氏作下揖去，俱都不甚瞅睬，王氏心中大有不肯依之意。争乃巫家聚了一班妇女，既有众寡之势，兼有主客之形，不便怎的发作，只道："您两口子各气，我叫回来消消气儿。再住一半月，接你回去，或是这边送去。我做婆婆的不曾错待了你，为甚的奚落起我来。"巫氏道："您家不要我了，说明白送我个老女归宗，不过只争一张休书。"王氏道："傻孩子，谁家小两口子没有个言差语错，你就这般气性，公然不要女婿，说这绝情的话。"转向巴氏道："亲家母擘画他一两句何如?"巴氏道："我生女儿不用擘画。"王氏道："我家孙孙哩。"巫氏道："他小舅背的看唱去。回来时，叫他同兴官跟你回去。"王氏道："我如今就要走哩。"巴氏道："没有人请的你来!"王氏气急了，说："没见过这一家子不晓天地人家!"

只见巴庚在院中嚷道："何用与他家这老婆子说。明日见了端福儿这狗攮的，我要剥他的皮哩。"王氏见不是话，一怒起身。兴官只是哭。出的门坐上轿，一孙一仆，大不如意而归。（第 85 回）

王氏回家，想起孔慧娘的好，不由得放声大哭。从以上的叙事思路来看，作者的意思是父母为儿子选择儿媳妇，不能只看其外表、家庭财力，针线活做得好不好也不重要，重要的是看有没有家教。没有家教的人家，再有钱孩子也必然是纵容养大的，娶来家庭必不和睦。从择媳的角度来看这一点是可取的。所以，所谓"小家"，是指没有能传之后世的良好的家教家风的家庭。

当然，如果不从现代女权主义的角度加以反对的话，巫翠姐对于做妾的冰梅毫无嫉妒之情，还能善待其孩子兴官（正式名字为谭篑初），这与孔慧娘一样是值得肯定的。

三　巫翠姐的婚姻给人的启示：与孔慧娘对比

夫妻关系毕竟是女性人生中最重要的关系。没有大家教养的巫翠姐在与谭绍闻的婚姻中坚持到最后，迎来了和平的日子。这恰恰是因为她没有为大家闺范的教条所拘束。

1. 敢于吵架，敢于离婚，坚持自己的尊严

巫翠姐在与谭绍闻的夫妻关系中采取现实主义的态度。他们的婚姻本来是暴发户（巫家）攀附当时尚有地位的士大夫之家（谭家）而成，不免有势利的成分。但在父亲谭孝移去世后，谭绍闻因为匪类勾引、不走正道而导致家业衰败，而他本人却还自以为有旧家的感觉。在谭绍闻赶走王中后又后悔、打算要王中回家帮忙典卖家产还债时，巫翠姐阻挠，两人产生了口角，谭绍闻讥讽巫家是小家，巫翠姐敢于维护自己的尊严：

> 却是巫翠姐在旁边说道："没见人家使的一个家人，真当是耍走马灯笼一般，来了又去了，去了又来了。是什么样子？这将近半年，咱家没王中也行的。"……"骂你的结拜弟兄，还不算错？你看唱戏的结拜朋友，柴世宗、赵大舍、郑恩他们结拜兄弟，都许下人骂么？秦琼、程咬金、徐勣、史大奈也是结拜兄弟，见了别人母亲，都是叫娘的。"绍闻怒道："小家妮子，偏你看的戏多！"巫翠姐羞变成怒，说道："小家妮子肯看戏？我见你这大家子了！像俺东邻宋指挥家，比您家还小么，一年唱十来遭堂戏哩。没见因为一个管家，反来作践我！"（第56回）

人都有被尊重的要求，巫翠姐不同于孔慧娘的是，当她被讥讽时，敢于违背"出嫁从夫""女以弱为美"的这些教条，表达自己的抗议，甚至在争吵到激烈的时候，果断提出"你就办我个老女归宗"的离婚要求。而孔慧娘则遵守柔顺的规矩，劝谏丈夫也委婉无比；当劝谏无用、面对日益败落无救的丈夫时，只能把一切憋在心里，更不用说主动提出离婚了，结果把自己闷死了。这就反衬了巫翠姐"小户之家"出身、似乎教养不够，却很好地保护了自己是正确的。

2. 有变通、不死板，主动复婚

巫翠姐被遣送回娘家后，一没有上吊，二没有求谭家怜悯复婚。但这毕竟不是长久之计。当时机到来时，谭绍闻悔改往日行为，遵照父亲"用心读书，亲近正人"的遗训、在县学考试中被取为第一名后，她又回来了：

> 忽尔门中照壁贴上鲜红报单，这本街老姥少艾，就有来看彩的。各生意行中沾亲带故，也就有道喜的。这巫氏只觉脸上没甚趣味。邻妇拜喜，却也没甚答应。

> 次日清晨，把孩子也打扮了。巴氏还未起身，坐在母亲床沿上说："娘起来吃了早饭，咱治份礼，你明日送我回去罢。"巴氏道：那日你婆婆来，我被你翻嘴掉舌，失了待亲戚情面。我昨夜睡不着，盘算了一夜，没脸儿去。如今姐夫恭喜，咱就到了，显见得小家子赶趁亲戚哩。"巫氏道："我也算计明白了。俗话说：官府不打送礼的。我把我的钱，替咱家置上一份贺礼……今日办成送的去，说明日娘送我时，就与亲家母道喜。那边日子近来不行，娘的贺礼，就是雪里送炭，省的我异日'马前覆水'。"巴氏道："好一张油嘴，通成了戏上搗杂的。也罢，凭你叫他们怎的办去，我明日少不得厚着脸皮儿送你。这娘家长住着，将来是何结局呢。"……巫氏上卧房卸妆，见了绍闻，细声笑道："你与我有了什么仇，怎的再不踩俺家门边，问我一声儿。"绍闻忍不住笑了。（第 87 回）

巫翠姐用自己手中的一份钱，买了礼物，让母亲以庆贺的名义送她回夫家，她母亲都觉得不好意思，可是她见了丈夫的面却主动搭腔，使情形迅速改观，显示她有变通、不死板。最后谭绍闻做了黄岩知县后回家，儿子与族兄谭绍衣的外甥女结亲，巫翠姐升格为官太太，可以说终于过上了幸福的生活。但作者依然不忘嘲笑她小家出身：

> 抚台太太（即谭绍衣的夫人）分儿大了，王氏平日颇有话头，今日全没的答应。抚台太太看是难以结场，吩咐请弟妇巫氏。先抚台太太原请过道喜，巫氏虽亦成官太太，却不曾到过衙门，听说抚台太太今日来送亲，气早已夺了，不敢上堂楼来，回了丫头一句乡里话："不得闲，忙着哩。"如今又差丫头来请，没的说了，只得上楼。抚台太太见了，先道太太纳福之喜，巫翠姐答道："纳什么福，每日忙着哩。"抚台太太方晓的弟妇是个村姑……（第 108 回）

这也不过是说她没见过世面，不能得体应对而已。若说巫翠姐福气不够大，但比起孔慧娘还是大一些的。在大家庭的熏陶中，假以时日，她必能调整自己，成为一个知晓礼体的人。

结语与余论

《歧路灯》揭示了对家中子弟一定要严格管教的道理，这在世情小说中的意义是非常明显的，《金瓶梅》没有怎么涉及家教问题，但从西门府已经可以明显看出上梁不正下梁歪的倾向。《醒世姻缘传》主要还是关注夫妻关系，不过如前所述，作者似乎已意识到“身不修不能齐家”了。《红楼梦》更多关心“情”在人生中的重要地位，其女性意识很强，但家教问题不在作者重要考虑之列，尽管也有所涉及。相比之下，如有的论者所说，《歧路灯》可以称为教育小说，其特殊意义就在于它反映的严格的家风家教思想，这种严格的家教思想是我国的优秀传统，在很大程度上值得今人继承。

这里也得对《歧路灯》中的女性话语进行一定的分析。本来，家风家教基本不涉及性别话语的问题，也就是说，家风家教是针对家庭中的一切晚辈，不分性别。小说中，谭绍闻的妻子孔慧娘就是由于父亲孔耘轩的良好家教而形成了贤惠的德行。而传统文化中也不乏女德的教育，关于其内涵，学界研究已经非常充分[①]。不过由于传统教育还是偏向于男孩子，女孩子相对不能得到平等的教育机会，作者李绿园似乎对此缺乏认识，一味地指责女性缺乏见识。例如，第4回谭孝移说：“如今少有家业人家，妇女便骄惰起来。其实人家兴败，由于男人者少，由于妇人者多。譬如一家人家败了，

---

① 参见魏娟莉《从〈歧路灯〉看“女教”关照下清代女性形象的定位》，《许昌学院学报》2006年第6期；刘果《“三言”性别话语研究——以话本小说的文献比勘为基础》第一章，中华书局2008年版。

男人之浮浪，人所共见；妇女之骄惰，没有人见。况且妇女之骄惰，其坏人家，又岂在语言文字之表。像令兄这样深思远虑，就是有经济的学问。”第 11 回王氏给儿子请了个不合格的老师，耽误了儿子的学习，作者借谭孝移之口骂道：“妇人坏事，如此可恨，他并不知坏到这个地步！”作者多次慨叹女人如王氏、赵大儿不能领会丈夫谭孝移、王中的苦心，如第 6 回结尾诗有：“同床夫妇隔山住，愚人怎识智人心。”第 53 回结尾：“又因王中对妻赵大儿说心腹事，赵大儿已入华胥，可见天下为女人的，与好男人为妇，虽说同室而处，却是隔山而居。”不重视女性受教育的权利，却批评她们缺乏见识，作者对自己的矛盾缺乏反省。

书中谭绍闻对女性的态度“纯粹是贾琏式的、西门庆式的，是占有、是践踏、是感官上的享受。他在诱奸母婢冰梅，并使她生了孩子之后，又娶了孔慧娘。娇妻美妾不能束缚他无穷的邪欲，还在外嫖妓狎尼，玩男戏子，并和房客的妻子勾搭，中了美人计……”①。而作者对此也缺乏反省与认识，这与他传统的女性观相一致，也是我们在肯定其家教观的同时要指出的。

① 王滋源：《试论〈红楼梦〉与〈歧路灯〉的同异》，《河北大学学报》（哲学社会科学版）1985 年第 1 期。

大结语

五大世情小说人物形象与性别话语的嬗变

从晚明的《金瓶梅》《醒世姻缘传》到清代三大世情小说名著《儒林外史》《歧路灯》《红楼梦》，人物形象与性别话语经历了多方面的嬗变，折射出其间历史文化的多元演进。国内学术界目前对此的研究还是很不足的，表现在一般还只是将《金瓶梅》与《红楼梦》的人物进行对比，而且缺乏较深入的对历史文化背景的探讨。这方面，国外学者走在前列，如美国学者马克梦的《吝啬鬼、泼妇、一夫多妻者——十八世纪中国小说中的性欲男女关系》，艾梅兰的《竞争的话语——明清小说中的正统性、本真性及所生成的意义》等书都能将世情小说作一系列的观照。可能受此启发，国内学者齐浚的《持守与嬗变——明清社会思潮与人情小说研究》在这方面是有所突破的，从其结语来看，该书涉及了明清人情小说性爱观的总体观照、男权中心思想的松动与男女平等意识的增强、婚恋择偶的趋向等。不过还是有一些值得注意的问题范畴还没有为以上著作所涉及，本书就对此进行的探讨，现在作一个总结，包括以下几个方面：其一，男性形象及男性话语的演变；其二，女性形象及女性话语的嬗变；其三，晚明与清代世情小说的演变与明清文化的总体差异的关系。这些都是很少被加以系统地关注与考察的。

一 男性形象及男性话语的嬗变

在世情小说中，男性一般表现得荒淫堕落，这是比较容易观察到的一面：西门庆的生活方式在晁源、谭绍闻、贾赦、贾琏、贾珍、薛蟠身上延续，表明理学与礼教约束的只是女性，处于“两性政治”中心地位的男性还是不受约束的。曹雪芹对这种延续数千年的性别话语表示了大胆的质疑，表现为《红楼梦》对男性的这种生活的彻底否定，为此塑造了贾宝玉这个颠覆性的形象，作者在他身上显露的曲折的褒扬态度表明，这一男性人物不仅不同于西门庆这样以占有女性为能事的人物，也不同于《醒世姻缘传》最为赞美的邢皋门等仍然有心参与家国一体的政经体系的人物，还不同于晁源这样守住了守卫家庭、传宗接代这一底线的人物。可以说，曹雪芹通过贾宝玉这一形象，对传统男性的生活方式表示了彻底的怀疑。这就是贾宝玉的男性话语意义。

不过我们不能只局限于《红楼梦》与《金瓶梅》中男性的对比。视野稍加拓展，我们就能注意到从《醒世姻缘传》开始的回归传统的思潮在《儒林外史》《歧路灯》的人物身上得到了大大加强，那就是后二者所表现的对“真理学”人物或“真儒”的重视与大力描写，是过去很少受到关注的现象。他们包括了《醒世姻缘传》中的邢皋门，《儒林外史》中的虞育德，《歧路灯》中的谭孝移、娄潜斋等人，其共同的特点是为人正直、淡泊名利却并不拒绝参与仕途。其背景倒是比较好理解，其中固然有清代对程朱理学与回归传统文化的重新重视，更有明末到清代学术界自觉地对原始儒家思想的追溯与认可。联系到晚清时期从对自觉维护传统文化地位、对当时时局稳定起到重要作用的曾国藩现象来看，世情小说中的这种男性描写是合乎历史真实的，也是很值得重视而为过去学界多忽视的。这些人物身上表现出的优秀传统文化是至今也值得继承的。他们与贾宝玉一样，在某种程度上确立了现代男性的标杆。

此外，《儒林外史》中的王冕、杜少卿和《红楼梦》中的贾宝玉还不约而同地表现出了对仕途的拒绝参与，他们在特立独行的人生中体现了对闲适生活的追求，也表现出对传统文化中重视家庭和谐、重视善良与温情等精神优秀面的继承。

二　女性形象及女性话语的嬗变

就人物形象而言，世情小说对女性的描写比较具有系统性，从中可以看到，妻妾争风与理家是世情小说女性描写的两大内容。

《金瓶梅》开辟了世情小说的潮流，也开辟了世情小说描写女性争风吃醋的传统，从此，以家庭为题材的中国古代长篇小说凡写女性的，几乎无不要写到同样的内容。

《金瓶梅》的一大中心内容，就是写潘金莲和与西门庆有关系的其他女性争风：在前期她分别斗败了李桂姐、孙雪娥、宋惠莲，还把已经为西门庆生下一子的李瓶儿害死了，李瓶儿死后，潘金莲又把矛头指向大娘子吴月娘，但因为西门庆偏向怀孕的吴月娘而失败；西门庆的其他妻妾如李娇儿、孟玉楼虽然没有明确地加入这样的争斗中，但背地里也有动作或不快的言语。这样的妻妾争斗直到西门庆死后，西门庆家树倒猢狲散才结束。

作为一个大家庭，家庭的治理是一个大问题，而中国古代有着女主内的传统，由此《金瓶梅》展开了女性描写的另一大内容——理家，其中主要是由吴月娘来承担的，后来孟玉楼、潘金莲也分别管过账本，这些情节成为描写人物形象的一个很好的契机。例如，第77回写道："原来潘金莲自从当家管理银钱，另定了一把新等子。每日小厮买进菜蔬来，拿到跟前与他瞧过，方数钱与他。他又不数，只教春梅数钱，提等子。小厮被春梅骂的狗血淋头，皆出生入死，行动就说落，教西门庆打。以此众小厮互相抱怨，都说在三娘手儿里使钱好。"这是写潘金莲为人的刻薄寡恩，不如孟玉楼受下人欢迎。

《醒世姻缘传》的前世姻缘里，晁源的妾施珍哥为了固宠而挑拨晁源和正妻计氏的关系，她与和尚有来往，计氏最后上吊自杀以证明自己的清白。后世姻缘中，虽然主体内容是仙狐投胎的薛素姐虐待丈夫狄希陈，但也展开了狄希陈后来又娶的一位女子童寄姐和薛素姐争夺家政权的争斗，最后以薛素姐的失败而告终。

《醒世姻缘传》与《金瓶梅》的不同之处是大量增加了女性经营家庭事务的描写，其中以童奶奶和晁夫人为主。童奶奶是童寄姐的母亲，其特点是精明能干而不失善良本性，在丈夫惹怒宦官陈公公而使家庭陷入危机的时候，她出面请求宦官的宽恕而化解了这场危机，连陈公公都称赞她比丈夫强许多："童七人皮包着一件狗骨头，还不如个老婆省事。"陈公公的母亲也评价她说："好个人儿，识道理，知好歹，通是个不戴头巾的汉子……"这里已经可以看见《红楼梦》里琏二奶奶王熙凤的身影了，但童奶奶比王熙凤多了一份善良，她的女儿寄姐与狄希陈婚后，软禁小珍珠致死，发送时受到无赖邻居刘振白的敲诈，在赔给小珍珠父母银子后又被告到官府，公差上门作践，狄希陈手足无措，又是童奶奶出面才使寄姐免于出官受罚。在这件事里，她虽然开始由着女儿，但仍不失善良本性，时时劝阻寄姐虐待小珍珠的行为，并暗地里给这个小丫头送饭。精明而不失善良就是童奶奶的特点。

《醒世姻缘传》把更多的篇幅给了被称为"女中义士""菩萨后身"的晁夫人，写她怎样在升官变坏的丈夫和刻毒的儿子背后庇护善人、在他们死后经营家业、与族里的恶人作斗争，靠自己的一片善心与对于社会危难的救助获得了人们的感戴。通过塑造童奶奶与晁夫人形象，《醒世姻缘传》在世情小说中开始树立女性在理家中的比较正面的形象。

《红楼梦》中的王熙凤集争风、固宠与治理家庭于一身，她治理家庭特别是协理宁国府、为秦可卿治丧的描写是人们津津乐道的篇章，而她害死怀孕的尤二姐更与潘金莲如出一辙，只不过她做得更隐蔽；当然，在贾琏与鲍二家的偷情时，王熙凤是无辜的。

《红楼梦》把理家的篇章还延伸到了老一辈的贾母、王夫人等人身上，此外，还让未出阁的少女薛宝钗、贾探春也加入理家的队伍，展示她们理家的才华，这是曹雪芹女性描写的创造。

同样，《红楼梦》把描写女性的争风的笔触伸展到少女身上，写贵族小姐林黛玉为了得到贾宝玉的心而讥讽薛宝钗，写身为丫鬟的袭人、晴雯之间的唇枪舌剑，"探宝钗黛玉半含酸""撕扇子作千金一笑"等是其中的著名篇章，与妻妾之间你死我活的斗争相比，少女之间的纷争有斗而不破的特点，更多显示的是情感的深挚。

在五大世情小说中，《儒林外史》几乎没有涉及女性理家与争风吃醋的内容，《歧路灯》稍有涉及，但描写不多，所以这里没有纳入整体观照的范围。

五大世情小说的女性形象嬗变呈现出如下特点。

第一，突破传统女性规范的女性不断出现。从《金瓶梅》中的潘金莲、庞春梅，到《醒世姻缘传》中的薛素姐，《儒林外史》中的沈琼枝，《红楼梦》中的王熙凤、林黛玉等人，说明明清时期是女性观念被冲击也就是处于向近代转型的时期。具体来说，她们分别表现出了从追求情欲（潘金莲、庞春梅、施珍哥）到掌握家政大权及人身自由（薛素姐、王熙凤）和执着于情（林黛玉）等不同倾向，各具独特的意义。

第二，但是从《金瓶梅》出现以后，世情小说中遵守传统道德规范的女性也大量出现了。她们包括《醒世姻缘传》中的狄巧姐、姜氏，《儒林外史》中的鲁小姐、王三姑娘，《歧路灯》中的孔慧娘（虽然着墨不多），尤其是为丈夫守节而死的形象的出现，如《儒林外史》中的王三姑娘、《歧路灯》中的韩氏，代表了传统妇德的极致。到《红楼梦》中则出现了形象丰满的传统女性薛宝钗。这也是符合历史事实的，明清朝代更替带来的本来就是复古思想的加强，传统妇德当然更被强化了。

三　晚明与清代世情小说的演变与明清文化的总体差异的关系

综合前文可以看到，总体来说，晚明两大世情小说与清代三大世情小说中的人物与性别话语是有整体面貌的差异的。晚明世情小说《金瓶梅》与《醒世姻缘传》中的典型女性以对女性规范的彻底破坏为能事，如潘金莲、庞春梅之淫荡与狠毒，薛素姐之悍泼无匹，都是清代世情小说中罕见的。清代世情小说中出现了很多回归传统妇德的女性，她们以薛宝钗为代表；而突破传统的女性不仅有文化修养，还带有新时代女性特立独行的特征，如《儒林外史》之沈琼枝、《红楼梦》之林黛玉。这是因为，一方面清代更加注重传统礼教，而另一方面清代江南经济与女性教育更为发达，造就了比较开明而雅致的女性文化。

就男性来讲也有类似的双重现象。前文已经提到，从《醒世姻缘传》开始的回归传统的思潮在《儒林外史》《歧路灯》的人物身上得到了大大加强，那就是后二者所表现的对“真理学”人物或“真儒”的重视与大力描写，他们包括了《儒林外史》中的虞育德，《歧路灯》里的谭孝移、娄潜斋等人，《红楼梦》中的传统人物贾政虽谈不上是“真儒”，但作者在某种程度上对他还是肯定的，第 2 回说他“自幼酷喜读书，祖、父最疼”，第 78 回又说：“近日贾政年迈，名利大灰，然起初天性也是个诗酒放诞之人，因在子侄辈中，少不得规以正路。”《醒世姻缘传》中的邢皋门还只是一个不重要的过场人物，虞育德在《儒林外史》中就是一个比较受到注目的人物形象了。而《歧路灯》中的谭孝移及其理学朋友们则对主人公谭绍闻的人生有着决定性的影响。同时，《儒林外史》与《红楼梦》中都出现了对传统的读书做官的人生道路表示质疑的男性形象，即王冕、杜少卿、贾宝玉等人。尤其是贾宝玉，代表了对传统男性人生的彻底质疑。

总之，清代世情小说名著与明代同类作品相比，其性别话语内涵表现出回归传统而又有所突破的双重特征，并不如我们一般人想象得那么简单。其突破传统的精神值得肯定，而其回归传统的一面也不见得就全是倒退，它们部分地体现了传统文化的优秀面。当然，对其中的糟粕我们并不加以肯定。

参考文献

一　古代典籍与小说名著

陈鼓应注:《老子注译及评价》，中华书局 1984 年版。

陈鼓应注译:《庄子今注今译》，中华书局 1983 年版。

(明) 冯梦龙评辑:《情史》，岳麓书社 1986 年版。

(明) 顾宪成:《顾端文公遗书》，光绪丁丑泾里宗祠重刊本。

(明) 兰陵笑笑生:《金瓶梅词话》，人民文学出版社 2000 年版。

(明) 吕新吾:《蒙养书集成》，三秦出版社 1990 年版。

(清) 曹雪芹、(清) 高鹗:《红楼梦》，人民文学出版社 1988 年版。

(清) 曾国藩:《曾国藩治家全书》，岳麓书社 1996 年版。

(清) 陈其泰:《桐花凤阁评红楼梦辑录》，刘操南辑，天津人民出版社 1981 年版。

(清) 戴震:《戴震全书 (修订本)》，杨应芹、诸伟奇主编，黄山书社 2010 年版。

(清) 顾炎武著，黄汝成集释:《日知录集释》，岳麓书社 1994 年版。

(清) 李绿园:《歧路灯》，栾星校注，中州书画社 1980 年版。

(清) 王夫之:《读四书大全说》，中华书局 1975 年版。

(清) 吴敬梓:《清凉布褐批评〈儒林外史〉》，陈美林批评校注，新世界出版社 2002 年版。

（清）吴敬梓著，李汉秋辑校：《儒林外史（会校会评本）》，上海古籍出版社 1984 年版。

（清）张廷玉：《明史》，中华书局 1974 年版。

（清）张英、（清）张廷玉：《父子宰相家训》，新星出版社 2015 年版。

西周生：《醒世姻缘传》，黄肃秋校注，上海古籍出版 1981 年版。

徐志刚译注：《论语通译》，人民文学出版社 1997 年版。

二 中文著作

陈国学：《〈红楼梦〉的多重意蕴与佛道教关系探析》，中国社会科学出版社 2011 年版。

陈洪、乔以钢等：《中国古代文学与文化的性别审视》，南开大学出版社 2009 年版。

楚爱华：《明清至现代家族小说流变研究》，齐鲁书社 2008 年版。

段江丽：《礼法与人情——明清家庭小说的家庭主题研究》，中华书局 2006 年版。

冯其庸纂校订定：《八家评批红楼梦》，文化艺术出版社 1991 年版。

胡文楷：《历代妇女著作考》，上海古籍出版社 1995 年版。

李明军：《文统与政统之间：康雍乾时期的文化政策与文学精神》，齐鲁书社 2008 年版。

李泽厚：《中国古代思想史论》，天津社会科学院出版社 2003 年版。

梁巧娜：《性别意识与女性形象》，中央民族大学出版社 2004 年版。

林存阳：《清初三礼学》，社会科学文献出版社 2002 年版。

刘果：《“三言”性别话语研究——以话本小说的文献比勘为基础》，中华书局 2008 年版。

刘思谦、屈雅君等：《性别研究：理论背景与文化学阐释》，南开大学出版社 2010 年版。

刘再复：《红楼梦悟》，三联书店出版社 2009 年版。

鲁迅：《鲁迅选集》，山东文艺出版社 1990 年版。

吕启祥：《红楼梦寻——吕启祥论红楼梦》，文化艺术出版社 2005 年版。

吕贤平：《明清时期全椒吴敬梓家族及其文学风貌——以科举与文学为研究中心》，中国社会科学出版社 2016 年版。

马积高：《清代学术思想的变迁与文学》，湖南人民出版社 2002 年版。

马振芳：《小说艺术论》，北京大学出版社 1999 年版。

齐浚：《持守与嬗变：明清社会思潮与人情小说研究》，齐鲁书社 2008 年版。

商伟：《礼与十八世纪的文化转折——〈儒林外史〉研究》，严蓓雯译，生活·读书·新知三联书店 2012 年版。

石昌渝：《中国小说源流论》，生活·读书·新知三联书店 1994 年版。

石钟扬：《致命的狂欢》，陕西人民出版社 2006 年版。

宋淇：《红楼梦识要——宋淇红学论集》，中国书店 2000 年版。

孙逊：《中国古代小说与宗教》，复旦大学出版社 2000 年版。

王凤华、贺江平：《社会性别文化的历史与未来》，中国社会科学出版社 2006 年版。

王国凤主编：《〈红楼梦〉与礼：从社会语言学的角度》，浙江大学出版社 2011 年版。

王国良：《明清时期儒学核心价值的转换》，安徽大学出版社 2005 年版。

王昆仑：《红楼梦人物论》，生活·读书·新知三联出版社 1983 年版。

王蒙：《红楼启示录》，生活·读书·新知三联书店 1991 年版。

王志武：《中国人的欲望魔咒：〈金瓶梅〉人物悲剧论》，东方出版社 2010 年版。

吴根友：《中国现代价值观的初生历程——从李贽到戴震》，武汉大学出版社 2004 年版。
吴功正：《小说美学》，江苏人民出版社 1985 年版。
吴晓南：《钗黛合一新论》，广东人民出版社 1985 年版。
武秀成、赵益译注：《隋书选译》，巴蜀书社 1991 年版。
薛海燕《红楼梦——一个诗性的文本》，中国社会科学出版社 2003 年版。
一粟编：《红楼梦卷》（第一册），中华书局 1963 年版。
阴法鲁主编：《古文观止译注》，北京大学出版社 2011 年版。
张锦池：《红楼梦考论》，黑龙江教育出版社 1998 年版。
张寿安：《十八世纪礼学考证的思想活力——礼教论争与礼秩重省》，北京大学出版社 2005 年版。
赵兴勤：《理学思潮与世情小说》，文物出版社 2010 年版。
郑振铎：《中国俗文学史》，团结出版社 2006 年版。
周洪宇主编：《教育经典导读（中国卷）》，华中科技大学出版社 2013 年版。
周五纯：《红楼梦人物新论》，三秦出版社 1997 年版。
朱恒夫：《宋明理学与古代小说》，上海古籍出版社 2005 年版。
朱一玄：《红楼梦脂评校录》，齐鲁书社 1986 年版。
曾庆雨：《云霞满纸情与性：读金瓶说女人》，东方出版中心 2019 年版。
章太炎：《中国现代学术经典 · 章太炎卷》，河北教育出版社 1996 年版。
《国际〈金瓶梅〉研究集刊》第一集，成都出版社 1991 年版。
《〈金瓶梅〉研究》第十辑，北京艺术与科学电子出版社 2011 年版。
《名家解读〈金瓶梅〉》，山东人民出版社 1998 年版。
《〈歧路灯〉论丛 2》，中州古籍出版社 1984 年版。

三、中译著作

［奥地利］奥托·魏宁格：《性与性格》，肖聿译，外语教学与研究出版社 2017 年版。

［美］艾梅兰：《竞争的话语——明清小说的正统性、本真性及所生成之意义》，罗琳译，江苏人民出版社 2005 年版。

［美］马克梦：《吝啬鬼、泼妇、一夫多妻者：18 世纪中国小说中的性与男女关系》，王维东、杨彩霞译，人民文学出版社 2001 年版。

［英］马特·里德利：《性别的历史》，刘菲、褚一明译，重庆出版社 2015 年版。

四 中文论文

陈国学：《从中国古代文学作品中的孝文化传统看贾宝玉的结局》，《江西社会科学》2006 第 6 期。

陈国学：《论〈牡丹亭〉、〈红楼梦〉之孝亲意识与中国古代孝文化》，《孝感学院学报》2006 年第 2 期。

陈美林：《杜少卿论——为吴敬梓逝世二百四十周年而作》，《扬州师院学报》（社会科学版）1994 年第 4 期。

陈文新：《抑黛扬钗倾向及其所反映的社会文化心理》，《红楼梦学刊》1994 年第 1 辑。

陈诏：《〈金瓶梅〉与明代宦官》，《上海师范大学学报》（哲学社会科学版）1990 年第 3 期。

楚爱华：《男性弱质与父权秩序的倾覆——〈醒世姻缘传〉的女权主义批评》，《齐鲁学刊》2001 年第 6 期。

董国炎：《教化至上与小说》，《文学遗产》1988 年第 1 期。

杜奋嘉：《一个塔状的心理需求多层系统——论〈红楼梦〉的贾母形象》，《广西师范大学学报》1995 年第 4 期。

杜奋嘉：《一个塔状的心理需求多层系统——论〈红楼梦〉的贾母形

象〉，《广西师范大学学报》（哲学社会科学版）1995 年第 4 期。

杜贵晨：《李绿园〈歧路灯〉对戏曲的态度、借鉴与描写》，《大连大学学报》2019 年第 5 期。

段江丽：《男权的失落：从〈醒世姻缘传〉看明清小说中的“女尊男卑”现象》，《浙江社会科学》2002 年第 6 期。

段江丽：《女正位乎内：论贾母、王熙凤在贾府中的地位》，《红楼梦学刊》2002 年第 2 辑。

郭伟川《礼坏与不仁的朝代——略论朱明王朝败亡的几个远因》，《中国文化》1997 年第 Z1 期。

郭英德：《向后倒退的革新——论明末清初的求实文学观念》，《湖北大学学报》（哲学社会科学版）1996 年第 6 期。

韩爱娜：《〈儒林外史〉礼俗描写研究——以婚礼、丧礼、祭礼为中心》，硕士学位论文，山东师范大学，2010 年。

黄锦秋：《一个自恋女子的悲剧——林黛玉人生悲剧原因新探》，《学术交流》1993 年第 5 期。

姜云：《论〈醒世姻缘传〉的喜剧色调和喜剧手法》，《明清小说研究》1991 年第 4 期。

金学斯：《简论〈醒世姻缘传〉同〈金瓶梅〉的渊源关系》，《上海大学学报》（社会科学版）1989 年第 6 期。

景向阳：《薛蟠，一个与贾宝玉互补的形象》，《红楼梦学刊》1994 年第 3 辑。

李汉秋：《〈儒林外史〉泰伯祠大祭和儒家思想初探》，《江淮论坛》1985 年第 5 期。

李庆之：《哲学思辩下的客观反映——对贾政、宝玉父子矛盾的新辨析》，《红楼梦学刊》1994 年第 4 辑。

李之鼎：《运动后的红学——对几个一统化的论点的商榷》，《海南师院学报》（社会科学版）1992 年第 4 期。

梁归智《史湘云结局之谜》，《名作欣赏》2018 年第 7 期。

梁锦丽、陈洪：《吴敬梓笔下的儒家理想婚姻模式初探》，《湖南大学学报》（社会科学版）2018 年第 6 期。

刘敬圻：《贾宝玉生存价值的还原批评》，《红楼梦学刊》1997 年第 1 辑。

聂付生：《冯梦龙情教思想的逻辑分析》，《兰州学刊》2005 年第 3 期。

乔力：《论〈醒世姻缘传〉的结构特征与情节关系》，《东岳论丛》1996 年第 4 期

沈治钧：《〈金瓶梅〉和〈红楼梦〉之间的三段“链环”》，《红楼梦学刊》1999 年第 1 辑。

苏涵：《淡漠”的文化使命感与充盈的文化蕴涵量——对〈红楼梦〉与中国小说文化的思考》，《明清小说研究》2000 年第 1 期。

孙振杰：《〈歧路灯〉中的戏曲活动》，《平顶山学院学报》2012 年第 6 期。

陶芸辉、桑大鹏：《性别话语视野下的〈红楼梦〉》，《文学教育》（上）2009 年第 12 期。

汪正龙：《文学的道德诉求与道德超越——文学与道德关系的一个悖论》，《学习与探索》2004 年第 1 期

王彪：《无所指归的文化悲凉——论〈金瓶梅〉的思想矛盾及主题的终极指向》，《文学遗产》1993 年第 4 期。

王海洋：《薛宝钗人物心理内涵论》，《红楼梦学刊》1994 年第 3 辑。

王蒙：《贾宝玉论》，《红楼梦学刊》1990 年第 2 辑。

王滋源：《试论〈红楼梦〉与〈歧路灯〉的同异》，《河北大学学报》（哲学社会科学版）1985 年第 1 期。

魏娟莉：《从〈歧路灯〉看“女教”关照下清代女性形象的定位》，《许昌学院学报》2006 年第 6 期。

魏文哲：《果报思想与〈醒世姻缘传〉的主题》，《徐州师范学院学

报》1995 年第 1 期。
吴高庆:《明代宦官特务司法初探》,《浙江省政法管理干部学院学报》1998 年第 1 期。
谢传荣:《论贾宝玉的情》,《南都学坛》2004 年第 3 期。
许山河:《评“政治学派”红学》,《海南师院学报》1991 年第 4 期。
严云受:《论〈醒世姻缘传〉的因果报应与思想意义》,《安徽师大学报》(哲学社会科学版)1993 年第 1 期。
张兵:《丁耀亢研究的回顾与思考》,《中国文学研究》1997 年第 4 期。
张锦池:《究竟是回归,还是叛逆———〈红楼梦〉与〈儒林外史〉社会观念的比较研究》,《红楼梦学刊》1996 年第 2 辑。
张志:《“衔玉而诞”之内涵——论贾宝玉之“玉德”》,《南都学坛》2006 年第 1 期。
赵俊、成兆文:《道德家的理想国——宋明道学内在追求刍议》,《兰州大学学报》1999 年第 2 期。
周薇:《试论〈醒世姻缘传〉中的悍妇形象》,《江汉论坛》1996 年第 1 期。
周五纯:《关于〈红楼梦〉人物论研究的思考》,《烟台大学学报》(哲学社会科学版)1996 年第 3 期。
周五纯:《贾宝玉“叛逆”说再思考》,《烟台大学学报》(哲学社会科学版)1997 年第 3 期。
朱建华:《入世与出世:吴敬梓的两难抉择——论〈儒林外史〉中仕与隐的矛盾》,《哈尔滨学院学报》2005 年第 1 期。
朱云飞:《〈醒世姻缘传〉中的礼俗研究》,硕士学生论文,东北师范大学,2010 年。
邹昌林:《试论儒家礼教思想的人文价值》,《湖南大学学报》(社会科学版)1996 年第 4 期。

后　记

本书部分章节已在《云南民族大学学报》《湖北工程学院学报》上发表，为此要对这些刊物的编辑者表示感谢。另外，关于贾宝玉的部分是拙著《〈红楼梦〉的多重意蕴与佛道教关系探析》中的内容，由于贾宝玉是《红楼梦》的头号人物，本书不能不涉及，为了体例的完整，只好把相关内容移了过来，还请读者海涵。

最后，还要感谢我工作的学校与学院所有同事的支持，祝愿云南民族大学及本人所在的文学与传媒学院发展得越来越好。并祝祖国更加繁荣昌盛!